HEYNE <

MONICA MURPHY

NEVER
loved before

ROMAN

Aus dem Amerikanischen
von Barbara Ostrop

WILHELM HEYNE VERLAG
MÜNCHEN

Die Originalausgabe erschien 2016 unter dem Titel
»Never Tear Us Apart« bei Bantam.

MIX
Papier aus verantwortungsvollen Quellen
FSC® C014496

Verlagsgruppe Random House FSC®-N001967.

Taschenbucherstausgabe 07/2018

Printed in Germany
Redaktion: Anita Hirtreiter
Umschlaggestaltung: Zero Werbeagentur GmbH,
München unter Verwendung von FinePic, München
Druck und Bindung: GGP Media GmbH, Pößneck
Satz: GGP Media GmbH, Pößneck
ISBN 978-3-453-58065-7

www.heyne.de

Er beschirmt dich mit seinen Flügeln, unter seinen Schwingen findest du Zuflucht, Schild und Schutz ist dir seine Treue.

Psalm 91,4

Katherine

Gegenwart

Unter den gleißend hellen Scheinwerfern ist es heiß, und ich spüre, wie sich kleine Schweißperlen an meinem Haaransatz bilden. Ich vermeide es jedoch, mein Gesicht zu berühren. Sonst verwische ich noch das Make-up, das mir jemand eine halbe Stunde lang sorgfältig aufgetragen hat. Stattdessen senke ich den Kopf und ringe die Hände, und so fällt mir auf, wie verschwitzt sie sich anfühlen, obwohl meine Finger eiskalt sind. Ein Gegensatz, der gut zu meinen Gefühlen passt.

Nervös bin ich. Aufgeregt. Voller Angst. Was soll das alles? Was ich hier tue, ergibt keinen Sinn, und schon gar nicht in den Augen meiner Familie.

Ich will mich einer Kamera stellen. Ich bin bereit, meine Geschichte zu erzählen.

Endlich.

Die Reporterin kenne ich bereits aus dem Fernsehen, seit ich denken kann. Sie ist berühmt. Ihren Namen hat jeder schon einmal gehört. Sie ist hübsch, im Stil der meisten ihrer Kolleginnen. Dunkelblond, perfekt frisiert, strahlend blaue, mit viel Make-up hervorgehobene Augen. Ihre Wangen sind mit einem Hauch Rouge betont, und ihre Lippen haben ein sanftes Beerenrot. Sie ist tüchtig und weiß genau, was sie will.

Das erkenne ich daran, wie sehr sie im Raum dominiert und wie prompt die Angestellten des Senders ihre Anweisungen befolgen. Sie ist stark. Selbstbewusst. Und makellos.

Was mir nur in Erinnerung ruft, dass ich das definitiv nicht bin. Meine Fehler verhöhnen mich und machen mir klar, dass ich alles andere als vollkommen bin. Früher einmal fand ich mich tatsächlich nahezu vollkommen – damals war ich jung und naiv und hielt mich für unverletzlich. Aber Perfektion ist schwer zu erreichen. Und wenn man sie einmal vollständig aus den Augen verloren hat, ist es sehr schwer, sie zurückzuerlangen.

Wenn nicht unmöglich.

»Sind Sie so weit, Katherine?« Die Stimme der Reporterin ist sanft, und als ich aufsehe, begegne ich ihrem mitfühlenden Blick. Gedemütigt setze ich mich aufrechter hin und kontrolliere mein Mienenspiel. Ich brauche kein Mitleid. Nachdem ich mich so lange innerlich leer gefühlt habe und kein bisschen Mut aufbringen konnte, um … um mich der Vergangenheit zu stellen – oder auch nur einem Fitzelchen davon –, verspüre ich nun genug Kraft, und das darf ich nicht vergessen.

Es mussten erst acht Jahre vergehen und mein Vater tot sein, aber jetzt mache ich es.

»Ich bin bereit«, bestätige ich mit einem energischen Nicken. Dann höre ich, wie ein Stück abseits Mom Brenna etwas zuflüstert, sehe allerdings bewusst nicht hin, damit ich keinen Rückzieher machen kann. Sie sind mitgekommen, weil ich ihnen gesagt habe, dass ich ihre Unterstützung brauche, doch nun frage ich mich, ob das nicht ein Fehler war. Ich will Mom nicht schluchzen hören, während ich um Worte ringe. Ich möchte nicht, dass die beiden mit entsetzter Miene und weinend zuhören, wie ich all meine schmerzhaften, hässlichen Geheimnisse preisgebe.

Alle haben genug Tränen über diese Tragödie vergossen, die mein Leben ist. Ich sollte feiern, dass ich nicht tot bin, statt mich im Dunkeln zu verstecken. So lange durfte ich über all das nicht reden, und jetzt fühle ich mich beinahe ... befreit. Ja, trotz der schrecklichen Dinge, die ich enthüllen werde, bin ich erleichtert. Fühle mich befreit. Gleich nach meiner Heimkehr hat Dad damals verlangt, über das Geschehene Stillschweigen zu bewahren. Insbesondere von mir. Er war überwältigt von der Scham, dass er versagt hatte, als seine Tochter Hilfe brauchte.

Das habe ich ihn einmal bei einem Streit sagen hören, in den Mom und er kurz nach meiner Rückkunft geraten waren. Sie dachten, dass ich friedlich in meinem Kinderzimmer läge und schliefe, aber ihr Geschrei weckte mich auf. Nicht, dass ich damals viel geschlafen hätte. Selbst heute habe ich damit noch Probleme. Doch ich kann mich an diesen Abend erinnern, als wäre es gestern gewesen, so sehr habe ich es im Gedächtnis behalten. Die Verzweiflung in Dads Stimme war das, was mich aus dem Bett holte. Das und die Tatsache, dass ständig mein Name fiel, und zwar lauter und immer lauter.

Ich schlüpfte aus dem Bett und schlich mich mit heftig pochendem Herzen durch den Flur. Dort drückte ich mich an die Wand und lauschte, unfähig, mich abzuwenden, als ich begriff, dass sie nicht einfach nur über mich redeten – sie stritten sich meinetwegen.

»Du kannst sie nicht für den Rest ihres Lebens einsperren«, sagte Mom. »Ich weiß, dass ich früher eine Glucke war, aber ich glaube … nein, ich weiß, dass du es jetzt übertreibst.«

»Ich habe versagt, Liz. Ich habe unser kleines Mädchen nicht beschützt, und daran kann ich nichts mehr ändern.«

Doch er hätte es ändern können, wenn er mich einfach akzeptiert hätte. Wenn er mich einfach mal in den Arm genommen hätte, so wie er meine ältere Schwester Brenna in den Arm nahm. Ohne darüber nachzudenken und voll Wärme und Zuneigung. Wenn seine Augen nicht immer so voll Scham und Demütigung gewesen wären, sobald er mich ansah, als wäre ich ein unerwünschtes Kind, das widerlich besudelt zu ihnen nach Hause zurückgekehrt war. Statt Daddys großem Mädchen war ich plötzlich die Tochter, die er nicht mehr anfassen wollte. Und zu diesem Wandel war es nur innerhalb weniger Tage gekommen.

Damals hat mich das sehr verletzt. Und das tut es immer noch. Dabei ist mein Vater schon seit einem halben Jahr tot.

»Wir können den Rekorder jederzeit anhalten, wenn Sie beim Erzählen eine Pause brauchen, um sich wieder zu sammeln«, beruhigt mich die Reporterin mit der glatten tröstenden Stimme eines Profis, und ich nicke, obwohl ich mir sage, das das nicht nötig sein würde.

Ich muss die Geschichte bis zum Ende erzählen, und zwar ohne Unterbrechung. Ich muss meine Seele ein für alle Mal davon reinigen.

Vor allem aber muss ich für klare Verhältnisse sorgen.

Es hat unzählige Berichte über das gegeben, was mir zugestoßen ist. Zahllose einstündige Dokumentarberichte, die sich meinem Fall widmeten. Zwei Fernsehfilme und unzählige True-Crime-Serien. Als man mich vor acht Jahren fand, prangte mein Gesicht auf dem Cover des *People Magazine*. In einem schlabberigen grauen T-Shirt, zwei Nummern zu groß, das eine Polizistin mir gegeben hatte, und einer dazu passenden Hose, starre ich mit tränennassen Augen in die Kamera, während man mich aus dem Revier führt. Damals brachte man mich zur Untersuchung ins Krankenhaus.

Bei dieser grässlichen Erinnerung läuft mir ein Schauder den Rücken hinunter.

Ich habe die Zeitschrift aufgehoben, tief unten in einer Schachtel. Aber ich habe sie noch. Meinen sogenannten Anspruch auf Ruhm. Warum ich sie nicht weggeworfen habe, weiß ich nicht. Eine angenehme Erinnerung hält sie schließlich nicht fest.

Doch es ist meine Erinnerung. Mein Leben. Ich kann es nicht ändern, wie sehr sich das auch jeder, der mich liebt, wünschen würde.

Das *People Magazine* hat mich wieder um einen Termin gebeten, insbesondere jetzt, da sie von dem Interview hier erfahren haben. Sie wollen mein Gesicht noch einmal aufs Cover setzen, allerdings habe ich nicht zugestimmt. Und das werde ich wohl auch nicht. Verlage haben mich aufgefordert, ein Buch über meine Erlebnisse zu schreiben, doch das werde ich wohl ebenfalls unterlassen. Nur dieses eine Mal, jetzt, will ich meine Geschichte von Anfang bis Ende erzählen. Für das Interview ist eine Stunde Sendezeit angesetzt, aber man hat mir bereits versichert, dass ich auch zwei Stunden bekomme, sollte ich mehr brauchen.

Diese Woche ist wohl nicht viel los, doch ich widerspreche nicht. Das Angebot, zwei Stunden zur Verfügung zu haben, werde ich wohl annehmen. Ich habe viel zu sagen. Und nun ist meine Zeit gekommen. Mein Moment.

Danach werde ich nie wieder öffentlich über Aaron William Monroe sprechen.

Katie

Damals

Als wir das Hotel verließen, brach die Sonne durch letzte davonziehende frühmorgendliche Nebelfetzen. Wir gingen zu Fuß, und unterwegs liebkosten ihre intensiven Strahlen meine Arme und wärmten mein Haar und mein Gesicht. Jetzt bereute ich es, dass ich das leuchtend rote Rettungsschwimmer-Sweatshirt angezogen hatte, das Mom mir gestern Abend in einer Geschenkeboutique gekauft hatte. Ich hatte mit großen Augen und flehend zusammengelegten Händen darum gebettelt. Sie hatte nur widerstrebend nachgegeben und ständig über den hohen Preis gemeckert.

Ich fand das auffällige Sweatshirt natürlich wunderschön, aber es war zu dick und würde total blöd aussehen, falls ich es um die Taille bände.

Los wurde ich es nun jedenfalls nicht mehr.

Der Himmel war so unglaublich blau, dass es beinahe unnatürlich wirkte, als wäre er gemalt. Der Wind war kühl und trug den Geruch des Meeres heran. In der Luft lag die Feuchtigkeit des Pazifiks und seiner Dunstschleier, und ich spürte, wie die Hitze der Sonne dadurch milder wurde. Eine reine, durch nichts gedämpfte Freude durchströmte mich, und ich konnte mich nicht erinnern, jemals so aufgeregt gewesen zu sein.

Nie wieder würde ich solch eine unschuldige Erregung empfinden.

Als wir endlich ankamen, wimmelte es auf dem Gelände von Menschen, dabei hatten die Fahrgeschäfte gerade erst geöffnet. Ich legte sofort los und bettelte Mom und Dad an, uns allein losziehen zu lassen. Ich zog alle Register.

»Brenna darf immer mit ihren Freundinnen los!« Der quengelnde Tonfall war dick aufgetragen. Ich argumentierte, ich sei alt genug, um allein zurechtzukommen, doch ich klang wie ein Kleinkind.

»Natürlich. Ich bin ja auch fünfzehn und kein Quälgeist so wie du«, bemerkte meine Schwester von oben herab und warf ihrer besten Freundin Emily einen Blick zu. Gleich darauf platzten beide vor Lachen. Manchmal hätte ich Brenna erwürgen können. Und Emily mochte ich eigentlich auch nicht besonders. Die beiden hackten ständig auf mir herum, und dann fühlte ich mich dumm.

Meine beste Freundin Sarah warf meiner Schwester dieselbe Art von Blick zu wie ich. Das hatte uns wirklich gerade noch gefehlt, dass Brenna uns mit ihren Kommentaren alles kaputt machte. Wo wir es uns doch so sehr wünschten.

Nämlich uns nur zu zweit im Freizeitpark herumzutreiben, statt brav im Schlepptau von Mom und Dad hinterherzutrotten. Sarah und ich wurden beide im nächsten Monat dreizehn, mit nur sechs Tagen Abstand, und wir wollten einfach nur mal für ein paar Stunden ohne Aufsicht sein.

»Sarah hat doch ihr Handy«, bettelte ich weiter und sah Daddy flehentlich an. Ich erhaschte ein Flackern von Verunsicherung in seiner Miene, ein erstes Zweifeln, und so versuchte ich sofort, ihn um den kleinen Finger zu wickeln. »Wir melden uns auch jede Stunde bei euch, Ehrenwort.«

»Ich weiß nicht recht …«

Ein kurzer Blick auf meine Mutter zeigte mir, dass sie gar nicht begeistert von der Idee war. Aber Mom war nicht diejenige, die ich überzeugen musste.

Es ging um Daddy.

»*Bitte.* Wir können uns auch alle zwei Stunden treffen, wenn ihr wollt. Mittags zum Beispiel, zum Essen. Es ist erst zehn. Wir können uns doch um zwölf Uhr dort drüben verabreden.« Ich deutete auf eine Restaurantzeile in der Nähe. »Bitte, bitte, *bitte.*«

»Wir benehmen uns auch total gut«, fügte Sarah feierlich mit ernster Miene hinzu. Mit so ernster Miene, dass ich fast losgeprustet hätte.

Doch ich riss mich zusammen. Ich würde das hier auf keinen Fall vermasseln. Wir waren schon so dicht dran.

»Aber ihr redet auf keinen Fall mit Fremden«, sagte Daddy und zeigte auf uns beide. Ich merkte, dass er gleich einwilligen würde. Er hatte so ein weiches Herz. »Und ihr bleibt hier auf dem Boardwalk und geht nirgendwo anders hin, nicht einmal zum Strand.«

Mein Herz hämmerte vor Aufregung. Ich wusste, dass wir ihn beinahe herumgekriegt hatten.

»Also wirklich, Jim.« Mom klang ungläubig, aber ich beachtete sie nicht. Das hatte ich in den vergangenen Monaten perfektioniert. Wir verstanden uns in letzter Zeit nicht sonderlich gut. Sie wollte mir ständig Vorschriften machen, was ich tun und lassen sollte. Das hatte ich satt. Ich wollte unabhängig meinen eigenen Weg gehen und nicht in ihrem Kielwasser schwimmen. Was wusste sie schon über mein Leben? Seit ihrer Jugend hatte sich alles so sehr verändert, da hatte sie garantiert nicht die geringste Ahnung.

»Ach, komm schon, Liz. Das schafft sie doch«, beschwichtigte Daddy sie, bevor er mir sein strahlendes Lächeln schenkte. »Wir müssen sie nun einmal irgendwann loslassen, oder?«

Mom seufzte, und ich hörte die Erschöpfung, die darin lag. Sie war in letzter Zeit gestresst gewesen, was auch immer der Grund dafür war. Wir waren doch im Urlaub, warum entspannte sie sich dann nicht einfach mal? »Ruf mich auf jeden Fall um halb elf an und sag mir, wo ihr seid.«

Um halb elf? Das war ja in nicht einmal einer halben Stunde. Das zum Thema Kontrollzwang. »Okay«, willigte ich ein und gab mich ganz gelassen, aber innerlich hätte ich am liebsten einen Freudentanz aufgeführt. So wie Sarah neben mir von einem Bein aufs andere hüpfte, empfand sie es offensichtlich genauso.

Wir waren wirklich total im Takt, Sarah und ich. Wir rannten los, ehe meine Eltern ihre Meinung ändern konnten.

»Redet nicht mit Fremden!«, schrie Daddy uns nach, und das brachte uns zum Kichern.

»Es sei denn, sie sind süß«, murmelte Sarah, und dann lachte sie richtig los.

Ich sagte nichts. Meine beste Freundin war seit dem Ende des Schuljahrs wild auf Jungs, und sie wollte unbedingt einen Freund. So schnell wie möglich.

Und ich? Mir waren Jungs egal. Keiner meiner Mitschüler

interessierte mich. Die meisten kannte ich seit der Vorschule, und einige hatte ich sogar schon im Kindergarten kennengelernt. Fast alle nervten. Und der Gedanke, einen von ihnen zu küssen?

Einfach nur eklig.

»Aber wir werden jetzt nicht den ganzen Tag lang nur Jungs zuwinken und mit ihnen flirten«, sagte ich, weil ich … weil ich das einfach nicht wollte. Nicht heute. Das war unser Tag. Unsere Chance, ganz wir selbst zu sein und in jedem Fahrgeschäft mitzufahren, das uns Spaß machte. Zu essen, was wir nur wollten. Zu machen, was wir wollten. Wir hatten die neongrünen Armbänder, mit denen wir alle Fahrgeschäfte so lange durchprobieren durften, wie wir es aushielten, und wir waren startklar.

Ich wollte meine Zeit nicht verplempern und mit Zehntklässlern flirten, die uns auslachen würden, wenn sie wüssten, dass wir erst zwölf waren. Ich sah wirklich genau wie zwölf aus, aber Sarah nicht.

Sie sah älter aus.

»Sei doch keine solche Spaßbremse.« Sarah war klüger gewesen als ich. Sie trug kein Sweatshirt, sondern nur ein T-Shirt, und als sie es nun auszog, kam ein pinkfarbenes Bikinioberteil zum Vorschein. Sie hatte Brüste, während bei mir alles noch ziemlich flach war, aber ich war nicht neidisch. Zumindest nicht richtig.

»Das bin ich nicht. Nur … heute hab ich nichts mit Jungs am Hut. Ich will Spaß haben.« Ich lächelte sie an, und sie lächelte zurück.

»Na klar, und das werden wir auch. Mit Jungs *hat* man

Spaß. Das hast du nur noch nicht herausgefunden.« Sie rollte ihr T-Shirt zusammen und stopfte es in ihre Handtasche. »Und jetzt fahren wir Riesenrad.«

Ich runzelte die Stirn. Wie langweilig. »Ehrlich?«

»Wir fangen ganz harmlos an.« Ihr spitzbübisches Lächeln wurde breiter. »Und heben uns das Coolste bis zum Schluss auf.« Sie deutete auf die riesige weiße Achterbahn, die vor uns aufragte. In diesem Augenblick schoss ein Zug vorbei. Die Passagiere kreischten, die Arme in die Luft geworfen und die Haare vom Fahrtwind gepeitscht.

Mein Herz schlug schneller, als ich sie sah. Ich konnte es gar nicht abwarten.

Katherine

Gegenwart

»Und was ist dann geschehen?«

Die Stimme der Reporterin reißt mich aus meinen Gedanken. Ich hatte mich in ihnen verloren, denn diese bestimmte Szene hatte ich mir schon ewig nicht mehr in Erinnerung gerufen. Alle konzentrieren sich immer auf die schlimmen Ereignisse, mich selbst eingeschlossen. Was er mir angetan hat. Wie lange er mich gefangen gehalten hat. Wo er mich eingesperrt hat. Wie er mich ankettete, als wäre ich ein Hund, und mir die Augen verband, sodass ich nichts mehr sehen konnte. Und wie ich so außer mir geriet vor Angst, als er mir das Tuch zum ersten Mal abnahm, dass ich mir in die Hose machte. Ich erkannte an seinem entschlossenen Gesichtsausdruck, was er mit mir vorhatte.

Aber ich wusste es nicht wirklich, weil ich von Sex kaum mehr Ahnung hatte, als man aus Jugendbüchern erfährt. Ich hatte darin einige sehr brave Bettszenen gelesen und außerdem die ätzenden Filme geschaut, die sie einem in der Schule über die erste Regelblutung und Hormone und so zeigen.

»Ich hatte an diesem Vormittag viel Spaß«, erzähle ich mit schwerer Zunge, denn das hatte ich tatsächlich, und die Erinnerung hat etwas Bittersüßes. Sarah und ich lachten und alberten herum, was mich eigentlich fröhlicher stimmen sollte. Aber es tut schrecklich weh, mich an die schönen Momente dieses Tages zu erinnern. Sie werden vollständig von den unangenehmen überlagert. »Wir haben uns mit meinen Eltern mittags zum Essen getroffen, genau wie versprochen. Ich hatte ein Hotdog im Teigmantel.«

Die Einzelheiten habe ich noch immer in meinem Gedächtnis, ein bisschen verschwommen zwar, doch je mehr ich davon erzähle, desto deutlicher zeichnen sie sich ab. Ich erinnere mich an die Möwen, die über den Tischen Sturzflüge probten, während wir aßen. Und wie mir ein Stückchen meines Hotdogs auf den Boden fiel und so ein weißgrauer Vogel herunterschoss und es mir wegschnappte, bevor ich mich auch nur danach bücken konnte.

Nicht, dass ich es noch gegessen hätte, aber trotzdem.

Die Reporterin lächelt – um mir die Befangenheit zu nehmen, denke ich. »Es war ein schöner Tag mit Ihrer Familie und Ihrer besten Freundin.«

»Ja.« Ich nicke und denke an Sarah. An die Entfremdung zwischen uns, die nach meiner Heimkehr einsetzte. Dass sie sich danach in meiner Nähe unbehaglich fühlte. Das hat sie mir einmal gesagt, und wir haben beide geweint und nicht verstanden, warum es nicht wieder so werden konnte wie früher, als wir noch beste Freundinnen waren. Es platzte aus ihr heraus, und sie biss sich auf die Unterlippe, kaum dass sie es ausgesprochen hatte. Am liebsten hätte sie die Worte wohl wieder heruntergeschluckt.

Aber das ging nicht. Es war zu spät. Sie habe Schuldgefühle, sagte sie. Sie habe mich nicht beschützt. Das kam mir wie völliger Schwachsinn vor, doch ich diskutierte nicht mit ihr.

Als wir in die Highschool kamen, waren wir wie Fremde. Sie schaute mich nicht einmal an, wenn wir zwischen zwei Kursen im Korridor aneinander vorbeigingen, und es gab Gerüchte, dass sie Gemeinheiten über mich verbreitete. Ich weiß nicht, ob das stimmte.

Als ich von der Schule abging, sah ich sie nie wieder.

»Reden Sie noch manchmal mit Sarah?«, fragt mich die Reporterin, als könnte sie meine Gedanken lesen. Ich habe von der unglaublichen Intuition dieser Frau gehört und sollte vor ihr auf der Hut sein. Sie weiß, wie sie ihren Interviewpartnern Informationen entlocken kann, bevor diese es überhaupt richtig merken.

»Nein.« Ich schüttele den Kopf und ärgere mich, dass das Wort so rau herauskommt. Der Verlust von Sarahs Freundschaft war das Zweitschlimmste, womit ich nach allem, was passiert war, fertigwerden musste. Fast so schlimm wie der Verlust der Zuneigung meines Vaters. Mom und ich kamen uns dagegen näher. Überraschenderweise wurde Brenna meine beste Freundin und engste Vertraute. Was sie noch immer ist.

Aber das liegt auch daran, dass ich sonst keine Freundinnen habe. Ich lasse niemanden Neuen an mich heran.

Und meine alten Freunde haben mich im Stich gelassen. Oder ich sie.

Ich weiß nicht recht, was zuerst kam.

»Vielleicht waren Sarahs Schuldgefühle nach allem, was passiert ist, zu groß. Glauben Sie, dass sie sich für Ihr Verschwinden verantwortlich fühlte?«

»Nein. Keine Ahnung.« Ich klinge abwehrend, wie ich die Worte herausstoße. Jung. Ich hatte mir geschworen, cool und gefasst zu bleiben, und die Reporterin – sie heißt Lisa – hat mir versprochen, mir keine unangenehmen Fragen zu stellen. Sie würde sich mit den Informationen begnügen, die ich ihr von mir aus mitteile.

Aber bestimmt hat sie geglaubt, unangenehm wäre mir all das, was mit Aaron William Monroe zu tun hat. Und nicht die Frage nach der Freundin, die ich vor langer Zeit verloren habe.

Lisa sieht mich eindringlich an und versucht, mein Gehirn auseinanderzunehmen. Ich verrammele es jedoch von allen Seiten und presse die Lippen zusammen, damit mir nur ja kein ungewolltes Wort entschlüpft. Ich habe im Laufe der Jahre alle möglichen Verteidigungsstrategien entwickelt, und das ist eine von ihnen.

»Erzählen Sie mir, was nach dem Mittagessen vorgefallen ist«, sagt Lisa.

Ich hole tief Luft und überlege mit angehaltenem Atem, womit ich anfangen soll.

Denn ab hier wird es hart.

Ethan

Gegenwart

Zum ersten Mal seit Jahren höre ich, wie jemand anders ihren Namen sagt, woraufhin ich aufschrecke.

Ich drehe mich nach dem Fernseher um, der an der Wand meines schmalen Wohnzimmers hängt, und fasse blinzelnd den Bildschirm ins Auge. Da ich die Brille nicht aufhabe, taste ich hastig nach ihr, finde sie vor mir auf der Küchentheke und setze sie auf.

Jetzt sehe ich alles klar, und vor Überraschung kriege ich den Mund nicht mehr zu.

Diese Woche in News in Current *mit Lisa Swanson: Katherine Watts, die ihrem Entführer vor acht Jahren entkam, spricht zum ersten Mal über ihre Tortur.*

Wie vom Blitz getroffen, starre ich hin, als Katherine auf meinem Bildschirm erscheint. Ihr Haar ist ein wenig dunkler, hat aber immer noch einen goldfarbenen Blondton. Sie sieht älter aus – natürlich, verdammt noch mal, es ist ja auch acht Jahre her, genau wie die Ansagerin gesagt hat, und in dieser Zeit haben wir uns alle verändert.

Enorm.

»Ich hatte an diesem Vormittag viel Spaß«, erzählt sie, und ihre sanfte helle Stimme erfüllt den Raum. In meinem Kopf dreht sich alles, und mir wird schwindelig. Sie klingt genauso wie damals, aber doch älter. Anders.

Viel Spaß. Ja, natürlich hatte sie an dem Vormittag Spaß. Der Boardwalk ist super, wenn man zwölf ist. Ich fand es da auch cool. Und mag ihn immer noch.

Meine Erinnerungen daran sind allerdings auch nicht durch eine Zeit des Schreckens getrübt wie ihre.

»Anfangs war er so nett«, fährt sie fort, und als sie den Kopf senkt und sich auf die Lippen beißt, erstirbt ihre Stimme. Ich kenne diesen Gesichtsausdruck. Anscheinend hat sie sich in den vergangenen acht Jahren doch nicht so sehr verändert, oder zumindest sind die verräterischen Zeichen dieselben geblieben.

Sie fühlt sich unsicher. Zögert.

Das Blut rauscht mir im Kopf, als ich sie so sehe und höre, dem Klang ihrer vertrauten und zugleich veränderten Stimme lausche. Sie klingt sehr gefasst, und ihre Worte sind ganz klar. Gut sieht sie außerdem noch aus. Sie ist hübsch mit ihrem langen blonden Haar, den großen blauen Augen, dem rosigen Mund …

Ich schließe ganz kurz die Augen und schlucke kräftig. Alle Erinnerungen ziehen tosend wie die Flammen eines Waldbrandes eine nach der anderen über mich hinweg, und ich halte mich am Küchentresen fest. Diese Erinnerungen will ich nicht. Ich habe sie aus meinem Kopf verbannt, habe vor Jahren mit diesen Dämonen gekämpft und sie besiegt. Sie gehören zu einem traurigen Kapitel meines Lebens, noch so einem Teil meiner Geschichte, den ich nach Kräften verdränge.

Doch als ich Katie jetzt sehe und höre, erwacht mein altes

Ich und öffnet sich so weit und klaffend, dass es mir das Herz bricht.

»Scheinbar harmlos?«, fragt Lisa in diesem sachlichen Tonfall, bei dem sich mir alle Nackenhaare sträuben. Mit dieser Stimme hat sie sich mehr als einmal an mich gewandt. Als ich noch ein Kind war, völlig verängstigt, und nicht wusste, was ich sagen sollte. Ich hasse Lisa Swanson.

Ein neues Bild füllt den Fernseher aus. Katherine damals, als sie gefunden wurde. Mit verweinten Augen schaut sie direkt in die Kamera, sie wirkt völlig verzweifelt. Sie trägt einen schlabberigen Trainingsanzug, und ihr Haar ist hinten zottelig zusammengebunden. Links und rechts von ihr stehen zwei Polizisten, darunter eine Frau, die sie ins Krankenhaus bringen.

Katie. Wenn ich sie so sehe, bricht alles wieder in mir auf. Eine Erinnerung nach der anderen überfällt mich, ein Versprechen nach dem anderen. Mir zittern die Knie, weswegen ich mich am Tresen festhalte.

Du darfst keine Angst haben, Katie. Du musst tapfer sein. Du musst mitkommen.

Was, wenn er uns findet? Was macht er dann mit uns?

Er wird dir nichts tun. Das lasse ich nicht zu.

Versprochen?

Versprochen.

»Hat er jemals versucht, Kontakt zu Ihnen aufzunehmen?«

Jetzt ist wieder Lisa auf dem Bildschirm zu sehen. Sie hat die Augenbrauen zusammengezogen und den Kopf schief gelegt, als würde sie sich angestrengt konzentrieren. Als läge ihr Katherine am Herzen.

Ich schnaube verächtlich und schüttele den Kopf. Ja, natürlich ist das alles wichtig für sie. Nämlich die Zuschauerquote, das Geld und das nächste große Interview, das sie an Land ziehen kann.

Ich kann es nicht fassen, dass Katherine mit ihr redet.

Katie.

Meine Katie.

Es ist so lange her, seit ich sie so genannt habe, dass es fremd in meinen Ohren klingt. Für eine ganz kurze Zeit habe ich mich ihrer angenommen und war verantwortlich für ihre Sicherheit. Sie nannte mich ihren Schutzengel, und obwohl ich es abwehrte, freute ich mich insgeheim über das Kompliment. Es machte mich glücklich, dass sie mich für einen guten Menschen hielt. Mich schätzte.

Ohne zu zögern, habe ich damals das getan, was richtig war. Das musste ich. Ich konnte nicht zulassen, dass sie seine Gefangene blieb. Er hätte …

Ich mag mir gar nicht vorstellen, was er ihr angetan hätte.

Ich war nicht nur ihr Schutzengel, sie nannte mich auch ihren Helden. Das sagte sie zu mir, als wir schon fast bei der Polizeiwache waren. Noch immer habe ich ihre Stimme deutlich im Kopf.

Du hast mich vor ihm gerettet. Du bist mein Held. Als hätte der Himmel mir einen Schutzengel geschickt.

Ich glaubte nicht an Gott, aber in diesem Moment hätte ich das gern getan. Unheimlich gern.

»Kontakt zu mir? Nein«, antwortet Katherine energisch und schüttelt den Kopf. »Nie.«

»Wirklich?« Lisa zieht die Augenbrauen hoch. Als Nächstes sieht man das Foto eines Briefes. Ich erkenne die Handschrift, und meine Finger klammern sich so fest um die Kante des Tresens, dass es sich anfühlt, als würden gleich meine Hände in Stücke brechen.

Schnitt. Jetzt sieht man Katherine mit geöffneten Lippen und geweiteten Pupillen. Was immer Lisa ihr gezeigt hat, kann nichts Gutes sein.

Ich weiß es.

Und dann ist sein Gesicht da. Ein Schwarz-Weiß-Foto mit eigensinnig vorgerecktem Kinn. Den Mund hat er zu einem Strich zusammengepresst, und seine Augen sind ausdruckslos. Seine Miene ist kalt, das Haar kahl rasiert, und bestimmt hat er ein riesiges Tattoo seitlich am Hals. Ja, natürlich.

Schließlich sitzt er im Knast. Da musste er sich soweit irgend möglich an den Stil der Insassen anpassen, sonst hätten sie ihn mit dem Schwanz an die Decke genagelt. Einer, der Kinder missbraucht. Ein Vergewaltiger. Ein Killer.

Mein Vater.

Will

Damals

»Komm rein.«

Ich erstarrte, als ich ihn aus seinem Schlafzimmer mit drohender Stimme nach mir brüllen hörte. Er war betrunken. Mal wieder. In letzter Zeit war er ständig betrunken, und meistens beachtete er mich gar nicht, aber heute Abend war es anders.

Scheiße.

Ich schlurfte widerwillig in sein Schlafzimmer und verzog bei dem Geruch, der mir entgegenschlug, angeekelt das Gesicht. Er war schwer zu beschreiben. Moschusartig. Abgestanden. Stank nach Schweiß. Alkohol. Sex.

»Wo warst du?«, fragte er, als ich vor seinem Bett stehen blieb. Er lag darauf, hatte außer seiner schmutzigen weißen Boxershorts nichts an. Seine Haut war bleich, und seine Brustbehaarung hob sich davon dunkel ab. Er hatte sich nicht rasiert, und die zerzausten Haare standen in alle Richtungen von seinem Kopf ab.

Er sah richtiggehend durchgeknallt aus.

»In der Schule«, antwortete ich und sah an ihm vorbei. Es fiel mir schwer, ihn anzuschauen: Diese leere Hülle eines Mannes, der einmal bedeutend und wichtig gewesen war. Jedenfalls hatte er mir das erzählt.

Ich selbst hatte ihn nie so erlebt, aber was wusste ich schon? Ich war erst fünfzehn. Dumm und unwissend. Auch das hatte er mir gesagt.

»Du verdammter Lügner«, fuhr er mich an. »Sag die Wahrheit.«

»Da war ich wirklich«, beharrte ich. »In der Schule. Ich hatte Football-Training.« Ich verbrachte viel Zeit in der Schule und trieb Sport, damit ich nicht heimmusste. Damit ich ihm nicht begegnen musste. Meistens war es ihm scheißegal, wo ich gerade steckte oder was ich trieb. Ich begriff nicht, warum er sich jetzt so aufführte.

Ein Schauer überlief mich, denn ich rechnete mit dem Schlimmsten.

Er wollte etwas von mir. Und ich wusste nicht was.

»Im Sommer? Football-Training«, äffte er mich mit der hohen winselnden Stimme nach, die absichtlich so klang, als imitierte er ein Mädchen. Oder mich mit Mädchenstimme. Das Arschloch. »Du hältst dich wohl für einen tollen Hecht, wenn du Football, Basketball und den ganzen anderen Scheißsport mitmachst, den ihr habt? Bildest dir wohl ein, du mit deiner hässlichen Visage könntest ein paar Mädchen abkriegen.«

Ich presste die Lippen zusammen und erwiderte nichts. Was wusste er denn schon? Wenn ich etwas Falsches sagte, würde er mich ohrfeigen. Er sah zwar aus wie ein fauler Sack, wie er da auf seinem Bett lümmelte, aber der Kerl konnte schnell sein, wenn er wollte.

Ich musste es wissen. Ich hatte schon oft genug ohne Vorwarnung eine gefangen.

»Ich hab eine neue Freundin«, wechselte er plötzlich das Thema. »Und ich möchte, dass du sie kennenlernst.«

Nun begegnete ich schließlich doch seinem Blick, und was ich sah, gefiel mir nicht. In seinen teuflisch dunklen Augen glitzerte Belustigung, und seine Lippen waren zu einem gemeinen Lächeln verzogen. »Wann?«, fragte ich misstrauisch.

»Jetzt«, verkündete er, und genau in diesem Moment schwang die Tür des angrenzenden Badezimmers auf, und eine Frau, die nur mit schwarzer Unterwäsche bekleidet war, stolzierte heraus und blieb unmittelbar vor mir stehen, die Hände in die Hüften gestemmt.

Ich sah sie an und bemerkte die dünnen Falten um den schmalen Mund und den Blick, der genauso hart war wie der meines Dads. Ihr Haar war orangefarben und sah an den Spitzen verbrannt aus. Ihre Haut war bleich. Aschfahl.

Sie sah aus, als wäre sie tot.

»Hi.« Ihre Stimme war so rau, als hätte sie in ihrem Leben schon eine Million Zigaretten geraucht, und das traf wahrscheinlich auch zu. Sie stank nach Rauch, und diesen Geruch kannte ich, seit ich selbst heimlich mehr als ein paar Kippen täglich qualmte.

Mein einziges Laster.

»Ich bin Sammy.« Sie streckte mir die Hand hin, und ihre pinken Nägel schossen wie Dolche auf mich zu. »Und du musst Willy sein.«

Ich starrte meinen Dad aufgebracht an, so wütend über diesen verdammten Spitznamen, dass ich am liebsten geschrien hätte. »Will«, verbesserte ich sie und schüttelte ihre Hand nur so kurz, als hätte sie eine ansteckende Krankheit. Was durchaus der Fall sein mochte. »Kann ich jetzt gehen?«, fragte ich meinen Dad.

»Nein.« Lächelnd klopfte er neben sich auf die Matratze. »Komm her, Cookie.«

Er nannte jede seiner Freundinnen Cookie. Ob die dumme Sammy sich darüber im Klaren war? So, wie sie mit leisem Kichern eifrig aufs Bett hüpfte, bezweifelte ich das.

»Na, magst du meine neue Cookie, Willy?«, fragte mein Dad und drückte sie an sich, was sie noch mehr zum Lachen brachte. »Ist sie nicht süß?«

Nein. Ich fand sie grässlich. Sie sah aus wie eine alte Straßenhure. Genau wie all die anderen. Wahrscheinlich war sie süchtig, nahm Crack oder Meth oder so, und mein Dad sorgte für Nachschub. Er stand ebenfalls auf Crack und Meth und diese ganze Scheiße. Manchmal. Dann wieder riss er sich zusammen und sah dann richtig gut aus. Mein Dad kam super rüber, wenn er mal duschte, sich das Haar kämmte, sich rasierte und sich anzog wie ein normaler Mensch.

Aber jetzt war es nicht so. Er war abgerutscht und in seinen dunklen inneren Sumpf gefallen. Das merkte ich genau. Ich wusste, was er von mir wollte. Ich hatte es schon früher machen müssen, als ich noch klein und schwach war und zu viel Angst hatte, um mich zu wehren.

Doch das war vorbei. Ich war stark geworden. Der ganze Sport und auch die Niederlagen auf dem Spielfeld hatten mir Kraft gegeben. Ich wurde mit ihm fertig, wenn ich wollte. Wir waren gleich groß. Hoffentlich würde ich noch ein paar Zentimeter zulegen und diesem Arschloch über den Kopf wachsen. Tja, und dann? Was würde er tun?

Ich wollte, dass er so große Angst vor mir bekam, wie ich einmal vor ihm gehabt hatte.

»Setz dich da drüben hin, Willy.« Er deutete auf den zerschlissenen blassgrünen Stuhl, der in der Ecke des Schlafzimmers stand. Angeblich hatte der einmal meiner Mutter gehört.

Das einzige Überbleibsel in unserem Haus, das bewies, dass es sie einmal gegeben hatte. Fotos waren keine da. Mein Dad hatte sie alle zerrissen und verbrannt. Er hatte sie zerstört, hatte meine Mutter und meine Erinnerungen an sie vollkommen vernichtet.

»Nenn mich nicht so«, stieß ich zwischen zusammengepressten Zähnen hervor, denn ich hasste diesen Spitznamen. Und nicht nur das. Dazu kam die Wut auf den Namen an sich. Seinen Namen, der auch meiner war. Er hieß Aaron William. Und ich William Aaron. Es kotzte mich an, sein Namensvetter zu sein, auch wenn die Reihenfolge vertauscht war.

Irgendwann würde ich meinen Namen ändern. Mir selbst einen Namen geben, der nur mir gehörte und niemals ihm.

»Willy«, rief Sammy und legte den Kopf zurück, als heulte sie den Mond an. Dad lachte und kippte sie nach hinten auf den Rücken. Er legte ihr die Hand auf die Titten und presste kurz den Mund auf ihren.

Dann hob er den Kopf und starrte mich an. »Setz dich auf den Stuhl.«

»Fick dich ins Knie«, antwortete ich.

»Setz. Dich. Auf. Den. Stuhl«, befahl er mit drohend gesenkter Stimme.

»Komm schon, Willy. Er will doch nur, dass du zuschaust. Er hat mir erzählt, dass du das magst«, warf Sammy ein und kicherte, als er sie in den Nippel zwickte, damit sie den Mund hielt. Aber sie hielt ihn nicht. Sie brach in ein gackerndes Hexengelächter aus, und er wälzte sich auf sie, hielt ihr den Mund mit der Hand zu und drückte sie mit seinem Gewicht nieder. Sie schrie los, die Stimme von seiner Hand gedämpft, und ich packte die Gelegenheit beim Schopf.

»Fick dich ins Knie«, wiederholte ich finster, schoss durch den schmalen Flur in mein Zimmer und schlug die Tür krachend hinter mir zu. Ich drehte den Schlüssel im Schloss und warf mich mit hämmerndem Herzen auf das schmale Bett. Das Blut rauschte so laut in meinen Ohren, dass ich nichts anderes mehr hörte.

Ich starrte den Türgriff lange Zeit an und erwartete, dass mein Dad daran rütteln würde, dass er an die Tür hämmern und mich zum Aufschließen auffordern würde. So etwas hatte er schon früher getan. Zahllose Male. Als ich noch kleiner war, packte er mich dann am Nacken, führte mich in sein Schlafzimmer und drückte mich auf den Stuhl.

Er zwang mich, ihm zuzuschauen.

Alles in meinem Inneren brannte, und ich nahm mein Kopfkissen und presste es an mich. Ich hasste meinen Vater. Und ich hasste meine Mutter, weil sie mich bei ihm zurückgelassen hatte. Warum hatte sie mich nicht mitgenommen? Tränen prickelten in meinen Augenwinkeln, doch ich blinzelte sie zurück und widerstand dem Drang zu weinen. Ich hatte genug geweint. Es wurde Zeit, dass ich härter wurde. Ich war zu alt, um noch wie ein Baby zu heulen.

Noch drei Jahre. Es blieben drei Jahre Schule, dann würde ich meinen Abschluss machen und von hier abhauen. Falls ich nicht aufs College konnte, würde ich zum Militär gehen. Zur Marine. Oder so. Egal was, nur weg. Die Welt machte mir keine Angst.

Aber ich hatte verdammte Angst davor, was aus mir werden könnte, wenn ich hierbliebe.

Ich lag lange auf dem Bett und drückte das Kissen fest an mich, der ganze Körper angespannt, die Muskeln so verkrampft, dass sie wehtaten, wenn ich versuchte, mich zu bewegen. Endlich schloss ich die Augen und überließ mich meiner Erschöpfung.

Er kam nicht an meine Tür.

Und danach befahl er mir nie wieder, ihm zuzuschauen.

Katherine

Gegenwart

Schaust Du es dir an?

Ich lese die Textnachricht meiner Schwester und lasse zögernd die Finger über den Tasten schweben. Was soll ich ihr antworten? Sollte sie sich bei mir einladen wollen, müsste ich sie abweisen. Ich möchte sie heute Abend nicht hier bei mir haben. Ich will allein sein.

Und Du?

Ich schicke die Nachricht ab und warte auf Brennas Antwort. Ich verstecke mich aus Angst vor der Reaktion der Medien. Wenn heute Abend das Interview gesendet wird, könnte das mein Leben auf den Kopf stellen. Dann wäre es wieder wie damals, als alle hinter uns her waren und wir sie abwimmeln mussten und jedes Gespräch verweigerten.

In den Jahren seither hat es unzählige Theorien gegeben, was mit mir los gewesen sei. Ich sei von zu Hause abgehauen. Ich hätte es so haben wollen. Ich hätte bei ihm sein wollen. Ich hätte seine Sexsklavin sein wollen. Ich hätte unbedingt meinen strengen Eltern entkommen wollen. Ich hätte mein

Leben zu Hause gehasst. Ich sei ein widerspenstiges frühreifes Mädchen gewesen, das seinen Spaß haben wollte. Ich sei eine verdammte Schlampe, die alles verdient habe, was mir zugestoßen sei. Ich sei eine dreckige Fotze, die gern Schwänze lutsche.

Jede einzelne dieser schrecklichen Lügen ist über mich erzählt und im Netz verbreitet worden. Ganze Videos auf YouTube sind meinen angeblichen Lügen gewidmet. Ich habe mir einmal eines angeschaut und musste mich gleich danach übergeben. Ich erinnere mich bis heute, was in dem Video gesagt wurde.

Sie ist eine Verführerin. Eine Schlampe. Sie hat ihn mit ihrer provokativen Kleidung verleitet. Sie hat nach ihrer Rettung den Mund gehalten, weil sie selbst schuld ist. Sie hatte Geheimnisse zu verbergen. Sie war drogensüchtig. Eine Schlampe. Die Freundin seines Sohns, und er und sein Vater haben sie miteinander geteilt.

Weil ich überlebt habe, hat man mir aus irgendeinem Grund die Schuld gegeben. Ich hätte es nicht anders verdient und hätte es so haben wollen: dass ein Serienmörder mich mitten am helllichten Tag entführt und mich wie sein persönliches Spielzeug gefangen hält.

Mein Handy piept, und ich lese die Nachricht von Brenna.

Ich will es mir wirklich nicht ansehen. Als Du das Interview gegeben hast, hab ich genug gehört.

Hatte sie da nicht recht? Ich will gerade antworten, als die nächste Nachricht eingeht.

Mom hat angerufen und gefragt, ob wir uns heute Abend nicht treffen sollen. Ich hab gesagt, ich würde erst mal hören, was Du meinst.

Oje, nein danke. Ich will nicht mit Mom zusammen sein. Dann heult sie nur und versucht, mich zu trösten, und damit bin ich fertig. Ich habe alles gesagt, was ich zu sagen hatte. Aber ich möchte es mir anschauen. Allein. Ich möchte sehen, wie sie mich porträtiert haben. Lisa hat mir hoch und heilig geschworen, dass es ein positives Bild von mir zeigen würde. Dass ich hinterher nicht schlecht dastehen würde, schließlich sei ich das Opfer.

Ich verbesserte sie, ich sei kein Opfer. Ich sei eine Überlebende. Das ist ein großer Unterschied.

Ein Riesenunterschied.

Ich möchte die Sendung hier schauen. Sag Mom Danke, aber ich möchte sie allein sehen.

Ich schicke die Nachricht ab, bevor ich es mir noch einmal anders überlegen kann, und warte auf eine Antwort.

Meine Eltern sind nie umgezogen. Mom lebt noch immer in dem Haus, in dem ich aufgewachsen bin, und Brenna ist auch nicht weit weg. Sie hat eine Wohnung mit ihrem Freund Mike. Sie unterrichtet die dritte Klasse derselben Grundschule, die wir als Kinder besucht haben. Das haut mich immer noch um – meine ungeduldige, kratzbürstige ältere Schwester unterrichtet Tag für Tag mit Begeisterung eine Rasselbande Achtjähriger.

Ich selbst bin ganz bewusst umgezogen. Ich lebe nun eine Stunde südlich von meinem Elternhaus in einer sehr kleinen Stadt unweit des Orts, an dem ich entführt wurde. Also im Mittelpunkt des Schreckens, und ich weiß selbst nicht, warum mich das beruhigt, aber ich hinterfrage meine Motive nicht gern allzu genau.

In Anbetracht dessen, was derzeit los ist, bin ich in Deckung gegangen. Ich habe alle notwendigen Schritte unternommen, um unauffindbar zu sein, und so soll es auch bleiben. Es ist mir lieber so. Jetzt, wo die *News in Current*-Sendung ständig mit einer Serie von Fotos beworben wird, bin ich froh über diese Vorsichtsmaßnahme. Erst sieht man mich, wie ich geschockt auf einen Brief reagiere, von dessen Existenz ich nichts wusste – vielen Dank, liebe Mom. Musstest du das wirklich vor mir geheim halten? Und gleich im Anschluss an das Bild, wie mir die nackte Panik ins Gesicht geschrieben steht, kommt Aaron William Monroes Polizeifoto.

Genau diesen Moment habe ich in dem Interview am meisten gehasst. Ja, und dann noch den anderen, als ich den Jungen vehement verteidigen musste, der mich vor dem Unmenschen gerettet hat.

Den Jungen, der mich vor seinem Dad in Sicherheit brachte.

Mein Handy erschreckt mich mit seinem Klingeln, und ich lasse es beinahe fallen. Ein Blick auf das Display zeigt mir, dass es Mom ist.

Na super.

»Liebling, bist du dir sicher, dass du heute Abend allein sein möchtest?« Sie klingt besorgt. Das höre ich, ja ich fühle die Emotionen geradezu in ihrer Stimme. »Was, wenn du dich furchtbar aufregen musst? Ich finde, du solltest das nicht allein durchstehen müssen. Wir wollen bei dir sein.« Mit *wir* meint sie sich selbst und Brenna.

»Ich weiß deine Sorge zu schätzen, Mom, aber ich möchte nicht zu dir fahren.« Ich klinge steif. Hölzern. So wie früher immer mit Dad.

»Wie wär's, wenn Brenna und ich zu dir kommen?«, schlägt sie vor.

»Bitte, Mom.« Ich schließe mit einem Seufzer die Augen und ringe um Geduld. Ich möchte nicht böse werden. Sie meint es gut. »Ich möchte dabei lieber allein sein. Ehrenwort: Wenn ich traurig werde oder Angst kriege oder was auch immer, ruf ich dich an.«

»Okay.« Sie stößt langsam und erschöpft den Atem aus. »Okay. Ich möchte nur ... ich möchte für dich da sein.«

»Das warst du doch immer.«

»Dein Vater ...« Ihre Stimme verliert sich, und sie seufzt. Sie vermisst ihn. Und Brenna vermisst ihn auch. Beide sind noch sehr verletzlich und reden nicht viel über ihn, weil sein Tod noch so frisch ist.

Für mich fühlt es sich anders an. Ich habe ihn schon vor langer, langer Zeit verloren.

Ich erwidere nichts und warte ab, dass sie fortfährt.

»Vielleicht hat er nicht so reagiert, wie wir es uns gewünscht hätten, aber du musst wissen, dass er dich genauso geliebt hat wie immer. Bevor es passiert ist und auch danach«, sagt sie.

Sie verteidigt ihn, und das verstehe ich, doch sie lügt. Möglich, dass er mich geliebt hat, allerdings nicht so wie vorher.

Für ihn war ich danach besudelt. Nicht mehr sein kleines Mädchen. Sondern eine Frau in einem Mädchenkörper.

Ich bin beinahe dreizehn …

Ich denke daran, wie alt mir das damals vorkam. Bald – so ging es mir zu dieser Zeit durch den Kopf – würde ich die magische Brücke zwischen zwölf und dreizehn überqueren und mich in eine Frau mit Kurven verwandeln, die dann ihre Periode hätte und vielleicht sogar … irgendwann einmal … einen Freund.

Aber so ist es nicht gekommen. Danach habe ich mir jedes Gramm Fett von den Knochen gehungert, weil ich glaubte, ich sei kein Essen mehr wert. Des Lebens nicht mehr wert. Ich habe nicht einmal mehr fünfzig Kilo gewogen und meine Regelblutung erst mit sechzehn bekommen. Einen Freund hatte ich nie. Ich bin nicht zur Highschool-Abschlussfeier gegangen und war auch niemals auf einem Schulball. Für mich gab es keine Football-Spiele, keine Partys, kein Übernachten bei Freundinnen, nichts dergleichen. Das alles machte mir Angst. Jungs machten mir Angst. Und schlimmer noch: Männer erschreckten mich zu Tode. Insbesondere Lehrer. Die schauten mich immer an. Prüfend. Ich spürte, wie ihre Blicke über mich wanderten, als krabbelten winzige Ameisen meine Beine hinauf, über die Hüften und den Bauch und rund um die Brüste.

Ich fange an zu weinen, bevor ich mich zusammenreißen kann.

»Ähm, danke für deinen Anruf, Mom, aber ich muss jetzt los.« Ich lasse sie nicht mehr zu Wort kommen, sondern beende das Gespräch. Ganz vorsichtig lege ich mein Handy neben mich auf die Couch und lasse den Tränen freien Lauf.

Nichts ist in Ordnung mit mir. Ich dachte, ich wäre okay, aber so ist es nicht. Ich dachte, ich müsste nur meine Geschichte erzählen und sie ein für alle Mal loswerden, dann könnte ich einen Schlussstrich ziehen. Dann würde ich mich endlich gereinigt fühlen. Nachdem ich mich in den letzten acht Jahren meines Lebens wie eine dreckige, schmierige Schlampe gefühlt habe – danke, liebes Internet, für diese Gedanken –, wäre ich endlich sauber gewaschen und wieder heil und unschuldig.

Aber so ist es nicht. Ich wurde auf brutalste Weise vergewaltigt.

Geistig.

Und emotional.

So schwer, dass der körperliche Missbrauch gar keine Rolle mehr spielt.

Ethan

Gegenwart

Ich sitze voll nervöser Spannung auf meiner Couch und warte auf *News in Current*. Die Sendung fängt um einundzwanzig Uhr an und läuft bis dreiundzwanzig Uhr. Zwei Stunden vor mir zu haben, die von Katie und mir handeln, fühlt sich schlecht an und macht mir Schuldgefühle, aber ich bin auch aufgeregt. Und beunruhigt.

Sie müssen mich erwähnen. Ich bin ein integraler Bestandteil dieser Geschichte – ihrer Geschichte. Werden sie mich schlecht dastehen lassen? Bestimmt. Ich hasse Lisa Swanson, und sie mag mich auch nicht besonders.

Ich hatte mit allen Mitteln versucht, mir Katie Watts aus dem Kopf zu schlagen, und mir seit Jahren nicht mehr gestattet, an sie zu denken. Das durfte ich nicht. Aber nun, da sie wieder auf der Bildfläche aufgetaucht ist, belegt sie mich völlig mit Beschlag. Stundenlang habe ich auf meinem Laptop nach Informationen gesucht, wo sie sich aufhält, was sie macht und was für ein Mensch sie geworden ist.

Leider konnte ich nicht viel herausfinden. Sie lebt zurückgezogen. Das überrascht mich nicht. Ihren Namen hat sie nicht geändert, abgesehen davon, dass sie jetzt nicht mehr den Kosenamen verwendet, sondern das offiziellere Katherine.

Einen Highschool-Abschluss hat sie nicht gemacht, zumindest ist nichts davon zu finden. Ihre Schwester ist Lehrerin. Brenna Watts besitzt eine Facebook-Seite und hat ihre Privatsphäre nicht geschützt, sodass jeder alles sehen kann. Diese Seite habe ich wie ein Stalker nach Fotos von Katie abgesucht, nach irgendeiner Erwähnung oder einem Link auf ihr eigenes Profil.

Aber ein Profil für Katie gibt es nicht. Und sie wird auf der Seite ihrer Schwester auch nicht oft erwähnt. Vor einem Jahr hat Brenna allerdings ein Foto der Einstandsparty in ihrer neuen Wohnung gepostet. Sie und ihr dämlich aussehender Freund Mike feierten, dass sie zusammenzogen. Es ist ein Gruppenfoto: Ein Haufen Leute in einem überfüllten Wohnzimmer prosten mit ihren Gläsern der Kamera zu. Wer immer das Foto aufgenommen hat, muss dabei auf einem Stuhl oder Hocker oder so gestanden haben, das merkt man am Blickwinkel.

Dort entdeckte ich Katie im Gedränge, ohne ein Glas in der Hand, aber mit einem Lächeln im Gesicht. Ihr Haar war auf dem Kopf zu einem unordentlichen Knoten zusammengefasst, und dünne Haarsträhnen rankten sich zu ihren Wangen hinunter. Ihr Blick war direkt. Wie sah sie aus?

Schön.

Verloren.

Traurig.

Einsam.

Gebrochen.

Ich betrachtete das Foto lange. Dann klickte ich es als Stalker, der ich bin, mit der rechten Maustaste an und speicherte es auf meiner Festplatte. Wie würde sie reagieren, sollte ich sie kontaktieren? Würde sie sich dann freuen? Oder mich hassen? Würde sie mich für ein Arschloch halten oder noch immer für ihren Helden? Ihren Schutzengel?

Du hast mich vor ihm gerettet. Du bist mein Held.

Ich habe ihre Worte nach wie vor im Ohr. Nach all der Zeit. Und ich werde sie auch nie vergessen. Sie lassen mein Herz bluten und bohren sich in meine Seele, als wäre Katie nie daraus fort gewesen.

Und das war sie auch nicht.

Ich schaue auf den Fernseher und bemerke, dass die vorangegangene Sendung nun zu Ende ist. Lisa Swanson füllt den Bildschirm aus und hat mit ihrem gespielt aufrichtigen Blick eine Miene aufgesetzt, die ich das Nachrichtenschlampengesicht nenne. Ich stelle lauter, bis ihre Stimme mein Wohnzimmer ausfüllt, meinen Kopf und meine Gedanken kapert und ich ihr am liebsten sagen würde, sie soll die Klappe halten.

Aber ich schalte nicht aus.

Denn obwohl ich das nur zähneknirschend zugebe, möchte ich die Sendung unbedingt sehen.

Katie

Damals

Die Briefe trafen regelmäßig jede zweite Woche ein, meistens donnerstags oder freitags. Nach der Schule holte immer ich die Post rein, und das hatte ich ihm gesagt. Vorher hatten wir E-Mails ausgetauscht, aber das kam mir so nüchtern und unpersönlich vor. Ich hatte ihn gebeten, mir stattdessen auf Papier zu schreiben, und er war einverstanden gewesen.

Ich mochte seine Handschrift, die kühnen Striche auf dem Papier und die verschmierte Tinte, die mir in Erinnerung rief, dass er Linkshänder war und beim Schreiben mit der Hand über die Worte streifte. Das zerknitterte Blatt sagte mir, dass er es aus einem Schulheft gerissen hatte. Und die albernen Kommentare am Rand erinnerten mich daran, dass er noch jung war.

Wir waren beide noch jung, auch wenn wir uns meistens nicht so fühlten. Wir hatten so schnell erwachsen werden müssen. Das war wohl auch der Grund, aus dem wir uns noch immer zueinander hingezogen fühlten. Seelenverwandte, die unter demselben Mann gelitten hatten und so.

Ich öffnete den Briefkasten, schnappte mir den Inhalt, nahm den an mich adressierten Brief heraus und schob ihn in die Tasche meines Pullis. Im Haus legte ich die restliche Post auf die Küchentheke und gab meiner Mutter, die mir aus dem Wohnzimmer eine Begrüßung zurief, eine gemurmelte Antwort.

Erst später, wenn wir im Esszimmer am Tisch saßen und sie nach Kräften versuchte, Leben in die höfliche Konversation zu bringen, die meine Familie inzwischen betrieb, fragte sie mich nach meinem Tag aus. Das Abendessen bei Familie Watts war so schwer zu ertragen, dass es beinahe wehtat.

Ich fand es grässlich. Und Brenna auch.

Ich zog meine Kinderzimmertür geräuschvoll hinter mir zu, schloss ab, warf mich aufs Bett und griff nach dem Brief in meiner Tasche. Mit zitternden Fingern zog ich ihn heraus, voll Spannung auf das, was darin stehen mochte. Es könnte etwas Gutes sein. Oder etwas Schlechtes. Irgendwann würde es vielleicht keine solchen Briefe mehr geben, und darauf hatte ich mich, so gut ich konnte, vorbereitet. Seit beinahe einem Jahr korrespondierten wir nun miteinander. Er war so ziemlich der einzige Mensch, mit dem ich wirklich reden wollte. In der Schule hatte ich keine Freunde, nicht mehr.

Ich entfaltete den Brief und kaute auf meiner Unterlippe herum, während ich den Inhalt verschlang.

Katie,

Du fragst immer wieder, wie es für mich in der Jugend-WG läuft, als würdest Du Dir Sorgen machen oder so. Ich bin dieser Frage bisher ausgewichen, jetzt kann ich mich allerdings nicht mehr zurückhalten. Ich finde es hier furchtbar. Die anderen Jungs sind Arschlöcher. Sie beklauen mich, und letzte Woche habe ich mich mit einem von ihnen geprügelt. Ich habe ihn fertiggemacht, aber ein blaues Auge dafür kassiert und Arrest bekommen, weil ich angeblich mit der Prügelei angefangen hätte. Dabei war sie zunächst mal gar nicht meine Schuld. Und die fünfzig Dollar, die er mir geklaut hat, habe ich trotzdem nicht zurückbekommen.

Bei dem Tempo komme ich nicht vorwärts, schaffe ich es niemals irgendwohin.

Hab ich Dir erzählt, dass ich das Football-Spielen aufgegeben habe? Ich musste den ganzen Nachmittagssport sein lassen, sonst hätte ich niemals einen Job gefunden. Ich hab jetzt sogar zwei, einen offiziellen und dann noch einen, wo ich schwarz bezahlt werde. Beide sind Mist, doch wenigstens verdiene ich ein bisschen Geld. Ich muss allerdings ein neues Versteck dafür finden. Vielleicht könnte ich ja ein Konto eröffnen, keine Ahnung. Dafür brauche ich wohl die Unterschrift eines Erwachsenen, was für ein Scheiß. Ich darf arbeiten und Geld verdienen, aber kein Sparkonto eröffnen?

Na ja, genug gejammert. Wie geht es Dir? Wie läuft es in der Schule? Hast Du den Geschichtstest bestanden? Bestimmt. Du hast viel gelernt und machst Dir immer Sorgen wegen deiner Noten. Wie behandelt Dich Dein Dad? In Deinem letzten Brief hast du geschrieben, Brenna wäre besonders nett zu Dir. Ist das immer noch so?

Ich wünschte, ich könnte mich mit Dir treffen. Mit Dir reden. Die Verhandlung wurde schon wieder auf einen späteren Termin verschoben. Ich weiß, dass Du nicht über ihn reden möchtest, aber ich habe das Gefühl, die einzige

Gelegenheit für mich, Dich überhaupt noch einmal zu sehen, ist die Verhandlung, und das widert mich einfach nur an, Katie.

Doch ich weiß, dass Du Dich nicht mit mir treffen kannst. Ich weiß, dass Deine Eltern Dich nicht mehr aus den Augen lassen, und das ist auch richtig so. Sie müssen Dich im Blick behalten, damit Dir auf keinen Fall etwas zustößt.

Wenn ich nicht da sein kann, sind eben sie die zweitbeste Lösung.

Ich muss zur Arbeit, tut mir also leid, dass der Brief so kurz ist. Aber Du musst wissen, wie sehr Du mir fehlst.

Will

Ich las den Brief noch einmal, voll Schmerz über das, was er durchmachen musste. Er war so arm dran. Er arbeitete hart, und wozu? Damit jemand ihm das Geld stahl? War das etwa gerecht?

Doch das Leben war total unfair. Das wusste ich. Und Will ebenfalls. Wir waren die Einzigen, die das so recht begriffen.

Die Einzigen, die einander wirklich verstanden.

Katherine

Gegenwart

Als ich vorhin das Interview geschaut und all die alten Fotos von mir gesehen habe, Bilder vom Tatort, von der Gerichtsverhandlung … sind alle Erinnerungen zurückgekehrt. Eine nach der anderen sind sie über mich hergefallen, nachdem ich sie so viele Jahre lang ganz tief in meinem Gedächtnis verbannt hatte. Ein überwältigender Ansturm. Und das Ergebnis waren schließlich fürchterliche Kopfschmerzen.

Ich habe viele Geschichten gehört, wie das Gehirn Menschen beschützt, die ein traumatisches Erlebnis hatten, indem es die Erinnerung löscht. In der Grundschule wurde eine Klassenkameradin von einem Auto angefahren, flog fünfzehn Meter durch die Luft und erinnerte sich …

… an nichts. An absolut gar nichts.

Wie sehr ich mir wünsche, mein Gehirn hätte mich vor den traumatischen Tagen beschützt, die ich durchmachen musste, indem es diese schrecklichen Erinnerungen abblockte, aber bei mir war es nicht so. Ich mag diese Erinnerungen nach Kräften verdrängt haben, doch sie sind immer da. Sie lauern auf mich. Sie warten nur darauf, zurückzukehren und mich heimzusuchen.

Heute Abend habe ich zum ersten Mal seit … einer Ewigkeit an ihn gedacht. Und mit *ihm* meine ich nicht das böse Monster, den schrecklichen Mann.

Ich denke an den anderen. Den Sohn. William.

Will.

Während des Interviews brachte Lisa das Gespräch auf ihn und fragte, ob ich nach allem, was passiert sei, je Kontakt mit ihm gehabt habe.

Ich log.

Aber er hatte mir als Erster geschrieben, gleich nach meiner Rückkehr zu meiner Familie. Ein Brief in einer kaum lesbaren steilen Handschrift, schnell hingeschmierte Zeilen auf liniertem Papier. Schmerzerfüllte Worte, der Wunsch, dass es mir wieder besser gehen möge, die Hoffnung, dass ich mich erholt habe, und eine Entschuldigung.

Eine lange, von Herzen kommende Entschuldigung, für die er nicht den geringsten Grund hatte. Er war gut zu mir gewesen. Er hatte mich gerettet. Außerdem lag seinem Brief noch ein Geschenk bei – ein Armband, an dem ein Schutzengel hing.

Ich trug dieses Schmuckstück monatelang, es war der einzige Gegenstand, der mir ein Gefühl der Sicherheit vermittelte und mir half weiterzumachen. Anfangs schrieben wir uns wöchentlich, dann ein, zwei Mal im Monat. Gelegentlich schickten wir uns E-Mails, und als ich endlich ein eigenes Handy bekam, auch SMS. Aber irgendwann brach er den Kontakt zu mir ab.

Ich hatte das Armband, Wills Geschenk, seit Jahren nicht mehr getragen und bewahrte es in einer alten Schmuckdose auf. Doch am Abend, nachdem ich das Interview gesehen hatte, kramte ich es hervor, legte es an und ließ die Finger immer wieder über den Anhänger gleiten, damit er mir Kraft gab. Damit er mir Mut machte.

Lisa warf mir einen skeptischen Blick zu, als ich ihre Frage über Will verneinte, aber ich blieb dabei. Ich zuckte mit keiner Wimper. Nach einem langen Moment des Schweigens erklärte sie, sie selbst wisse auch nichts über ihn. Sie könne nur vermuten, dass er seinen Namen geändert und eine andere Identität angenommen habe. Dass er nun ein neues Leben führe.

Hoffentlich war das wirklich so. Die Alternative wollte ich mir gar nicht erst ausmalen. Was, wenn er sich genau wie sein Vater dem Verbrechen zugewandt hatte? Was, wenn er die Schuldgefühle nicht abschütteln konnte, der Sohn dieses furchtbaren Mannes zu sein? Was, wenn … was, wenn er sich das Leben genommen hatte? Ich selbst hatte im Laufe der Jahre durchaus diese Versuchung verspürt. Gerade auch als ich noch jünger war und nicht wusste, wie ich mit allem fertigwerden sollte, gingen mir ständig Selbstmordgedanken durch den Kopf.

Aber ich machte weiter. Hielt durch. Und fand wieder zu mir selbst. Und Will? Hatte er es ebenfalls geschafft und einfach weitergemacht?

Während der Sendung streifte Lisa ihn nur ganz am Rande. Ein paar Anmerkungen hier und da – dabei hatte er mehr verdient. Er ist der einzige Grund, aus dem ich noch lebe. Der Teil des Interviews, in dem wir über ihn sprachen, wurde in der Sendung stark gekürzt. Warum mich das so traurig machte, weiß ich nicht.

Will war nicht mein Feind. Er hat mir geholfen. Ich gebe nichts auf die vielen Artikel und Berichte, in denen unterstellt wird, er sei an den bösen Taten seines Vaters beteiligt gewesen. Immer wieder wurde er bei den Verhören gefragt, warum er mich nicht früher zur Polizeiwache gebracht habe. Auch mich hat man andauernd zu Wills Rolle gelöchert.

Hat er dich belästigt?

Nein.

Hat er dich gezwungen, ihn zu berühren?

Nein.

Hatte er Sex mit dir?

Nein.

Hat er dich zu etwas genötigt? Ist er gewalttätig geworden?

Nein und nochmals nein.

Die Polizisten wirkten nie richtig zufrieden mit meinen Antworten.

War ihnen nicht klar, dass er einfach nur ein Kind war, so wie ich? Ich war beinahe dreizehn, als es passierte. Er war damals fünfzehn. *Fast schon ein Erwachsener,* hatte einer der Cops während meiner Erstbefragung in sich hineingemurmelt. *Wir haben schon Mörder ins Gefängnis gesteckt, die jünger waren.*

Was sie ihm unterstellten, stimmte nicht. Er war mein Held.

Mein Schutzengel.

Meine Antwort auf seinen Brief und sein Geschenk war eine Karte mit meinem innigen Dank in mädchenhafter Schrift. Ich schickte ihm ebenfalls ein kleines Geschenk. Mehr war nicht möglich, denn ich war noch ein Kind und wusste, dass meine Eltern außer sich sein würden, wenn sie herausfänden, dass ich mit dem Sohn meines Entführers korrespondierte. Für sie spielte es keine Rolle, dass er mich gerettet hatte. In ihren Augen war Will der Feind.

Irgendwann im Verlauf des Interviews höre ich nicht mehr hin und googele stattdessen auf meinem Laptop nach Will. Doch ich werde nicht fündig. Lisa hat wohl recht gehabt. Anscheinend hat er Namen und Identität gewechselt und ist weit weggezogen.

Nach dem Ende der Sendung suche ich weiter, und als ich mich endlich aufrichte, tun mir Rücken und Schultern weh. Im Fernsehen macht gerade ein spätnächtlicher Showmaster seine Scherze, und ich schalte aus, weil ich die brav auf jede Pointe folgenden Lachsalven des Publikums nicht ertrage.

Wie eine Lachkonserve. Als wäre alles ein Fake. Unwirklich. Ich halte die Hand vor Augen, balle sie zur Faust, öffne sie so heftig, dass meine Knöchel knacken, und bemerke, dass meine Finger …

Sie zittern.

Ich schlage den Laptop zu, springe auf und wandere rastlos durch mein winziges Haus. Nach der Sendung hat Mom sich in einer Textnachricht erkundigt, ob mit mir alles in Ordnung ist, und ich habe sie beruhigt. Es ginge mir gut. Und das tut es auch. Mich selbst im Fernsehen zu sehen … fand ich eigenartig, aber mir beim Erzählen der Geschichte zuzuhören, war wie eine innere Reinigung. Ich hatte diese Worte so lange zurückgehalten, und da ist es fast befreiend, nun zu wissen, dass die Geschichte an die Öffentlichkeit gelangt ist.

Alle können meine Schande sehen.

Es ist spät, und ich bin müde. Ich muss ins Bett, und so mache ich mich fertig. Ich wasche mir das Gesicht, putze mir die Zähne, bürste mein Haar und binde es zu einem unordentlichen Knoten oben auf dem Kopf zusammen. Lange schaue ich mein Spiegelbild an, meine schlichten Gesichtszüge, das verblichene blonde Haar und die glanzlosen blauen Augen. Ich fühle mich ... leer.

Reizlos.

Nichtssagend.

Ich schlüpfe in ein T-Shirt und eine Jogginghose und werfe meine Kleider in den Wäschekorb. Jeden Abend mache ich gewohnheitsmäßig das Gleiche. Ich mag Gewohnheiten. Das gibt mir das Gefühl, alles unter Kontrolle zu haben.

In Sicherheit zu sein.

Ich schlüpfe unter die Bettdecke, stecke mein Handy zum Aufladen ein und schalte die Nachttischlampe aus. Im Haus ist es still, fast unheimlich still, und normalerweise mag ich das. Ich wohne im letzten Haus einer Sackgasse; nach hinten stößt mein Garten an den Wald. Mom fand es verrückt von mir, in so ein Haus zu ziehen.

Sie hat Angst, dass jemand im Dunkeln zwischen den Bäumen lauern könnte, bemerkte Brenna einmal leichthin, als wäre es ein Scherz, aber ich wusste, dass sie es ernst meinte.

Böse Menschen gibt es überall, antwortete ich. *Sie lauern im Dunkeln. Egal, wo wir sind oder was wir machen. Wenn jemand hinter uns her ist, findet er auch eine Möglichkeit, uns zu schnappen.*

Daraufhin sagte Brenna, das sei makaber. Und sie hat recht. Ich finde das Leben makaber. Wenn man schon einmal dem

Tod ins Auge gesehen hat, was bleibt dann noch, wovor man Angst haben müsste? Ich sage mir, dass ich das Leben in vollen Zügen genießen sollte. Dass ich mich nicht in meinem sicheren kleinen Häuschen verstecken sollte, mit meinen sicheren kleinen Gewohnheiten und meiner reizlosen, nichtssagenden Existenz.

Doch so einfach ist das nicht. Keine Angst zu haben. Sich selbst zu glauben, dass man mutig ist. Ich bewundere die Menschen, die völlig unbeschwert durchs Leben gehen. Die tun, was sie wollen, wann sie es wollen.

Aber das schaffe ich nicht. Ich gestatte es mir nicht. Meine Angst ist zu groß.

Und so bleibe ich vorläufig hier. Mein Haus, die Stille, die Nachbarschaft und meine direkte Nachbarin Mrs. Anderson, die manchmal ein bisschen wichtigtuerisch und neugierig ist, aber es doch gut meint – das alles beruhigt mich.

Genau wie meine Gewohnheiten.

Ich liege hier im Dunkeln, lasse die Gedanken schweifen und sehe ständig den fünfzehnjährigen, mit seiner Angst kämpfenden Will vor mir. Das Armband habe ich nicht abgenommen, und ich reibe immer wieder mit dem Daumen über den Anhänger.

Schließlich kommt der Schlaf, doch er ist unruhig. Ich wache beinahe jede Stunde auf, und die roten Ziffern auf meinem alten Wecker – den hatte ich schon, als ich noch die ganz normale Katie war – verspotten mich im Dunkeln. Manche Dinge kann ich einfach nicht loswerden. Und der dumme Wecker mit seinem Weckruf gehört dazu.

Und meine Angst ebenso.

Ich stelle mir vor, ich würde abhauen. Einfach weglaufen wie Will. Ich beneide ihn um seine Freiheit. Seine Fähigkeit, seine Haut abzustreifen und so zu tun, als wäre er etwas anderes als er selbst. Jemand anderes. Doch auch wenn ich wegliefe und mir einen neuen Namen und ein neues Leben zulegte, die Überreste meines alten würden doch an mir kleben bleiben. Die Unruhe. Die Angst. Die Traurigkeit.

So etwas kann man nur schwer loswerden.

Und noch schwerer ist es, damit zu leben.

Will

Damals

Ich stand vor dem kleinen Schuppen und verharrte, am ganzen Körper zitternd, vor der Tür. Ich hatte das Mädchen da drinnen zurückgelassen. Ich hatte sie gestern Nacht gefunden und war einfach weggegangen. Ich konnte nicht einmal ansatzweise erklären warum. Was ich getan hatte … war falsch. Sie hatte mich angefleht, nicht wegzugehen.

Mich angefleht.

Und ich hatte es trotzdem getan.

In meinem Magen rumorte es, und so schloss ich die Augen und atmete tief durch. Ich musste da hinein. Vielleicht war sie noch da drin, zu Tode erschreckt, und brauchte meine Hilfe.

Aber was, wenn sie nicht mehr drin ist? Was, wenn sie weg ist? Was, wenn er …

Nein. Mit einem Kopfschütteln drängte ich den Gedanken beiseite. Sie würde dort sein. Sie musste einfach.

Mit zitternden Händen gab ich die Zahlenkombination ins Vorhängeschloss ein, riss es auf und öffnete langsam die Tür. Sie quietschte in den Angeln, was in der Stille des Nachmittags ungeheuer laut klang, und ich trat einen Schritt vor und blinzelte in die Dunkelheit, die mich drinnen erwartete.

Mit gerümpfter Nase, den Kopf eingezogen, weil die Decke so tief hing, schlüpfte ich hinein. Es stank. Insekten umschwirrten mich, und ich schlug nach ihnen, während meine Augen sich langsam an die Dunkelheit gewöhnten und ich schließlich verschiedene Umrisse erkannte. Kistenstapel und einen Haufen alter Möbel.

Auf einer schmutzigen alten Matratze lag zusammengerollt ein Mädchen.

Ich blieb unvermittelt stehen, so heftig keuchend, dass es im Hals wehtat. Mir wurde schwindelig. Beinahe hatte ich gehofft, die ganze Sache nur geträumt zu haben, aber dieses Mädchen war real. Ihre Füße waren an der Wand festgekettet. Ihre Augen waren nicht mehr verbunden, stattdessen war nun ihr Mund mit Isolierband zugeklebt. Sie lag in Embryonalhaltung zusammengerollt, den Kopf nach unten gedreht und das blonde Haar verfilzt und wirr.

Bei dem Anblick wurde mir schlecht und ich hatte ein Rauschen im Kopf. Als ich über irgendetwas stolperte, fuhr sie hoch, riss die Augen auf und versuchte blinzelnd, mich zu erkennen.

Unter dem Klebeband drang ein gedämpfter Schrei hervor, und ich hockte mich vor sie und wollte ihr Haar berühren, nahm aber die Hand weg, als sie vor mir zurückwich. Ihre Augen füllten sich mit Tränen, die Rinnen in den Schmutz auf ihren Wangen zogen. Sie schrie erneut, doch unter dem Klebeband war nur ein erstickter Laut zu hören.

»Ich möchte dir helfen«, flüsterte ich und kniete mich auf die schmutzige Matratze. Sie schob sich von mir weg an die Wand, und die Kette rasselte über den Bretterboden. »Bitte.«

Ich traute meinen Augen kaum. Nur wenige Meter von meinem Haus entfernt wurde eine Gefangene gehalten. Ein Mädchen – sie musste jünger sein als ich, sie hatte ja nicht mal Brüste. Also wohl so elf oder zwölf. Bestimmt nicht älter als dreizehn.

Und mein Vater hielt sie gefangen. Dieser Gedanke wollte mir einfach nicht in den Kopf.

»Du musst mir vertrauen.« Ich atmete tief durch und versuchte, die richtigen Worte zu finden. Wie sollte ich ihr Vertrauen gewinnen, nachdem ich sie schon einmal im Stich gelassen hatte? »Komm, ich nehme dir das Klebeband ab.«

Sie schrie erneut, lauter diesmal, und schüttelte so heftig den Kopf, dass ihr Haar in alle Richtungen flog. Mit erhobenem Arm zeigte sie anklagend auf mich, und mir war, als versetzte sie mir einen Stich mitten ins Herz.

Ein Vorwurf. So empfand ich es. Sie beschuldigte mich, sie im Stich gelassen zu haben.

Und ich konnte ihr nicht widersprechen. Ich hatte sie ja tatsächlich hilflos zurückgelassen. Doch was sollte ich tun? Ich hatte die Nerven verloren. Das, was ich sah, erschien mir unfassbar.

»Ich mache es wieder gut«, flüsterte ich und rutschte näher. Sie behielt mich argwöhnisch im Auge, noch immer von Tränen überströmt. Das Klebeband bedeckte ihren Mund und ihre ganze untere Gesichtshälfte. »Ich mache dir den Mund frei. Dann können wir miteinander reden.«

Als ich das erste Mal auf sie gestoßen war, hatte ich kaum ein Wort gesagt. Ich war in Panik geraten und hatte nicht gewusst, was ich machen sollte.

Heute Abend aber hatte ich vor, das Richtige zu tun.

Ich näherte mich ihr ganz langsam, Zentimeter um Zentimeter, als wäre sie ein Wildtier, das ich zähmen wollte. Dabei redete ich unausgesetzt mit ihr und versuchte, sie mit leiser Stimme zu beruhigen. Sie kauerte zitternd an der Wand und ließ mich keinen Moment aus den Augen.

Schließlich war ich bei ihr angekommen und berührte das Klebeband mit den Fingern. Sie zuckte zusammen, blieb aber, wo sie war, was ich als gutes Zeichen deutete. »Das tut jetzt gleich weh«, flüsterte ich. »Ich reiße es ab. Das ist besser so.«

Bevor sie noch reagieren konnte, zustimmend oder ablehnend, riss ich ihr das Band mit einem heftigen Ruck vom Gesicht. Sobald es weg war, entfuhr ihr ein Schluchzen. In dem kleinen Schuppen klang es erschreckend laut. Sie kippte auf mich zu, denn ihre Handgelenke waren von derselben Kette umschlossen, die sie um die Fußknöchel trug. Ich fing sie auf, und ihr Gesicht war ganz dicht vor meinem. Mit sich überschlagender Stimme redete sie auf mich ein.

»Bring mich von hier weg, bitte. Ich muss meine Eltern suchen. Und meine Schwester. Und meine Freundin. Bitte bring mich an einen sicheren Ort. Bitte. Bitte, ich gebe dir, was du willst. Sie geben dir Geld. Versprochen.«

Sie begann zu weinen, und ich legte die Arme um sie, drückte sie an mich und tätschelte ihr unbeholfen den Rücken. Ich wusste nicht, was ich sonst hätte tun können, um sie zu trösten, aber sie sagte gar nichts. Sie weinte einfach nur an meiner Schulter, weinte mein Shirt nass, und ihr gequältes Schluchzen tat auch mir weh. Meine Brust schmerzte. Meine Kehle und meine Augen brannten.

Noch nie hatte ich bei jemandem eine solche Woge von Gefühlen, vor allem von Angst, erlebt. Noch nie hatte mich jemand derart berührt. Ich spürte, wie ihr durch meine Schulter gedämpftes Schluchzen ihren schmalen zitternden Körper schüttelte.

Was hatte mein Vater ihr angetan?

Ich konnte es mir nicht einmal vorstellen.

»Wir verschwinden von hier«, flüsterte ich und legte ihr vorsichtig die Hand aufs Haar. Ich versuchte alles, um sie zu beruhigen. »Später. Heute Nacht.«

Sie wich von mir zurück, und ihre entsetzte Miene werde ich niemals vergessen. »Wie meinst du das, später?« Sie schüttelte den Kopf. »Ich kann nicht warten. Ich muss hier raus, sofort.«

»Uns bleibt keine Wahl«, erklärte ich mit fester Stimme.

»Er kommt zurück«, hielt sie dagegen. »Jed… Jedes Mal, wenn er zurückkommt, ist es schlimmer. Ich weiß nicht, ob … ob ich das aushalte.«

Ich holte tief Luft und schob jegliches Nachdenken über das, was er ihr angetan haben mochte, energisch von mir weg. »Ich kann es nicht ändern. Ich muss es erst vorbereiten.«

»Was musst du vorbereiten?« Sie schrie die Worte praktisch. Sie riss sich aus meiner Umarmung und drückte sich an die Wand, als könnte sie meine Nähe nicht ertragen. Die Ketten rasselten über den Boden, und erneut musste ich denken, dass sie eine Gefangene war. Vor Abscheu wurde mir schwindelig. Ich brauchte meine ganze Kraft, um nicht den Kopf abzuwenden und mir die Seele aus dem Leib zu kotzen. »Hast du den Schlüssel?«

Ich runzelte die Stirn. »Was für einen Schlüssel?«

»Dafür?« Sie hob erst ihre gefesselten Hände und dann ihren Fuß, um mir das kleine Vorhängeschloss zu zeigen, das die Kette um ihren Knöchel fixierte. »Die Kette muss runter.«

Ich schüttelte den Kopf, weil ich mich so unvorbereitet fühlte. Wie sollte ich die verdammte Kette aufkriegen? »Ich muss mir einen Bolzenschneider besorgen.«

»Du musst mich hier rausholen, das ist es, was du musst. Und zwar jetzt.« Mit entschlossener Miene betonte sie das letzte Wort. Sie hatte zu weinen aufgehört. Ihre blauen, noch tränenfeuchten Augen glänzten, und plötzlich überfiel mich die Erkenntnis, wie hübsch sie war. »Er bringt mich sonst um, das weißt du.«

Mein Mund wurde trocken. Wie konnte sie das so ruhig und gefasst sagen? »Nein, das tut er nicht.«

Sie begann zu lachen, aber sie klang wie eine Wahnsinnige. So, als würde sie vielleicht den Verstand verlieren. »Oh doch. Ich hab diesen Ausdruck in seinen Augen gesehen. Er … er hat mir die Hände um den Hals gelegt, als wollte er mich erwürgen.« Jetzt weinte sie wieder, aber ich weiß nicht, ob sie es überhaupt bemerkte. »Er kann mich nicht mehr laufen lassen. Er muss mich umbringen. Ich habe sein Gesicht gesehen. Ich habe alles von ihm gesehen.«

Sie wandte sich von mir ab und drückte das Gesicht an die Wand, als ertrüge sie meinen Anblick nicht mehr. Und ich kniete auf der ekligen Matratze und fühlte mich hilflos. Ohne Hoffnung. Dann durchfuhr mich heißer Zorn, als flösse Glut statt Blut durch meine Adern, und ich ballte die Hände zu Fäusten. »Ich lasse nicht zu, dass er dich noch einmal anfasst.«

Sie machte sich nicht einmal die Mühe, mich anzuschauen. »Hau einfach ab.«

Ihre Worte schockten mich. Wollte sie meine Hilfe gar nicht? Oder hatte sie schon aufgegeben? »Sag mir deinen Namen.« Es war eher eine Aufforderung als eine Bitte. Danach wollte ich ihr meinen nennen, um wieder eine Verbindung zu ihr herzustellen.

»Nein.« Sie warf mir einen wütenden Blick über die Schulter zu, das eine Auge vom Haar verdeckt. »Lass mich in Ruhe. Du willst mir ja gar nicht helfen. Du hast Angst, dass er dich erwischt.«

Ihre Worte erschienen mir unfassbar. Das konnte doch nicht ihr Ernst sein. Wollte sie alles aufgeben, ihr ganzes Leben? Um was zu erreichen?

Um von meinem Vater umgebracht zu werden?

Verdammt noch mal. Das kam nicht infrage. Das würde ich nicht zulassen. Ich würde sie retten. Das musste ich. Es war die einzige Option.

»Ich komme zurück«, sagte ich, stand auf und klopfte mir die Jeans ab. Sie hielt das Gesicht an die Wand gedrückt und würdigte mich keines Blickes. Ihre Schultern bebten, als weinte sie noch immer.

Sie so zu sehen und ihr leises Schluchzen zu hören … das brach mir das sonst so unberührbare Herz.

Ethan

Gegenwart

Ich habe sie gefunden.

Meine unermüdliche Suche nach einer Katherine »Katie« Watts war von Erfolg gekrönt. Nach dem Interview mit Lisa Swanson habe ich beinahe eine ganze Woche damit zugebracht, das Netz nach jeder noch so winzigen Information zu durchstöbern. Ich las jeden Artikel, der über das Verbrechen und das Wiederauffinden Katies zu finden war. Einige davon waren mir schon von früherer Lektüre aus der Zeit direkt nach dem Verbrechen bekannt. Auch jeden Dokumentarfilm und jedes Dokumentarvideo über sie habe ich mir auf YouTube, Hulu oder Netflix und so weiter angeschaut, auf allem, was es gibt. Wieder und wieder. Immer aufs Neue. Einige hatte ich schon gesehen, aber viele waren mir noch unbekannt, weil sie erst gesendet worden waren, als ich mich schon gezwungen hatte, Katie loszulassen und alles, was zwischen uns geschehen war, zu vergessen.

Doch jetzt war ich auf der Suche nach einem Hinweis. Nach einem Aufschimmern der Wahrheit, einem Informationsschnipsel, der mir irgendwie entgangen war.

Und ich kam weiter. Bei einer längeren, ethisch nicht ganz einwandfreien Suche im Netz fand ich heraus, wo sie aufgewachsen war, wo sie zur Grundschule gegangen war und wer damals ihre beste Freundin gewesen war: das Mädchen, das sie am Tag ihrer Entführung begleitet hatte. Ihr Name war von den Medien zurückgehalten worden, aber ich schnüffelte in den Gerichtsakten herum, bis ich ihn auf der Zeugenliste fand.

Mit »Sarah Ellis« kam ich dann mühelos weiter. Ihre Accounts bei Instagram, Twitter und Facebook poppten sofort auf, trotz all der anderen Sarah Ellis', die es sonst noch gab. Aber sie schien nicht mehr in Kontakt mit Katie zu stehen, sodass es keinen Sinn machte, an ihr dranzubleiben.

Über die wirklich brauchbare Information stolperte ich ganz zufällig. Und sogar auf legalem Wege – bei einer Suchanfrage nach zivilen Behördenakten stieß ich auf den Kaufvertrag für Katies Haus.

Und das bedeutete … dass ich ihre Adresse hatte.

Die gab ich in Google Maps ein und sah mir ihr Haus genau an. Es war schon älter und nicht sehr groß. Ein winziger Vorgarten mit Rosensträuchern entlang des weißen Zauns. Eine kleine Veranda mit einer Hollywoodschaukel. Die Nachbarschaft wirkte ruhig und sicher und grenzte an ein Wäldchen hoch aufragender Kiefern.

Sie lebt schon seit einem Jahr dort. Die Eigentumsurkunde lautet nur auf sie. Ein Mann ist nicht eingetragen. Vermutlich gibt es keinen.

Und verdammt noch mal, ich hoffe tatsächlich sehr, dass es keinen gibt.

Im Moment läuft wieder das Interview auf meinem Bildschirm – ich sehe es mir erneut an, weil Katies Stimme etwas hat, das mich beruhigt. Das mir Hoffnung macht und mich mit Sehnsucht erfüllt. Wir waren uns damals so nahegekommen, als wir noch jung waren und das Gefühl hatten, dass uns sonst keiner verstand. Trotzdem brach ich den Kontakt zu ihr ab, was sicher so am besten war. Ich brauchte Katie nicht, wollte Katie nicht brauchen, und so vergaß ich sie.

Oder glaubte das zumindest.

Nun aber bin ich wie von ihr besessen. Ich möchte die jetzige Katie kennenlernen und ihr sagen, wie leid mir das Geschehene tut. Und ich möchte sie fragen, ob sie ein glückliches Leben führt, was ich inständig hoffe. Oder ob mein Vater sie in Gedanken noch immer nicht loslässt.

Denn mich verfolgt er. Ohne Unterlass.

»Wie sehen Ihre Pläne für die Zukunft aus?«, fragt Lisa. Das Interview ist da schon beinahe vorbei.

»Derzeit lebe ich einfach von einem Tag zum anderen«, antwortet Katie, und ihre sanfte helle Stimme erfüllt meinen Kopf und drängt sich in meine Gedanken. Ich unterbreche meine Recherche, hebe den Blick und betrachte ihr Bild im Fernsehen.

Sie ist so schön. Ihr goldblondes Haar ist lang und wellt sich unten, und ihre blauen Augen sind so dunkel wie ein Mitternachtshimmel. Sie sieht unschuldig aus. Wie ein Engel.

Sie könnte mein Engel sein. Sie könnte mich retten. Wenn ich sie einfach nur sehen und mit ihr reden könnte. Nur ein einziges Mal.

»Aber irgendwelche Pläne haben Sie doch bestimmt? Etwas, was Sie sich wünschen? Karriere? Ehe? Kinder?«, hakt Lisa nach.

Das Zurückzucken ist so unmerklich, dass es dem durchschnittlichen Zuschauer vermutlich gar nicht auffallen wird.

Mir dagegen schon. Ich habe es gesehen. In Katies Augen flackerte kurz etwas auf, und sie blähte ganz leicht die Nasenflügel. Diese Fragen gefallen ihr nicht.

»Ich weiß nicht, was das Leben für mich bereithält. Ich studiere am College. Ich lebe zum ersten Mal allein, und es gefällt mir. Ich hoffe, dass ich irgendwann einmal einen Partner finde, aber ich …« Ihre Stimme wird unsicher, und sie schweigt einen Augenblick lang. Sie neigt den Kopf, sodass ihr das Haar vors Gesicht fällt, und ich schaue wie hypnotisiert zu, auch jetzt wieder, obwohl ich diese Szene schon so oft gesehen habe. »Ich weiß nicht, ob die Zukunft das für mich bereithält«, schließt sie leise.

»Was hält die Zukunft nicht für sie bereit? Eine Ehe?« Lisa ist wie ein Hund, der einen Knochen gefunden hat. Sie lässt niemals ab. Sie gibt erst Ruhe, wenn sie hat, was sie will. Und sie möchte Katie ein Leben verpassen, in dem Sex eine Rolle spielt. Eine nette Familie mit einem Mann und Kindern und allem, was die Gesellschaft von einem erwartet.

»Ja, das alles«, antwortet Katie mit einem Nicken, hebt den Kopf und begegnet noch einmal Lisas Blick. »Ich weiß nicht, ob ich dazu fähig bin. Ob ich noch einmal jemandem vertrauen kann.«

Und dieser letzte Satz macht mich fertig.

Er hat alles verdorben. Hat ihr alles kaputtgemacht. Sie vertraut niemandem mehr. Sie glaubt, dass sie niemanden lieben kann. Schlimmer noch, ich bin felsenfest davon überzeugt, dass sie sich auch selbst für nicht liebenswert hält.

Ich fühle mit ihr mit. Denn ich bin wirklich nicht liebenswert. Zumindest habe ich das in all den Jahren, in denen ich weitergemacht und versucht habe, mein Leben neu zu erfinden, geglaubt. In den Jahren, in denen ich versucht habe, mir ein Leben zu schaffen, das nicht von meinem Vater überschattet ist, der beinahe hämisch in seiner Todeszelle sitzt. Was er wohl über Katies Interview denkt?

Denn er hat sich mit Sicherheit jede verdammte Sekunde davon angesehen. Genau wie ich.

Genau wie ich.

Katie

Damals

Er würde nicht zurückkommen.

Ich sagte mir, dass er ein Aufschneider war. Ein Lügner. Ich kannte ihn ja gar nicht. Kannte nicht einmal seinen Namen. Was wollte er? Wie hatte er mich gefunden? Ich wusste nicht einmal, wo ich mich befand. Ich hatte am ersten Abend einen Blick aus dem schmutzigen Fenster des Schuppens erhascht, bevor der Mann mir die Augen verband und alles dunkel um mich herum wurde. Doch ich hatte nur einen leeren Hof oder Garten gesehen, in dem ein ausgeblichenes, abgestoßenes Holzpferd, vielleicht ein ehemaliges Karussellpferd, einsam am Zaun lehnte. Der Anblick dieses Pferdes stimmte mich traurig. Es gehörte nicht hierher.

Ebenso wenig wie ich.

Der Mann war zuletzt am Morgen hier gewesen. Er brachte mir einen Donut zum Frühstück, und ich verschlang ihn, obwohl er alt schmeckte und die Glasur feucht und klebrig war. Ich war völlig ausgehungert. Und das war ich immer noch. Mir knurrte der Magen, und ich drückte die Stirn gegen die Wand, schloss die Augen und versuchte, die Hungerqualen mit meinem festen Willen zu vertreiben.

Vor meinem inneren Auge tauchte das Gesicht meiner

Mom auf, und ich presste die Lider sogar noch fester zusammen und gab mir Mühe, die Hoffnung nicht zu verlieren und daran zu glauben, dass alles gut werden würde. Ich sah ihr Gesicht vor mir, sah Daddys Gesicht, das Gesicht meiner Schwester und Sarahs Gesicht vor mir und hoffte, dass sie sich nicht allzu viele Sorgen machten. Aber dass sie mich suchten. Taten sie das? Und würden sie mich finden? Würde irgendjemand mich finden?

Nein.

Mir kamen die Tränen. Langsam. Meine Augen brannten, und mein Hals tat weh. Ich schluckte das Schluchzen herunter, zwang es nach unten, als wäre es Essen und würde mir eine Weile Nahrung geben. Ich brauchte etwas, das mir Kraft gab. Ich hatte alle Hoffnung verloren. Er hatte mich angefasst, sich mir aufgedrängt, seinen Mund auf meinen gelegt und, oh Gott …

Ich verdrängte die Gedanken, das Entsetzen, das Reale des Schreckens aus meinem Kopf. Verriegelte und verrammelte ihn, wie ich es inzwischen so gut konnte.

Als ich die Beine bewegte, rasselten die Ketten laut über den Boden, und das Ziehen im Schritt ließ mich zusammenzucken. Es tat überall weh, aber ganz besonders dort. Ich war voller schmerzhafter Prellungen, die Innenseite meiner Oberschenkel grün und blau geschlagen, die Brust, die Arme und Beine …

Überall hatte ich Blutergüsse. Er hatte mich brutal gepackt. Als wäre ich eine Lumpenpuppe, hatte er mich herumgestoßen, mich neu zurechtgelegt, meine Beine auseinandergezwungen, meine Arme so oder so gelegt, meinen Kopf in die ihm genehme Richtung gedreht. Jedes Mal wollte er, dass ich nach etwas ganz Bestimmtem aussah, und ich begriff es nie.

Ich dachte an seine Hände. Plumpe Finger. Breite Handflächen. Sie knallten wie ein Gewehrschuss in meinem Gesicht, wenn er mich ohrfeigte. Das eklige Stechen und Kribbeln, wann immer er mich berührte, wie ein Krabbeln und Kriechen direkt unter meiner Haut, kleine Würmer, die sich in meine Muskeln bohrten und tiefer in mich hineinkrochen. Ich schauderte, und vor Angst zog sich mein Magen zusammen. Er würde bald wieder hier sein, und ich wusste nicht, ob ich noch so einen Besuch durchstehen würde. Ich wusste nicht, ob er noch einen Besucht durchstehen würde. Nach dem Vorfall beim letzten Mal …

Ich versuchte zu schlucken. Meine Kehle war so rau wie Schmirgelpapier, die Halssehnen brannten. Ich hatte Druckstellen um den Hals. Bestimmt trugen sie die Form seiner Finger, fünf kleinere Punkte auf der einen Seite und fünf violett angelaufene Streifen auf der anderen. Denn da hatte er mich so heftig gewürgt, dass mein Kopf immer wieder dumpf auf die Matratze krachte und ich überzeugt war, gleich das Bewusstsein zu verlieren.

Was mir sehr recht wäre. Dann müsste ich nicht mehr leiden. Ich war so ausgelaugt. So erschöpft. Dabei waren es erst ein paar Tage. Ich hatte den Überblick verloren, wie viele genau, aber ich hielt es einfach nicht mehr aus. Ich musste hier weg. Ich musste entkommen, bevor er endgültig Schluss mit mir machte …

Plötzlich ging die Tür des Schuppens auf und ließ ganz kurz einen Strahl Sonnenlicht herein. Dann war die Sonne wieder weg, und die Tür fiel mit einem Unheil verkündenden leisen Klicken zu. Ich versteifte mich und horchte mit angehaltenem Atem, ob ich ihn hereinschleichen hörte.

Dieses leise Heranpirschen war es, was mir die größte Angst einjagte. Lieber wäre es mir, er würde mit spürbarer Wut brüllend hereinstürmen. Stattdessen schlich er sich in den Schuppen wie ein Dieb. Wie der schlimmste Albtraum, der Realität geworden ist. Leise, berechnend und mit einem unheimlichen Lächeln im Gesicht.

Ich hielt ihm den Rücken zugekehrt, und trotz meines Zitterns hatte ich jeden Muskel angespannt. Alles in mir tat weh, und ich presste die trockenen, rissigen Lippen zusammen, um das Wimmern zu unterdrücken, das ihnen entkommen wollte.

»Hallo.«

Beim Klang der leisen Stimme fuhr ich herum. Schock und Erleichterung ließen mir die Tränen in die Augen schießen, und ich sackte gegen die Wand. »Du bist gekommen«, stieß ich hervor.

Er trat zu mir, der Junge, den ich für einen Lügner gehalten hatte. Ich hatte mich geirrt. Er stand vor mir wie mein zum Leben erwachter persönlicher Held und betrachtete mich aufmerksam mit seinen dunklen Augen. Seine Lippen waren zu einem Strich zusammengepresst. Mein Blick wanderte von seinem Gesicht zu dem, was er in der Hand trug. So etwas hatte ich noch nie gesehen. Es hatte lange Griffe, und der Metallkopf erinnerte mich an eine Beißzange.

Das Ding sah aus wie eine Waffe. Als könnte er es jeden Moment über den Kopf schwingen und auf mich niederkrachen lassen.

»Ein Bolzenschneider.« Er hob das Gerät hoch, und als ich zusammenzuckte, bemerkte er es. Ein schmerzlicher Ausdruck trat in seinen Blick, und er kniete sich auf dem Rand der Matratze nieder. »Komm her – keine Angst. Ich tu dir nicht weh. Ich möchte die Kette durchschneiden. Erst an den Fußknöcheln und dann an den Handgelenken. So ist es einfacher.«

Wieder durchströmte mich Erleichterung, und mein Herz sang praktisch vor Hoffnung. Ich rückte von der Wand ab und streckte ihm das Bein hin, voll Verlangen, die Kette ein für alle Mal loszuwerden. Mir entging nicht, wie er zusammenzuckte, als er die blauen Flecken auf meiner Wade und meinem Knie sah.

Und an meinem Oberschenkel.

Doch er sagte nichts dazu. Mit zusammengezogenen Augenbrauen beugte er sich über mein Bein, und sein schwarzes Haar fiel ihm in die Stirn. Es war ungewöhnlich dunkel, und ich fragte mich, ob er es färbte.

Und warum wohl.

»Sag mir, wie du heißt«, stieß er hervor, als er nach meinem Knöchel griff und den Fuß vorsichtig in die richtige Lage brachte. Dieses Hantieren erinnerte mich an ihn. An den Mann, der mich genommen hatte, und einen Augenblick lang verkrampfte ich mich. Meine Brust schnürte sich zusammen, und mein Herz hämmerte.

»Erst will ich wissen, wie du heißt«, flüsterte ich. Die Worte kamen so hastig aus meinem Mund, dass sie fast zu einem einzigen Laut verschmolzen. Mir war schwindelig, und ich wusste, dass es am Nahrungsmangel lag. Ich war so hungrig und so durstig.

Er hob den Kopf, und unsere Blicke begegneten sich erneut. Danach zu urteilen, wie ernst und angstvoll er mir in die Augen sah, war er genauso verschreckt und verunsichert wie ich. »Will«, flüsterte er.

»Ich bin Katie«, flüsterte ich zurück und zuckte zusammen, als die kalten, schweren Zangen des Werkzeugs sich um die Kette schlossen und meine Haut streiften.

»Beweg dich nicht, Katie«, warnte er mich und richtete den Blick erneut nach unten, ganz auf seine Aufgabe konzentriert. Ich verfolgte, wie er den Griff des Bolzenschneiders packte und tief Luft holte, als müsste er seine Kräfte sammeln. Als brauchte er alles, was in ihm steckte. »Ich möchte dir nicht wehtun.«

Mein Herz stolperte. Das, genau das war der Moment, in dem ich begriff, dass dieser Junge mein Schutzengel und zu mir gesandt war, um über mich zu wachen. Nur über mich.

Er gehörte zu mir.

Katherine

Gegenwart

»Nun.« Frau Dr. Sheila Harris faltet die Hände im Schoß, ihr Lächeln ist bescheiden und unaufdringlich. Nicht bedrohlich. »Wie war Ihre Woche? Sind Sie Ihren Zielen näher gekommen?«

Ich reiße den Blick von dem ihren los und richte ihn auf meine Fingernägel. Meine Nagelhäutchen sind völlig hinüber, weil ich ständig an ihnen herumzupfe, bis sie bluten. Die erste der beiden Fragen stellt sie mir jedes Mal, wenn ich hier bin, aber das mit meinen Zielen ist neu und bezieht sich auf das Gespräch, das wir in der Woche zuvor hatten. »Ach, Sie wissen schon. Wie immer. Lisa Swanson hat mit mir ein US-weit ausgestrahltes Interview im Fernsehen geführt. Keine große Sache.«

»Ich habe das Interview gesehen.« Frau Dr. Harris klingt belustigt. Schließlich weiß sie Bescheid. Wir haben uns schon seit Längerem immer wieder über das Interview unterhalten. Es gehört zu meinem Plan. Es war eines meiner Ziele, die ich mir in der Hoffnung gesetzt habe, meinen inneren Frieden und neue Kraft zu finden.

Keine Ahnung, ob diese Ziele wirklich das sind, was ich brauche. Aber ich gebe mir Mühe.

»Was denken Sie darüber?«, frage ich.

»Ich denke, dass Sie sehr mutig waren«, antwortet sie, nun mit ernster Stimme. »Sie haben mehr preisgegeben, als ich erwartet hatte.«

Ich hebe den Kopf und mustere sie heimlich. Sie beobachtet mich mit diesem neutralen, immer geduldigen und freundlichen Lächeln. »Ich wollte vollkommen offen und ehrlich sein.«

»Meinen Sie, dass das klug war?«

Ich denke über meine Antwort nach. »Ich weiß nicht recht. Im Moment ist der Teufel los«, räume ich ein. »Ich bekomme Anfragen von allen möglichen Medien. Agenten. Reporter. Zeitschriften. Websites. Alle wollen mit mir reden.«

»Und Sie haben das nicht erwartet?«

»Doch, schon. Dieser Teil ist keine Überraschung.« Ich war auf alles vorbereitet. Oder so hatte ich zumindest geglaubt.

»Welcher denn dann? Welcher Teil ist eine Überraschung?«

»Ich weiß nicht recht.« Ich zucke mit den Schultern. Ich lüge. Ich möchte einfach nur nicht zugeben, dass ich erwartet habe, mich nach dem Erzählen der Geschichte besser zu fühlen. Dass ich mich irgendwie als gereinigt empfinden würde. Als stärker.

Und das Problem? Ich fühle mich kein bisschen anders als vor der Ausstrahlung des Interviews. Das heißt, doch, zunächst schon. Ich war so erleichtert, als hätte ich mir nun alles endgültig von der Seele geredet. Aber jetzt? Ich bin genau wie zuvor. Nicht verändert.

Nicht geheilt.

»Sehr viele Menschen sind neugierig«, stellt Sheila fest.

»Das hat mich eindeutig überrascht. Die große Anzahl der Menschen, die das Interview gesehen haben und mehr wissen wollen.« Ich betone das Wort *mehr,* weil ich es so oft gehört habe. Mehr über meine Geschichte, mehr über meine Zukunft, mehr über meine Vergangenheit, mehr, mehr, mehr. Ich fühle mich, als würde ich in zwanzig verschiedene Richtungen gleichzeitig gezerrt und wüsste nicht, in welche ich mich wenden sollte.

»Eigentlich hätte Sie das nicht überraschen sollen. Die Medien sind versessen auf solche Geschichten. Denken Sie doch nur an diese armen Mädchen, die so viele Jahre in Ohio gefangen gehalten wurden. Und an Elizabeth Smart. Oder Jaycee Dugard. Alle Welt war gebannt von ihren Geschichten. Und so ist es immer noch. Jede von ihnen hat ein Buch veröffentlicht und zahlreiche Interviews gegeben. Manche sprechen bei öffentlichen Veranstaltungen. Sie haben ihre Tragödien in eine Botschaft der Hoffnung und der Kraft verwandelt.«

»Ich weiß nicht, ob ich das kann«, räume ich ein.

»Es ist etwas, woran wir arbeiten können, was meinen Sie? Nicht, dass Sie eine öffentliche Persönlichkeit werden sollten. Aber wollen Sie nicht versuchen, diese Entschlossenheit zu finden? In die Tiefe zu gehen und Ihre innere Kraft zu entdecken? Sie liegt in Ihnen, das wissen Sie«, erklärt sie mit fester Stimme. Als dürfte ich nicht daran zweifeln.

»Glauben Sie das wirklich?« Es ärgert mich, dass ich so voller Zweifel klinge.

»Und Sie?«

»Ich weiß nicht.« Ich seufze tief. »Manchmal frage ich mich, ob das Interview ein Fehler war.«

»Wie fühlen Sie sich gerade jetzt?«

»Ich wünschte, ich wäre eine Eremitin«, antworte ich ohne Zögern.

Frau Dr. Harris lacht leise. »Sie sind bereits eine selbst ernannte Eremitin.«

Autsch. Ich wechsele die Taktik. »Ich wünschte, es gäbe mich gar nicht.«

Das Lachen bricht ab. »Das ist nicht Ihr Ernst.«

Ich zucke mit den Schultern. Auf Worte verzichte ich. Dabei stimmt es. Wenn es mich nicht gäbe, müsste ich nicht mit alldem zurechtkommen. Ich habe es mir selbst eingebrockt, daran kann ich also niemandem etwas vorwerfen.

Doch das stimmt nicht. Ich werfe Aaron William Monroe vor, dass er mir das angetan hat. Wenn er mich einfach ermordet hätte und fertig, würde ich jetzt nicht noch immer leiden. Dann wäre das alles erledigt.

Schon allein bei dem Gedanken zucke ich zusammen. Als schlössen sich seine rauen, eiskalten Finger in diesem Augenblick um meinen Hals und versuchten, mich zu erdrosseln.

»Alles in Ordnung mit Ihnen?«, fragt Frau Dr. Harris, aber ich gebe darauf keine Antwort. Garantiert hat sie mein Zusammenzucken gesehen. Meiner Therapeutin entgeht nichts.

Wir verharren ein paar Minuten schweigend, und das Ticken der Uhr auf dem Bücherregal ist das einzige Geräusch. Es macht mich wahnsinnig, dieses ewige Ticktack, Ticktack. Wahrscheinlich hat Sheila das Ding absichtlich dorthin gestellt, damit wir Patienten die Nerven verlieren und uns keine andere Wahl bleibt, als die Stille mit unseren Problemen und Schwierigkeiten zu füllen.

Schließlich halte ich es nicht mehr aus.

»Ich frage mich manchmal, was geschehen wäre, wenn er ... mich getötet hätte«, gebe ich zu und schlucke.

»Dann wären Sie nicht mehr da. Das brauchen Sie sich nicht zu fragen. Sie hätten keine Zukunft. Sie wären eine tote Zwölfjährige gewesen und Ihre Familie am Boden zerstört. Und der Mann wäre frei herumgelaufen, um nach Ihnen noch zahllose andere Mädchen zu töten«, antwortet Frau Dr. Harris ohne Umschweife.

Sie versucht, mich zu schockieren, um mich zu überzeugen, dass dieser Gedankengang zu nichts führt, aber ohne es so deutlich auszusprechen. Sie darf mir nicht sagen, ob das, was ich denke, richtig oder falsch ist. Das geht gegen ihren Therapeutenkodex oder so.

»Aber wäre es vielleicht besser gewesen?«, frage ich. »Nicht für meine Familie. Die hätte so oder so gelitten.« Ich denke an meinen Vater und verbanne ihn sofort wieder aus meinen Gedanken. Es regt mich noch immer auf, wie er mich behandelt hat, aber ich kann nichts daran ändern. Er ist tot. »Für mich«, setze ich hinzu und hebe den Kopf, um ihrem Blick zu begegnen. »Wäre es für mich besser gewesen?«

Ihr Gesicht bleibt so ausdruckslos wie üblich. Himmel, ich wünschte, diese Frau würde einmal ein Minimum an Emotionen erkennen lassen. Nur ein einziges Mal. Fehlanzeige. Aber vermutlich ist gerade das der Grund, warum sie eine gute Therapeutin ist.

»Dann wäre es vorbei«, fahre ich fort. »Erledigt, wissen Sie? Ich meine, sehen Sie mich an. Ich tue nur so, als hätte ich ein Leben. Ich gehe ja kaum aus dem Haus. Den Kursen am College folge ich per Internet. Freunde habe ich eigentlich auch nicht. Ich treffe mich praktisch nie mit jemandem, höchstens gelegentlich mit meiner Schwester und ihrem Freund. Wie öde das alles ist. Und natürlich, kein Mann wird jemals …« *Mit mir zusammen sein wollen. Mich berühren, mich küssen wollen.*

Ich lasse den Satz in der Luft hängen, presse die Lippen zusammen und schließe die Augen, um all die hässlichen Gedanken abzuwehren. Sie fallen immer dann über mich her, wenn ich mich ohnehin schon schlecht fühle. Immer wenn mir elend zumute ist, ziehen sie mich noch mehr runter, schnüren mir die Luft ab und rauben mir die Kraft.

»Fühlen Sie sich einsam, Katherine?«

Ich öffne die Augen und senke den Kopf erneut, weil ich auf keinen Fall Mitleid in ihrem Blick sehen will, nicht einmal andeutungsweise. Auch wenn sie meistens ungerührt bleibt, verraten ihre Augen sie manchmal doch. Nur ein Aufblitzen, fast als hätte ich es mir eingebildet. »Manchmal«, gebe ich zu.

»Sie sollten versuchen, mehr unter die Leute zu gehen. Vielleicht einem Verein beitreten oder so«, schlägt sie vor.

Ich lache, aber ohne jeden Humor. »Ja, klar. Ein Verein. Was für einer denn? Meinen Sie, es gibt eine Selbsthilfegruppe für Menschen, die einem Serienmörder entronnen sind?«

Sie ignoriert meinen Sarkasmus. »Es gibt alle möglichen Hilfeangebote, Katherine. Sie könnten mit Sicherheit eine Gruppe finden, die zu Ihnen und Ihren Bedürfnissen passt. Ich weiß da viel für Sie. Ich könnte Ihnen eine Menge Informationsmaterial mit nach Hause geben.«

Das hat sie mir schon früher aufzudrücken versucht. Nein,

danke vielmals. Kein Interesse. »Ich kann derzeit nicht unter Leute gehen. Jemand könnte mich erkennen.«

»Sie haben selbst entschieden, das Interview zu geben.«

Jetzt bin ich wirklich sauer und kurz vorm Ausrasten. »Ja, ganz recht. Ich dachte, es würde therapeutisch wirken, wenn diese Stunden hier schon nichts bringen.« Ich springe auf, am ganzen Körper zitternd, so rege ich mich auf. »Ich muss los.«

Frau Dr. Harris sieht mich mit hochgezogenen Augenbrauen an. »Halten Sie das für ratsam?«

»Keine Ahnung.« Ich bin fix und fertig. »Ich glaube, das spielt keine Rolle. Ich kann es nicht ändern, wie ich mich fühle.«

»Sie sind in sich zerrissen.«

»Immer.«

»Warum?«

Ich sacke wieder auf den Stuhl, sinke in mich zusammen. Meine Lunge fühlt sich an, als käme keine Luft mehr hinein, und mir ist schwindelig. »Ich weiß es nicht. Ich möchte leben. Und zugleich wäre ich am liebsten tot. Ich möchte stark sein. Aber es ist so viel einfacher, schwach zu sein. Ich möchte meinen Ängsten in die Augen sehen, mich ihnen stellen. Und andererseits möchte ich weglaufen und so tun, als gäbe es mich gar nicht.«

»Aber es gibt Sie. Und Sie bemühen sich nach Kräften, stark zu sein.« Sie beugt sich in ihrem Sessel vor, ich dagegen möchte in meinem versinken. »Als Erstes haben Sie das Interview angepackt. Und Ihre Geschichte erzählt.«

»Und?« Meine Stimme ist dünn, und ich schlinge die Arme um mich, weil mir plötzlich kalt ist.

»Das haben Sie also geschafft. Und Sie haben es überlebt. Sie sind heil auf der anderen Seite herausgekommen. Sie sollten stolz auf sich sein.« Ihre Stimme klingt fest, als versuchte sie, ihre Stärke auf mich zu übertragen. »Sind Sie das?«

»Stolz auf mich?« Ich schnaube. »Nein. Worauf sollte ich denn stolz sein? Ich habe nichts getan, nur eben überlebt.«

»Sie sind entkommen. Sie haben einen mehrfachen Mörder und Serienvergewaltiger identifiziert, und dank Ihnen konnte er gefasst werden.«

»Das war ich nicht allein. Jemand hat mir geholfen.« Ich denke an ihn. Schon wieder. In letzter Zeit geht er mir andauernd durch den Kopf. Mein Schutzengel. Ich greife nach dem Anhänger meines Armbands und streiche mit dem Daumen darüber. »Meine Flucht ist nicht mein Verdienst.«

»Sie würdigen Ihre eigene Leistung nicht genug.«

»Ich war zwölf. Vollkommen ausgeliefert. Sein Sohn war derjenige, der mich gerettet hat. Er hat mich zur Polizeiwache gebracht.« Will wollte nicht bleiben. Er hatte vor, mich dort abzuladen und zurückzukehren. Zu was auch immer, ich wusste es nicht.

Es konnte nichts Gutes sein.

»Sie hatten die Kraft, als Zeugin aufzutreten«, ruft Frau Dr. Harris mir in Erinnerung. »Sie haben vor Gericht gegen den Täter ausgesagt und geholfen, den Mann ins Gefängnis zu bringen, der sie entführt und vergewaltigt hat.«

Vergewaltigt. Ich hasse dieses Wort. Es macht, dass ich mich beschädigt fühle. Wie beschädigte Ware. Vielleicht, weil ich genau das bin. Wer würde mich noch haben wollen? Ich schaffe es kaum, einem Mann in die Augen zu schauen, von einem Gespräch ganz zu schweigen. »Ich will nicht mehr darüber reden.«

»Worüber reden?«

»Über ihn. Über das, was er mir angetan hat. Wie er mich vergewaltigt hat. Und dass ich jetzt für keinen anderen Mann mehr zu gebrauchen bin«, speie ich heraus. Da schließt sich jedes Mal der Kreis, bei ihm und dem, was er mir angetan hat. Alle wollen die grässlichen Details hören. Eine Liste, was genau er Schlimmes gemacht hat, wo er mich angefasst hat, wie viele Male er …

Ich schließe die Augen und lasse die Woge über mich hinwegschwemmen. Was er getan hat. Was er gesagt hat. Der Ausdruck in seinem Blick. Die winzigen Spuren von Güte, die er zeigte, um mich zu überzeugen, dass er gar nicht so schlimm war.

Er war der Teufel.

»Glauben Sie, dass er Sie endgültig kaputtgemacht hat?«, fragt Frau Dr. Harris.

»Ja«, flüstere ich. »Deshalb wünsche ich mir ja manchmal, ich wäre gestorben. Es wäre so viel einfacher, wissen Sie? Ich wäre einfach nicht mehr da. Ich müsste mit alldem nicht mehr umgehen.«

»Wollen Sie damit sagen, dass Sie selbstmordgefährdet sind?« Immer dieselbe Frage, immer diese Angst, dass ich mir etwas antue. »Nein, überhaupt nicht.«

»Bereuen Sie wirklich, dass Sie das Interview gegeben haben?«

Ich öffne die Augen und sehe sie an. »Nein. Ich musste es tun. Vermutlich gehört das mit zum Verarbeitungsprozess.«

»Ja, das sehe ich auch so«, antwortet Frau Dr. Harris mit sanfter Stimme und gütiger Miene. Dieses winzige Zeichen von Zuneigung beruhigt mich, und ich setze mich aufrecht. Noch immer streiche ich mit dem Daumen über den silbernen Schutzengelanhänger. »Wenn man nach so vielen Jahren über den Vorfall spricht, bringt das zwangsläufig viele schwierige Emotionen mit sich. Sie sind in Gedanken zum Zeitpunkt des Geschehens zurückgekehrt, und mit den damaligen Gefühlen müssen Sie sich nun erneut befassen.«

Und beim ersten Mal habe ich mich nicht richtig mit ihnen befasst, eigentlich überhaupt nicht. Ich musste so tun, als wäre alles in Ordnung, obwohl das überhaupt nicht stimmte. »Ich finde, ich müsste stärker sein«, sage ich. »Die Sache sollte mich nicht so runterziehen.«

»Jeder geht mit einem Trauma anders um«, beginnt sie, aber ich unterbreche sie.

»Ich möchte stärker sein.«

»Und das werden Sie auch schaffen.« Sie lächelt, dieses angespannte Lächeln mit schmalen Lippen, das voller Lügen ist. »Irgendwann.«

»Wann?«

»Wenn Sie so weit sind.«

»Aber ich bin doch schon so weit!«

»Wirklich?«

Wieder herrscht Schweigen. Vielleicht hat sie recht. Vielleicht bin ich nicht so weit.

Vielleicht werde ich niemals so weit sein.

Ethan

Gegenwart

Ich bin wie besessen.

Ich sitze ein Stück von Katherine Watts' Haus entfernt im Auto, und zwar derart tief, dass ich die Tür gerade so eben über das Steuerrad hinweg beobachten kann. Nichts rührt sich dort, in der Zufahrt steht kein Auto, und auch sonst geschieht nicht das Geringste. Ich bin nervös. Ich möchte ihr näherkommen, aber nicht zu nah. Falls sie zu Hause ist und zufällig über mich stolpert, wird sie mich nicht erkennen. Ich möchte sie nicht erschrecken, und sie ängstigt sich gewiss schnell. Sie könnte glauben, dass ich ein Reporter bin, der hinter ihr herschnüffelt.

Eigentlich der perfekte Deckmantel.

Verdammt, ich sollte nicht hier sein. Ich habe mir doch hoch und heilig geschworen, dass ich nicht zu ihrem Haus fahren und versuchen würde, einen Blick auf sie zu erhaschen.

Aber nun sitze ich also hier und liege auf der Lauer. Warte auf sie. Ich will mich einfach nur vergewissern, dass es ihr gut geht. Dass ihr keine Gefahr droht. Nach der Ausstrahlung des Interviews musste sie garantiert mit einer überwältigenden Medienaufmerksamkeit fertigwerden. Das ist bestimmt nicht leicht. Hat sie zuverlässige Menschen, die sie unterstützen?

Freunde? Ihre Familie? Nachdem ich mir das Interview immer wieder angesehen habe, habe ich eindeutig das Gefühl, dass sie einsam ist. Allein.

Ich kann mich gut in sie hineinversetzen. Und genau das kotzt mich an. Hat auch sie ständig ein Ziehen in der Magengegend? Sucht mein Dad sie in den dunkelsten Momenten der Nacht im Bett heim, wenn sie allein und verletzlich ist? Kommen ihre Erinnerungen sie in Gestalt von Albträumen bei jeder sich bietenden Gelegenheit besuchen?

Hoffentlich nicht, verdammt noch mal.

Ich bin so rastlos, dass mein Körper sich anfühlt wie ein einziger großer zuckender Muskel, und ich gebe den Versuch auf, mich auf das Auto zu beschränken. Es ist zu klein und eng, und ich fühle mich darin wie in einem Dampfdrucktopf. So einer, der jeden Augenblick explodieren kann, worauf der Inhalt in alle Richtungen spritzt.

Geduld war noch nie meine Stärke.

Also steige ich aus und nähere mich auf dem Bürgersteig langsam Katies Haus. Meine Schritte sind gemessen, ich halte die Hände in den Hosentaschen, setze eine neutrale Miene auf und gebe mich lässig. Ich trage ein schwarzes Sweatshirt, und eine Sonnenbrille verdeckt meine Augen, obwohl die Sonne nur ganz schwach scheint. Es ist ruhig. Jetzt am Vormittag, kurz nach elf, sind vermutlich fast alle Leute bei der Arbeit. Abgesehen von der älteren Dame, die direkt neben dem Haus von Katherine Watts auf der Veranda sitzt.

Ihre Nachbarin.

Verdammt.

Ich bemühe mich nach Kräften, nicht zu ihr hinzuschauen,

und halte den Kopf abgewendet, obwohl ich mir Katies Haus unbedingt ansehen möchte. Ich möchte jedes denkbare Detail registrieren, um es mir genau zu merken. Vielleicht könnte ich auf diese Weise einen Hinweis entdecken, einen ganz kurzen Blick darauf erhaschen, wie Katie tickt. Ich möchte dahinterkommen, wie sie ist.

Und zwar unbedingt.

»Brauchen Sie Hilfe, junger Mann?«

Ich bleibe stehen und stelle fest, dass die alte Dame auf ihrer Verandaschaukel ganz nach vorn gerutscht ist und mich mit Argusaugen beobachtet wie ein Raubvogel, der gleich zustoßen will. Ich erkenne eine gewisse Verwandtschaft mit ihr – sie traut niemandem, genau wie ich. Sie ist die einsame Nachbarin, die in der Straße Wache hält. »Guten Tag«, sage ich und winke ihr zu.

Ihr Gesichtsausdruck verändert sich nicht. Er ist nicht boshaft, aber auch nicht sonderlich freundlich. »Suchen Sie jemanden?«

Ich deute auf Katies Haus. »Ich glaube, dass ich als Kind einmal dort drin gewohnt habe.«

Ihre mit Stift gemalten Augenbrauen wandern nach oben. »Das glauben Sie?«

»Ich bin mir ziemlich sicher.« Ich werfe ihr ein freundliches Lächeln zu. »Es ist schon sehr lange her.«

»Aha. So alt sehen Sie noch gar nicht aus.«

»Alt genug, um ein paar verschwommene Erinnerungen zu haben.« Mein freundliches Lächeln bleibt an Ort und Stelle, doch sie lässt sich nichts vormachen.

Sie mustert mich weiter argwöhnisch, fühlt mir auf den

Zahn. Wahrscheinlich glaubt sie, dass ich etwas im Schilde führe.

Und das stimmt ja auch.

»Und jetzt wollen Sie in Erinnerungen schwelgen?«, fragt sie. »Deswegen sind Sie hier? Sagen Sie mir nicht, dass Sie ein Reporter sind.«

Ich überhöre die letzte Bemerkung. Sie böte mir zwar einen guten Deckmantel, doch ich habe das Gefühl, dass diese Frau mich sofort vertreiben würde, wenn sie den Verdacht hätte, dass ich hier herumschnüffele. »Ich bin etwas wehmütig.« Was im Grunde nicht gelogen ist. »Meine Mom fehlt mir.« Das ist leichter, als zu behaupten, ich vermisste meinen lieben alten Dad.

»Oh, haben Sie sie kürzlich verloren?« Ihr Gesichtsausdruck verändert sich kaum, und so bin ich mir nicht sicher, ob sie aufrichtig mit mir mitfühlt.

Ich nicke und weiß nicht einmal selbst, ob es eine Lüge ist. Meine Mutter hat sich nie gemeldet, nicht einmal, als die Kacke wirklich am Dampfen war und Dads Name und sein Fahndungsfoto durch alle Nachrichten ging. Was ist das für eine Frau, die nicht einmal dann versucht, ihr einziges Kind zu kontaktieren? Ich landete schließlich in einer angeblich »betreuten« Jugend-WG, aus der ich mich mit siebzehn davonmachte. Meinen Betreuern war das ziemlich egal. Ihnen ging es nur um das monatliche Betreuungsgeld.

Das Leben bei meinem Vater war die Hölle, und als man mich von ihm wegholte, wurde es kaum besser. Ich brauchte einen Helden oder eine Heldin. Jemanden, der kommen und mich retten würde, und ich setzte darauf, dass das meine Mutter sein würde. Im Verlauf der Jahre habe ich mir immer wieder ausgemalt, wie sich das abspielen würde, aber tatsächlich kam es niemals dazu.

Entweder war sie eine herzlose Schlampe oder nicht mehr am Leben. Mir ist es lieber, sie für tot zu halten.

So ist es leichter für mich.

»Das tut mir leid.« Die alte Dame bleibt eisern bei ihrer kühlen Miene. Ich bin beeindruckt. »Ich kann mich nicht an eine Familie mit kleinem Jungen in diesem Haus erinnern, junger Mann.«

»Wie lange leben Sie denn schon hier?«

»Weit über zwanzig Jahre.«

Tja, zum Teufel. Dann würde sie Bescheid wissen. »Ach so. Na ja … danke für die Information.«

»Vielleicht haben Sie sich ja im Haus geirrt«, schlägt sie vor. »Vielleicht lag Ihres ja in einer der Nachbarstraßen. Die sehen sich hier alle ziemlich ähnlich.«

»Vielleicht. Da könnten Sie recht haben.« Endlich gestatte ich mir, das Haus sehnsüchtig anzuschauen – Katies Haus. Es ist klein und weiß, mit blassblauen Zierleisten und dazu passenden Fensterläden. Die Haustür ist in einem warmen, leuchtenden Rotton gestrichen, was mich verblüfft. Das hätte ich nicht erwartet, aber vielleicht gefällt ihr das ja. Neben der Tür stehen Blumentöpfe, und am Vordach ist eine Verandaschaukel aus Holz befestigt, ganz ähnlich wie die, auf der meine Gesprächspartnerin derzeit sitzt.

Wenn ich könnte, würde ich in Katies Garten gehen und durch die Fenster ins Haus spähen, um zu sehen, wie sie lebt. Was für einen Geschmack sie hat, welche Möbel, was für Fotos vielleicht an den Wänden hängen. Aber keines der Fenster ist Blicken zugänglich. Sie alle sind mit Vorhängen oder Rouleaus verhängt, und außerdem würde ich wie ein Verbrecher aussehen – ein Spanner, der versucht, einen Blick auf eine schutzlose Frau zu erhaschen, die ganz allein dort drinnen lebt.

Ich werde mir niemals gestatten, in irgendeinem Punkt Ähnlichkeit mit meinem Vater zu entwickeln. Ich hasse mich auch so schon genug. Wenn dann noch irgendein Vergleich mit ihm hinzukäme, würde mich das endgültig fertigmachen.

»Wer wohnt jetzt hier?«, frage ich beiläufig und tue so, als würde mein Herz nicht heftig loshämmern. Ich will einfach nur ein paar Worte über Katie hören – über Katherine. Eine noch so unbedeutende Tatsache erfahren, einen Informationsschnipsel mitnehmen, den ich später auskosten kann.

Sagen Sie mir, dass sie frei von Sorgen lebt. Sagen Sie mir, dass sie glücklich ist. Sagen Sie mir, dass sie Freundinnen hat, eine Katze, einen guten Job und eine Beziehung, aus der mehr werden könnte. Sagen Sie mir, dass sie ihren Eltern und Geschwistern nahesteht, dass sie viel lächelt und nicht total einsam ist. Sagen Sie mir, dass ich mich irre. Sagen Sie mir das alles. Ich muss es hören. Ich muss mich vergewissern, dass es ihr gut geht.

Mehr will ich nicht. Einfach nur wissen, dass sie ein gutes Leben führt, durch nichts bedroht.

»Das geht Sie nichts an«, sagt die Frau, als würde sie mich schelten. Ich trete einen Schritt zurück, verblüfft von der Glut, die in ihren Augen lodert. Wie eine Katze, die ihre Jungen beschützt. Das gefällt mir. Es beruhigt mich, dass Katie eine Nachbarin hat, die an ihrer Seite steht. Nicht dass diese gebrechliche Frau ein Verbrechen verhüten könnte, aber immerhin könnte sie den Notruf wählen. Und sie kann Spinner abwehren, die vor Katies Haus herumlungern, so wie mich. »Sie lebt sehr zurückgezogen.«

Mehr gibt sie nicht preis. Mehr bekomme ich nicht.

Wir starren einander an, und ich gestehe meine Niederlage als Erster ein und schaue weg. Ob sie Katie erzählen wird, dass heute ein Fremder hier war? Wird sie mich so wichtig nehmen?

Vermutlich nicht.

»Danke für Ihre Hilfe«, sage ich zu der alten Dame und mache mich auf den Rückweg zu meinem Auto. Die Enttäuschung macht mir zu schaffen, obwohl ich das nach Kräften wegschiebe. Was zum Teufel mache ich eigentlich hier? Was hatte ich mir davon versprochen? Will ich einen Schlussstrich ziehen? Nach allem, was mir und Katie zugestoßen ist, wird es niemals einen Schlussstrich geben. Wir teilen etwas miteinander, was sonst keiner versteht. Ich wünschte, ich könnte mit ihr reden, aber das geht nicht. Ich möchte die alte Wunde nicht wieder zum Bluten bringen.

Ich muss mich mit den kleinen Informationsschnipseln über Katie zufriedengeben, die ich nach und nach selbst zusammensetze.

Das muss vorläufig genügen.

Katie

Damals

Nachdem ich tagelang an eine Wand gekettet auf einer dünnen Matratze gelegen hatte, war ich geschwächt. Ich hatte nicht viel gegessen und auch kaum etwas zu trinken bekommen. Als Will mir eine Flasche Wasser reichte, sobald er mir die Kette vom Fuß geschnitten hatte, kippte ich praktisch alles in einem einzigen Zug hinunter.

»Nicht so schnell«, mahnte er mich, und seine leise, ruhige Stimme war voll Sorge. Die Lippen noch um die Flaschenöffnung geschlossen, blickte ich zu ihm auf und sah seine gerunzelte Stirn und das ernste Gesicht. »Sonst kommt es dir gleich wieder hoch.«

Er hatte recht. Ich beherzigte seinen Rat und trank langsamer. Dabei ließ ich ihn keinen Moment aus den Augen. Er griff in seinen Rucksack, zog etwas heraus, das wie ein zusammengelegtes T-Shirt aussah, und hielt es mir hin. »Für dich.«

Ich starrte auf das Shirt in seiner Hand. Es war marineblau mit einem weißen Aufdruck, den ich nicht entziffern konnte. »Was ist das?«, fragte ich, denn ich traute ihm noch nicht recht. Was, wenn er seine eigentlichen Motive kaschierte? Vielleicht tat er nur so, als ob er nett wäre, um mich später auszunutzen. Ich kannte ihn nicht. Ich hatte keine Ahnung, warum er mir helfen wollte. Ich verstand das alles nicht.

»Ein Shirt. Damit du deines wechseln kannst.« Er deutete auf mich. »Ich dachte mir, du hättest gerne saubere Klamotten. Shorts oder so habe ich aber nicht für dich. Ich bin zu groß und du bist, äh, zu klein.«

So groß war er eigentlich nicht, aber doch größer als ich. Ich nahm ihm das Oberteil aus der Hand, schüttelte es auf und stellte fest, dass es sich um das Football-Shirt einer Highschool handelte. Der Name der Mannschaft prangte auf der Brust, und darunter reckte sich mit drohender Miene ein Adler. »Ist das deine Schule?«, fragte ich.

Will überging meine Frage und blickte sich mit zusammengezogenen Augenbrauen um. »Du musst dich beeilen. Bald wird es dunkel.«

»Ich will mich nicht vor dir umziehen«, flüsterte ich, und er entfernte sich wortlos, kehrte mir den Rücken zu und kramte in seinem Rucksack. Ich beobachtete ihn eine Weile dabei, um sicherzugehen, dass er sich nicht gleich wieder umdrehen würde.

»Beeil dich, Katie«, drängte er, und ich riss mir das schmutzige zerfetzte Shirt vom Leib und warf es auf den Boden. Dann streifte ich mir sein Oberteil über den Kopf. Es war zu groß. Die Ärmel reichten mir bis zu den Ellbogen, und unten fiel es bis halb zum Knie und verdeckte meine fleckigen, schmutzigen Shorts. Ich stand auf wackligen Beinen und wäre beinahe hingefallen, weil mir die Knie zitterten.

Er drehte sich um und wollte meinen Ellbogen fassen, doch ich zuckte zurück. »Ich komm schon klar«, murmelte ich.

Meine Haut brannte, wo seine Finger sie berührt hatten. Aber es war kein unangenehmes Brennen. Eher wie ein kribbelnder elektrischer Strom, der mir durch und durch ging.

Ich verstand es nicht.

»Ich dachte, du würdest hinfallen«, brummte er und schaute mich mit gesenktem Kopf an. Schwarze Haarsträhnen fielen ihm in die Stirn. Wieder kam mir die Farbe total unnatürlich vor, und ich betrachtete ihn aufmerksam, musterte ihn wirklich gründlich, um dahinterzukommen, wie er war.

Er trug ein schwarzes T-Shirt. Ohne Aufdruck oder Muster. Eng anliegende verblichene schwarze Jeans und an den Füßen die ausgetretensten schwarzen Turnschuhe, die ich je gesehen habe. Im linken Ohr trug er einen schmalen Silberring, und dasselbe galt für den rechten Mundwinkel. Er war von Kopf bis Fuß schwarz gekleidet, eine einzige lange schlanke schwarze Linie. Das Haar hing ihm über die Augen, und er hatte etwas Trotziges im Gesicht. Er erinnerte mich an die Emo-Punks in meiner Schule, war aber nicht so blass wie sie. Und er hatte Muskeln. Nicht gerade wie ein Bodybuilder, aber sein Bizeps stand deutlich heraus. Er wirkte stark.

Beinahe einschüchternd.

»Wir müssen los«, erklärte er energisch und sah mir in die Augen. Mit seiner tiefen Stimme klang er wie ein Mann, doch sein Gesichtsausdruck und die Unruhe in seinem Blick machten klar, dass er einfach nur ein Kind war.

Genau wie ich.

Ich verharrte, unschlüssig, ob ich mitgehen sollte, was er bemerkte. Er musste mir das Widerstreben ansehen, und als unsere Blicke sich trafen, gestand ich: »Ich habe Angst.«

Einen winzigen Augenblick lang entgleisten seine Gesichtszüge. Ich glaube, er wusste nicht, wie er mit mir umgehen sollte. »Du darfst keine Angst haben, Katie. Du musst tapfer sein. Du musst mitkommen.«

Das wollte ich. Wirklich. »Was, wenn er uns findet? Was macht er dann?«

Die Entschlossenheit, mit der Will das Kinn vorreckte, ließ ihn männlicher wirken. Nicht mehr ganz so kindlich. »Er wird dir nichts tun. Das lasse ich nicht zu.«

»Versprochen?« Es war zu viel verlangt, aber ich musste die Worte hören. Ich brauchte ihren beruhigenden Klang.

Sein Blick war ernst. »Versprochen.«

Ich wollte ihm glauben. Ich brauchte jemanden, an den ich glaubte, damit er mir hier heraushalf. Ich setzte mein ganzes Vertrauen in ihn. Das musste ich.

Eine andere Wahl blieb mir nicht.

Ohne Zögern drehte er sich um und lief zur Schuppentür. Ich folgte ihm, so schnell ich konnte, bemüht, Schritt zu halten, die fast geleerte Wasserflasche noch immer in der Hand. Er ergriff meine andere Hand, um mir die baufällige Holztreppe hinunterzuhelfen. Seine schlanken Finger legten sich um meine, und ich zuckte zusammen, als die Kanten der Stufen sich in meine zarten Fußsohlen drückten.

»Du brauchst Schuhe«, brummte er und griff in seinen magischen Rucksack. Er brachte ein Paar grell orangefarbene Old Navy Flipflops zum Vorschein, die billigen, die man für unter fünf Dollar bekommt. »Die hier hab ich gefunden.« Ich fragte mich, wem sie früher gehört hatten.

Das spielte allerdings keine Rolle. Jetzt gehörten sie mir.

Ich schlüpfte hinein, und obwohl sie ein bisschen zu groß waren, konnte ich doch in ihnen gehen. Er lächelte mich an. Ein schiefes Verziehen der geschlossenen Lippen, das sofort wieder verschwand, ein einziger flüchtiger Moment. Dann bedeutete er mir wortlos mit einem Wink, dass ich ihm folgen sollte. Das tat ich. Hinter ihm her floh ich aus dem Garten, vorbei an dem Karussellpferd, das in der Ecke am Zaun lehnte.

»Ist das dein Pferd?«, fragte ich, aber eigentlich wollte ich wissen, ob er dort lebte. Was für eine Rolle er selbst eigentlich in dieser Situation spielte.

Er blieb stehen und sah sich nach dem Pferd um, doch sein Blick war gedankenverloren. »Ja, ich hab es auf einer Müllhalde in der Nähe des Parks gefunden.«

Der Park. Der Freizeitpark. Er war in der Nähe. Viel näher, als ich geglaubt hatte.

»Normalerweise werden die Dinger verkauft«, fuhr er fort. »Versteigert. Die Leute nehmen sie gern. Es ist, als würden sie eine Erinnerung aus ihrer Kindheit ersteigern, ein Stück Glück.« Ich sah ihn an und fragte mich, ob dieses Pferd für ein Stück Glück aus seiner Kindheit stand. Allerdings war er ja selbst noch ein Kind. Älter als ich, aber noch kein Erwachsener.

»Aber das Pferd hier haben sie weggeworfen, als könnte man nichts mehr damit anfangen. Es war zerbrochen. Verblichen und abgestoßen. Und sein stumpfes Braun passte wahrscheinlich nicht zu den bunten Pferden und Tieren auf dem Karussell. Bist du damit auch gefahren?« Unsere Blicke begegneten sich, und ich nickte. »Es ist grellbunt, mit Glocken,

Elektroklingeln und lauter Musik. Da hat dieser Junge nicht reingepasst.«

Ich hatte das merkwürdige Gefühl, dass er gar nicht mehr von dem Pferd redete. Sondern von sich selbst.

»Wir müssen weiter«, sagte er und klang plötzlich gereizt. Er warf dem Pferd einen letzten sehnsüchtigen Blick zu, und dann liefen wir los. Er führte mich zum Tor, machte es auf und bedeutete mir mit einer Geste, vor ihm hinauszutreten. Ich tat es, die Brust wie zusammengeschnürt. Mit scharfem Blick spähte ich umher. Ein kleiner Teil meiner selbst hatte Bedenken, dass dies eine Falle sein könnte. Vielleicht führte der Junge mich in mein Verderben.

Wir befanden uns in einer Wohngegend. Reihen winziger Häuser standen so eng, dass sie fast wie gestapelt wirkten, in ordentlichen kleinen Reihen. Die Vorgärten waren einfach nur unkrautüberwucherte Flächen, und die Autos in den Einfahrten oder am Straßenrand waren alt. Vor fast allen ohnehin kleinen Fenstern waren rostige Metallgitter angebracht, die böse Menschen draußen hielten oder dafür sorgten, dass die guten Menschen drinnenblieben, wie herum auch immer.

Draußen spielten keine Kinder, und aus den Gärten hinter den Häusern oder diesen selbst drangen keine Stimmen heraus. Es war unheimlich still, und die langsam im Westen untergehende Sonne überzog den Himmel mit einer rötlich orangefarbenen Glut. Die Straße führte aufwärts. Will ging ruhig und gleichmäßig, und ich gab mein Bestes, mit ihm Schritt zu halten. Aber ich war bereits erschöpft. Fix und fertig. Und ich hatte Schmerzen.

Am liebsten hätte ich jetzt schon aufgegeben, dabei waren wir gerade erst losgegangen.

Als wir am Ende der Straße angelangt waren, erkannte ich, wo wir uns befanden. Nicht weit von der Hauptverkehrsader, die direkt zum Strand und der Promenade führte. Ich blickte mich nach hinten um und entdeckte mit stockendem Atem, dass dort unten das Meer lag. Der orangegelbe Ball der Sonne versank gerade in dem wogenden Blau. Der Freizeitpark war bereits erleuchtet, das Riesenrad ein blitzendes Wahrzeichen und die hoch oben verschlungenen Fahrwege der Achterbahn von weißen Lampen erhellt.

Das Bedauern traf mich wie ein Schlag in die Magengrube. Ich war nicht mehr dazu gekommen, mit Sarah Achterbahn zu fahren. Und ich hatte auch kein frittiertes Twinkie mehr gegessen, wie ich es mir vorgenommen hatte. Ich war wirklich zu kurz gekommen.

Aber wenigstens war ich noch am Leben.

»Jetzt ist es nicht mehr weit«, versprach Will.

Als ich mich umdrehte und ihn ansah, bemerkte ich das schlechte Gewissen in seinem Gesicht. Ober er mich belog? »Wo bringst du mich hin?«, fragte ich. Fast schon befehlend.

»Zur Polizeiwache.« Er deutete mit dem Kopf die Richtung an, und dorthin ging es bergauf. Ich glaubte wirklich nicht, dass ich es diesen blöden Berg hochschaffen würde. »Sie liegt näher beim Zentrum.«

»Wie weit sind wir denn vom Zentrum entfernt?«

»Nicht allzu weit.« Er senkte den Kopf, und das Haar fiel ihm ins Gesicht, als benutzte er es als Schutzschild.

Er log. Das merkte ich genau. »Hast du denn kein Handy?«

Ich hatte keines. Sarah schon. Wenn ich doch auch eines besäße. Inzwischen sahen Mom und Dad das wohl genauso.

»Nein.« Er schüttelte mit einer Andeutung von Sarkasmus den Kopf. »Das kann ich mir nicht leisten.«

Ohne ein weiteres Wort ging er wieder los, und mir blieb keine andere Wahl, als ihm zu folgen. Wir schnauften den Hang hinauf – wobei das Schnaufen mehr auf mein Konto ging, denn er war gut in Form. Er war auch nicht die letzten Tage an einer Wand festgekettet gewesen und geschlagen und misshandelt worden, mit nichts als einem gelegentlichen Donut und ein paar Keksen im Magen. Hin und wieder hatte es auch eine Tüte Doritos gegeben und dazu ein Dr. Pepper.

Ich verabscheute Dr. Pepper. Dass ich imstande war, mich nach allem, was ich durchgemacht hatte, auf meinen Abscheu vor einem bestimmten Erfrischungsgetränk zu konzentrieren, wies vermutlich darauf hin, dass ich mich in einer Art Schockzustand befand. Was weiß ich. Ich hatte mit meinen Eltern *CSI: Den Tätern auf der Spur* geschaut und ein paar Begriffe aus der Polizeiarbeit aufgeschnappt, aber meistens hatte ich nicht hingehört.

Ich hatte bei ziemlich vielem nicht hingehört, und jetzt tat es mir leid.

»Alles in Ordnung?« Will rief mir die Frage über die Schulter zu, und ich murmelte ein *Ja*. Bei jedem Schritt zuckte ich vor Schmerz zusammen, meine Wadenmuskeln taten weh, und ich zitterte, wenn mich ein kühles Lüftchen vom Ozean streifte.

Irgendwie fiel es dem Jungen auf. Er merkte alles, und ich war mir nicht sicher, ob das gut war oder ob es mir Angst machen sollte. Schon zog er ein hellgraues Sweatshirt aus seinem magischen Rucksack und reichte es mir. Ich nahm es entgegen, schlüpfte hinein und sog dabei den Geruch ein, der an den Fasern hing. Es roch nach Waschmittel und nach noch etwas anderem. Etwas nicht Identifizierbarem, und ich drückte die Nase an den Kragen und schnupperte. Das Sweatshirt war weich und warm. Es roch beruhigend und umhüllte mich so wie das T-Shirt des Jungen, das ich schon trug.

»Zieh dir die Kapuze über den Kopf«, forderte er mich auf, was ich dann auch tat.

»Warum?« Ich zog die Bändel zusammen, bis der Stoff sich eng um meinen Kopf schmiegte.

»Dein Haar. Es ist blond. Er könnte … dich erkennen, falls er zufällig vorbeifährt.« Seine Stimme klang zögernd, und ich bemerkte etwas Verstörtes in seinem Blick. »Er ist zur Arbeit gefahren. Aber bald hat er Feierabend. Falls er nicht gleich in die Kneipe geht.«

Es war, als stürzte ich ab. Mein Magen zog sich zusammen, und mein Mund wurde trocken. Himmel, gleich würde ich mich übergeben müssen. Wie dumm von mir zu glauben, ich könnte ihm entkommen. Er würde mich vielleicht finden. Er würde uns vielleicht beide finden. Oder dieser Junge führte mich direkt zu ihm – konnte ich es wissen? Und ich war blöd genug, ihm einfach zu folgen.

»In was für einem Verhältnis stehst du zu ihm?«

Er schüttelte mit geblähten Nasenflügeln den Kopf. »Das spielt keine Rolle.«

Wir stapften ein paar Minuten schweigend weiter, und seine Antwort machte mir zu schaffen. Sie reichte mir nicht. Der Junge wusste mehr, als er zugab, und das machte mir

Angst. Ich hatte Angst, einen Fehler zu begehen. Angst, in eine Falle zu geraten.

»Im Gegenteil: Das spielt sehr wohl eine Rolle«, sagte ich endlich und schloss zu ihm auf. Nun gingen wir Seite an Seite, ich keuchend. Meine Füße taten weh, besonders meine Zehen. Ich krallte sie ständig in die billigen Flipflops, damit sie mir nicht vom Fuß rutschten.

»Was spielt eine Rolle?« Er warf mir einen misstrauischen Blick von der Seite zu.

»In was für einem Verhältnis du zu ihm stehst. Das muss ich wissen, bevor ich weitergehe.« Woher meine Kraft kam, wusste ich nicht, aber ich hob herausfordernd das Kinn und hoffte, man sah mir an, dass ich es ernst meinte.

Wir blieben auf dem Bürgersteig stehen und starrten uns an, unser Keuchen lauter als die ansonsten vertrauten nächtlichen Geräusche. Nicht weit entfernt bellte ein Hund. Autos fuhren vorbei, und ihre Scheinwerfer streiften uns kurz und tauchten uns für ein paar Momente in ihr Licht. Eine einsame Möwe flog über uns hinweg, mit einem harten lauten traurigen Ruf, und es kam mir so vor, als könnte dieser klagende Schrei mich gänzlich verschlucken.

»Es sollte keine Rolle spielen«, sagte Will grimmig. »Er bedeutet mir nichts. Ich bin ganz anders als er.«

Ich betrachtete ihn, als das Licht eines vorbeifahrenden Wagens sein Gesicht erhellte, und erkannte eine unbestimmte Ähnlichkeit mit dem anderen. Mit meinem Entführer. Die Form der Lippen und das wütende Lodern in seinen Augen. Doch aus irgendeinem Grund überkam mich Ruhe, und ich war plötzlich überzeugt, die richtige Entscheidung getroffen zu haben. Ich hatte keine Angst mehr. Er hatte mich gerettet. Hatte mich aus dem Schuppen geführt, in dem ich die Hölle durchgemacht hatte, als wäre es ein Klacks, nachdem ich tagelang dort gefangen gesessen hatte.

»Er ist dein Vater.«

Ein Muskel an Wills Kiefer arbeitete, aber ansonsten verharrte er reglos. Wir musterten einander, bis irgendwo eine Hupe ertönte und uns beide erschreckte. »Wir müssen weiter«, brummte er.

»Du wirst …« Ich ergriff seine Hand und hielt sie fest. Zu fest vielleicht, doch das war mir egal. Ich schaute nach unten auf unsere verschränkten Finger, froh über diese Verbindung, während ich inständig hoffte, dass er nicht versuchte, mich hereinzulegen. Warum dieser Junge beruhigend auf mich wirkte, wusste ich nicht, und es blieb mir unergründlich. Vielleicht war es die zupackende Art, wie er mich gerettet hatte. Ohne nachzudenken und unbesorgt darum, was ihm selbst deswegen zustoßen mochte. Er brachte sich damit ja in Gefahr. Damit, dass er mir half. Das durfte ich nicht vergessen. »Du … du wirst mich doch nicht zu ihm bringen, oder?«

Er drückte meine Finger, und ich zuckte nicht zurück. Ich brauchte diese beruhigende Geste. Ich brauchte den Glauben, dass er mich retten wollte. »Nein. Das würde ich dir nicht antun.«

»Nicht?« Ich blickte zu ihm auf, ohne seine Hand loszulassen. Ich hätte sie am liebsten nie wieder losgelassen. Ich schlang die Finger um seine, spürte, wie sein Daumen über meinen Handrücken strich, und empfand ein Flattern tief unten im Bauch.

»Niemals«, erwiderte er fest, und seine tiefe Stimme widersprach der Angst in seinen Augen. Dass er selbst auch Angst hatte, beruhigte mich zusätzlich.

Aber ich musste es auch in Worten von ihm hören.

»Versprichst du es mir?«

Will hob unsere verschlungenen Hände hoch. Und sein ernster Blick ließ den meinen keinen Moment los. »Das verspreche ich dir.«

Katherine

Gegenwart

Den eigenen Ängsten in die Augen sehen.

Ich habe diese Formulierung gegoogelt und massenhaft brauchbare Informationen gefunden, die ich innerhalb weniger Stunden verschlang, alles im Verlauf einer langen schlaflosen Nacht, der eine weitere und dann noch eine folgte. Mit schweren Augenlidern las ich einen Artikel nach dem anderen, bis mein Gehirn mit Tipps und Tricks, beruhigenden Worten und aufmunternden Zitaten vollgestopft war.

Nachts kann ich einfach kein Auge zutun, aber ich will keine Schlaftabletten nehmen, obwohl ich welche verschrieben bekommen habe. Ich nehme überhaupt nicht gern Medikamente. Xanax, Prozac, Ambien und so weiter … das ganze Zeug habe ich durch.

Und ich habe alles gehasst. Ich fühlte mich damit benommen. Ich nahm meine Empfindungen nicht mehr richtig wahr, war dumpf im Kopf und verhielt mich nicht mehr wie ich selbst. Lieber stellte ich mich den Dämonen in meinem Inneren, als von Medikamenten abhängig zu werden, die die Seelenqualen betäubten.

Die Stunde bei Frau Dr. Harris vor einer Woche hat bei mir ein Gefühl des Unbehagens hinterlassen, und das konnte ich noch immer nicht abschütteln. Dass ich sie angeschrien und mich schlecht benommen habe, tut mir leid. Ich habe die Nerven verloren und mich an meiner Therapeutin abreagiert. An so etwas ist sie bestimmt gewöhnt, aber ich schickte ihr trotzdem eine Mail mit einer Entschuldigung. In ihrer Antwort versicherte sie mir, das wäre nicht nötig gewesen, aber ich bin froh, dass ich es gemacht habe. Froh, dass ich erwachsen genug war, um zu merken, dass ich einen kindischen Wutanfall gehabt hatte.

Dass meine Nachbarin Mrs. Anderson mich nach meiner Heimkehr an jenem Nachmittag informierte, ein verdächtig wirkender Mann habe um mein »Haus herumgeschnüffelt«, machte die Dinge auch nicht gerade besser. Mrs. Anderson weiß, wer ich wirklich bin, das hat sie schon sehr bald nach meinem Einzug herausgefunden, denn sie ist wirklich der neugierigste Mensch, der mir je begegnet ist. Ich sagte, vermutlich sei der Schnüffler ein Reporter gewesen, doch meine Antwort schien sie nicht zufriedenzustellen.

Und das beunruhigt mich.

»Ein verdächtig wirkender junger Mann«, sagte sie. »Er hat eine Sonnenbrille getragen, obwohl der Himmel total zugezogen und bewölkt war. Er hat mir so eine alberne Geschichte aufgetischt, er hätte als Kind in Ihrem Haus gewohnt. Aber das habe ich ihm nicht abgenommen. Er war mir eigentlich auch nicht unsympathisch, ich habe mir allerdings gedacht, dass da irgendetwas nicht stimmt.« Sie zog die Augenbrauen zusammen. »Irgendetwas war an ihm, das mir das Gefühl gegeben hat, dass er harmlos ist. Vielleicht ein Verflossener, der im Anschluss an das Fernsehinterview nach Ihnen gesucht hat?«

Bei diesem Vorschlag hätte ich beinahe lachen müssen, beherrschte mich jedoch. »Das bezweifle ich«, antwortete ich, und sie schnaubte zur Antwort leise, offensichtlich nicht zufriedengestellt.

Ein Verflossener. Das würde voraussetzen, dass ich erst einmal eine Beziehung gehabt hätte. Wenn jemand single ist, dann ich. Mich hat niemals jemand geküsst. Kein Mann hat mich jemals zärtlich im Arm gehalten, keiner hat mich im Bett geliebt – und überhaupt, ist dieser Ausdruck ernst gemeint? Jemanden *lieben,* wenn Sex gemeint ist? Was bedeutet das eigentlich? Ich weiß nicht, wie es ist, in einer Beziehung zu leben.

Der Schlafmangel hat mich nervös gemacht. Die Lektüre zahlloser Websites, die mich aufforderten, mich mit meinen inneren Barrieren auseinanderzusetzen, hat meine Unruhe noch gesteigert. Ich habe jedoch einige der vorgeschlagenen Schritte angepackt und mir einen Schlachtplan zurechtgelegt.

Ich bin bereit, meinen Ängsten in die Augen zu sehen.

Als Erstes sollte ich eine Liste aufstellen. Sie ist lang, aber ich konnte einige Punkte zu Gruppen zusammenfassen (noch so einer dieser Vorschläge von den Websites), und dadurch wirkt die Liste meiner Ängste nicht mehr ganz so einschüchternd. Als Nächstes ordnete ich meine Liste in aufsteigender Folge, von weniger schlimm zu schlimmer.

Die Angst, die ich hoffe als Erstes besiegen zu können und für die am wenigsten überwältigende halte: längere Zeit in einer Menschenmenge zu verbringen, an einem für die Öffentlichkeit bestimmten Ort.

Die größte Angst ganz am Ende meiner Liste: mit einem Mann intim zu werden.

Da dieses Vorhaben so vollkommen überzogen wirkt und ich mich nicht einmal dem Gedanken daran zu stellen wage, wird es wohl niemals dazu kommen.

Ich beschließe, dass ich ebenso gut gleich anfangen kann, und mache mich an das Bezwingen der Aufgabe, die ich auf meiner Liste als die leichteste gekennzeichnet habe. Nämlich an einen Ort zu gehen, der zahllose meiner Ängste wachruft – einen Ort, von dem ich niemandem erzählen darf.

Als ich mit geöffnetem Fenster über den Highway fahre, Wind im Haar und den salzigen Geschmack der Meeresbrise auf der Zunge, überkommen mich Schuldgefühle. Wenn Mom und Brenna wüssten, was ich vorhabe, würden sie die Krise kriegen. Die. Krise. Ich selbst kriege auch schon die Krise, wenn ich nur daran denke. Wie wird es mir dann erst gehen, wenn ich tatsächlich da bin?

Vielleicht habe ich mich übernommen.

Die Jahreszeit ist nicht richtig, und auch das Wetter passt nicht, aber das spielt anscheinend keine Rolle. Sobald ich vom Highway auf die Straße zum Meer abbiege, hämmert mein Herz los. Meine Hände sind schweißnass. Ich komme an der Straßenecke vorbei, an der Will Monroe mich aufforderte, mir die Kapuze seines Sweatshirts über den Kopf zu ziehen, und beginne zu zittern.

Ich warte an der Kreuzung mit dem Stoppzeichen darauf, dass die Autos vor mir weiterfahren, und stelle mir vor, wie ich damals an der Straßenecke gestanden habe. Ich sehe vor mir, wie die Autos vorbeifuhren und die gelben Scheinwerferstrahlen über den rötlichen Abendhimmel strichen. In der Ferne meinte ich das leise Rumpeln der Achterbahn zu hören, wenn der Zug über die alten Holzgleise ratterte und die Fahrgäste wonnevoll aufschrien.

Ich bin immer überzeugt gewesen, dass ich mir diesen Teil nur eingebildet habe. Dass ich die Achterbahn und die Fahrgäste damals gar nicht wirklich hören konnte. Die Schreie. Das alles erklang nur in meinem Kopf, ich hatte es erfunden.

Ein Hupen schreckt mich auf, und ich nehme den Fuß von der Bremse und trete aufs Gas. Der Wagen schießt los wie ein Meteorit auf seinem Weg durch den Weltraum und blockiert einem Verkehrsteilnehmer, der die Geduld mit mir verloren hat und nach links abbiegen will, den Weg. Der Fahrer hupt kräftig, und bei diesem unerwarteten Laut fahre ich erneut zusammen und fluche.

Zu spät, zu spät. Herrgott, ich werde noch hier auf der Kreuzung sterben, nur wenige Meilen von dem Ort entfernt, an dem ich entführt wurde. Nur wenige Meilen von dem Ort entfernt, an dem ich gerettet wurde.

Wenn das keine Ironie des Schicksals wäre.

Ich schieße über die Kreuzung, scheinbar ohne dass meine Räder den Boden berühren, was, wie ich weiß, unmöglich ist. Ein Blick nach links lässt mich sehen, dass der erzürnte Fahrer mir den Finger zeigt, das Gesicht von maßloser Wut verzerrt. Ich schaue entschuldigend, doch das beschwichtigt ihn nicht.

Mit Sicherheit hält er mich für eine Vollidiotin. Schlimmer noch, er sieht so aus, als würde er mich am liebsten erwürgen.

Kaum dass ich die Kreuzung hinter mir habe, halte ich am Straßenrand, und zwar so ungeschickt, dass meine Räder an der Bordsteinkante entlangscheuern. Ich lege die Parkstellung ein, bedecke das Gesicht mit den zitternden Händen, und mein Atem fängt sich laut und keuchend in meinen Handflächen.

Hatte ich wirklich geglaubt, ich könnte das schaffen?

Ich habe mir zu viel Druck gemacht. Wollte zu viel auf einmal. Allen Ernstes zum Tatort des Verbrechens zu fahren war eine verrückte Idee. Ich möchte geheilt sein. In Ordnung sein. Ich möchte mich stark und unbeschwert fühlen, voll Selbstvertrauen, dass ich bedenkenlos tun kann, was ich will. Ich sollte mir nicht so viele Sorgen machen müssen, wissen Sie? Ich sollte nicht so viel Angst haben müssen.

Aber das alles bin ich nicht. Voll Selbstvertrauen, stark und sorgenfrei. Diese Wörter gehören zu meinem alten Ich. Wenn die Unschuld einmal verloren ist, bekommt man sie nie mehr zurück. Das ist mein Problem. Ich habe meine Unschuld viel zu früh mit zwölf verloren. Und der Mann, der sie mir geraubt hat, wird mich mein Leben lang verfolgen.

Wut steigt in mir auf, und ich lasse sie über mich hinwegschwemmen. Ich bin voll Zorn. Bin sauer auf mich selbst. Ich muss über die Sache hinwegkommen. Ein normales Leben führen. Mir Freunde suchen. Mit Männern ausgehen. Brenna hat mir mehr als einmal angeboten, mich mit jemandem bekannt zu machen. Ihr Freund hat viele Freunde, viele davon Singles, und sie findet diese Leute in Ordnung. Es sind nette Männer. Ganz normale, ordentliche Kerls.

Aber irgendetwas hält mich immer zurück. Als würde ich auf … etwas warten.

Auf jemanden.

Ich nehme die Hände vom Gesicht und atme tief durch. Ein Blick in den Rückspiegel zeigt mir ein Auto, das unmittelbar hinter mir parkt. Es ist unauffällig. Schwarz. Vielleicht ein Honda oder Toyota … oder sonst irgendwas. Hinter dem Steuerrad sitzt ein Mann. Er hält den Kopf mit dem dunklen Haar gesenkt und schaut beharrlich nach unten. Dabei ist sein Gesicht ohnehin nur zur Hälfte zu sehen, weil er eine Sonnenbrille trägt.

Jedes einzelne Härchen meines Körpers sträubt sich vor Bestürzung. Folgt er mir? Den Kopf hält er noch immer gesenkt. Das dunkle Haar fällt ihm in die Stirn, und seine breiten Schultern und die Brust sind mit einem weißen T-Shirt bedeckt. Er sieht jung aus. Harmlos. Aber das Aussehen kann trügen. Das weiß ich.

Ich habe es erlebt. Und überlebt.

Ich blinzele kräftig und beobachte ihn weiter. Tatsächlich starre ich ihn vollkommen unverhohlen im Rückspiegel an. Meine Kehle ist trocken, und mein Herz schlägt schneller. Autos rauschen an mir vorbei, ungeduldig ihrem Ziel entgegen, doch der Wagen hinter mir steht. Er wartet. So wie ich.

Es ist beunruhigend.

Ganz langsam und vorsichtig, als würde er jede meiner Bewegungen beobachten, ja als säße er buchstäblich neben mir, lege ich die Fahrstellung ein, blinke links und rolle langsam auf die Straße hinaus.

Er folgt mir nicht.

Ethan

Gegenwart

Sie hätte mich beinahe ertappt.

Ich gerate in Panik, als ich mit etwa sieben Autos Abstand hinter ihr herfahre. Auf der Straße herrscht wie immer reger Verkehr, obwohl die eigentliche Saison vorbei ist. Es ist eine einfache zweispurige Straße, die im Sommer unglaublich verstopft ist. Im Moment ist es nicht ganz so nervig.

Nein, was mich nervös macht, ist die Tatsache, dass Katie mir eben beinahe auf die Schliche gekommen wäre, als ich mit dem Wagen hinter ihr hielt. Also habe ich sie fahren lassen. Das musste ich. Wenn ich ihr gefolgt wäre, als sie sich wieder in den Verkehr einfädelte, hätte ich wirklich mit einer roten Fahne gewinkt.

Gefahr. Alarm. Ein Fremder verfolgt dich. Wähle den Notruf.

Das durfte ich nicht riskieren.

Und was zum Teufel macht sie eigentlich hier? Sie hat wohl den Verstand verloren. Sie will zum Freizeitpark zurück. Das weiß ich, ich spüre es, als säße ich in ihrem Gehirn und versuchte nach Kräften, es ihr auszureden, sie aber wollte nicht auf mich hören.

Wird sie tatsächlich den Park betreten? Oder ist sie auf dem Weg zum Strand? Es gibt massenhaft andere Strände ganz in der Nähe. Ich hätte einen in der entgegengesetzten Richtung vorgezogen, doch sie sieht das anscheinend anders.

Mit gerecktem Kopf stemme ich mich im Sitz hoch, um zu sehen, wohin sie abbiegt. Die Ampel ist rot. Ihr Auto ist das dritte in der Schlange. Die Ampelphase ist kurz, aber auch wieder nicht so kurz, und ich hoffe inständig, dass sie nach links abbiegt. Nach links hieße, dass sie wegfährt, dass sie nicht vorhat, hierzubleiben, auszusteigen und im Park herumzulaufen. Dass sie keinen Unsinn macht.

Die Ampel springt auf Grün.

Katie ist die Zweite, die nach rechts abbiegt.

Verdammte Scheiße.

Nach dem zehnten Auto kommt wieder Gelb. Direkt nach dem Umspringen auf Rot biegen noch drei weitere Autos nach rechts ab. Ich stehe jetzt als Dritter in der Schlange. Ich muss ungefähr drei Minuten warten, doch sie werden sich wie drei Stunden anfühlen.

Ich könnte sie verlieren. Sie könnte irgendwo parken, direkt da hingehen, auf diesen gottverdammten Park, und von der Menge verschluckt werden. Das darf ich nicht zulassen. Ich muss sie finden. Was, wenn ihr etwas zustößt? Sie geht nicht viel unter Leute. Das hat sie im Interview zugegeben. Sie habe etwas von einer Einsiedlerin, sagte sie. Sie nehme Kurse am College, aber nur im Internet (wirklich cool, der technologische Fortschritt), sie habe nur wenige Freunde und fühle sich in größeren Menschenmengen unwohl.

Es ist Freitag. Ein wunderschöner sonniger Herbsttag, allerdings werden nicht viele Besucher im Park sein, weil es noch so früh ist.

Doch das spielt keine Rolle. Ich könnte sie trotzdem verlieren.

Die Ampel springt endlich um, und ich trete ungeduldig aufs Gas und hupe, als der Fahrer vor mir erst links fahren will, dann seine Meinung ändert und nach rechts abbiegt. Er entschuldigt sich mit einer Geste im Rückspiegel, und ich reagiere mit einem nur unvollkommen als Lächeln kaschierten Zähnefletschen.

Ich bin wie ein wildes Tier. Das Blut rauscht durch meine Adern und hämmert in meinen Schläfen, das Adrenalin macht mich reizbar. Ich bin zu allem fähig. Auf der Suche nach ihrem Wagen streift mein Blick über die vielen geparkten Autos am Straßenrand. Heute früh habe ich, einem plötzlichen Impuls folgend, ein Stück von ihrem Haus entfernt am Straßenrand geparkt und gewartet. Das Bedürfnis, sie zu sehen, sie im Auge zu behalten und mich zu überzeugen, dass ihr keine Gefahr drohte, war beinahe überwältigend. Ich gab dem Impuls nach, obwohl ich wusste, dass es ein Fehler war. Ich sollte ihr nicht folgen. Ich bin nicht besser als mein Vater, wenn ich versuche, sie auf Schritt und Tritt im Auge zu behalten wie so ein Spinner, ein Schwein.

Aber ich habe doch ganz andere Absichten. Ich möchte für ihre Sicherheit sorgen. Das ist alles. Sie hat die Herrschaft über meine Träume übernommen. Ihr Gesicht lässt mich nicht los, die Erinnerungen an sie machen sich selbstständig und verwandeln sie in eine erwachsene Katie. In eine Katherine. Mit glänzenden Augen kommt sie auf mich zu, ein Lächeln auf den Lippen, und ihre Worte sind nur für mich bestimmt.

Du hast mich gefunden. Ich wusste, dass du mich finden würdest.

Sie möchte gefunden werden, aber nur von mir. Das ist das immer wiederkehrende Motiv meiner Träume. Sie vertraut niemandem, will mit niemandem etwas zu tun haben außer …

… mit mir.

Ich bin mit einem Steifen aufgewacht, den Kopf voller Fantasien von ihr. Ich möchte ihr schönes blondes Haar, ihre vollkommenen Lippen und ihre samtweiche Haut berühren. Ich höre den Klang ihrer Stimme, wie sie in mein Ohr flüstert, und spüre die Berührung ihrer Lippen, wie sie meine Lust anstacheln.

Du hast mich gefunden.

Schon die ganze Woche lang kann ich an nichts anderes denken als an sie. Ihr Name siedet in meinem Blut und versengt mir das Gehirn. Ich kann mich nicht konzentrieren. Ich funktioniere verdammt noch mal nicht mehr. Und so mache ich mich auf die Suche nach ihr. Und halte sie auf Schritt und Tritt im Auge.

Wie konnte es passieren, dass ich sie gerade jetzt verloren habe? Verdammt. Ich schlage mit der Faust aufs Lenkrad, was wehtut, aber nicht genug, um meinen Zorn verrauchen zu lassen.

Ich könnte mir selbst in den Hintern treten.

Sie aus den Augen zu verlieren gehörte nicht zu meinem Plan. Ich habe sie nur ein einziges Mal im Stich gelassen, und das habe ich mein ganzes Leben lang bereut. Ich erinnere mich, wie dankbar ich war, als ich ihr Vertrauen neu errungen hatte. Sie war in jener Nacht so misstrauisch gewesen, hatte jede meiner Handlungen mit größtem Argwohn verfolgt. Und sie hatte auch allen Grund dazu gehabt.

Ich bin der Sohn meines Vaters. Auch wenn ich einen anderen Namen trage, mir eine fiktive Herkunft zugelegt habe und anders aussehe. Das alles spielt keine Rolle, denn sein Blut presst sich so heftig durch meine Adern, dass es mich zu handeln zwingt.

Dass es mich zur Jagd treibt.

Ich schüttele den Kopf und vertreibe die Vorstellung aus meinen Gedanken. Ich jage niemanden. So etwas wie jetzt habe ich noch für keine Frau empfunden, die ich je gekannt habe. Dabei hatte ich ein paar Beziehungen. Eine davon länger. Aber die Frau wurde mir zu viel. Sie war zu laut, zu herrisch und zu fordernd. Immer wollte sie mehr, als ich ihr geben konnte.

Es kam zum Zerwürfnis, und sie beschimpfte mich wütend. Ihr Zorn war wie ein lebendiges, atmendes Wesen, das zwischen uns stand, als ahmte es jede ihrer Bewegungen nach. Die Arme vor der Brust verschränkt, die eine Hüfte vorgeschoben, klopfte sie mit dem Fuß auf den Boden, als wartete sie auf meine nächste Antwort. Eine Antwort, die ich nicht kannte, sodass ich beim besten Willen nur das Falsche sagen konnte. Nach diesem letzten Treffen sah ich sie nie wieder. Und ich hatte auch nicht den Wunsch, nach ihr zu suchen.

Ich bin von Katie regelrecht besessen. Richtig obsessiv. Beides sind schlechte Charaktereigenschaften. Schreckliche, schlimme, böse Charaktereigenschaften, die zum Schluss noch jemandem Schaden zufügen könnten, einem unschuldigen Menschen. Einem Mädchen.

Katie.

In Gedanken versunken, fahre ich an ihr vorbei und erhasche dabei einen Blick auf ihr goldblondes Haar. Ich trete auf die Bremse, verschwinde auf dem kleinen Parkplatz eines Fischrestaurants, halte auf einem der zahlreichen leeren Stellplätze und schalte den Motor meines Hondas aus. Auf dem riesigen rot-weißen Schild vor meiner Nase steht: PARKEN VERBOTEN. Ein anderes Schild wird noch deutlicher: NUR FÜR RESTAURANTBESUCHER. WER UNRECHTMÄSSIG PARKT WIRD ABGESCHLEPPT.

Ich bekomme also entweder einen Strafzettel oder werde abgeschleppt. Doch das spielt keine Rolle. Ich muss hinter ihr her.

Ich steige aus und schließe das Auto mit der Fernbedienung ab. Dann überquere ich den Parkplatz und haste über den Bürgersteig, ja trabe fast. Katie geht ein Stück vor mir. Sie trägt eine Jeans, und ihre Hüften wippen. Das lange blonde Haar hat sie zu einem Pferdeschwanz hochgebunden, und die gelockten Spitzen tanzen beim Gehen auf ihren Schultern.

Sie schlendert und schaut mal hierhin und mal dorthin, als versuchte sie, jedes Geräusch und jeden Geruch in sich aufzunehmen. Die Sonne scheint, badet uns beide in ihrem hellen Licht und glänzt wie Gold in Katies Haar. Es juckt mich buchstäblich in den Fingern, es zu berühren.

Ja, verdammt noch mal.

Katie bleibt stehen, und ich halte ebenfalls an und schaue zu der riesigen Achterbahn hinauf, die unmittelbar hinter der Mauer aufragt. Ich verdrehe kurz den Kopf nach dem Eingang des Freizeitparks, der nur ein paar Meter entfernt liegt. Viele

Besucher sind noch nicht dorthin unterwegs. Die Mauer um den Park ist niedrig, sie soll die Leute nicht draußen halten, sondern ihnen nur klarmachen, dass sie angekommen sind. Ich erinnere mich, wie aufgeregt ich als Kind war, wenn ich die Mauer sah und wusste, dass unmittelbar dahinter all das Wunderbare lag.

Katie war bestimmt auch aufgeregt. Damals vor langer Zeit. Bevor mein Arschloch von Vater alles kaputtmachte.

Ich tue so, als schaute ich westwärts, doch in Wirklichkeit ruht mein Blick auf ihr. Meine Sonnenbrille ist der perfekte Schutz. Sie bemerkt mich nicht. Sie ist ganz von den Gleisen der Achterbahn gefangen genommen, die sich über ihr durch die Luft ziehen. Sie ist angespannt. Ihr ganzer Körper ist verkrampft, als erwartete sie etwas ganz Bestimmtes.

Und dann geschieht es.

Metall kreischt auf Metall, als der Zug der Achterbahn oben vorbeidonnert, während die paar Leute, die mit wehendem Haar darin sitzen, vor Lust oder Entsetzen schreien. Einige werfen die Arme nach oben. Der Zug ist da und schon Sekunden später vorbei, die Schreie werden vom Wind davongetragen. Doch in den Gleisen der Achterbahn bleibt ein Beben und Heulen zurück, als würde noch immer eine Kette von Phantomwagen darüber hinwegrollen.

Katie bleibt reglos stehen, den Kopf in den Nacken gelegt, sodass ihr Pferdeschwanz bis in den Rücken fällt. Von einem unkontrollierbaren Impuls getrieben, trete ich einen Schritt vor. Ich möchte mich ihr nähern. Ihr so nah kommen, dass ich sie berühren kann. Ihren Duft riechen kann …

Sie wendet sich ab, und ich erstarre und bekomme kaum

noch Luft, doch sie schaut nicht hinter sich. Stattdessen tritt sie zu der niedrigen Mauer, die den Park umschließt, und stützt die Arme auf den Beton.

Geh da nicht rein. Du begibst dich in Gefahr. Du bist noch nicht so weit. Warum bist du überhaupt hier? Und warum bist du ganz allein?

All diese Gedanken gehen mir durch den Kopf, während ich darauf warte, wie sie weitermacht. Wenn ich zu ihr hinkönnte, wäre ich jetzt schon dort. Wenn ich ihr sagen könnte, dass sie dort nicht hineingehen soll, würde ich nicht zögern. Ich würde sie am Arm packen und von diesem Ort wegführen.

Plötzlich öffnet sie ihre kleine Handtasche, nimmt ihr Handy heraus und hält es ans Ohr. Der Wind trägt ihr »Hallo« zu mir, und es durchbohrt mich wie ein Speerstoß. Für einen kurzen Moment schließe ich die Augen.

Und ich stelle mir vor, dieses »Hallo« wäre für mich bestimmt.

Ich sage mir, dass ich sie nicht belauschen sollte. Es ist zudringlich, raubt ihr die Privatsphäre. Es ist wie eine Vergewaltigung, und dieses Mädchen – ist viele Male vergewaltigt worden. Unvorstellbar oft und immer von meinem Vater. Mit den Vergewaltigungen war Schluss, als ich sie aus dem Schuppen befreite, aber die Folgen sind noch immer da.

Erinnerungen mögen verblassen, wirklich verschwinden werden sie nicht.

Doch inzwischen bin ich sehr weit gegangen. Ich bin ihr gefolgt. Immer mit dem Ziel, sie zu beschützen. Das ist schließlich meine Pflicht. Eine Aufgabe, die sie mir vor langer,

langer Zeit gegeben hat. Ich bin ihr Held. Ihr Schutzengel. Das hat sie selbst gesagt, und ich habe ihr etwas versprochen.

Ein Versprechen, das ich halten werde.

»Du bringst mich um, wenn ich dir sage, wo ich bin«, höre ich ihre Stimme und frage mich, mit wem sie spricht. Es gibt keinen Mann in ihrem Leben. Das habe ich bei meinen gründlichen Recherchen herausgefunden. Ich habe es ihr allerdings auch schon geglaubt, als sie es im Fernsehen sagte.

Vielleicht hat ihre Mutter sie angerufen. Oder ihre Schwester oder vielleicht auch eine gute Freundin. Wer auch immer, die andere würde ausflippen, wenn sie wüsste, wo Katie gerade ist. Ich flippe ja selbst aus, dabei stehe ich hier ganz in ihrer Nähe. Ich könnte sie notfalls retten. Eingreifen, wenn es sein müsste.

»Ich muss das tun, Brenna.« Ihre Schwester. Katie schweigt, und ich trete einen Schritt vor, weil ich mehr hören möchte, mehr hören muss. »Brenna, hör auf. Hör mir zu. Ich weiß, was ich tue. Ich muss mich irgendwann einmal meinen Ängsten stellen, oder?«

Wieder schweigt sie, und ihr ganzer Körper spannt sich an, als sie mit einem Ruck hochfährt. Das, was sie hört, gefällt ihr gar nicht. »Was habt ihr gemacht? Mom ortet mein Handy? Ist das dein Ernst? Meine Güte, für wie alt haltet ihr mich eigentlich? Ihr beide könnt mich nicht für immer behüten.«

Sie setzt zu einer Drehbewegung an, und ich tue dasselbe, wende mich von ihr ab, damit sie mich nicht sieht. Nun schaue ich von ihr weg und gehe los, mit ruhigem Schritt, die Hände in den Hosentaschen, als hätte ich alle Zeit der Welt. Ein Windstoß fährt über mich hinweg, und ich rieche seinen Geruch nach Salz und noch etwas Anderem, Dunklerem. Fast faulig. Der Wind zerzaust mein Haar, pfeift mir in den Ohren, und ich balle die Hände zu Fäusten. Ich möchte mich unbedingt umschauen, verbiete es mir allerdings. Es ist der übliche Widerstreit in meinem Inneren, doch ich möchte Katie nicht misstrauisch machen.

Es macht mich wahnsinnig, aber ich gehe weiter, schlendere immer langsamer und entspannter, bis ich endlich einen Blick über die Schulter werfe.

Und feststelle, dass Katie verschwunden ist.

Katie

Damals

Ich hätte beim Mittagessen nicht die riesige Cola runterkippen sollen. Jetzt musste ich dringend zur Toilette, wollte aber meinen Platz in der Schlange vor der Achterbahn nicht aufgeben. Wir standen schon seit einer halben Stunde an, und es ging nur schleppend voran. Sarah störte das allerdings nicht. Sie hatte die ganze Zeit mit den Jungs geflirtet, die hinter uns standen.

Es war, als verwandelte sie sich in einen anderen Menschen, wenn sie in Gegenwart des anderen Geschlechts war. Und es gefiel mir nicht. Es machte mich ohnehin schon verlegen, bei älteren Jungs zu stehen. Und diese Jungs waren definitiv älter. Alle waren Zehntklässler, mit Ausnahme von einem, der in der Neunten war.

Sarah und ich gingen in die Achte. Gemessen an diesen Kerlen waren wir Babys, doch das störte sie nicht. Sie übte das Flirten mit jedem, der nicht bei fünf auf den Bäumen war.

Sie war sauer, weil ich nicht mitmachte, und so hatte sie mir den Rücken zugekehrt. Die ganze Zeit warf sie das Haar über die Schulter zurück und lachte über jede alberne Bemerkung, die die Jungs machten. Und die redeten eine Menge furchtbaren Quatsch und lachten so laut, dass andere Leute in der

Schlange sich nach uns umschauten. Die Jungs hielten sich für geniale Komiker, aber ich verdrehte meistens die Augen, und ihre lahmen Scherze gingen mir auf die Nerven.

Ich trat von einem Bein aufs andere, um mich von dem Druck auf die Blase abzulenken, doch es half nichts. Ich würde noch platzen, wenn ich nicht bald eine Toilette fand, und da ich keine Lust auf eine fürchterliche Demütigung hatte, musste ich jetzt wohl los. Ich berührte Sarah am Arm, und sie fuhr mit zusammengezogenen Augenbrauen herum, das Lächeln nur aufgesetzt.

Überrascht von der Gereiztheit, die sie unübersehbar ausstrahlte, zog ich die Hand weg. »Ich muss mal aufs Klo«, flüsterte ich so dicht an ihrem Ohr, dass nur sie es hören konnte.

Sarah rümpfte die Nase, als wäre so ein Bedürfnis etwas Ekliges. Dabei hatte sie gleich nach dem Mittagessen dasselbe gesagt. Was denn? Sie kommt in die Nähe von Jungs und hat keine Körperfunktionen mehr?

»Die Schlange ist lang«, beruhigte sie mich mit einem Fingerzeig auf die Leute vor uns. »Wir rühren uns wahrscheinlich kaum vom Fleck, während du zur Toilette gehst.«

Vielen Dank auch. Brüll es nur überall herum. »Aber meine Eltern wollen nicht, dass wir uns trennen«, rief ich ihr in Erinnerung.

Sie zuckte mit den Schultern. »Was denn? Es sind doch nur fünf Minuten. Die Toilette ist gleich da drüben.« Sie deutete hin, und ich schaute ihrer Hand nach.

Ich tänzelte ein bisschen herum, aber das lag nur daran, dass ich schon so dringend musste. »Ich weiß nicht …« Ich brach ab, und sie warf mir einen Blick zu. Einen Blick, der mir sagte, dass ich mich lächerlich verhielt. Den hatte ich schon öfter bei ihr gesehen.

Aber normalerweise galt er nicht mir.

»Sei doch kein Baby«, zischte sie praktisch und warf den Kopf zurück. »Los jetzt, ich halte hier die Stellung.« Als ich zögerte, stieß sie einen ungeduldigen Seufzer aus. »Dir passiert doch nichts, Katie. Geh einfach.«

»Soll ich mitkommen?«, meldete sich einer der Jungs. Der jüngste von ihnen. Ein hoffnungsvoller Ausdruck lag in seinen Augen, und als ich seinen Blick auffing, lächelte er, was seine Zahnspange zum Vorschein brachte.

Das war nett von ihm, aber Herrgott noch mal. Ich brauchte keinen Begleiter. Sarah hatte recht. Ich wollte nur zur Toilette, und die lag gleich da drüben. »Schon gut.« Ich lächelte schüchtern und stellte genervt fest, dass ich rot anlief. »Aber trotzdem danke.«

»Selbst schuld«, brummte Sarah, und da wusste ich, dass sie mich für blöd hielt, weil ich das Angebot des Jungen ausgeschlagen hatte.

Egal.

Vielleicht hätte ich es ja annehmen sollen. Dann müsste ich jetzt nicht allein los, aber … es wäre mir komisch vorgekommen, mit ihm zusammen zu gehen. Außerdem schaffte ich das. Allein. Ich war doch kein Baby mehr.

»Bis gleich«, sagte ich energisch, drückte die Kette hinunter, die die Schlange der Wartenden einfasste, und kletterte so gewandt wie möglich darüber hinweg, was leider nichts anderes hieß, als dass ich mich ungeschickt anstellte. Schließlich landete ich hüpfend auf einem Bein und wäre fast gestolpert.

Nur jetzt nicht vor aller Augen in die Hose pinkeln, nur das nicht.

Sarah würde mich erwürgen.

»Verirr dich nicht«, sagte Sarah, was die Jungs zu einer Lachsalve motivierte.

Und mich fast zum Weinen brachte.

Ich schluckte die Tränen hinunter und stürmte davon, stinksauer auf Sarah. Und noch wütender wegen meiner Reaktion auf ihre Biestigkeit. Sie hatte ja recht. Die Toilette lag wirklich nicht weit entfernt. Alle Klohäuschen waren in einem hässlichen Knallblau gestrichen, eine unverkennbare Primärfarbe. Ich blieb stehen, als ich die lange Schlange vor der Tür sah.

Na super. Sie kam mir fast so endlos vor wie die Schlange vor der Achterbahn.

Aber sie rückte rasch vorwärts. Ehe ich mich's versah, stand ich in der schmuddeligen Toilettenkabine, öffnete den Knoten, mit dem ich mir das Sweatshirt umgebunden hatte, und hängte es an den Haken an der Kabinentür. Es gab keine Einweg-Toilettensitze mehr, und daher legte ich Toilettenpapier auf die Klobrille, bevor ich mich hinsetzte und, so kam es mir vor, endlos lang pinkelte.

Als ich fertig war und mir die Hände gewaschen hatte, war ich überzeugt, dass Sarah und ihre neuen Freunde inzwischen in der Schlange weit nach vorn gerückt sein mussten und gleich in den Zug der Achterbahn einsteigen würden. Ich musste mich beeilen, damit ich sie nicht verlor. Schließlich war Sarah diejenige, die das Handy hatte. Wenn ich mich von ihr trennte, würden meine Eltern mir den Kopf abreißen. Und ich dürfte dann jahrelang immer nur noch hinter ihnen herdackeln, bis ich mit der Highschool fertig wäre.

Das wäre wirklich das Allerletzte. Ich sehnte mich nach Unabhängigkeit. Und ich betrachtete mich im Grunde schon nicht mehr als Zwölfjährige. Im Geist war ich bereits zu dreizehn vorgerückt. Das klang wesentlich älter und reifer. Zwölf Jahre, das war ein kleines Mädchen.

Dreizehn, das war schon praktisch eine Frau.

Als ich die Toilette verließ, band ich mir das Sweatshirt schlampig um die Taille und machte mich auf den Rückweg zur Achterbahn. Es war, als wäre das Gedränge in den letzten Minuten dichter geworden, und ich schob mich mühsam hindurch. Ein Mann rief hinter mir her, mit freundlicher, aber eindringlicher Stimme. Immer wieder sagte er: »He, he du!«

Mich konnte er ja wohl nicht meinen.

»He.« Eine große Hand legte sich auf meine Schulter und hielt mich auf. Ich drehte mich langsam um und fand mich einem Mann gegenüber. Er hatte ein ausdrucksvolles Gesicht und ein nettes Lächeln. Er sah aus wie ein ganz normaler Dad, der im Freizeitpark herumschlenderte. Er hatte ordentlich geschnittenes braunes Haar und irgendetwas Wildes in den Augen, nur eine Andeutung davon, als fühlte er sich hier im Park überhaupt nicht wohl.

Dieser wilde Blick erfüllte mich sowohl mit Neugier als auch mit Vorsicht.

»Du hast dein Sweatshirt verloren.« Er hielt es mir hin, der aufdringlich rote Stoff ein Knäuel in seinen Fingern, und ich starrte seine Hand an, als wäre sie eine Schlange, die jeden

Moment losschnellen könnte, um mich zu beißen. »Es ist dir runtergefallen, als du aus der Toilette gekommen bist.«

Ich weiß nicht, warum ich das nicht gemerkt hatte. »Danke«, sagte ich schüchtern und nahm das Sweatshirt entgegen. Ich hatte es mir wohl nicht richtig umgebunden. Jetzt schlang ich mir die Ärmel um die Taille und machte einen Doppelknoten.

»Hi.« Er nickte mir zu, ganz freundlich und wohlwollend. Er erinnerte mich an eine Fernsehwerbung, einen Mann, der für einen Softdrink warb. Ein sonniges Gemüt, der ideale Familienvater. »Weißt du, wo der Eingang zum Sky Glider ist?«

Das war einmal meine Lieblingsattraktion, als ich noch kleiner war. Eigentlich ist das Ding langweilig, aber früher bin ich wahnsinnig gern mit dem Sessellift von einer Seite des Parks zur anderen gefahren. »Da drüben.« Ich deutete hinüber, wandte mich dann ab und begann weiterzugehen. Ich musste zu Sarah zurück. »Danke, dass Sie mir das Sweatshirt gebracht haben«, rief ich ihm über die Schulter zu.

Er folgte mir. Das gefiel mir nicht. Ich ging schneller, ohne auf das Hämmern meines Herzens zu achten, zurück zur Schlange, in der Sarah stand.

»Wo willst du hin?«, rief der Mann mir nach.

Ich blickte mich um und bemerkte, dass er unmittelbar hinter mir war. »Zur Achterbahn. Meine Freunde warten auf mich.«

Das schien ihn zu enttäuschen. Hatte er gehofft, ich wäre allein? Mein Herz schlug jetzt sogar noch schneller.

»Die Schlange da ist immer schrecklich lang.«

»Ja, das stimmt wirklich«, murmelte ich, was er mit einem Lachen quittierte. Er ging neben mir her, und ich trat zur Seite, um etwas Abstand zu schaffen.

»Ah, das Kind hat Temperament.« Sein Lächeln veränderte sich und wurde beinahe … raubtierhaft. »Du bringst die Dinge auf den Punkt, oder?«

Sein Tonfall und sein Blick ließen bei mir alle Alarmglocken schrillen. Ich ging langsamer und wich vor ihm zurück. »Hat mich gefreut, mit Ihnen zu reden«, sagte ich lahm. Danach wollte ich mich umdrehen und die Flucht ergreifen.

Er trat vor, als hätte er genau das aus meiner Körpersprache herausgelesen, ergriff meinen Arm und brachte mich zum Stehen. »Moment mal. Du gehst hier nicht weg.«

Ich versuchte, mich ihm zu entreißen, doch er war zu stark. »Aufhören!«, rief ich und wand mich in seinem Griff, aber seine Finger hielten mich fest gepackt.

»Womit soll ich aufhören?« Wieder das gutmütige Lächeln. Als könnte er keiner Fliege etwas zuleide tun. Die Leute gingen vorbei, ohne mein Gezappel zu beachten. Wahrscheinlich glaubten sie, hier hätte ein Vater eine kleine Auseinandersetzung mit seiner Tochter. »Reg dich doch nicht auf. Zeig mir einfach, wo der Sky Glider ist. Ich finde den Eingang nicht.«

Er ließ mich los, bevor ich etwas erwidern konnte, und warum auch immer: Ich lief nicht weg. Stattdessen zeigte ich erneut zum Eingang des Sky Glider, aber diesmal waren wir immerhin schon näher daran. »Es gibt zwei«, erklärte ich. »Einen auf dieser Seite und einen auf der anderen Seite des Parks.«

»Bei der Arkade?«, fragte er.

Ich nickte. »Genau.« *Lauf weg, Katie. Hau vor diesem Kerl ab.*

»Zeig mir den Eingang hier.« Als ich ablehnen wollte, machte er ein Gesicht, das an einen traurigen Welpen erinnerte. »Bitte? Meine Frau und meine Kinder warten am anderen Eingang auf mich, und ich bin schon spät dran. Hoffentlich sind sie noch nicht gegangen. Ich will nicht, dass meine Frau sauer auf mich wird, weißt du.«

Er hatte eine Familie. Dann konnte er ja wohl nicht so schlimm sein. »Aber meine Freunde …«

»Die Schlange da ist doch ewig lang. Du kommst garantiert rechtzeitig«, wischte er meinen Einwand beiseite. »Es dauert ja nur zwei Minuten. Bitte.«

Ich wollte ihm helfen, konnte allerdings nicht vergessen, wie er mich eben gepackt hatte. Da war er komisch gewesen. Aber jetzt war er total freundlich … Ich war hin- und hergerissen. Natürlich sollte ich nicht mit Fremden reden, aber jemandem helfen, das sollte ich doch, oder? Und dieser Mann, dessen Frau und Kinder auf ihn warteten, brauchte meine Hilfe. »Kommen Sie mit«, sagte ich und winkte ihm, mir zu folgen.

Er ging wieder neben mir her, und das Lächeln in seinem Gesicht …

… war triumphierend.

Katherine

Gegenwart

Gleich nachdem ich den Park betreten habe, kommen die Erinnerungen heftig zurück, so voller Macht, dass ich eine nach der anderen in mir aufsteigen fühle. Die Schreie der Möwen, der Geruch von Frittiertem und das allgegenwärtige schrille Kreischen. Es stammt von den Leuten auf der Achterbahn und auf diesem Ding, das wie ein Riesenrad aussieht, aber statt Gondeln Käfige hat, die sich um sich selbst drehen. Ich bin nie damit gefahren. Ich hatte immer Angst, mich übergeben zu müssen.

Hierherzukommen war ein Fehler. Ich bleibe wie erstarrt am Eingang des Parks stehen und sehe deutlich vor mir, wie Aaron Monroe, ganz die Freundlichkeit in Person, mit meinem Sweatshirt zu mir trat. Ich habe sein Lächeln vor Augen und erinnere mich daran, wie eindringlich er mich um Hilfe bat.

Als der Schwachkopf, der ich mit zwölf Jahren war, ging ich ihm auf den Leim. Ich war dumm und naiv und wollte bei jedem einen guten Eindruck machen, obwohl ich diesen Mann nicht einmal kannte. Ich zeigte ihm den Eingang zum Sky Glider, und er packte mich erneut am Arm und führte mich aus dem Park auf den riesigen Parkplatz daneben. Dabei bedrohte er mich mit einem Messer, dessen scharfe Spitze unmittelbar unter meinen Rippen in mein T-Shirt eindrang und meine Haut ritzte. Vor Angst wäre ich damals fast umgekippt. Als wären meine Knie aus Wackelpudding.

Dabei war das erst der Anfang der Tortur.

Ich gehe jetzt wie in Trance weiter, lasse mich am erstbesten Tisch, den ich in einer Imbissbudenecke sehe, auf die Bank sacken und schließe einen Moment lang die Augen. Hier habe ich damals mit meiner Familie und mit Sarah und Emily, der Freundin meiner Schwester, zu Mittag gegessen. Ich hatte ein Hotdog im Teigmantel. Dazu die riesige Cola, an deren Trinkröhrchen ich saugte, als wäre ich am Verdursten. Dad neckte mich deswegen und zerzauste mir das Haar, was mich nervte, weil er mich wie eine Siebenjährige behandelte statt wie die beinahe Dreizehnjährige, die ich war. Ich versuchte, meiner Mom das Sweatshirt anzudrehen, aber sie nahm es mir nicht ab. Sie sagte, ich hätte es selbst mitgebracht, also müsse ich es jetzt auch selbst für den Rest des Tages schleppen.

Dafür bin ich nicht verantwortlich, sagte sie schmallippig mit gereiztem Blick.

Ich war sauer wegen dieser Bemerkung. Kaum dass wir uns wieder von den Eltern absetzen konnten, zog ich bei Sarah darüber her. Jetzt denke ich an diesen Moment, und mir schießt durch den Kopf, dass alles anders gekommen wäre, wenn Mom mir das Sweatshirt abgenommen hätte. Ob sie ihre Worte von damals wohl bereut? Ob sie überhaupt noch daran denkt?

Hoffentlich nicht.

Ich habe keine Ahnung, was mit diesem Sweatshirt passiert ist. Es blieb damals in Aaron Monroes Wagen zurück. Ich erinnere mich, dass es bei der Verhandlung als Beweisstück auftauchte. Man wusste, dass ich in dem Auto gewesen war, weil das Sweatshirt auf der Rückbank gefunden wurde.

Eigenartig, dass der Park noch genau wie früher aussieht, als wäre die Zeit hier stehen geblieben. Selbst die Leute, die jetzt, an diesem Vormittag, hier sind, ähneln denen, die ich von vor acht Jahren in Erinnerung habe.

Als ich mich umblicke, entdecke ich ein Mädchen, das fast das gleiche Sweatshirt trägt wie ich damals. Sie sind noch immer beliebt. Vorne auf der Brust steht in dicken weißen Lettern »Lifeguard« – *Rettungsschwimmer* –, und darunter prangt ein riesiges weißes Erste-Hilfe-Kreuz. Mit ihrem arglosen Gesichtsausdruck und den aufgeweckten Augen erinnert mich das Mädchen an mein jüngeres Ich. Lange dünne Beine wie ein Fohlen. Das hellbraune Haar ist zu einem Pferdeschwanz zusammengebunden, und mit lebhafter Miene unterhält sie sich mit einem Kind, das ihre kleine Schwester sein könnte. Sie sehen sich sehr ähnlich.

Ich würde das Mädchen am liebsten an den Schultern packen und ein wenig durchschütteln. Ihr sagen, dass sie niemals mit Fremden reden darf. Bleib bei deiner Mom und deinem Dad. Das Leben ist angsterregend. Böse Menschen sind überall auf der Jagd.

Aber das tue ich natürlich nicht. Ich halte den Mund und bleibe wie festgeklebt auf der Bank sitzen. Ich beobachte die Gäste beim Betreten des Parks, wie sie mit gesenktem Kopf den kleinen Lageplan studieren, den sie bekommen, wenn sie ihre Fahrtickets oder Flatrate-Armbänder kaufen. Der Eintritt in den Park ist kostenlos, doch für die Fahrgeschäfte muss man bezahlen. Viele Leute sehen den Park auch einfach nur als Abkürzung auf dem Weg zum Strand. Dort sind heute allerdings kaum Leute. Jetzt, im Herbst, ist der Pazifik kalt. Die Sonne scheint zwar, aber es ist nicht heiß.

Ein Pärchen geht vorbei, die beiden dürften ungefähr in meinem Alter sein. Er ergreift ihre Hand und lächelt sie an, und sie bleibt stehen und hebt ihren Kopf einem zärtlichen Kuss entgegen. Sie trennen sich lächelnd, und ich wende mich ab, weil ich das Gefühl habe, einen sehr intimen Moment belauscht zu haben. Und dieser Moment erfüllt mich mit einer unvertrauten Sehnsucht. Plötzlich erfüllt mich der Wunsch, wieder zu anderen Menschen zu passen und das zu finden, was für sie selbstverständlich ist.

Ausnahmsweise ist diese Sehnsucht stärker als die Angst, und das überrascht mich.

Als ein Knoblauchduft zu mir herüberweht, fängt mein Magen an zu knurren, und ich stehe auf und gehe zu der Pommesbude. Ich kaufe eine Schale dicker, mit einer Knoblauch-Parmesan-Soße übergossener Fritten, nehme noch eine Flasche Wasser und setze mich wieder auf dieselbe Bank wie eben. Ich genieße die Meeresbrise und beobachte die vorbeigehenden Leute. Es ist nicht viel los, worüber ich froh bin. Ein dichtes Menschengedränge hätte mich an den Tag erinnert, an dem es passiert ist, und dann wäre ich vielleicht mehr in Panik geraten.

Auch so ist meine Angst schon stark genug, vielen Dank auch.

Während ich die Pommes esse, die ich wohl nicht alle schaffen werde, beruhigt sich mein Herzschlag allmählich. Das Pochen in meinem Schädel hört auf, und ich setze mich aufrechter hin, von Stolz erfüllt. Ich habe es geschafft. Als wäre das Wort Sorge mir völlig unbekannt, sitze ich mitten in dem Freizeitpark, aus dem ich damals entführt wurde. Ich bin hierher zurückgekehrt und lebe immer noch. Ich komme klar.

Und wenn ich das schaffe, werde ich auch mit allem anderen fertigwerden.

Beim Gedanken an mein Handygespräch mit Brenna runzele ich die Stirn. Ich versuche, erwachsen zu werden, doch meine Mutter und meine Schwester halten mich zurück. Mom kennt das Log-in der »Mein iPhone suchen«-App auf meinem Handy. Sie hat gesehen, wo ich gerade bin, und Brenna veranlasst, mich anzurufen. Wirklich unfassbar. Sie haben mich auf Schritt und Tritt beobachtet, als wäre ich ein Kind. Ich kapiere es nicht. Okay, ich verstehe ihre Angst und Sorge um mich, aber das geht zu weit. Wie kann ich diese Scheiße jemals überwinden, wenn jeder, der mir nahesteht, mir Steine in den Weg legt?

Da der Appetit mir bei diesem Gedanken vergeht, esse ich nur noch, so viel ich kann, und werfe die paar letzten Pommes auf den Boden. Damit bin ich also eine dieser Unverbesserlichen, die die Möwen füttern, obwohl überall Schilder aufgestellt sind, die das verbieten. Aber das ist mir ziemlich egal. Die Möwen tun mir leid. Ich weiß, dass sie hinter Abfall her sind und um Reste betteln, doch sie müssen auch irgendwie überleben. Entweder ich werfe die Fritten in den Müll oder füttere damit ein paar Möwen.

Da entscheide ich mich doch für Letzteres.

Eine Aushilfskraft schlappt vorbei und sieht mich aus den Augenwinkeln aufgebracht an. Ein Jugendlicher mit Akne im Gesicht. Sein gereizter Blick gleitet über mich hinweg. Ich wende mich ab, schnappe mir meinen Müll, stopfe ihn in einen Abfalleimer und verlasse die Imbissbudenecke eilig, verärgert über mich selbst.

Ich sollte mir das Urteil so eines jungen Kerls nicht zu Herzen nehmen. Wahrscheinlich hat er mich schon vergessen, während ich mich noch immer darüber aufrege. Um dort wegzukommen, gehe ich schneller und bin mittlerweile auf dem Weg zur anderen Seite des Parks, wo es passiert ist. Wo ich entführt wurde. Ich bin voll gerechten Zorns über die verächtliche Art, die der Hilfskellner ausgestrahlt hat, und dieses Gefühl treibt mich hoffentlich vorwärts. Denn nun kommt der Moment, den ich am meisten fürchte, und dafür brauche ich Kraft.

Eigentlich sollte ich mich heute nicht damit abgeben müssen, wenn ich nicht will. Ich bin doch schon stolz genug darauf, dass ich mich überhaupt in den Park gewagt habe. Jetzt aber ragt die Achterbahn über mir auf, und der Anblick ist mir zu vertraut. Erinnerungen vermischen sich mit der Realität, und ich frage mich, ob ich nicht besser gehen sollte.

Ich werde langsamer, als ich an der Schlange zur Achterbahn vorbeikomme. Heute Nachmittag ist sie kurz. Der mit Seil abgetrennte Wartebereich ist klein, anders als damals, und ich könnte wetten, dass ich gleich in den ersten Zug mit hineinkäme. Dann säße ich in einem dieser alten Wagen mit den kaum gepolsterten Sitzen, und der Metallbügel würde sich über meinem Schoß schließen und mir ein trügerisches Gefühl der Sicherheit vermitteln.

Doch das ist das Letzte, was ich will. Ich lebe ständig mit einem trügerischen Gefühl der Sicherheit. Niemandes Leben ist sicher. Jedem stößt früher oder später irgendetwas zu. Nur trifft es manche härter als andere. Die meisten Leute kommen mit einem blauen Auge davon. Ich dagegen nicht. Aber man sagt, ich hätte Glück gehabt.

Glück gehabt.

Ich hasse diese Formulierung.

Plötzlich taucht links von mir das unverkennbare knallblaue Gebäude auf, und mir läuft ein Schauder den Rücken hinunter. Das Toilettenhäuschen. Der Ort, an dem es geschehen ist. Hier hat er mein Sweatshirt aufgehoben und es mir mit einem falschen Lächeln hingehalten. Bestimmt hat er inständig gehofft, dass ich darauf hereinfalle, und das klappte dann ja auch. Ich stolperte kopfüber in die Falle, zwar misstrauisch, aber empfänglich. Ich wollte ihm helfen, und ich wollte weglaufen, so innerlich zerrissen, wie jedes andere Kind es gewesen wäre.

Ich hätte weglaufen sollen.

Mein Atem geht schneller, ich höre, wie er heiser in meiner Lunge rasselt, als würde ein Sägemesser über meine Kehle streichen. Ich versuche, tief durchzuatmen und mich zu beruhigen, doch ich rechne mit dem Schlimmsten. Ich bin mir hundertprozentig sicher, dass ich eine Panikattacke erleide, wenn es mir nicht gelingt, dies hier – dies alles – in den Griff zu bekommen.

Atmen, Baby, tief durchatmen.

Moms Stimme in meinem Kopf. Sie hat diese Worte immer wieder zu mir gesagt, meistens dann, wenn ich laut schreiend aus einem Albtraum erwacht war. Dann eilte sie zu mir ins Zimmer, schaltete das Licht ein, dessen grelle Helligkeit mich vollends wach machte, und mir wurde bewusst, dass ich zitternd im Bett lag und schrie, die Wangen tränenverschmiert und die Kehle heiser vom Brüllen.

Durchatmen, das war ihr immer gleicher Rat. Sie umarmte mich fest und streichelte mein Haar, während ich das Gesicht an ihrem Hals vergrub und den vertrauten blütenzarten Mom-Geruch einsog. *Atmen, Baby, tief durchatmen,* flüsterte sie. Wenn ich dann aufsah, stand Dad in der Tür, hilflos und bleich, wie immer mit einem schwarzen T-Shirt und einer Schlafanzughose bekleidet. Ich fing seinen Blick ein und flehte ihn stumm an, hereinzukommen und mich nur ein einziges Mal in den Arm zu nehmen. Mich festzuhalten. Und mir zu sagen, dass ich sein kleines Mädchen sei.

Doch er wandte sich ab, als könnte er meinen Anblick nicht ertragen, und kehrte ins Elternschlafzimmer zurück. Jedes einzelne Mal.

Als ich nach der Tortur zurückkehrte, wurde ich Moms Bürde. Nicht seine.

Niemals wieder.

Ich schüttele die alten Erinnerungen ab und gehe weiter, schleppend und mit schwerem Kopf. Zweifel plagen mich, als ich mich Schritt um Schritt dem knallblauen Gebäude nähere. Ich hätte nicht herkommen sollen. Es ist, als wollte ich mich selbst quälen.

Bin ich denn noch nicht genug gequält worden?

Als ich in meine Handtasche greife, um meine Sonnenbrille herauszunehmen, spüre ich, wie jemand mich von hinten anrempelt. Etwas wie ein spitzer Ellbogen rammt sich in meinen Rücken und schubst mich nach vorn. Ich schnappe stolpernd nach Luft und falle fast über meine eigenen Füße, stürze aber zum Glück nicht zu Boden. Ich spüre, dass etwas kräftig an meiner Schulter zerrt, gleichzeitig presst sich ein drahtiger Männerkörper gegen meinen Rücken, und ich erstarre vor Angst.

»Her damit«, sagt eine junge Männerstimme dicht an meinem Ohr. Ich rieche seinen Geruch, billiges Rasierwasser vermischt mit Erregung und Angst. Er presst mir die Faust in den Rücken, und gleichzeitig wird das Zerren an meiner Schulter heftiger, doch ich wehre mich dagegen.

Meine Handtasche. Er versucht, mir die Handtasche zu rauben, und ich packe sie fester und schreie auf, als er so heftig am Riemen reißt, dass sich das Leder durch mein Shirt hindurch in die Haut gräbt und mich in die Schulter kneift.

»Loslassen, Lady!«, brüllt er, und ich höre, dass jemand hastig herbeieilt. Kommt jemand mich retten? Gleich läuft der Dieb weg. Gleich lässt er mich los, läuft weg, und es ist vorbei.

Doch ich merke nur zu bald, dass diejenigen, die neu hinzukommen, ihm helfen und nicht mir. Die Panik schnürt mir die Kehle zusammen, sodass ich kein einziges Wort herausbringen könnte. Mein Gehirn ist plötzlich leer, buchstäblich leer wie eine Tafel, von der jemand noch das letzte kleine Zeichen weggewischt hat. Ich will schreien, brüllen, ihn verfluchen oder sonst irgendwas tun, ich ringe darum.

Alles, nur kein Schwächling sein – nicht schon wieder –, nicht es erneut einfach hinnehmen.

»Beeil dich, Mann«, schreit einer der anderen. Sie sind jung. Sie werfen mit Flüchen um sich und versuchen, wie Gangster zu klingen oder so, aber ich weiß, dass es einfach nur dumme Jungs sind, die aus einer Laune heraus stehlen. Oder hatten sie es von vornherein geplant? *Komm, gehen wir doch zum Freizeitpark und zocken die Touristen ab* – haben sie das zueinander gesagt?

Irgendwie gelingt es mir, mich seinem Griff zu entreißen. Ich wende mich ihnen entgegen, heftig keuchend und mit bebendem Atem, und schätze die Lage ein. Fersengeld geben? Was, wenn einer von ihnen bewaffnet ist? Und warum hat eigentlich noch niemand gemerkt, was hier abläuft, Herrgott noch mal? Nur ein paar Meter entfernt steht ein Paar, doch sie sind so in die Eiskarte von Dippin' Dots vertieft, dass sie meinen Kampf gar nicht wahrnehmen.

Es ist unfassbar. Ist es wirklich möglich, dass das hier geschieht? Jahrelang lasse ich mich hier nicht blicken – hier, an diesem Ort, wo der Albtraum seinen Anfang nahm. Und kaum bin ich ein einziges Mal für kurze Zeit im Park, werde ich ausgeraubt. Ist das die Möglichkeit?

Trotz meiner Angst entgeht mir die Ironie des Schicksals nicht. Absolut nicht.

»He!« Der Kerl, der mir die Handtasche von der Schulter reißen wollte, brüllt mich an. Er tritt drohend einen Schritt auf mich zu, die Augen zu Schlitzen verengt. Er wirkt wie beinahe zwanzig, wahrscheinlich kaum jünger als ich, und sein Gesichtsausdruck ist wild und entschlossen. Er ist sauer. Eine

Andeutung von Angst ist allerdings auch zu erkennen, verbirgt sich in seinem Blick. Ich ziehe mich langsam zurück, die Finger um den langen Riemen meiner Handtasche geklammert, die ich festhalte. Die ich fest an mich drücke.

Angst durchzuckt mich, als alle drei mir nachkommen, während ich weiter zurückweiche und überlege, was ich als Nächstes tun soll. Ich sollte die Handtasche aufgeben. Sollen sie sie doch nehmen. Ich habe meine Kreditkarte und meine Bankkarte darin, und außerdem vielleicht sechzig Dollar Bargeld. Das ist doch eigentlich ein Klacks, oder? Mein Leben ist mehr wert. Nicht, dass sie es auf mein Leben abgesehen hätten ...

Aber außerdem ist auch noch mein Handy in der Tasche. Wäre es wirklich so schlimm, wenn ich das Handy verlöre? Wenigstens wäre ich dann den GPS-Sender los, über den meine Mutter und meine Schwester mich ständig überwachen. Ich müsste meine Karten sperren lassen und mir einen neuen Führerschein besorgen. Außerdem sind meine Autoschlüssel in der Tasche. Ich möchte hier nicht stranden, schon gar nicht nach dieser Szene. Nicht nach allem, was mir passiert ist. Ich würde es nicht ertragen.

»Verdammt, gib mir die Handtasche«, knurrt der Junge und stürzt sich auf mich, um die Tasche zu packen, die Hände wie zu Klauen gekrümmt. »Gib sie mir, du Schlampe, dann passiert dir nichts.«

Du Schlampe, dann passiert dir nichts. Dieser Spruch trifft mich wie ein Schlag in die Magengrube. Meine schwitzenden zitternden Finger lösen sich, als hätten sie einen eigenen Willen, und rutschen von dem Riemen herunter. Gerade will ich dem Dieb die Handtasche überlassen, als wie aus dem Nichts ein Mann auftaucht.

Er ist groß und breitschultrig, und er schiebt sich blitzschnell zwischen uns und stößt mich mit primitiver Kraft zurück. Ich stolpere weg, und auf wundersame Weise finden meine Finger den Handtaschenriemen wieder. Dann sehe ich fasziniert zu, wie der Mann die Situation unter Kontrolle bringt.

»Was denkst du dir eigentlich dabei?« Er schreit den Jungen nicht an. Nein, als er ihn vorn am T-Shirt packt, ist seine tiefe Stimme beängstigend gelassen. Die anderen beiden lassen ihren Freund im Stich und rennen wortlos davon. Der Mann zieht den Jungen dicht an sich heran, und jetzt sind ihre Gesichter nur noch Zentimeter voneinander entfernt. »Ich sollte die Polizei rufen.«

Der Junge schüttelt den Kopf und stammelt: »N-nein, a-auf keinen Fall, Mister. I-ich hab doch gar n-nichts getan. Bitte.«

Sie starren einander an, und einer atmet die Luft des anderen. Der Mann packt das Shirt des Jungen so fest, dass der Stoff um die schmale Brust spannt. Ich halte den Atem an und sehe am ganzen Körper zitternd zu. Ich habe Angst, dass sie sich gegenseitig verletzen könnten.

»Du müsstest mich eigentlich auf Knien bitten«, knurrt der Mann, und bei der Härte in seiner Stimme läuft mir ein Schauder über den Rücken. »Welches Arschloch versucht denn, einer schutzlosen Frau mitten am Tag die Handtasche zu rauben?«

»I-ich hab es nicht b-böse gemeint«, stammelt der Junge.

Seine Stimme zittert, und als sein Blick ganz kurz zu mir hinüberzuckt, steht ihm die Angst ins Gesicht geschrieben.

Der Mann reißt mit einem Ruck an dem T-Shirt, und der Kopf des Jungen fliegt vor und zurück wie bei einer alten Stoffpuppe, die nicht mehr richtig gefüllt ist. »Wage es ja nicht, sie auch nur anzusehen.«

Ich richte mich ein wenig gerader auf, und trotz meiner Angst spüre ich ein erregtes Kribbeln. Es liegt daran, wie er es sagt. Dunkel und drohend, als würde er dem Jungen eher die Augen auskratzen, als ihm einen Blick auf mich zu gestatten. Ist es schlimm, dass mich Erregung durchläuft und sich in meinem Bauch sammelt? Ich verabscheue Gewalt. Ja, natürlich verabscheue ich Gewalt.

Aber das selbstbewusste Auftreten dieses Mannes, seine ganze Art, hat etwas Besonderes. Bei ihm wirkt es ganz selbstverständlich. Als wäre es seine Aufgabe, seine Pflicht, sich in den Kampf zu stürzen, um für meine Sicherheit zu sorgen.

»Du bist es nicht wert, sie auch nur anzusehen, von anzufassen ganz zu schweigen.« Mein Retter lässt den Jungen los und verpasst ihm zusätzlich noch einen ordentlichen Stoß. Der Junge gerät ins Taumeln, fängt sich aber, bevor er hinfällt, und macht auf seinen knöchelhohen Converse-Sneakers so hastig kehrt, dass sie auf dem Asphalt quietschen. Er läuft weg, ohne sich umzuschauen, und ist nach wenigen Sekunden zwischen den anderen Besuchern verschwunden.

Ich stehe allein da und spüre die heftige Reaktion meines Körpers. Ich zittere wie Espenlaub, mir ist so kalt, als wäre meine Körpertemperatur gerade um vier Grad gesunken, und ich umschlinge mich selbst mit den Armen. Mir ist schwindelig vor Erleichterung, und zusammen mit dem Adrenalin in meinem Blut ergibt das eine berauschende Mischung. Ich gebe mir alle Mühe, von diesem unheimlichen Trip herunterzukommen und mich zu beruhigen.

»Alles in Ordnung?«

Ich blicke auf und schaue in das freundlichste Augenpaar, das mir je begegnet ist. Es scheint in keiner Weise zu dem gefährlichen, bedrohlichen Mann zu passen, den ich gerade in ihm erlebt habe. Ein absoluter Gegensatz.

Er wartet mit schief gelegtem Kopf auf meine Antwort, und ich sehe ihn an und bringe kein Wort heraus. Er trägt eine Brille, wodurch seine Augen sogar noch größer wirken, und in seinem Blick liegt aufrichtige Sorge. Das zumindest erkenne ich. Denn ich habe Erfahrung. Die gerunzelten Stirnen und die argwöhnisch verzogenen Lippen? Ist das echt oder vorgetäuscht? Das meiste davon – ja, zweifellos das meiste – ist gespielt. Keinem geht es um mich. Nicht wirklich. Sie sind einfach nur scharf auf die schauerlichen Details.

Wie sie doch auf diese Details hoffen – wie wir alle auf so etwas hoffen, kranke, jämmerliche Menschen, die wir sind. Selbst ich, denn in diesem Fremden, der mir zu Hilfe geeilt ist, habe ich die Andeutung einer nur mühsam gebändigten Gewalttätigkeit entdeckt. Und gerade dies Heftige, das unmittelbar unter der Oberfläche brodelt, fand ich …

… erregend.

»Hi.« Seine Stimme ist sanft, nur ein Flüstern. Er berührt mich mit der Hand, und ich sage immer noch kein Wort. Dunkelbraunes Haar fällt ihm in die sorgenvoll gerunzelte Stirn, seine vollen Lippen sind nach unten verzogen. Seine

Wangenknochen zeichnen sich scharf ab, und seine Kieferpartie ist wie aus Granit gemeißelt. Es ist, als sähe man einen Mann in einer Zeitschriftenwerbung an und er erwiderte den Blick. Das Gesicht kantig und stark, funkelnde Augen, ein empfindsamer Mund und das perfekt verwuschelte Haar. Diese Makellosigkeit leidet allerdings unter der Brille, und darüber bin ich froh. Sie ruft mir in Erinnerung, dass er ein Mensch aus Fleisch und Blut ist.

Unvollkommen.

Genau wie ich.

Ich senke den Blick und sehe, dass er mich noch immer berührt. Seine Hand ist locker um meinen Arm gelegt, und ich versuche nicht, mich seinem Griff zu entziehen, wie ich es normalerweise tun würde. Denn eigentlich erlaube ich Männern nicht, mich zu berühren, und schon gar keinen Fremden.

Dieser Mann aber kommt mir, aus welchem Grund auch immer, überhaupt nicht fremd vor.

»Hi«, wiederholt er, diesmal ein wenig lauter, und seine tiefe Stimme vibriert in mir nach. Ich beobachte fasziniert, wie er mir mit dem Daumen unmittelbar über dem Ellbogen über die nackte Haut streicht, und erschauere. »Sie sind doch nicht verletzt, oder?«

Ich schüttele den Kopf, denn meine Stimme ist … einfach weg. Ich schaffe es nicht einmal, ihn anzuschauen. Ich bin viel zu überwältigt von seiner Hand auf meinem Arm und der Art, wie er mich anfasst, als würde er mich kennen. Als würden wir uns schon ewig kennen. Als hätte er mich schon einmal gerettet und würde immer und unter allen Umständen für mich da sein. Es ist, als spürte ich, wie ein stummes Versprechen von ihm ausstrahlt und in mir nachbebt.

Reines Wunschdenken, du Dummkopf.

Ich verbanne die nörgelnde Stimme im Kopf in den tiefsten, dunkelsten Winkel meines Gehirns.

»Sie haben Ihre Handtasche ja wirklich energisch verteidigt.« Ich hebe den Kopf und sehe, dass er mich anlächelt. Seine Zähne sind genau richtig, schön, aber nicht zu strahlend weiß und nicht zu ebenmäßig. Wenn Zähne freundlich sein könnten, wären diese es. Das ist natürlich lächerlich. Aber ich habe den Eindruck, dass meine Gedanken im Moment ein bisschen wirr sind. »Vielleicht hätten Sie sie besser einfach losgelassen.«

Er sagt genau das, was ich selbst gerade gedacht habe. »I-ich weiß, aber das konnte ich nicht.« Ich presse die Lippen zusammen, verärgert, dass meine Stimme so schrill und atemlos klingt und dass ich stammele, genau wie eben der Jugendliche.

Erleichterung tritt in sein Gesicht, und er drückt meinen Arm ganz leicht. Die Berührung geht mir durch und durch. »Sie spricht wieder.«

Er neckt mich, und ich weiß nicht, wie ich darauf reagieren soll. Also nicke ich nur wie ein Zombie und denke, dass ich mich auf unbekanntem Terrain befinde. Ich rede nicht mit Männern. Nie. Und schon gar nicht so.

»Danke, dass Sie mich gerettet haben.« Ich kann noch immer kaum fassen, dass er es getan hat. Es müssen doch auch andere Menschen gesehen haben, was los war. Sind denn wirklich alle so kaltherzig und abgestumpft, dass keiner eine helfende Hand ausstreckt, insbesondere wenn die Situation gefährlich werden könnte?

Ja.

Das Wort erklingt wie ein Flüstern in mir, trotzig und mit einer Andeutung von Zynismus. Ich kannte die Antwort schon, als ich die Frage noch gar nicht gedacht hatte – ich wollte es nur nicht zugeben.

»Ich, äh, ich hoffe, es stört Sie nicht, dass ich ihn laufen gelassen habe.« Er lässt meinen Arm los, und ich spüre diesen Verlust wie einen Stich. Als würde etwas unter meiner Haut herumstochern und mir in Erinnerung rufen, dass ich vielleicht nicht gut genug bin, dass ich nicht das bin, was er sich wünschen mag.

Ich tue so, als ob er sich für jemanden wie mich überhaupt jemals interessieren könnte. Jetzt aber mal halblang.

Da er eine Antwort erwartet, reagiere ich mit einem matten Lächeln. »Was hätte ich denn mit ihm tun sollen?«, frage ich schulterzuckend, als fände ich das alles normal. Als wäre das, was gerade geschehen ist, keine große Sache. Ich bin doch schon oft beinahe beklaut worden, oder? Ich komme klar. Ich bin hart im Nehmen. Stark.

Lügen, Lügen, nichts als Lügen.

Seine Miene wird grimmig. »Wir hätten wohl am besten die Polizei gerufen.«

Wenn ich etwas nicht gebrauchen kann, dann sind es Ordnungshüter, die hier auftauchen und mitbekommen, wo ich bin. Und vor allem, wer ich bin. Sie würden eins und eins zusammenzählen und sich wahrscheinlich gar nicht schnell genug ans Telefon hängen können, um einen lokalen Nachrichtensender zu informieren. Es wäre gleich jetzt der Hit der Elf-Uhr-Vormittagsnachrichten. Ihnen allen würde bei diesem Knüller das Wasser im Mund zusammenlaufen, und jeder würde der Erste sein wollen. Alle Medien würden sich darauf stürzen: endlose Spekulationen und Fragen noch und noch, auf die es nie eine Antwort gäbe.

Nein, vielen Dank auch.

»Hoffentlich haben Sie ihnen einen solchen Schrecken eingejagt, dass sie so etwas nie wieder versuchen.« Auch wenn er mich nun nicht mehr anfasst, steht er furchtbar nah vor mir. Er hält den Höflichkeitsabstand nicht ein. Doch es stört mich nicht. Dort, wo seine Finger meinen Arm umfasst haben, spüre ich noch immer ein Kribbeln. Ich trete einen Schritt zurück, weil ich, von meiner eigenen Reaktion verwirrt, plötzlich Abstand brauche.

Ich kenne ihn doch gar nicht. Warum verhalte ich mich dann so? Warum empfinde ich es so? Es sollte mir nicht gefallen, wie er mich ansieht. Auch seine breiten Schultern und sein Geruch sollten mich nicht ansprechen, sein sauberer Geruch, den ich deutlich wahrnehme, trotz der Brise, die salzig vom Meer heranweht.

»Ist mit Ihnen auch wirklich alles in Ordnung?« Die Sorge in seiner tiefen Stimme passt zu der Sorge, die seine Augen verschattet, und ich antworte mit einem angedeuteten Lächeln und einem kurzen Nicken. »Sie haben mir vorhin nicht geantwortet. Er hat sie nicht verletzt, oder?«

Erst jetzt, als er das Wort *verletzt* sagt, reagiere ich. Erneut. Ich massiere mir die rechte Schulter mit der linken Hand und zucke bei dem Schmerz zusammen, der unter meiner Haut in alle Richtungen ausstrahlt. Ich schiebe den Ausschnitt meines Shirts zur Seite und sehe die dunkel unterlaufene Prellung, die sich schon über dem Gelenk abzuzeichnen beginnt. Er tritt hinter mich, ich spüre seine hochgewachsene Gestalt.

Er berührt meine nackte Schulter, als wäre er mein Lover oder mein Freund.

Ich mag es nicht, wenn jemand hinter mir steht, und schon gar nicht ein Mann. Es bringt zu viele Erinnerungen zurück, die ich nicht haben will. Doch seine Finger auf meinem Körper sind wie Balsam und beruhigen mich von innen heraus. Ein Schauder läuft über meine Haut, als er die Stelle mit sanftem Fingerdruck untersucht, und ich hole zischend Atem. Unsere Blicke begegnen sich.

»Er hat seine Spur hinterlassen«, knurrt er mit zusammengebissenen Zähnen und nimmt mit vor Wut lodernden Augen die Hand von meiner Schulter.

Die Erregung steigt so sprudelnd in mir auf, wie Schaum aus einer Zwei-Liter-Limonadenflasche emporschießt, die gerade kräftig durchgeschüttelt worden ist. Seine Wut über das, was mir zugestoßen ist, ist … erregend. Ein anderes Wort gibt es nicht dafür. Das Gefühl raubt mir den Atem, als wollte es mich von innen sprengen, und ich reibe mir geistesabwesend über die Brust. »Das wird schon wieder. Es ist nur ein blauer Fleck.« Ich tue es ab, weil ich nicht will, dass er eine Dummheit begeht. Zum Beispiel diesen Jugendlichen nachjagt. Als ob die noch zu finden wären. Die sind längst weg.

Außerdem möchte ich ihn nicht verlieren. Jetzt noch nicht.

Mir wird plötzlich bewusst, dass mein weißer BH-Träger für alle zu sehen ist, und ich ziehe das Shirt wieder über die

Schulter, damit die Prellung darunter verschwindet. Er tritt mehrere Schritte zurück. Ich frage mich, ob er gemerkt hat, dass er zu dicht bei mir war und sich zu vertraulich verhalten hat.

Außerdem frage ich mich, ob er weiß, dass mich das nicht gestört hat.

»Danke«, sagte ich noch einmal, weil er das wirklich wissen soll. »Für Ihre Hilfe. Ich habe mich, äh, wahrscheinlich ungeschickt verhalten. Ich bin Ihnen wirklich riesig dankbar, dass Sie mir beigesprungen sind.«

Diesmal ist er es, der mit den Achseln zuckt. Seine breiten Schultern sind von einem dünnen Karohemd aus Flanell bedeckt, dessen Kragen offen steht, sodass das makellos weiße T-Shirt darunter zu sehen ist. Er sieht – gut aus. Und zwar auf jene kernige, gesunde, starke Art eines Mannes, der eine dicke Holzlatte mit den bloßen Händen zerbrechen könnte.

Außerdem ist er viel größer als ich. Mit der Brille, die mich daran erinnert, dass er nicht vollkommen ist, dem glänzenden dunkelbraunen Haar, den geschwungenen Lippen und dem Bartschatten an Wangen und Kinn sieht er so aus, als müssten andere Frauen in Massen über ihn herfallen. Wahrscheinlich zerbricht er die dicken Holzlatten nicht, sondern benutzt sie, um die ganzen Weiber abzuwimmeln, die hinter ihm her sind.

»Jeder andere hätte in dieser Situation dasselbe getan«, erklärt er mit übertriebener Bescheidenheit.

Ja klar. Gerade eben sind ja auch massenhaft Leute zu meiner Rettung herbeigeeilt. So war es auch, als ich zwölf war. Keiner will helfen. Keiner will sich einmischen. Alle haben zu viel Angst.

Dieser Mann aber ist anders. Er hat sich für mich in die Bresche geworfen, als wäre es seine Berufung, mir zu helfen. Dafür werde ich ihm ewig dankbar sein.

»Wie heißen Sie?«, erkundige ich mich und bin selbst überrascht von dieser Frage. Normalerweise liegt mir nicht genug an neuen Bekanntschaften, um ihren Namen erfahren zu wollen, und schon gar nicht, wenn es ein Mann ist. Ich möchte nicht, dass jemand denkt, daraus könnte irgendetwas werden. Denn dazu wird es niemals kommen. Ich schließe keine Freundschaften.

Ich will keine Freundinnen haben – keine Freundinnen und schon gar keine Freunde.

Er wirkt genauso verblüfft über meine Frage wie ich. »Ethan.« Er stockt und schluckt. Ich sehe, wie sein Adamsapfel ruckt, und plötzlich überkommt mich die ungebetene Fantasie, ich säße auf seinem Schoß und hätte den Mund darauf gepresst. Genau auf diese Stelle unter dem Kinn. Und ich würde ihn bitten, etwas zu sagen, damit ich die Bewegung unter den Lippen spüre.

Ethan. *Ethan.* Das gefällt mir. Ja, das gefällt mir wirklich.

Mit einem Räuspern schreckt er mich aus meinen unpassenden Gedanken. »Und Sie?«

Ich? Was ich? Oh, meinen Namen will er wissen.

Das ist schwer. Was, wenn er mich erkennt, sobald ich ihn nenne? Ich bin nicht so selbstbezogen, dass ich mich für berühmt halte, nur weil ich im Fernsehen war, und erwarte nicht, dass er mein Gesicht und meinen Vornamen kennt, als wäre ich Madonna oder so, aber … in den ersten Tagen nach der Ausstrahlung des Interviews haben die Medien meine Mutter verfolgt. Das ganze Internet war voll von meinem Gesicht. Mein Name hat in den Suchmaschinen und auf Twitter das ganze Wochenende getrendet.

Auf Twitter trenden – wer kann das schon von sich behaupten? Mein Leben ist surreal, Ehrenwort.

Doch gleich am folgenden Montagmorgen erschütterte ein Skandal die Politik. Ein umstrittener und extrem konservativer Senator wurde einer Affäre mit einer seiner einundzwanzigjährigen Praktikantinnen bezichtigt. Eine hübsche blonde Studentin, die auf ein gutes College im Mittleren Westen ging, und schon verschwand mein Gesicht aus dem Internet und wurde durch ihre attraktiven Züge ersetzt. Dankbarer bin ich noch nie für die Probleme anderer Menschen gewesen.

»Ich heiße Katherine«, antworte ich schließlich, ohne meinen Nachnamen zu nennen. Aber das hat er mit seinem auch nicht getan, er wird es also für ganz normal halten. Wir sind nicht so weit, dass wir unsere Nachnamen austauschen.

Noch nicht.

Mein Gott, habe ich das wirklich gedacht?

Ja, wirklich.

Er lächelt mich erneut an. Freundlich. Bescheiden. Bei mir sträuben sich immer alle Nackenhaare, wenn jemand mich so ansieht und sich so verhält. Aber ausnahmsweise bleibe ich vollkommen gelassen.

Oder doch nicht. Denn ich habe Schmetterlinge im Bauch. Tausend flügelschlagende Schmetterlinge.

Ethan

Gegenwart

Sie steht so nah, ihr süßer Duft erfüllt die Luft, umgibt mich und steigt mir zu Kopfe. Mir wird schwindelig, und ich habe schwarze Punkte vor den Augen. Ich zwinkere kräftig, denn ich will sie sehen, ganz dicht bei mir sehen, nachdem ich so lange ohne sie auskommen musste. Ich habe es nicht auf das hier angelegt, aber ich konnte nicht einfach zusehen, wie diese Arschlöcher ihr die Handtasche raubten. Ich habe getan, was richtig war, und statt wieder wegzugehen, nutze ich die entstandene Lage, solange es möglich ist. Solange dieser Moment besteht und ich mir alles einprägen kann, was geschieht, um mir später alles wieder zu vergegenwärtigen. Um die Worte, die wir sagten, und die Blicke, die wir wechselten, nach einem Hinweis zu durchstöbern, dass ihr etwas an mir liegt.

Und dass sie mich vielleicht sogar erkennt.

Nicht, dass ich mir das wünsche. Nein, überhaupt nicht.

Ihre Schönheit macht mich sprachlos. Als ich sie im Fernsehen im Licht der Scheinwerfer gesehen habe, mit Make-up gestylt, habe ich sie als viel größer und eindrucksvoller wahrgenommen, als sie tatsächlich ist. Nicht einfach nur Katie Watts, sondern Katherine Watts, das arme Mädchen, das aus einem Freizeitpark entführt wurde, der zu den glücklichsten

Orten Kaliforniens gehört. Ein glücklicher Ort, der von einem Mann in einen Albtraum verwandelt wurde, denn er jagte allen Eltern, die in diesem bis zum Kitsch idyllischen Küstenstädtchen lebten, eine Heidenangst ein.

Ich schweife ab, aber das passiert leicht, wenn ich hier so bei ihr stehe. Die Erinnerungen sind da und wollen sich vordrängen, während ich doch unbedingt das Hier und Jetzt genießen will. Ich konzentriere mich auf sie. Wie sie schmerzlich schön vor mir steht, ohne einen Hauch von Make-up, die Wangen rosig und die Augen so wunderbar tiefblau, wie ich es sonst noch bei niemandem gesehen habe. Die Farbe des Zwielichts, bevor die letzten Strahlen der Sonne verblassen und die Nacht beginnt. Marineblauer Samt, in dem kleine weiße Sterne funkeln, eine Andeutung von Violett an den Rändern der Iris und der winzige Hauch eines rosigen Orangetons. So schwach, dass man meint, ihn sich nur eingebildet zu haben.

So ist die Farbe ihrer Augen. Das klingt wie ein gottverdammtes Gedicht oder so. Sie so nah vor mir zu haben verwandelt mich offensichtlich in einen liebeskranken Poeten.

Ich muss sie einfach pausenlos anstarren. Die Sonne scheint auf ihr Haar und überzieht die dichten Strähnen mit Gold- und Cremetönen, und sie sieht alle paar Sekunden zu mir her, so kommt es mir zumindest vor … mein Gott, mag sie mich? … ich klinge wie ein dummer Junge … und sie lächelt mich dabei an, ganz schüchtern, offen, verletzlich und neugierig. Es ist …

Es haut mich verdammt noch mal um.

Genau so etwas habe ich jahrelang gesucht. So eine spontane Verbindung wie jetzt zwischen Katie und mir. Zwischen uns sprühen die Funken, und ich frage mich, ob sie diese elektrisch geladene Spannung ebenfalls spürt. Sie zieht mich an, und dafür braucht sie kein Wort zu sagen. Sie muss mich nur ansehen, und ich will mehr. So viel mehr, als sie mir jemals freiwillig geben könnte.

Ich gehe jetzt nicht weg. Verdammt noch mal, nein. Mich hat fast der Schlag getroffen, als diese Drecksäcke versucht haben, ihr die Handtasche zu entreißen. Dass Katherine sich so daran festgeklammert hat und nicht bereit war, sie herzugeben – unfassbar. Es war das Letzte, was ich wollte – ich wollte mich nicht in ihr Leben hineindrängen, und die Worte *zu früh, zu früh* hämmerten so laut in meinen Ohren wie mein Herz. Aber ich musste es tun. Ich musste sie retten.

Schließlich bin ich ihr Schutzengel. Es ist meine Pflicht, für ihre Sicherheit zu sorgen.

Ich hatte erwartet, dass sie erst einen Anfall kriegen und dann davoneilen würde, nachdem sie sich mit äußerst kühler Höflichkeit knapp bedankt hätte. Und das wäre es dann gewesen. Sie ist nicht besonders zugänglich. Das hat sie im Fernsehen zugegeben. Sie ist verschlossen und lässt niemanden an sich heran, weil sie befürchtet, dass die Leute nur hinter den schmutzigen Details ihrer Entführung her sind.

Das hat sie im Fernsehen ebenfalls so eingestanden.

Sie so verletzlich zu sehen und ihre leise gemurmelten Geständnisse zu hören hat mich fix und fertig gemacht. Und da habe ich begriffen, dass ich für sie da sein könnte. Der einzige Mensch, der nicht hinter den grässlichen Details ihrer Tortur her ist.

Ich möchte einfach nur helfen. Katie helfen.

Denn ich weiß ja schon, was damals passiert ist. Ich war dabei. Ich habe es miterlebt. Ich brauche die schmutzigen Einzelheiten nicht mehr zu hören. Ich bin ein integraler Bestandteil dieser Details. Das Einzige, was mich neugierig macht, ist … sie selbst. Wie sie tickt und was sie motiviert. Lacht sie auch manchmal, oder ist sie immer ernst und traurig? Was ist ihr Lieblingsfilm und was ihre Lieblingsfarbe? Seufzt sie im Schlaf? Schläft sie gut? Oder kämpft sie jede Nacht mit Albträumen?

Wenn ich zu mir selbst ehrlich bin, möchte ich auch wissen, wie sie sich in meinen Armen anfühlen würde. Ist ihr Haar immer noch so weich wie damals, als ich sie kennengelernt habe? Würde ich jemals Gelegenheit bekommen, sie zu küssen? Und ihr ins Ohr zu flüstern, welche Gefühle sie in mir auslöst? Oder zu kosten, wie ihre Haut schmeckt?

Das alles will ich. Alles davon. Ich möchte alles von ihr.

Und nun steht sie hier vor mir. Wunderschön schlicht, selbstbewusst und zugleich voll Angst. Sie spielt etwas vor und ist trotzdem vollkommen wahrhaftig. Ich kapiere das. Doch, wirklich. Ich bin genauso. Wir haben mehr gemeinsam, als sie je begreifen wird.

Und dennoch bin ich zu nichts anderem fähig, als sie wie ein Idiot anzustarren.

»Äh, könnten Sie vielleicht so nett sein …« Sie verstummt und deutet mit der Hand in die Richtung, aus der wir gekommen sind. Wenn sie wüsste, dass ich ihr gefolgt bin, würde sie ausflippen. Und zu Recht. »Das klingt jetzt vielleicht albern, aber könnten Sie mich, ähm, zu meinem Wagen begleiten? Einfach nur nach dem, was geschehen ist, ich weiß nicht. Was, wenn ich diesen Jungs noch einmal begegne? Ich fühle mich nicht sehr …«

»Ja klar, ich begleite Sie gerne zu Ihrem Auto«, unterbreche ich sie, und mir geht das Herz auf, als sie darauf mit einem schüchternen Lächeln reagiert. »Das ist überhaupt kein Problem. Ich wollte sowieso gerade gehen.«

»Oh, gut. Herzlichen Dank. Das wäre … das wäre wunderbar.« Ihre Stimme ist so unsicher wie ihr verschämtes Lächeln, und ich kann mich nur mit Mühe zurückhalten, die Arme nach ihr auszustrecken, ihre Wangen zu umfangen und mit den Fingern über ihre Haut zu streichen …

Sie geht los, und ich schließe mich ihr an. Seite an Seite mit ihr fällt mir auf, wie klein sie im Vergleich zu mir ist. Anscheinend ist sie nach unserer letzten Begegnung kaum mehr gewachsen, während ich nach meinem fünfzehnten Lebensjahr noch einmal eine Handspanne zugelegt habe. Nichts war befriedigender für mich als der Tag, an dem mir klar wurde, dass ich einen Kopf größer war als mein lieber alter Dad. Ich könnte den Scheißkerl in Grund und Boden rammen, wenn mir danach wäre. Der Sport hat mich damals in der richtigen Bahn gehalten, ja war praktisch mein Leben, bis ich ihn aufgeben musste. Aber er hat mich stark gemacht, als ich es brauchte, und so fühlte ich mich, als könnte ich mit allem fertigwerden.

Mit allem. Ihn eingeschlossen.

Nicht, dass das eine Rolle spielte. Als ich alt genug gewesen wäre, ihn plattzumachen, saß er schon im Knast. Hinter Schloss und Riegel, und dort würde er bleiben. Er war erledigt. Ich hatte ihn bezwungen. Wir beide, Katie und ich. Ich hatte ihr geholfen zu entkommen, und wegen dieser unverzeihlichen Sünde wurde ich zu seinem Feind.

Ich bin zu seiner Verhandlung gegangen, aber es fiel mir schwer, mir das alles anzuhören. Die nackten, harten Tatsachen immer erneut wiederholt. Die endlose Folge toter Mädchen, die Katie sehr ähnlich sahen. Blut, flüssig oder geronnen, durchgeschnittene Kehlen und vergewaltigte Körper, all das zuckte immer wieder auf dem Bildschirm auf, vor dem die Staatsanwältin mit vor der Brust verschränkten Armen und grimmiger Miene stand. Sie hatte diese leckere kleine Diashow zusammengestellt, die mit dem berüchtigten Foto endete, auf dem die weinende Katie in dem zu großen grauen Trainingsanzug wie ein Wrack aus der Polizeiwache geführt wird.

Die Geschworenen schauderten auf ihren Plätzen zusammen. Die Leute schnappten entsetzt nach Luft, und zwar so laut, dass das Geräusch von der hohen Decke widerhallte. Das Foto Katies erfüllte mich mit einem derart heftigen Zorn und einer so überwältigenden Übelkeit, dass ich mich nach draußen stahl. Geduckt schlüpfte ich aus der Sitzbank, ja ich kroch praktisch auf allen vieren hinaus, so gebückt ging ich.

Obwohl ich schließlich gegen meinen Vater aussagte, wollte ich nicht, dass er mich flüchten sah. Er sollte nicht glauben, dass ich ihn im Stich ließ oder, schlimmer noch, dass ich ein Schwächling war, der so was nicht wegstecken konnte.

Schwächling, blaffte er mich gern einmal an, wenn er von einer Sauftour zurückkehrte. *Du verdammter Schwächling. Du Mädchen. Du Schlampe, die Schwänze lutscht.*

Ich dachte manchmal darüber nach, warum er mich immer wieder mit diesen Beschimpfungen überschüttete. Schließlich fragte ich mich, ob er selbst vielleicht gern Schwänze lutschte und das auf mich projizierte. Diese Theorie musste ich verwerfen, als mir klar wurde, dass er kleine Mädchen vergewaltigt, misshandelt und ermordet hatte.

Also ja, er stand tatsächlich auf das weibliche Geschlecht – nur mussten sie eben jung sein. Und das ist so ziemlich das Schrecklichste auf der ganzen verdammten Welt, so schlimm, dass ich es einfach nicht verarbeiten kann.

Einmal nach seiner Verurteilung habe ich ihn besucht. Wider besseres Wissen – nicht dass ich jemanden gehabt hätte, der mich in dieser Frage hätte beraten können. Ich war so allein und auf mich gestellt, dass ich manchmal lange Gespräche mit mir selbst führte.

Ich besuchte ihn also. Dabei war er ein so hinterhältiges Arschloch gewesen – das hätte mich eigentlich nicht überraschen sollen –, dass ich mir geschworen hatte, ihn nie wieder persönlich zu sehen.

Er war im Gefängnis bereits erschlafft. Sein Bauch wölbte sich unter der vorgeschriebenen Gefängniskleidung: einem weißen T-Shirt und einer hellblauen Jeans. Seine Haut war kreidebleich, ein unnatürliches, grünlich getöntes Weiß, und auch seine Augen waren blass geworden. Mitten auf dem Kopf war eine kahle Stelle.

Er sah klein aus. Schwach. In meiner Kindheit war er mir einmal so unvorstellbar mächtig vorgekommen wie der Zauberer von Oz. Der Einzige, der die richtigen Strippen ziehen konnte, der Mann, zu dem ich aufblickte und über den ich am

Ende der dritten Klasse zu jedem, der es hören wollte, sagte: »Wenn ich einmal groß bin, will ich genauso werden wie mein Daddy!«

Bei dieser Erinnerung überläuft mich ein Schauder. Wie er für kurze Zeit mein Idol gewesen war. Aus dem idealen Vater wurde er zu dem Mann, der sich langsam und methodisch in ein Monstrum verwandelte.

Und wer ist jetzt der Schwächling?

Nachdem er erkannt hatte, dass ich ihn kein zweites Mal besuchen würde, schrieb er mir von Zeit zu Zeit. Fünf bis zehn Seiten lange Briefe, in denen er sich wütend und wirr darüber beklagte, dass ich ihn als Sohn im Stich gelassen hätte, dass das System ihm unrecht getan hätte und genauso meine Mutter sowie alle Schlampen, mit denen er je zusammen gewesen sei, und alle Mädchen. Diese jungen Mädchen, die er besudelt und dann so unbekümmert entsorgt hatte, als wären sie einfach nur Puppen, die er nach einer halben Stunde des Spiels voll Verachtung wegwarf.

Briefe so getränkt von Abscheu und Hass, dass ich sie sofort verbrannte, obwohl ich mich niemals davon abhalten konnte, sie zuerst noch zu lesen. Ich musste tatsächlich jeden einzelnen von ihnen öffnen. Ich weiß selbst nicht und begreife nicht, was in mir mich dazu zwang. Es war wie – eine Verpflichtung. Auch wenn ich ihn nicht mehr besuchte, musste ich doch seine Worte lesen. Ich brauchte die Erinnerung, dass dieser böse, schreckliche Mann mein Vater war. Ich stamme von ihm ab. Ein Teil von ihm ist tief in meiner Seele, meinem Körper, meinem Herzen und meinem Verstand enthalten.

Das macht mir eine Heidenangst.

Gelegentlich erhalte ich einen Brief, der mich an einen anderen Mann erinnert. Der Mann, der er war, bevor er sich so sehr in seinen Hass verrannte, dass er nur noch um sich schlagen konnte. Meine Kindheitserinnerungen sind keineswegs angenehm. Es wäre gelogen, etwas anderes zu behaupten. Doch es gab eine hoffnungsvolle Phase in meinem Leben. Eine sehr kurze Zeitspanne, in der alles … in Ordnung war und ich selbst voll Unschuld. Die Unschuld des Unwissenden, nehme ich an, aber das ist besser als die harte Realität.

Herrgott, ich habe wirklich den Verstand verloren. Da gehe ich Seite an Seite mit der Frau meiner Träume und vergeude diese Gelegenheit. Die Minuten verstreichen Sekunde für Sekunde. Tick, tack, tick, tack. Und gleich wird diese junge Frau, die überzeugt ist, dass ich sie aus Tapferkeit und Gemeinsinn gerettet habe, begreifen, dass ich ein Trottel bin, der seine Zunge verschluckt hat. Und dann wird sie achselzuckend ins Auto steigen und wegfahren.

Auf Nimmerwiedersehen. Na ja, vielleicht werde ich sie weiter beobachten wie so ein Versager, der nicht weiß, was er will. Aber nein, ich will das hier. Die Nähe, die Chance, Zeit mit ihr zu verbringen, mit ihr zu reden, sie zu berühren …

Ich reiße mich aus meinen Erinnerungen und meinen sehnsüchtigen Gedanken und konzentriere mich ganz auf sie.

»Was hatten Sie denn heute hier vor?«, frage ich.

Sie sieht einen ganz kurzen Moment lang misstrauisch zu mir hoch. »Ach, ich wollte einfach nur mal raus.«

Sie lügt. Doch das lasse ich ihr durchgehen.

»Und Sie?«, fragt sie. Ich sehe ihren wissbegierigen Blick, und das gefällt mir. Ich will, dass sie neugierig auf mich ist.

Sie soll sich für mich interessieren.

Ich freue mich über die Frage, obwohl ich dann erst einmal angestrengt nach einer passenden Antwort suche. »Ich wollte zum Strand. Ich finde, der hier ist einer der schönsten.«

Sie schaut nach Westen in Richtung Meer und beschirmt die Augen mit den Händen, sodass man ihre Augenbrauen nicht mehr sieht. Die Sonne bricht sich gleißend in den Wellen, und sie blinzelt. »Heute ist es wirklich sehr schön.«

»Perfektes Wetter«, ergänze ich, und sie nickt und lächelt mich im Weitergehen kurz an.

Ich sollte das nicht tun. Mit ihr reden. Sie kennenlernen. Es ist verkehrt. Verdreht. Ich sollte ehrlich mit ihr sein, das wäre am besten. Doch wie spreche ich das Thema beiläufig an?

Ach, he, übrigens, wollen Sie wissen, wer ich wirklich bin?

Nein, das geht nicht. Aber wenn ich mit dieser Scharade weitermache, mit diesem Lügengespinst, das immer dichter wird, werde ich niemals eine Möglichkeit finden, mit der Wahrheit herauszurücken.

Heute redest du das letzte Mal mit ihr. Du hast bekommen, was du wolltest – eine Gelegenheit, ihr in die Augen zu sehen und dich zu vergewissern, dass mit ihr alles in Ordnung ist. Und besser noch: Du hast sie gerettet. Du hast deine Pflicht getan. Nun kannst du gehen. Begleite sie zu ihrem Wagen und beende das Ganze hier und jetzt.

Nach wenigen Minuten verlassen wir den Park, und ich überlasse ihr die Führung und tue so, als wüsste ich nicht, wo sie geparkt hat. Wir machen Small Talk und unterhalten uns über so belanglose Dinge wie das Wetter und die großen Veränderungen, die die Stadt in den letzten Jahren durchgemacht hat. Sie fragt mich, ob ich hier wohne, was ich bejahe. Ich stelle ihr dieselbe Frage, aber sie wechselt das Thema und zeigt auf einen Delfin, der im Meer aufgetaucht ist.

Kurze Zeit schauen wir fasziniert zu. Ich beobachte Katie aus den Augenwinkeln und sehe, wie sie mit lebhaftem Blick, die rosigen Lippen geöffnet, die Sprünge des schlanken grauen Geschöpfs verfolgt. Verdammt, sie ist so hübsch. Ich verspüre einen heftigen Impuls, mein Handy zu zücken und ein Foto von ihr zu schießen, doch ich weiß, dass ich sie damit völlig verschrecken würde.

Also muss ich mich damit begnügen, mir ihr Gesicht so, wie es in diesem Augenblick ist, einzuprägen.

»Mein Auto steht ganz in der Nähe.« Lächelnd wendet sie sich mir zu. »Dort drüben.« Sie deutet hinter sich, und ich schaue hin. Ich weiß genau, welcher Wagen ihrer ist, aber das darf ich natürlich nicht durchblicken lassen. »Noch einmal herzlichen Dank. Für … alles.«

»Gern geschehen«, antworte ich ernst, und mein Magen zieht sich vor Entsetzen zusammen, sodass mir fast schlecht wird. Das kann nicht sein. Es darf nicht sein … ich darf sie nicht einfach weglassen. Nicht mit einem *Danke, und es ist wirklich geschehen, aber wir sehen uns nie wieder.*

Verdammt. Ich schaffe das nicht.

Sie wendet sich von mir ab. Nimmt Kurs auf ihr Auto. Ich schaue ihr nach und überlasse mich der Wirkung ihrer geschmeidigen Bewegungen und des leichten Wippens ihrer Hüften. Sie ist schlank. Ich weiß nicht, ob sie genug isst, und plötzlich steigt das Bedürfnis in mir auf, sie mit Nahrung zu versorgen. Mich um sie zu kümmern.

»He«, rufe ich, und sie bleibt stehen und sieht mich mit einem neugierigen Ausdruck ihrer blauen Augen an. »Äh, haben Sie gerade etwas vor?«

Sie denkt über meine Frage nach. Ihre zarten Augenbrauen ziehen sich zusammen, und ganz kurz gräbt sie die Zähne in die Unterlippe. »Ich sollte wohl heimfahren. Es ist schon spät.«

»Oh.« Ich nicke und schlucke. Himmel, ich will das nicht vermasseln. »Ich hatte mich nur gefragt …«

Ihre Miene erhellt sich, anders kann man das nicht sagen. Als hätte sie sich das gewünscht. »Was haben Sie sich gefragt …«

»Ob Sie vielleicht einen Kaffee mit mir trinken würden. Und vielleicht eine Kleinigkeit essen.« Ich lege den Kopf schief und schiebe die Hände in die vorderen Taschen meiner Jeans. Ich will ganz gelassen und unaufdringlich wirken. Nur ja keinen Druck ausüben.

Aber ich kann nicht zulassen, dass sie einfach so weggeht. Noch nicht.

»Jetzt sofort?«

»Ja.« Ich schlucke mit trockener Kehle. »Es sei denn, Sie müssen irgendwo anders hin …«

»Ich muss nirgendwohin«, antwortet sie. »Ich wollte einfach nur heimfahren.« Nachdem sie die Worte hervorgestoßen hat, presst sie die Lippen zusammen, als bereute sie dieses Eingeständnis.

»Gleich hier ein Stück die Straße hinauf gibt es ein kleines Café. Da könnten wir hingehen.« Ich stocke. »Von dort hat man einen super Blick aufs Meer.«

Das Lächeln in ihrem Gesicht ist tatsächlich strahlend, nichts weniger. »Ja, gern. Das fände ich schön.«

Obwohl bei mir alle Alarmglocken schrillen, gehe ich los, und wie damals, als ich noch jemand anders war und sie ebenso, schließt sie sich mir an und bleibt an meiner Seite.

Als sollte es so sein.

Will

Damals

Sie war erschöpft. Und sie jammerte. Ihr Gewimmer und Geschniefe ging mir auf die Nerven, aber ich nahm es hin. Wie hätte ich ihr böse sein können, nachdem sie schon so viel erlitten hatte? Mein Vater hatte sie wie ein Tier an der Wand festgekettet. Ich begriff es noch immer nicht.

Wie viele andere Mädchen waren schon vor ihr dort gewesen? Das war der Punkt, über den ich nicht nachdenken wollte. Aber er war unablässig in meinem Kopf und pulsierte als Endlosschleife durch mein Blut.

Wie viele? Wie viele?

Ich wollte es nicht wissen.

Aber ich musste es wissen.

Mehr als diese eine hier zu retten konnte ich nicht tun. Was mit den anderen war, wusste ich nicht. Katie hatte mir von Andeutungen erzählt, die mein Vater gemacht hatte, und daraus schloss ich mit Sicherheit, dass Katie nicht sein erster Versuch war. Er hatte Erfahrung. Er hätte sie um ein Haar ermordet. Er hatte sie wiederholt vergewaltigt. Sie hatte nie genau berichtet, was er ihr angetan hatte, abgesehen davon, dass er sie einmal gewürgt hatte. Aber ich hatte die riesigen Blutergüsse an der Innenseite ihrer Oberschenkel gesehen.

Ich konnte mir vorstellen, wie er ihre Beine mit Gewalt auseinandergezwungen hatte, bevor er …

»Sind wir bald da?«, fragte sie zum x-ten Mal und klang dabei genau wie das typische quengelnde Kind, das im Fernsehen veralbert wird. Ich musste an Bart und Lisa aus den *Simpsons* denken. In einer Episode war die Familie in Urlaub gefahren, und die beiden hatten während der ganzen Fahrt nichts anderes gesagt als: *Sind wir bald da? Sind wir bald da? Sind wir bald da?* Bis Homer sie endlich anbrüllte und sie widerstrebend den Mund hielten.

»Beinahe«, antwortete ich mechanisch. Ich hatte diese Frage wirklich satt. Doch ich war dankbar, dass sie meine Gedanken unterbrochen hatte. Ich wollte mir nicht vorstellen, was er ihr angetan hatte. Schlimm genug, dass ich die Beweise gesehen hatte.

»Ich bin so wund. Ich weiß nicht, ob ich noch weitergehen kann.« Ihre Stimme verlor sich. Sie klang mitleiderregend schwach, und ich drehte mich um und sah sie zusammengekrümmt dastehen. In meinem viel zu großen Sweatshirt wirkte sie unglaublich klein.

»Katie«, begann ich, doch sie schüttelte den Kopf, schloss die Augen und begann zu weinen.

»Ich schaff das nicht, Will. Mir tun die Füße weh. Meine Beine tun mir weh. Mein ganzer Körper tut weh.« Jetzt strömten die Tränen über ihr Gesicht, eine Vielzahl von Rinnsalen, deren Bahnen sich auf ihren schmutzigen Wangen überkreuzten, während ihre Schultern von den Schluchzern bebten. »Ich will nicht mehr weitergehen. Ich kann nicht mehr. Ich schaff das nicht.«

Ich ging zu ihr, packte sie bei den Schultern und schüttelte sie ein wenig. Nicht allzu grob. Es sollte ja nicht noch schlimmer werden. Aber sie musste bei meinem Plan mitmachen. »Komm schon. Gib die Hoffnung nicht auf. Du schaffst das.«

Sie öffnete die Augen einen Spalt weit und sah zu mir hoch. »Sag mir die Wahrheit. Wie weit ist die Polizeiwache entfernt?«

Ich seufzte tief und drehte den Kopf zum vorbeifahrenden Verkehr. »Noch fast eine Meile«, murmelte ich.

»Und wie viele Meilen sind wir schon gegangen?« Sie schniefte und bekam einen Schluckauf. Ich hasste es, sie weinen zu sehen. Das löste unbekannte Gefühle in mir aus, die ich nicht beschreiben konnte und die mir Unbehagen bereiteten.

»Ich weiß es nicht«, antwortete ich ehrlich. »Zwei? Oder vielleicht drei?«

»Es kommt mir vor wie zwanzig.« Sie schwankte zwischen meinen Händen, als würden ihre Beine nachgeben, und ich schüttelte sie erneut und veranlasste sie, den Kopf zu heben, damit ihr Blick meinen traf. »Ich schaff das nicht«, flüsterte sie. »Du bist stark, aber ich nicht.«

»Du bist auch stark.« Ganz spontan legte ich die Hände um sie und zog sie an mich. Ich wollte sie trösten. Ich wollte, dass sie sich bei mir sicher fühlte, und als sie die Stirn an meine Schulter legte, die Arme vor der Brust verschränkt, und sich mir bereitwillig überließ, fühlte ich mich … gut. Ihr absolutes Vertrauen in mich gab mir das Gefühl, alles für sie tun zu können.

Als ich so mit ihr dastand, die Arme um sie gelegt und

dicht an sie geschmiegt, flüsterte ich ihr ins Haar: »Nur noch ein wenig länger, Katie. Tu es für mich, okay?«

Sie nickte, nur die Andeutung einer Kopfbewegung, und lag ganz schlaff in meinen Armen. Ich zog sie so eng an mich, wie das Sweatshirt es zuließ, das sich zwischen uns bauschte. Ich versuchte, ihr durch reine Willensanstrengung etwas von meiner Kraft zu übertragen, damit sie sich zusammenriss. Wir waren so dicht vorm Ziel, und sie durfte nicht aufgeben, bevor wir da waren.

»Okay«, flüsterte sie und drehte den Kopf beim Sprechen. Ich schwöre, dass ich ihre feuchten Lippen an meinem Hals spürte. »Aber … versprich mir, dass du mit mir auf die Polizeiwache reinkommst.«

Ich machte mich steif. Das war das Letzte, was ich wollte. »Das kann ich dir nicht versprechen.«

Katie hob den Kopf und sah mich an. »Warum nicht?«

»Ich muss zurück nach Hause.« Es klang wie eine lahme Ausrede, aber eine andere hatte ich nicht.

Sie musterte mich, als wollte sie mir sagen, dass ich Scheiße laberte. Nicht, dass ich mir solch eine Ausdrucksweise von ihr hätte vorstellen können. »Wohin musst du zurück? Zu ihm? Zu deinem Vater? Willst du ihn warnen, dass du mich freigelassen hast? Damit ihr dann zusammen abhauen könnt, oder was?«

»Nein, verdammt«, antwortete ich heftig. »Ich sag ihm kein Wort.«

»Und warum willst du dann dahin zurück? Was gibt es da für dich? So gut kann dein Leben dort nicht sein, oder? Er ist ein Monstrum, Will.« Ihre Stimme senkte sich, bis sie nur noch ein Flüstern war, und ihre Augen waren weit aufgerissen und voll Angst. »Tut er dir weh?«

Ich verharrte reglos, nicht einmal meine Lippen bewegten sich. Ich konnte ihr meine dunkelsten Geheimnisse nicht anvertrauen.

»Und, wie ist es nun?«, blieb sie beharrlich und entwand sich meinem Griff. Als wäre ich so abstoßend, dass sie sich bei mir anstecken könnte, wenn sie mir zu nahe käme. Das hatte ich wohl verdient. Schließlich bin ich sein Sohn. »Sag es mir.«

»Er tut mir nicht weh«, nuschelte ich und riss meinen Blick von ihr los, um auf den Boden zu starren. Ich spürte, wie sie mich beobachtete und von Kopf bis Fuß musterte. Sie fragte sich bestimmt, was er mit mir machte. Auf welche Weise er mir wehtat. Ich hatte schon eine ganze Weile seine Fäuste nicht mehr auf mir gespürt, aber früher schlug er mich gerne da, wo es niemandem auffiel. In die Rippen, auf den Rücken oder in den Bauch. Als ich neun war, hatte er die Gewohnheit, mich in die Innenseite meiner Oberschenkel zu kneifen und die Haut dort zwischen den Fingern zu zwirbeln, bis ich ihn heulend und schreiend anflehte, damit aufzuhören. Hässliche Blutergüsse blieben zurück, die ihn mit Befriedigung zu erfüllen schienen, wenn er sie im Nachhinein bemerkte.

Diese blauen Flecken erinnerten mich an die blutunterlaufenen Stellen an Katies Oberschenkeln.

»Du lügst.« Es war kein Vorwurf, sondern einfach die Feststellung einer Tatsache, und ich fühlte mich beschissen, weil ich nicht ehrlich gewesen war. Aber was hätte ich denn sagen sollen? Wie hätte ich ihr preisgeben können, was er mir angetan hatte? Was er mich zu tun und zu beobachten zwang? Ich hasste es und schämte mich für ihn und für das, was er tat.

»Ich möchte nicht darüber reden.« Ich ergriff ihre Hand und zog daran zum Zeichen, dass ich mit ihr weitergehen wollte. Sie folgte mir widerstrebend und mit einer Miene, die man nur verdrossen nennen kann. Trotzig.

»Du kannst es nicht ewig für dich behalten, weißt du«, sagte sie, während ich langsam mit ihr über den Bürgersteig weiterging, damit sie Schritt halten konnte. Sie ging praktisch auf Zehenspitzen und zuckte bei jedem Schritt zusammen. Ich spielte mit dem Gedanken, sie auf den Arm zu nehmen und den Rest des Weges zu tragen, entschied mich aber, das besser sein zu lassen.

»Bist du jetzt meine Therapeutin? Was weißt du denn schon vom Leben? Wie alt bist du überhaupt?«

Sie hob das Kinn, was ihr eine gewisse Würde verlieh, trotz des verfilzten Haars, der tränenverschmierten Wangen, der blutunterlaufenen Flecken auf beiden Seiten des Halses und des riesigen Sweatshirts, in dem sie beinahe ertrank. »Fast dreizehn.«

Was verdammt noch mal hieß, dass sie zwölf war. *Zwölf.* Mein Gott, was für ein Schwein mein Vater war.

»Du weißt doch 'nen Scheiß«, knurrte ich und ärgerte mich sofort über mich selbst, dass ich so mit ihr redete. Ich sollte schließlich derjenige sein, der sie rettete. Ich musste mich zusammenreißen.

»Ich weiß genug, um dir zu sagen, dass es hoffnungslos ist, wieder dahin zurückzugehen. Zu ihm zurückzugehen.« Sie drückte meine Hand, was mir in Erinnerung rief, dass ich ihre nicht losgelassen hatte. Unsere Finger waren verschränkt, die Handflächen aneinandergeschmiegt, und es gefiel mir so. Sie so zu halten war trotz meiner verschwitzten Hand wahnsinnig schön. Ich fühlte mich sicher. »Komm mit mir auf die Polizeiwache.«

Ich ging weiter und unterdrückte das entnervte Stöhnen, das aus mir herausbrechen wollte. Sie war noch jung. Wahrscheinlich war sie behütet aufgewachsen. Jetzt war sie zwar nicht mehr so unschuldig wie zuvor, aber vermutlich glaubte sie immer noch, dass die Welt an und für sich gut war. Böse Absichten waren nicht vorgesehen. Sie hatte Eltern, die sie haben wollten. Ein sicheres Zuhause, einen Ort, wo sie sich geliebt und unterstützt fühlte.

Ich dagegen hatte nichts. Keine Optionen. Einen Vater, der zum Vergnügen kleine Mädchen entführte und vergewaltigte, und eine Mutter, die mich vor langer Zeit verlassen hatte. »Die stecken mich doch nur ins Heim oder zu Pflegeltern.«

»Wäre das nicht besser, als bei ihm zu sein?«

Wie hieß noch das alte Sprichwort? Der Teufel, den man kennt, ist besser als der Teufel, den man nicht kennt? Das klang total verkorkst.

Aber so sah, kurz gesagt, mein Leben aus.

Als ich nichts erwiderte, fuhr sie fort: »Was ist denn mit deiner Mom?«

»Was soll mit ihr sein?« Ich klang feindselig und presste die Lippen zusammen, um nicht zu weinen. Ausgerechnet Tränen musste ich vergießen. Um eine Frau, die mich bei der erstbesten Gelegenheit im Stich gelassen hatte. Wahrscheinlich krieg ich wegen meiner Mutter psychische Probleme, wenn ich mal älter bin, aber ernsthaft, gottverdammt.

»Wo ist sie?«

»Nicht Teil meines Lebens.« Mehr wollte ich nicht sagen. Ich warf Katie einen Blick zu, der ihr weitere Fragen verbot, und sie kapierte diesen Hinweis wohl.

Wir kamen zu einer roten Ampel und warteten darauf, dass sie umsprang, damit wir die Straße überqueren konnten. Die Polizeiwache war inzwischen ganz nah, sie lag schon an der nächsten Straße, und hinter der Kreuzung würden wir nach rechts abbiegen müssen. Nur noch ein paar Blocks, dann wären wir da.

Nur noch ein paar Blocks, und ich würde Katie für immer gehen lassen.

Katherine

Gegenwart

Ich nehme meinen Vanilla Latte entgegen und betrachte den Mann über den Tisch hinweg. Wieder staune ich über sein gutes Aussehen und die Tatsache, dass er mich zu einem Kaffee eingeladen hat und ich die Einladung angenommen habe. In gewisser Weise haben wir ein Date – ein anderes Wort fällt mir dafür nicht ein –, worum er mich gebeten hat. Was bedeutet, dass er noch mehr Zeit mit mir verbringen möchte.

Mit mir. Katherine Watts. Der armen, erbärmlichen Katie.

Als er mich einlud, wusste ich nicht, was ich davon halten sollte.

Wie immer ging ich die Liste der möglichen Erklärungen durch. In Wirklichkeit war er ein Reporter. Jemand, der genau wusste, wer ich war, und versuchte, sich an mich heranzupirschen. Oder meine neue Lieblingstheorie: Mom und Brenna hätten ihn geschickt, um mir eine Falle zu stellen. Sie wollten testen, ob ich dumm genug wäre, auf seine Tricks hereinzufallen.

Sollten diese Theorien falsch sein und dieser Mann herausfinden, wer ich wirklich bin, wird er sich auf der Stelle verdrücken. Einen Vorwurf könnte ich ihm nicht daraus machen. Ich bin kein einfacher Fall. Meine Vergangenheit ist schwierig.

Wer möchte schon mit einer jungen Frau zusammen sein, die als zwölfjähriges Mädchen mehrfach vergewaltigt und misshandelt worden ist, und die sich seitdem nicht mehr gestattet, einen Mann auch nur zu berühren? Wer möchte sich denn auf so jemanden einlassen?

Gar niemand, ganz einfach. Und auch nicht dieser Typ, zumindest nicht, wenn er normal ist. Jeder Mann, der mehr oder weniger in meinem Alter ist, würde sich aus dem Staub machen.

Wir hatten uns eben gemeinsam angestellt, und ich hatte die riesige Tafel mit der Speisekarte studiert, die über der Theke hängt. Ethan empfahl mir einige Getränke und sagte mir, was er für sich selbst bestellen würde. Als ich meine Entscheidung getroffen hatte, bat er mich, den letzten Tisch am Fenster mit Blick aufs Meer für uns zu besetzen, bevor jemand anders ihn uns wegschnappte.

Als ich ihm Geld für meinen Kaffee geben wollte, sah er mich gekränkt an.

Ich eilte zu dem Tischchen und setzte mich mit Blick auf die endlose Fläche blauer Wogen mit weißen Schaumkronen. Der heftige Wind peitschte den Pazifik auf, und Boote waren kaum unterwegs. Die meisten waren bereits in den Hafen zurückgekehrt.

Der Blick auf den Ozean wurde mir schließlich langweilig, und ich legte den Kopf schräg und schaute so unauffällig wie möglich nach Ethan, der geduldig in der langen Schlange anstand. Es war viel los in diesem originellen Café mit seinen nackten Backsteinwänden und roh behauenen Bodendielen. Hinter der in Licht getauchten Glastheke lockte köstlich aussehendes Gebäck – Teilchen, Kekse und ein Tablett Schokoladen-Cupcakes mit einer dicken Vanilleglasur, die besonders verführerisch aussahen. Aber ich hatte keinen Hunger und war auch zu nervös, um etwas zu essen.

Zwei Frauen gingen auf dem Weg zum Ausgang vorbei und musterten Ethan alles andere als unauffällig, doch er bemerkte es gar nicht, da er ihnen den Rücken zugekehrt hatte. Ich beobachtete, wie sie seinen Hintern gründlich inspizierten und dabei in Gekicher ausbrachen, ehe sie aus dem Café eilten.

Unwillkürlich musterte ich das Körperteil nun ebenfalls. Zum ersten Mal in meinem Leben betrachtete ich einen Mann auf diese Weise. Er trug eine locker, aber nicht schlabberig sitzende Jeans, sodass sich die Pobacken darunter abzeichneten. Sie waren gut geformt. Am meisten beeindruckten mich aber seine Schultern. Sie waren unheimlich breit. Als läge enorme Kraft darin. Sie sahen aus wie die Schultern eines Helden, der Schlachten schlagen und böse Ungeheuer abwehren könnte, während ich mich an ihm festklammerte.

Eine lächerliche Fantasie, doch ich konnte mich ihrer nicht erwehren.

Er lächelte die Kassiererin freundlich an, reichte ihr einen Zwanzigdollarschein und nickte dankend, als sie ihm das Wechselgeld zurückgab. Die losen Scheine steckte er in ein schmales schwarzes Lederportemonnaie, schob es in die hintere Hosentasche und ging zur Getränkeausgabe. Ich beobachtete ihn unverwandt, die Ellbogen auf den Tisch gestützt und das Kinn auf die geballte Faust gelegt. Er bemerkte es nicht, und darüber war ich froh, weil es mir gestattete, ihn unverfroren zu mustern.

Ich fühlte mich wie ein frühreifes Kind, das sich verknallt hatte. Das also hatte Sarah vor all diesen Jahren gemeint. Darum war sie so hinter Jungs her gewesen und wollte mit allen flirten. So weit war ich natürlich nicht, aber als ich Ethan beobachtete, wie er auf unseren Kaffee wartete und dabei mit gesenktem Kopf auf sein Handy schaute, eine Haarsträhne im Gesicht, erfüllte mich der plötzliche Drang, sie ihm zurückzustreichen …

Er sah sich um, begegnete meinem Blick, und einen flüchtigen Moment lang spielte ein wissendes Lächeln um seine Lippen. Mit rot angelaufenen Wangen, da er mich ertappt hatte, hob ich den Kopf und legte die Arme auf den Tisch. Zum Glück rettete mich der Barista, der Ethan rief, weil unsere Getränke fertig waren.

Ich bin eine richtige Lachnummer. In meiner Schulzeit hatte ich nie Gelegenheit, all die Patzer und Missverständnisse beim ersten Ausgehen mit dem anderen Geschlecht zu durchleben. Damit gab ich mich damals nicht ab, und jetzt muss ich Jahre später dahinterkommen, wie es geht.

Ich nehme den Deckel von meinem Kaffee und beobachte, wie Dampf von der dicken Schaumschicht aufsteigt. Ethan tut dasselbe, reißt den Deckel ab, nimmt das Rührstäbchen, das er wohl von der Theke mitgenommen hat, und taucht es in seinen milchig braunen Kaffee.

»Hier sind die Getränke immer ganz besonders heiß«, sagt er. »Ein kleiner Tipp.«

Das gefällt mir, und ich lächele. Es klingt fast so, als wollte er mich noch einmal hierher einladen.

Vielleicht macht er das ja. Hoffentlich.

Irgendetwas Beruhigendes überkommt mich. Ich weiß nicht, wie ich es erklären soll. Dieser Augenblick fühlt sich einfach so normal und alltäglich an, und genau das genieße ich. Ich spüre, dass er keine Ahnung hat, wer ich bin. Und das finde ich wunderbar. Ich möchte nicht sehen, wie ein Flackern der Bestürzung in seine dunklen Augen tritt. Ich möchte nicht erleben müssen, wie das Mitleid seine Mundwinkel automatisch nach unten zieht und er ein angewidertes Zischen ausstößt. Sie wissen schon, was ich meine. Dieser Laut, den wir alle unwillkürlich von uns geben, bevor wir so etwas sagen wie …

Aber das ist ja schrecklich.

Oder:

Was für eine Tragödie.

Und mein absoluter Lieblingsspruch:

Sie sind so stark. Was für ein Glück, dass Sie ihm lebend entkommen konnten!

Ich habe mich nie als Glückspilz gefühlt. Ja, ich bin eine Überlebende. Und ich bin absolut kein Opfer – Herrgott noch mal, wie ich dieses Wort hasse. Aber Glück gehabt? Glück gehabt, das trifft es, wenn einer um Haaresbreite einem Autounfall entgeht oder im Lotto gewinnt oder einen Job ergattert, weil der eigentliche Kandidat im letzten Moment abgesprungen ist.

Das nennt man Glück haben. Aber ich, die ich eine Tortur durchgemacht habe, die kein Kind jemals erleiden sollte, und die ich danach nur noch ein Schatten meiner selbst bin, herangereift zu einer bemitleidenswerten Erwachsenen, die sich kaputt fühlt? Eine Frau, die einsam ist und sich nach Gemeinschaft sehnt, allerdings nicht weiß, wie man mit Fremden redet, und dazu noch mit einem Mann?

Nein, das betrachte ich nicht als einen Fall von »Glück gehabt«. Überhaupt nicht.

»Wie ist Ihr Kaffee?«, fragt Ethan, und als ich aufblicke, sehe ich, dass er mich beobachtet. Hinter den Brillengläsern wirken seine Augen eulenhaft groß. Okay, ich bin vielleicht schüchtern und unbeholfen, aber ich bin nicht tot.

Dieser Mann ist ein Hingucker. Dass er mich auf einen Kaffee eingeladen hat, haut mich vollkommen um.

»Richtig gut«, antworte ich mit einem leisen Lächeln und hebe den Becher zum nächsten Schluck. Ich spüre, wie der Milchschaum an meiner Oberlippe kleben bleibt, und als ich ihn ablecke, fühle ich mich wie ein Trottel.

Sein Blick wird noch intensiver, falls das überhaupt möglich ist, und ich überlege, ob es daran liegt, dass er meine Zunge hat aufblitzen sehen. Mein Herz schlägt langsam und hart gegen die Rippen wie eine urtümliche Trommel, und ich frage mich …

Könnte er sich zu mir hingezogen fühlen?

Fühle ich mich zu ihm hingezogen?

Noch nie war mir jemandes Gegenwart so bewusst. Es ist, als wollte ich ihn immer nur anstarren. Oder ihm endlos eine Frage nach der anderen stellen. Und ihn dann wieder anstarren.

Ich benehme mich albern.

»Und Ihrer?«, frage ich und deute mit einer Kopfbewegung auf seinen Becher. Er hat die schlanken Finger darumgelegt, und plötzlich tritt mir wieder vor Augen, wie sie mit kaum gezügelter Gewalt das T-Shirt des Jugendlichen gepackt hatten.

Erneut überfällt mich Erregung, und ich beobachte mit gebanntem Schweigen, wie er einen Schluck White Chocolate Mocha trinkt und mich anlächelt. »Er ist gut. Ich war schon eine ganze Weile nicht mehr hier und habe gehofft, dass ich diesmal nicht enttäuscht werde.«

»Ich bin alles andere als enttäuscht«, erwidere ich mit leisem Lachen. Flirte ich etwa mit ihm? Ich hätte nicht gedacht, dass ich das so einfach kann. Vielleicht kommt das ganz von allein.

»Gut.« Beim Lächeln zieht er die Augen ein wenig zusammen, und ob ich will oder nicht, ich finde es attraktiv. Ich finde ihn attraktiv. Und er ist groß, der reinste Riese, mit seinen langen Gliedern, den muskulösen Schultern und der breiten Brust. Seine Beine scheinen den Platz unter dem runden Tischchen komplett einzunehmen und dringen auch in meinen Raum ein.

Aber ich rücke den Stuhl nicht weg. Ich versuche nicht, mich von ihm zurückzuziehen. Ich halte die Stellung und genieße es, wie sein Fuß hin und wieder versehentlich den meinen berührt. Wenn sich unsere Hosenbeine streifen, schießen prickelnde Funken über meine Haut. Es ist eigenartig. Ich empfinde diesen Mann als vertraut und gleichzeitig als vollkommen unbekannt, als beruhigend und erregend, alles auf einmal. Das kapiere ich nicht.

»Und wie lange leben Sie schon hier?«, versuche ich Small Talk zu machen. Etwas, was ich nicht besonders gut kann.

Sein Blick lässt meinen los und wandert durch das Fenster

zum Meer hinaus. Sein Unterkiefer mahlt. »Hm, wir sind hierhergezogen, als ich neun war. Meine Familie und ich.«

»Ah ja.« Ich nicke und überlege, warum ihm diese Frage unangenehm zu sein scheint. Habe ich es bereits jetzt vermasselt? Meine Nase in etwas gesteckt, was mich nichts angeht? Himmel, ich weiß nicht, wie man das macht, wie man sich ganz locker mit einem Mann unterhält. Ich stelle mich wirklich dämlich an. »Darf ich fragen, wie alt Sie sind?« Bestimmt bin ich jetzt schon wieder ins Fettnäpfchen getreten, aber egal. Ich möchte es nun mal gar zu gern wissen.

»Dreiundzwanzig.« Unsere Blicke begegnen sich wieder, und er lehnt sich über den kleinen Tisch vor und kommt mir erneut näher, als es der Anstand eigentlich erlaubt. Es ist, als passierte ihm das ganz unwillkürlich, und es stört mich nicht. Es gefällt mir sogar, dass ich nun seinen Duft wahrnehme und die Wärme spüre, die er ausstrahlt. Aus irgendeinem Grund möchte ich dieser Wärme nahe sein. Erklären kann ich das nicht. »Wie alt sind Sie?«

»Einundzwanzig«, antworte ich. *Und mich hat noch nie jemand geküsst. Sie sind der erste Mann, mit dem ich ausgehe, dabei zählt das hier für Sie wahrscheinlich gar nicht.*

»Also in jeder Hinsicht volljährig.« Er lehnt sich auf seinem Stuhl zurück, weiterhin den Blickkontakt zu mir haltend. »Das Erwachsensein ist nicht so cool, wie man uns immer glauben gemacht hat, oder?«

Ich zucke mit den Schultern und trinke vor meiner Antwort erst noch einmal einen Schluck aus meinem Becher. »Ich fühle mich nicht erwachsen, falls Sie das meinen. Aber ich bin trotzdem froh, dass ich kein Kind mehr bin.«

Das Leuchten seiner Augen wird matter, und voll Panik frage ich mich, ob ich zu viel preisgegeben habe.

»Dann war Ihre Kindheit wohl nicht besonders schön?«

»Alles war okay, solange ich klein war. Aber als ich in die Pubertät kam …« Ich beende den Satz nicht. Das ist auch nicht nötig. Aus irgendeinem Grund glaube ich, dass er mich versteht. Ist irgendjemand der Meinung, dass die eigene Pubertät einfach war? Vermutlich nicht.

Für mich war sie eben nur noch etwas schrecklicher. Eine einzige Katastrophe.

»Das verstehe ich«, erwidert er mit einem Nicken, und die Erleichterung, mit der ich diese drei Wörter höre, ist wie ein Schlag auf die Brust. »Die meiste Zeit ist es echt zum Kotzen, ein Teenager zu sein.«

Ich breche in Lachen aus, angenehm überrumpelt von dieser unverblümten Beschreibung. »Na, Sie nehmen ja kein Blatt vor den Mund.«

»Wozu auch?« Ein Zucken seiner breiten Schultern. »Ich bin einfach nur ehrlich.«

»Sind Sie immer so ehrlich?« Diese gezielte Frage lässt ihn stocken, und ich merke erneut, dass ich das hier nicht gut kann. Überhaupt nicht. Ich stelle zudringliche Fragen oder solche, die ein Mann nicht gern beantwortet.

»Ich versuche es«, antwortet er nach kurzem Zögern. Sein Blick verfinstert sich, als triebe eine Unheil verkündende Wolke vorüber, und ich frage mich warum. »So gut ich kann.«

Ich erwidere nichts. Es ist nicht an mir, ihn zu beurteilen oder Erwartungen an ihn zu stellen. Wir sind zwei Personen, die sich unter ungewöhnlichen Umständen kennengelernt haben und jetzt zusammen Kaffee trinken. Das ist alles. Wenn wir fertig sind, steige ich in mein Auto und fahre nach Hause. Und wir sehen uns nie wieder. Etwas anderes will ich auch gar nicht.

Wirklich nicht.

Ethan

Gegenwart

Eine Stunde später begleite ich Katherine zu ihrem Wagen zurück. Während wir im Café saßen, ist ein fast schon stürmischer Wind aufgekommen, und als wir auf dem Bürgersteig mit gesenkten Köpfen, den Körper vorwärts gelehnt, gegen ihn angehen, trifft er uns mit voller Wucht. Katherine verschränkt die Arme vor der Brust, von einem unübersehbaren Zittern geschüttelt, und ich wünschte, ich könnte sie an mich ziehen. Ihr etwas von meiner Wärme abgeben und sie im Arm halten.

Oder genauer gesagt, vor allen Dingen möchte ich sie im Arm halten.

Sie bleibt vor ihrem Wagen stehen und dreht sich mit einem schüchternen Lächeln zu mir um. »Nochmals vielen Danke für den Kaffee. Und das nette Gespräch.«

Wir hatten uns mühelos unterhalten, obwohl sie manchmal befangen wirkte. Auch hatte sie mir Fragen gestellt, auf die mir die Antworten schwerfielen, was dann wiederum mich verlegen machte. Ich hatte nach Kräften darüber hinweggesehen und es darauf geschoben, dass sie selten mit jemandem ausging, denn davon bin ich inzwischen überzeugt. So etwas merkt man, wenn man sich eine Weile mit jemandem unterhält.

Wirklich geschafft hat mich aber ihre Frage, ob ich ehrlich bin. Die kann ich nicht mehr abschütteln, wie sehr ich es auch versuche. Ich blödes Arschloch habe mich da herausgeschwindelt. Ich bin ein verlogenes Schwein.

Ich sollte auspacken, aber wie? Weil ich es nicht weiß, muss ich den Kontakt zu ihr abbrechen. Ich habe bekommen, was ich wollte. Zum Teufel, ich habe Katie sogar beschützt. Vor den Handtaschenräubern. Ich habe mich mit ihr unterhalten, sie ein kleines bisschen kennengelernt und mich vergewissert, dass mit ihr alles in Ordnung ist. Dass es in Ordnung sein wird.

»Danke, dass Sie meine Einladung angenommen haben«, antworte ich und trete einen Schritt zurück, als bräuchte ich unbedingt Abstand. Ich werfe einen Blick zur anderen Straßenseite, wo ich mein Auto vor dem mexikanischen Restaurant abgestellt habe. Wie durch ein Wunder steht es noch da, allerdings sehe ich ein Blatt Papier unter dem Scheibenwischer im Wind flattern, vermutlich ein Strafzettel.

»Danke für den Kaffee. Und danke für Ihre Hilfe bei der Sache mit der Handtasche.« Sie beißt sich auf die Unterlippe, und am liebsten würde ich laut aufstöhnen. Sie ist so verdammt sexy und weiß es nicht einmal. Und genau das ist ja einer der Gründe, warum sie so umwerfend ist. »Das hätte wirklich … unangenehm werden können. Ich kann gar nicht sagen, wie dankbar ich Ihnen für Ihr Eingreifen bin.«

Ich trete einen Schritt vor und vergesse den Gedanken von eben, dass ich Abstand brauche. So ein Quatsch. Was ich wirklich brauche, ist ihre Nähe. »Ich hätte niemals zugelassen, dass diese Kerle Ihnen etwas antun«, nuschele ich, ergreife ihre Hand und drücke sie sanft. Es ist, als schösse ein Stromstoß von mir zu ihr hinüber, und ich weiß, dass sie ihn spürt. Ich erkenne es daran, wie ihre Pupillen sich weiten und sie ihre Finger um die meinen schließt und ein klein wenig fester zudrückt. Als könnte sie nicht dagegen an.

Wenn wir zusammen sind, ist es genau das. Wir können nicht dagegen an. Das Bedürfnis, sie zu berühren, dicht bei ihr zu stehen und ihren Duft zu riechen, ist so stark, dass ich mich nicht dagegen wehren kann. Und ihr geht es wohl genauso.

Sie sieht zu mir auf, und unsere Blicke begegnen sich. Sie sagt nichts und ich auch nicht. Wir schauen einander einfach nur an, der Wind braust um uns herum, und goldblonde Locken, die sich einzeln aus ihrem Pferdeschwanz gelöst haben, flattern in ihrem Gesicht. Die inzwischen tiefer stehende Sonne taucht Katie in einen orangerötlichen Schein, und die Worte sind aus meinem Mund, bevor ich darüber nachdenken kann.

»Könnten wir vielleicht unsere Handynummern austauschen? Dann könnten Sie mir eine SMS schicken, wenn Sie gut zu Hause angekommen sind?«

Ihre Hand lässt die meine nicht los. »Ja«, flüstert sie.

Ich gebe langsam – widerstrebend – ihre Hand frei und greife in meine Brusttasche, wo mein Handy steckt. Ich beginne eine SMS, Katherine nennt mir zögernd ihre Nummer, und ich tippe sie in mein Handy, zusammen mit einer kurzen Nachricht. Dann drücke ich auf Senden.

Ihr Handy piept, sie nimmt es aus der Handtasche und lächelt beim Anblick der Nachricht.

Hi.

Ihre Finger fliegen über das Display, als sie die Antwort tippt, und gleich darauf piept mein Handy.

Danke. Für alles.

Mein Herz setzt einen Schlag aus. Katie hat mich tief im Innersten erwischt. Vor Jahren, als ich sie geschunden, verdreckt und völlig verängstigt auf der schmutzigen Matratze fand, habe ich sie ins Herz geschlossen. Es machte mich wahnsinnig, dass mein Vater ihr das angetan hatte, und ich wollte ihr unbedingt helfen, als könnten meine guten Taten seine bösen wiedergutmachen.

Ich glaube nicht, dass ich viel von dem wiedergutmachen konnte, was er ihr angetan hat, aber ich habe mein Bestes gegeben. Ich habe sie gerettet und stand dann doch als der Böse da. Glaubt sie das von mir – von dem Jungen, der ich damals war? Dass ich in die kranken, kaputten Spiele meines Vaters verstrickt war? Dass ich daran Anteil hatte? Es gibt mehr als genug Theorien, wie ich mitgemischt haben könnte. Eine lautet, dass er mich als Lockvogel eingesetzt hat. Eine andere, dass ich meinen Dad verpfiffen habe, um nicht so wie er überführt zu werden. Diese beiden Theorien schmerzen mich am meisten. Und der Gedanke, dass Katie sie vielleicht glaubt?

Der macht mich vollkommen fertig.

»Allmählich reicht der Dank«, sage ich laut, und das bringt sie zum Lächeln. »Machen Sie sich jetzt besser auf den Weg. Wie lange brauchen Sie für die Fahrt?«

Sie zögert kurz, während sie das Handy in die Handtasche steckt, fast so, als wollte sie es mir nicht sagen. Ich warte geduldig mit den Händen in den Hosentaschen und sehe sie an. »Etwas mehr als eine Stunde«, gibt sie zu.

Ich kann es nach wie vor nicht glauben, dass sie so nah beim sogenannten Tatort wohnt. Es ist, als wollte sie sich täglich auf die Probe stellen.

»Dann schicken Sie mir bitte in anderthalb Stunden eine SMS.« Ich sehe sie streng an, und ihr Lächeln verschwindet nicht. Eher wird es intensiver. »Okay?«

Katie verdreht übertrieben die Augen. »Okay, mach ich.«

»Versprochen?« Das Wort ist mir entschlüpft, dieses Wort, das sie immer wieder zu mir gesagt hat. Ihre Pupillen weiten sich vor Bestürzung.

»Versprochen«, antwortet sie feierlich, und ihr Blick ist so offen und blau wie der Ozean hinter uns.

Ich bin mir absolut sicher, dass sie ihr Wort nicht brechen wird.

Will

Damals

»Also, jetzt mal Klartext.« Der Detective hielt inne, und seine kalten blauen Augen, die mich an Eis erinnerten, hefteten sich in meine.

Auch seine Haltung mir gegenüber war überaus kühl. Das ging schon seit ein paar Stunden so. Eine Frage nach der anderen, immer wieder dasselbe auf andere Weise formuliert, noch einmal und noch einmal, bis ich das Gefühl hatte zu zerbrechen. Und genau darum ging es ihnen ja.

Mich zu brechen.

Doch das scheiterte. Ich mochte erschöpft sein und mein Gehirn halb tot, aber ich bemühte mich nach Kräften, vollkommen ehrlich zu antworten. Es war, als wollten sie unbedingt mein Geständnis hören, dass ich in die Verbrechen meines Vaters verstrickt war. Als warteten sie nur darauf und wären so scharf auf dieses Bekenntnis, dass ihnen die Spannung den Atem raubte.

Aber ich hatte ihnen kein anderes Geständnis zu machen, als dass ich Katie zu ihnen gebracht hatte. Ich dachte, sie würden sich freuen, ehrlich. Dieses Mädchen – ich hatte sie erst am Morgen in den Nachrichten gesehen. Ein Bericht über ein vermisstes Kind. Sie sei vor drei Tagen aus dem Freizeitpark beim Boardwalk verschwunden, und man vermute, dass sie entführt worden sei. Sie sei zusammen mit einem Mann gesehen worden. Dessen Beschreibung war dann geradezu lachhaft unbestimmt.

Schon seit drei Tagen fehlte jede Spur von ihr. Ich hatte sie am zweiten Tag gefunden. Und sie am dritten Tag zur Polizeiwache gebracht. Was zum Teufel war am ersten Tag mit ihr geschehen? Wie war es möglich, dass ich nichts mitbekommen hatte? Nach meiner Festnahme ließen die Detectives mich erst einmal eine Weile in meinem eigenen Saft schmoren, und da dachte ich über diese Frage nach.

Wo war ich gewesen? Wie hatte mir das entgehen können?

Ich zermarterte mir den Kopf, bis es mir plötzlich einfiel. Ich war wie üblich beim Football-Training gewesen und dann mit einem Freund zu ihm nach Hause gegangen. Wir kifften, und als wir Hunger bekamen, plünderten wir den Kühlschrank. Dann sahen wir fern – Trickfilm-Klassiker, über die wir wie blöd lachten –, bis seine Eltern heimkamen und uns den Spaß verdarben.

Es war ein typisches Zuhause und eine typische Familie. Alle waren so nett und normal, obwohl wir gekifft und ihnen fast alles weggefressen hatten. Zum Teufel, dieser Teil war wahrscheinlich auch normal. Was nicht normal war, war ein Dad, der unterdessen ein zwölfjähriges Mädchen entführte und vergewaltigte.

Es verdammt noch mal vergewaltigte.

Als ich an die Angst in Katies Augen dachte und daran, wie sie sich vor mir weggeduckt hatte, als ich zum ersten Mal den Schuppen betrat, hätte ich mich am liebsten übergeben.

Und schlimmer noch? Dass mir ganz langsam dämmerte, in welcher Lage ich mich befand. Dass ich Katie zu ihnen gebracht hatte, betrachtete die Polizei nicht als die Tat eines Retters. Sondern als ein Geständnis. Dad war natürlich der Hauptverdächtige. Aber ich begriff rasch, dass ich gleich nach ihm kam. Sie hielten mich für einen Mittäter.

»Was meinen Sie mit Klartext?«, hakte ich müde nach. Ich hatte ihre Fragen so satt. Na ja, die Fragen des einen Detective. Der andere Beamte saß einfach nur schweigend daneben und machte Notizen. Seine Schrift sah aus, als wäre ein Huhn übers Papier gelaufen.

»Du behauptest, keine Ahnung zu haben, wo dein Vater sich befindet.«

Ich schlug mit der Hand auf den Tisch, was den anderen Detective so zusammenfahren ließ, dass seine Hand mit dem Stift ausrutschte und er einen Strich übers Geschriebene zog. »Ich hab Ihnen doch schon gesagt, dass ich nicht weiß, wo er steckt. Ich habe den Schuppen mit Katie verlassen und sie hergebracht.« Ich hielt inne und wünschte mir, ich hätte etwas zu trinken. Aber von dem Erfrischungsgetränk, das sie mir vor über einer Stunde gebracht hatten, war längst nichts mehr übrig. »Ist mit ihr alles in Ordnung?«

»Soweit nach dem, was sie durchgemacht hat, überhaupt etwas in Ordnung sein kann«, fuhr der Detective mich an. Er beugte sich mit finsterer Miene über die Tischplatte vor und sagte in drohendem Tonfall: »Jetzt mal Schluss mit dem Scheiß, ja?«

Ich wurde mucksmäuschenstill. Sie hatten mit mir herumgespielt, seit sie mich hergebracht hatten. Sie waren nie so richtig mit der Sprache herausgerückt, aber ich wusste, was sie glaubten. Sie hatten nicht vor, mich so bald wieder aus diesem beschissenen kleinen fensterlosen Raum mit den beigefarbenen Wänden herauszulassen. Eher staunte ich, dass sie mich nicht sofort in eine Gefängniszelle geworfen hatten.

Nach Hause konnten sie mich ja nicht schicken. Wahrscheinlich würden sie mich einer Pflegefamilie übergeben, und das war das Letzte, was ich wollte. Mein Zuhause war mit Absperrband gesichert worden und galt nun offiziell als Tatort eines Verbrechens. Es wimmelte dort nur so von Polizei. Und mein Vater war nicht aufzufinden.

»Sagen Sie es einfach«, knurrte ich, denn ich hatte die ewigen Fragen und die ungeheure Gereiztheit, die die beiden ausstrahlten, satt. Sie verabscheuten mich. Stellten diese beiden Detectives die Jury dar, wäre ich bereits verurteilt und säße im Knast.

»Schön. Du möchtest also wissen, was wir glauben? Nun, Folgendes. Wir glauben, dass du an der Entführung und Vergewaltigung von Katherine Watts beteiligt warst.« Ich zuckte bei dem Wort *Vergewaltigung* zusammen. Außerdem hörte ich nun zum ersten Mal Katies vollständigen Namen. »Und wir werden so lange wühlen und graben und dir so lange zusetzen, bis du endlich auspackst und uns erzählst, was eigentlich wirklich passiert ist. Denn du weißt es. Wir wissen, dass du es weißt. Du bist einfach nur ein beschissenes Arschloch, ein Klon deines Vaters.«

»Ich bin unschuldig.« Meine Stimme klang erstickt, und ich presste die Lippen zusammen. Am liebsten hätte ich geweint, aber verdammt noch mal, ich war kein Kind mehr. Ich musste mich zusammenreißen. »Ich habe sie hergebracht. Ich wollte sie retten.«

Der Detective warf den Kopf zurück und lachte, als hätte er noch nie etwas Komischeres gehört. Dieses Arschloch. Ich saß starr vor Wut auf der Stuhlkante, die Hände zu Fäusten geballt. Jetzt hob ich sie hoch und legte sie auf den Tisch. »Du wolltest sie gar nicht retten. Du wolltest nur deine eigene Haut retten. Du wusstest, dass dein Vater mit ihr zu lang gebraucht hat und dass irgendetwas passieren musste, bevor alles aufflog. Da bist du in Panik geraten. Am geschicktesten erschien es dir, Katherine zu uns zu bringen. Dann würdest du dastehen wie ein Held und wärest fein raus. Du lieferst deinen Dad aus und kommst ungeschoren davon.«

Ich erwiderte nichts. Es brachte nichts, mich zu verteidigen. Keiner scherte sich darum, was ich zu sagen hatte. Keiner hörte mir zu.

Da hielt ich am besten meinen gottverdammten Mund.

Ethan

Gegenwart

Ich warte.

Ich marschiere auf und ab.

Es ist zum Haare-Ausraufen, und genau das tue ich, sodass sie jetzt bestimmt senkrecht vom Kopf stehen und beschissen aussehen.

Als wäre mir das nicht vollkommen gleichgültig. Wer wird das schon bemerken?

Schließlich bin ich allein. Wie immer.

Und ich marschiere von einer Seite meines Wohnzimmers zur anderen und wieder zurück.

Mir schwirrt der Kopf von … Gedanken. Sorgenvollen Gedanken. Verrückten Gedanken. Gedanken der Lust.

Von genau den verkehrten Gedanken.

Etwa hundert Minuten nachdem Katherine im Auto davongefahren ist, trifft sie endlich ein. Die Textnachricht, auf die ich gewartet habe:

Bin gut zu Hause angekommen! Es war ein wunderbarer Nachmittag für mich, trotz des nur knapp vereitelten Handtaschenraubs.

Beim Anblick ihrer Nachricht durchflutet mich eine so große Erleichterung, dass mir die Knie weich werden. Wie ein kleines Kind, verdammt. Mit zitternden Fingern antworte ich:

Danke fürs Bescheidsagen. Für mich war es auch ein wunderbarer Nachmittag.

Ich halte inne, und meine Finger schweben immer noch über dem Display. Ich sage mir, dass ich es nicht tun soll. Ich habe kein Recht dazu. Wenn ich es mache, spiele ich mit ihr. Und auch mit mir selbst. Ich habe ohnehin schon einen psychischen Knacks. Ich bin eh schon kaputt. Und sie auch. Ich möchte ihr nicht wehtun.

Aber ich kann es nicht lassen. Noch nicht. Ich brauche mehr.

Ich würde Sie gerne wiedersehen.

Bevor ich es mir noch einmal überlegen kann, drücke ich auf Senden.

Die Antwort lässt so lange auf sich warten, dass ich schon befürchte, alles vermasselt zu haben. Wieder marschiere ich vor Ungeduld und Unruhe auf und ab. Wenn das so weitergeht, trete ich noch einen Pfad in meinen Wohnzimmerteppich. Was zum Teufel ist nur mit mir los? Was mache ich da, verdammt noch mal? Ich raufe mir schon wieder die Haare und packe sie am Hinterkopf mit einem kräftigen Ruck.

Als mein Handy endlich summt, ist es mir völlig egal, dass ich eigentlich auf cool machen möchte. Ich will ihre Antwort unbedingt sofort sehen.

Das wäre schön.

Mein Lächeln ist so breit, dass es fast wehtut. Am liebsten würde ich vor Erleichterung laut lachen. Im Triumph kollabieren. Ich antworte, so cool ich kann:

Ich rufe Sie morgen an, okay?

Sie antwortet, ohne zu zögern.

Okay.

Katherine

Gegenwart

Nach Ethans letzter SMS und meiner Antwort bin ich ganz kribbelig vor Spannung. Er möchte mich wiedersehen.

Mich.

Wo ich doch völlig kaputt und ein absolutes Nervenbündel bin.

Ich kann mich auf nichts mehr konzentrieren, kann keinen einzigen klaren Gedanken fassen. KEEP CALM AND CARRY ON. Dieser Spruch? *Ruhig bleiben und weitermachen.* Das würde ich nicht schaffen, selbst wenn ich es versuchte.

Aber immerhin weiß ich, was mit mir los ist.

Ich verstehe es.

Glaube ich zumindest.

Ich habe mich verliebt. Ich habe mich wirklich und wahrhaftig in einen netten, gut aussehenden Mann verliebt, der sich anscheinend seinerseits auch für mich interessiert. Sonst würde er mich doch nicht wiedersehen wollen, oder?

Ich kann es nicht fassen, wie wohl ich mich in seiner Nähe fühle. Das ist so untypisch für mich. So etwas ist mir noch nie passiert. Normalerweise machen Männer mich nervös, und das aus gutem Grund. Ich bin zu oft verletzt worden, um noch einmal einem Mann vertrauen zu können. Dazu noch einem, der mir praktisch unbekannt ist.

Aber bei Ethan hatte ich dieses Gefühl ja gerade nicht: dass er ein Unbekannter ist. Im Gegenteil: Es kam mir so vor, als wäre er mir schon lange vertraut. Es ist gemütlich mit ihm – aber nicht im Sinne von langweilig. Sondern auf eine gute, aufregende Weise, falls man so etwas über gemütlich sagen kann. Doch ich finde, das kann man. Ich habe ihn mehr als einmal dabei ertappt, dass er mich beobachtet hat, und jedes Mal, wenn unsere Blicke sich begegneten, hatte ich plötzlich Schmetterlinge im Bauch. Dann stockte mir jedes Mal der Atem und ein wohliger Schauder überlief meinen Körper.

Lächerlich.

Und erregend.

Ich werfe mein Handy auf die Couch und tanze in meiner Wohnung auf Socken herum, auch wenn ich auf dem Parkettboden rutsche. Einmal falle ich beinahe hin, aber ich fange mich wieder und kreisele lachend so lange um mich selbst, bis mir schwindelig ist.

Oder vielleicht ist mir auch schwindelig, weil ich an Ethan denke. An einen Mann, von dem ich noch nicht einmal den Nachnamen kenne.

Doch ausnahmsweise ist mir das egal.

Ich möchte ihn einfach nur kennenlernen. Mehr herausfinden.

Ich möchte …

… alles über ihn erfahren.

Katie

Damals

Ich hatte Kopfschmerzen. Meine Lider waren schwer wie Blei, als ich sie vorsichtig einen Spalt weit öffnete und sofort wieder stöhnend zusammenkniff, weil die grelle Sonne sich in meine empfindlichen Augäpfel bohrte. Ich verharrte einen Moment lang reglos und versuchte, mich zu erinnern, was geschehen war. Alles tat mir weh, und sämtliche Gerüche und Geräusche waren mir vollkommen unvertraut.

Plötzlich fiel es mir wieder ein. Der Freizeitpark. Die lange Schlange vor der Achterbahn. Dass ich zur Toilette gegangen war. Und dann der Mann. Ich hatte mein Sweatshirt verloren, und er hatte es mir ganz freundlich zurückgegeben. Ich hatte ihm geholfen, den Eingang eines Fahrgeschäfts zu finden, vor dem angeblich seine Frau und seine Kinder auf ihn warteten. Und zu spät gemerkt, dass es keine Frau und keine Kinder gab. Er hatte mich belogen.

Mich hereingelegt.

Und mich mit sich davongeschleppt.

Tränen quollen zwischen meinen fest geschlossenen Lidern hervor, aber ich bemerkte sie erst, als sie mir schon über die Wangen liefen.

Mit einem tiefen Atemzug versuchte ich erneut, die Augen

zu öffnen, und drehte mich dabei zur Seite, damit ich nicht in die helle Sonne schauen musste. Die Bewegung ließ meinen Kopf vor Schmerz pulsieren, und wider Willen wimmerte ich leise und hoffte, dass niemand mich hörte.

»Du bist wach.«

Meine Kehle war vor Angst wie zugeschnürt. Diese Stimme kannte ich. Es war der Mann. Der Mann, der mich mit sich davongeschleppt hatte.

»Sieh mich an«, befahl er, als ich nichts erwiderte.

Ich wandte meinen Kopf der Stimme zu, und jetzt zitterte ich heftig am ganzen Körper. Ich stieß mit dem Fuß und hörte ein Geräusch, das wie Kettenklirren klang. Ich spürte das schwere Gewicht um meinen Fußknöchel und begriff, dass er mich angekettet hatte wie einen Hund.

Lieber Gott, was hatte er mit mir vor?

»Verdammte Kacke, lass die Scheiße«, knurrte er, als ich nun heftiger weinte. Ich weigerte mich, ihn anzusehen. Ich konnte es nicht. Stattdessen starrte ich die bleiche Wand an, die eigentlich gar keine Farbe hatte. Sie war weder weiß noch richtig beigefarben. Keine Ahnung, wie man das nennen sollte.

Hässlich. Sie war hässlich. Wo immer er mich hingesteckt hatte, es war ein fürchterlicher Ort, und als ich nach unten sah, fiel mein Blick auf den Rand der dünnen schmutzigen Matratze, auf der ich lag. Wieder bewegte ich das Bein, und die Kette rasselte laut über den Boden. Die Fessel war an einem rostigen Rohr befestigt, das nirgendwohin zu führen schien.

»Hör auf zu flennen!«, schrie er, und ich presste die Lider zusammen und versuchte alles, um aufzuhören.

Aber ich schaffte es nicht. Ich konnte nicht aufhören. Sein

Geschrei führte nur dazu, dass ich noch heftiger weinte. Wieder brüllte er mich an, und ich presste erneut die Lippen zusammen, um den Schluchzer zu unterdrücken, der herauswollte. Ich hielt ihn zurück und spürte, wie er immer größer wurde und anschwoll wie ein Ballon, in den zu viel Luft gepumpt wird. Schließlich schaffte ich es nicht mehr, öffnete den Mund, und der Laut schoss in einer Art traurigen Explosion heraus. Das machte den Mann nur noch wütender.

»Halt's Maul!« Ohne Vorwarnung schlug er mich ins Gesicht. Ich schrie entsetzt auf, rutschte auf der Matratze zurück und drückte mich an die Wand. »Halt's Maul, gottverdammt, und hör mir zu.«

Ich zitterte. Ich war so außer mir vor Entsetzen, dass ich versuchte, mich an die Wand zu klammern. Ich stöhnte tief in der Kehle und verlangte jammernd nach meiner Mommy, als wäre ich ein kleines Kind.

In diesem Moment hätte ich alles dafür gegeben, wieder als ein Baby in den Armen meiner Mutter zu liegen, gewiegt und vor allem beschützt. Ich fühlte die Hände des Mannes auf mir, als er mich um die Taille packte und auf die Matratze warf wie eine Lumpenpuppe. Er war stark. Und so entsetzlich viel größer als ich. Ich lag mit geschlossenen Augen da, den Kopf abgewandt, und er näherte sich mir. Sein Atem strich heiß und säuerlich über mein Gesicht, als er flüsterte: »Hübsch bist du ja wirklich.«

Nein, nein, nein.

Er strich mir mit der Hand über die Wange, und ich zuckte vor seiner Berührung zurück und flüsterte das Wort, das wie ein Sprechgesang durch meinen Kopf kreiste. »Nein.«

Er reagierte nicht darauf, so als hätte ich es gar nicht gesagt. »Ich wünschte, ich könnte dich behalten.«

Oh Gott, lieber Gott, was meinte er damit? Natürlich konnte er mich nicht behalten. Und das bedeutete, dass er …

… mich wieder loswerden musste.

Ich wollte auf keinen Fall darüber nachdenken, wie er das anstellen könnte.

Ich schluchzte. Und heulte. Ich klang, als wäre ich jemand anders, eine Figur aus einem gruseligen Film, und einen Augenblick lang kam mir alles unglaublich und ungeheuerlich wahnsinnig vor, weshalb es mir einfach nicht in den Kopf wollte, dass es real war.

Dass dies hier wirklich geschah.

Mir.

»Schsch«, flüsterte er und umfing meine Wange. Seine Finger waren sanft, aber ich bekam trotzdem eine Gänsehaut und schüttelte den Kopf, weil ich nicht wollte, dass er mich anfasste. »Still. Es darf dich niemand hören. Das kann ich nicht zulassen.«

Das bedeutete, dass mich tatsächlich jemand hören könnte. Die Hoffnung entfachte ein winziges Flämmchen in meiner Brust, und ich brüllte laut los, immer wieder dieselben Worte. »Hilfe! Hilfe, bitte! Ich brauche Hilfe!«

Er schlug mich so hart, dass ich Sternchen sah – etwas, was ich bisher immer für eine Metapher gehalten hatte. Ich verstummte sofort, und er legte mir die Hand auf den Mund. Obwohl ich die Lippen so fest wie möglich zusammenpresste, hatte ich seinen Geschmack auf der Zunge. Salz, Schmutz und irgendetwas Undefinierbares.

Beinahe kam es mir hoch.

»Sieh mich an.« Aber das konnte ich nicht und schloss die Augen. Er drückte die Hand noch kräftiger auf meinen Mund und berührte dabei mit den Fingern meine Nase. Ich atmete schnaufend ein und registrierte die scharfe Ausdünstung, die mir entgegenschlug, mit Ekel: Es war eine Mischung aus Schweiß und noch etwas anderem, etwas, das mich an … Erregung erinnerte. Das hier törnte ihn an.

Ich hasste ihn.

Als ich die Augen aufschlug, war sein Gesicht so dicht vor meinem, dass ich jede einzelne seiner Wimpern hätte zählen können. Seine Pupillen waren geweitet, und ein eigenartiges übertriebenes Lächeln zog ihm die Mundwinkel hoch.

»Halt verdammt noch mal die Klappe, kapiert? Ich mag es nicht, wenn Mädchen laut werden. Wenn Mädchen sich wehren.« Er verstummte, und sein Lächeln verschwand. »Darum rate ich dir, dich nicht zu wehren. Es ist viel einfacher, wenn du mich tun lässt, was ich will.«

Ein Laut entfuhr mir, schmerzlich und rau. Meine Augen brannten von ungeweinten Tränen, und mein Kopf fühlte sich an, als hätte jemand mit einem Hammer darauf geschlagen. Ich gab keine Antwort, aber das störte ihn nicht.

»Schwörst du, dass du das Maul hältst?« Seine Hand umklammerte meinen Mund wie ein Schraubstock.

Ich nickte, am ganzen Körper bebend. Er bewegte sich, und ich spürte ihn jetzt rittlings über mir, die Knie zu beiden Seiten meiner Taille. Vor Angst war mein Blut wie erstarrt, wie Eis. Das nächste spürte ich erst, als es mir schon passiert war, und die Wärme breitete sich sofort aus.

Ich hatte mich nass gepinkelt.

»Du lieber Gott.« Er schoss von mir weg, als der scharfe Uringestank aufstieg, und nahm die Hand von meinem Mund, aber nur, um mich erneut zu ohrfeigen. Seine kräftige Handfläche klatschte so heftig gegen meine Wange, dass es mir den Kopf herumriss. »Du verdammte Drecksschlampe. Was ist mit dir los?«

Und dann riss er mir die Shorts und die Unterwäsche herunter. Mit geschlossenen Augen nahm ich wahr, wie er mir die Oberschenkel mit den Händen weit auseinanderdrückte. Er wischte mich mit meiner eigenen Unterwäsche ab, und ich hörte, wie sie mit einem feuchten Plumps auf dem Boden landete.

Ich weinte. Ich weinte so heftig, dass mir die Brust wehtat und die Kehle wund wurde. Er kniete sich über mich, hielt mir mit der Hand den Mund zu und zwängte sich mit dem Unterleib zwischen meine Beine. Ich spürte seinen Blick auf mir wie den Hitzestrahl eines Lasers und schauderte.

Alles um mich her verschwand, und ich glitt aus meinem Körper heraus. Ich spürte nicht, was er mit mir machte. Ich hörte es nicht. Es geschah einer anderen Person.

Doch so war es nicht. Es passierte mir.

Ich wünschte mir den Tod. Alles, wenn es mich nur vor dem rettete, was er mit mir tat.

Die Rettung blieb allerdings aus.

Will

Damals

Der Anruf kam unerwartet. Spät am Abend, unmittelbar nach dem Ende meiner Schicht beim Discounter, wo ich jobbte. Ich kannte die Nummer nicht und wollte eigentlich nicht abnehmen, aber ein innerer Drang zwang mich dann doch dazu.

Und darüber war ich nun froh.

»Will.« Die leise, ein wenig atemlose Stimme kannte ich gut, und ich wusste sofort, wem sie gehörte.

»Katie?« Ich blieb unvermittelt stehen und schaute mich um, als erwartete ich, sie bei mir auftauchen zu sehen wie einen Geist aus meiner Vergangenheit.

»Wie geht es dir?« Sie stockte, und ein zögernder Laut entfuhr ihr. Dann redete sie weiter: »Ich habe dich vermisst. Du hast mir schon ewig nicht mehr geschrieben.«

Dem Rat meines Anwalts folgend. Ja, ich hatte einen Rechtsanwalt, aber nur wegen dem ganzen Theater um den Prozess meines Vaters. Der Anwalt ermahnte mich, zu meinem eigenen Schutz nicht mehr mit Katie Watts zu korrespondieren. Und obwohl es mir schrecklich schwerfiel, stellte ich meine Briefe an sie ein.

Seitdem fühlte ich mich, als hätte ich ein Loch im Herzen.

»Ich hatte viel mit der Schule und meinem Job und so zu tun.« Ich stockte und fragte mich, ob ich das Arschloch spielen und einen Schlussstrich ziehen sollte. Ich wollte nicht gemein sein, aber es wäre eine bombensichere Methode, sie so sehr zu verletzen, dass sie mich künftig in Ruhe ließe.

Allerdings wollte ich das gar nicht. Ich wollte unsere Freundschaft, oder wie auch immer man unser Verhältnis nennen sollte, nicht beenden. Der Gedanke, ihr wehzutun, war mir verhasst, doch es war besser so. Ich war es nicht wert, ihr Freund zu sein, und sie musste die Vergangenheit loslassen.

Mehr als das war ich nicht für sie – eine dunkle und hässliche Erinnerung an die Vergangenheit.

»Keine Zeit zum Schreiben?« Sie klang gleichzeitig hoffnungsvoll und verletzt, eine schreckliche Kombination, die machte, dass ich mich wie ein Mistkerl fühlte.

»So ungefähr.«

Daraufhin schwiegen wir beide, eine unbehagliche Stille, wie wir es sonst nicht kannten. Ich setzte mich in Bewegung und machte mich auf den Rückweg zu der beschissenen Jugend-WG, aus der ich bald ausziehen würde. Ich brauchte dringend eine Zigarette.

Alles, um den Schmerz zu lindern, der mir das Herz abschnürte.

»Du bist sauer auf mich«, warf sie mir schließlich vor.

Das stritt ich sofort ab. »Nein, überhaupt nicht, Katie, ich könnte niemals sauer auf dich sein. Es ist nur … es liegt an mir.« Und das entsprach der Wahrheit. Die Schuld lag bei mir, niemals bei ihr.

»Was ist mit dir? Willst du nicht mehr mit mir befreundet sein?« Ihre Stimme zitterte. Katie klang so, als würde sie gleich weinen, und mein Herz fühlte sich an, als schlösse sich eine Faust darum.

»Ich werde immer mit dir befreundet bleiben«, flüsterte ich, griff in meine Manteltasche und holte Zigaretten heraus. Ich zog eine aus der Packung, klemmte das Handy unters Kinn, steckte die Kippe an und nahm einen tiefen Zug, bevor ich wieder etwas sagte. »Es ist nur ... zurzeit ist die Kacke am Dampfen, wegen dem Prozess und so. Wahrscheinlich ist es am besten, wenn wir keinen Kontakt haben.«

»Wie du meinst, Will.« Nun weinte sie wirklich, und außerdem klang sie wütend. »Du warst mein einziger Freund. Der einzige Mensch, der verstanden hat, was passiert ist. Und jetzt redest nicht einmal du mehr mit mir. Danke. Danke vielmals.«

»Katie, nicht auflegen ...«, begann ich, aber das Gespräch war zu Ende, und ich horchte in die Stille hinein.

Ich steckte das Handy hinten in die Hosentasche und ging wieder los, mit langen Schritten. Zorn strömte wie flüssiges Feuer durch meine Adern. Ich hatte gerade das einzige Mädchen vergrault, an dem mir je etwas gelegen hatte.

Und ich wusste nicht, wie ich es wieder in Ordnung bringen sollte.

Katherine

Gegenwart

Ich erwache mit einem Ruck, und noch halb in den Resten meines Traums – oder Albtraums, wenn Sie wollen – verfangen, schlage ich die Augen auf. Ich liege vollkommen bewegungslos da, doch mein Herz hämmert so heftig, dass es in meinen Ohren pulsiert. In der Hoffnung, zur Ruhe zu kommen, lausche ich auf die normalen nächtlichen Geräusche, die mir bestätigen, dass ich da bin, wo ich sein soll.

Bei mir zu Hause, allein und unbehelligt. Kein dunkler Schatten im Zimmer.

Ein Hund bellt. Etwas knackt im Haus und kommt dann wieder zur Ruhe. Ich habe immer gestaunt, wie lange ein Haus braucht, bis vollständige Stille einkehrt. In der Ferne höre ich ein Auto und frage mich, ob es jemand ist, der wegfährt, oder jemand, der nach Hause zurückkehrt. Wo befinden diese Leute sich? Wohin fahren sie? Was haben sie vor?

Ich stelle mir einen Mann vor, der das Haus seiner Freundin verlässt. Vielleicht sind sie noch kein richtiges Paar, und deshalb verbringt er nicht die Nacht bei ihr. Oder vielleicht betrachtet er sie nicht einmal als seine Freundin. Aber trotzdem machen sie diese Sachen, die sonst Paare miteinander machen. Sie hat ihn zu sich hereingebeten, nachdem sie zusammen aus waren, und er hat freudig zugestimmt. Den ganzen Abend hat er nur an das eine gedacht.

Er konnte es gar nicht abwarten, sich an sie heranzumachen. Und sie konnte es gar nicht abwarten, es zuzulassen.

Tief in meinem Inneren breitet sich eine schmerzliche Sehnsucht aus, und ich drehe mich auf die Seite und schaue nach dem Wecker auf meinem Nachttisch. Die Uhrzeit leuchtet mir entgegen, rote Digitalziffern, die mir sagen, dass es 1:09 Uhr ist. Ich kenne dieses schmerzliche Gefühl, habe es schon nach bestimmten Büchern oder Filmen empfunden. Und auch, wenn ich mit Mom und Brenna zum Essen ausging und an einem Nachbartisch ein Pärchen saß, das liebeshungrige Blicke wechselte oder Händchen hielt.

Schließlich kam ich dahinter, dass das schmerzliche Verlangen, das ich empfand, Begehren war.

Das Begehren, von einem Menschen berührt zu werden – von einem Mann. Dabei war ich überzeugt, so etwas niemals wollen zu können. Diese Empfindung war immer flüchtig. Normalerweise war sie nach wenigen Minuten vorbei, und kurz darauf vergaß ich sie. Dann machte ich mit meinem Leben weiter und sagte mir: *Das ist eigentlich gar nicht wirklich geschehen. Du willst das nicht. Du brauchst das nicht.*

Jetzt spüre ich es wieder, dieses Gefühl. Dunkel und warm in der Magengrube, oder vielleicht sogar noch tiefer. Es rinnt wie eine heiße Flüssigkeit durch meine Adern, sickert überallhin und ruft mir in Erinnerung, dass ich einen Körper besitze. Einen Körper, den ich nicht nutze, nicht verstehe und nicht berühre.

Und den zu berühren ich niemandem gestatte.

Ich schließe die Augen und konzentriere mich auf das Gefühl. Ich spüre das Kribbeln. Die Wärme. Meine Muskeln fühlen sich schlaff an, meine Haut empfindsam, und ich weiß, warum ich diese Erfahrung mache. Die Ursache ist mir klar.

Was dahintersteckt, ist die Begegnung mit Ethan. Ich denke daran, wie der Überfall auf mich uns zusammenführte und wie Ethan sich einmischte und mich rettete. Ich schäme mich, dass seine Kraft und die Art, wie er die Situation meisterte, mich anmachten. Ich schäme mich, mit welchem Erschrecken und welcher Erregung ich verfolgte, wie er den Typen beim Shirt packte. Ich glaubte, dass er dem Jungen ordentlich eine verpassen würde. Um meinetwillen. Und ich kann es nicht ändern, das gefiel mir. Ich wollte, dass es so war. So etwas sollte man nicht wollen.

Aber so war es.

Noch mehr erregte mich, dass er sich mir gegenüber genau entgegengesetzt verhielt: So ungemein freundlich, und zudem hatte er, der mich ja nicht kannte, mich so ritterlich beschützt. Das faszinierte mich. Er hatte mich berührt, und ich war nicht zurückgezuckt. Wie ein glühendes Brandzeichen versengten seine Finger meine Haut, und wenn ich nur an diesen Augenblick dachte, wollte ich mehr davon.

Mehr von Ethan.

Ein Seufzer entschlüpft mir, und ich überlasse mich meinen Gedanken. Meine sonderbare Gemütsverfassung ist wohl darauf zurückzuführen, dass ich noch vom Schlaf benommen bin. Und da war der Albtraum eben. Warum nur habe ich nach einem Tag, der schließlich sehr positiv endete, ausgerechnet von Aaron Monroe geträumt?

Weil du dort warst, wo er dich damals entführt hat, du Dummkopf.

Stimmt.

Ich habe ein Kapitel alter Erinnerungen neu aufgeschlagen. Mehr nicht. Ich bin zum Freizeitpark gefahren, um meine Angst zu überwinden, und habe etwas ganz anderes erreicht. Etwas, was ich nie für möglich gehalten hätte.

Ein Mann hat mich angefasst, und ich habe es zugelassen. Ein Mann hat mich zu einem Kaffee eingeladen, und ich bin mitgegangen. Ein Mann hat mich um meine Handynummer gebeten, und ich habe sie ihm gegeben. Und dieser Mann hat mich in einer SMS gefragt, ob er mich wiedersehen darf, und ich war einverstanden.

Vielleicht bin ich ja wirklich auf dem Weg, meine Ängste zu überwinden.

Ethan

Gegenwart

Ich bin stolz auf Katie. Als ich sie vor Kurzem endlich abends mit bebender Stimme, so nervös war ich, anrief und darum bat, mit mir essen zu gehen, willigte sie ein – wenn auch zögernd. Sie sei nur dazu bereit, sagte sie, wenn wir uns in der Öffentlichkeit träfen.

Als ich nichts dagegen einzuwenden hatte, klang sie erleichtert.

Dass sie mir gegenüber misstrauisch blieb, gefiel mir sogar, weil ihre Sicherheit mir am Herzen liegt. Sie sollte nicht so ohne Weiteres Vertrauen zu jemandem fassen – zu wem auch immer. Sie hat so viel durchgemacht und allen Grund, argwöhnisch zu sein, gerade auch jetzt, da sie ihre Geschichte vor der ganzen Nation erzählt hat. Ich habe keine Ahnung, wie viele Leute die Sendung gesehen haben, aber vermutlich ein Haufen. Eine Story wie die von Katie, das fesselt doch jeden.

Mich dagegen fasziniert die Frau und nicht nur ihre Geschichte. Nicht nur der Weg, den sie gegangen ist. Ich war dabei. Ich bin ihn mitgegangen. Ich war selbst involviert und habe dazu beigetragen, dass sie überlebt hat. Und doch gibt es einen Teil in mir – und es ist der größere Teil –, der das alles vergessen möchte. Ich sehne mich nach dem Band, das ich damals mit Katie geknüpft habe, aber ich möchte mich nicht an das Geschehen erinnern. Nicht an das Warum und Wozu.

Es ist, als würde ich mit ihr einen Neuanfang machen, doch ich habe einen Vorteil. Ich weiß alles über sie, sie dagegen kennt mich nicht. Das heißt, sie kennt mein neues Selbst nicht. Ethan.

Und auch den, der ich damals war, hat sie nicht besonders gut gekannt. Vermutlich hätte sie diese Person auch nicht gemocht. Ich war nicht gerade ein lieber Junge, kein Wunder angesichts des furchtbaren Vorbilds, mit dem ich aufgewachsen war. Keine Mom und stattdessen nur ein Dad, der einen benutzte und zu nichts taugte. Als ich klein war, durfte ich nie im Verein Sport treiben, weder Baseball noch Football für Kinder. Dabei hätte ich das so gern gemacht. Aber diese Hobbys kosteten Geld, und das hatten wir nicht. Also erlaubte mein Vater es mir nicht. Samstagmorgens ging ich immer in den Park und schaute den anderen zu. Sah zu, wie die Gleichaltrigen, mit denen ich in die Schule ging, Fußball, Football oder Baseball spielten. Vor Neid und Enttäuschung wurde ich wütend, worum sich allerdings niemand scherte.

Kein Mensch.

Aber ich trainierte trotzdem. Wann immer es möglich war. Schon in der Grundschule liebte ich den Sportunterricht, und dann waren da ja noch die Pausen. Ich kickte Bälle, warf sie oder zielte mit ihnen auf Körbe, und Mr. Elliott, unser Lehrer in der dritten Klasse, der uns praktisch täglich, Regenwetter hin oder her, Flag Football spielen ließ, war mein Idol. Mein Gott, ich liebte Flag Football. In der Schule machte mir keiner das Leben schwer. Keiner hänselte mich oder behauptete, dass ich eine Niete sei. Das alles geschah zu Hause.

Die Schule war mein Zufluchtsort.

In der Middleschool und während meiner Highschoolzeit flüchtete ich mich regelrecht in den Sport. Ich war so verdammt dankbar, als ich endlich in Mannschaften spielen konnte, ohne etwas dafür bezahlen zu müssen. Ich steckte Zeit und Mühe ins Training, achtete auch sonst auf ordentliche Schulnoten und schwelgte in meinen sportlichen Erfolgen. Ich wollte etwas, worin ich mich verlieren konnte. Ich wollte jemanden sagen hören, dass ich meine Sache gut machte, denn meinem Vater kam so etwas verdammt noch mal niemals über die Lippen.

Und ich bekam, was ich wollte. Alle meine Trainer waren begeistert von mir. Ich machte bei jedem Sport mit, zu dem ich zugelassen wurde, abgesehen vom Ringen. Dafür konnte ich mich nie erwärmen. Es erinnerte mich zu sehr an zu Hause. Da gab es das oft: dass jemand mich fest umklammert hielt und mich aufforderte, mich doch zu wehren und zu befreien.

Das hasste ich.

Auch wenn ich mit siebzehn aus der betreuten Jugend-WG auszog, blieb ich doch in der Schule, denn verdammt noch mal, ich spielte im Baseball-Team, und wir würden an den Wettkämpfen teilnehmen. Ich konnte meine Leute nicht im Stich lassen. Und ich wollte den Titel gewinnen. Eine Zeit lang schnüffelten auch Scouts um mich herum, aber alles zusammengenommen, Schulnoten kombiniert mit Spielstärke, reichte es nicht für ein Stipendium. Trotzdem wollte ich die

Highschool abschließen. Inzwischen nannte mich keiner mehr Will, und aus mir wurde Ethan. Niemand stellte meinen neuen Namen infrage, nicht einmal meine Lehrer. Es war, als wüssten sie Bescheid.

Und so war es vermutlich auch.

Ich zog bei meinem Freund Daniel ein, schlief auf einer Matratze in seinem Zimmer und bedankte mich immer wieder bei seiner coolen Mom, obwohl sie jedes Mal sagte, das mache doch gar keine Mühe. Dabei errötete sie immer heftig, als wüsste sie genau, dass ich sie scharf fand, und wollte auf keinen Fall, dass ich mich in sie verliebte.

Ich stellte nie irgendwas mit Daniels Mom an, obwohl ich es gerne getan hätte. Damals schämte ich mich meiner sexuellen Empfindungen und hatte Angst, aus mir würde einmal ein genauso krankes Arschloch werden, wie mein Dad es war. Davor hatte ich einen Riesenbammel. An Daniels Mom hängte ich mich wohl, weil ich selbst keine hatte und weil sie nett zu mir war. Ich wollte einfach nur …

Ich wollte, dass jemand mich liebte. Mich akzeptierte.

Wenn ich ehrlich zu mir selbst wäre, wüsste ich, dass ich Katie nicht nur gefolgt bin, um mich ihrer Sicherheit zu vergewissern. Ich möchte über sie wachen, und nicht nur, weil ich das Gefühl habe, dass es meine Pflicht ist.

Ich will sie haben. So verkorkst und verkehrt das auch sein mag, ich kann es nicht abstreiten. Ich will sie für mich. Aber das Besitzergreifende dieses Gedankens macht mir schreckliche Angst. Es gibt mir das Gefühl, ich könnte mich in eine Kopie meines Vaters verwandeln.

Das ist, verdammt noch mal, das Allerletzte, was ich will.

Ich weiß, dass ich ganz anders bin als er. Ich werde manchmal wütend, okay, aber meine Wut artet nicht zur Tobsucht eines Wahnsinnigen aus. Ich will Frauen nicht misshandeln oder meine Macht über sie demonstrieren. Und mit absoluter Sicherheit hege ich keinerlei Wunsch, so etwas mit kleinen Mädchen zu machen.

Der gute alte Dad ist ein krankes Arschloch. Ich dagegen bin einfach nur ein verkorkster Typ mit einer ungesunden Fixierung auf ein Mädchen aus meiner Vergangenheit.

Reue und Schuldgefühle fallen über mich her, doch ich schiebe sie beiseite. Nur ein einziger Restaurantbesuch, sage ich mir und gebe mir damit ein weiteres leeres Versprechen, das ich mit Sicherheit nicht halten werde. Ein einziger Restaurantbesuch, das tut niemandem weh und macht nichts kaputt. Ich spiele mit dem Feuer, das ist mir klar. Je besser ich sie kennenlerne, je häufiger ich mit ihr rede, Textnachrichten mit ihr austausche oder, verdammt noch mal, auch nur an sie denke, desto stärker begehre ich sie. Es bringt nichts, das abzuleugnen. Ich kann mein Verlangen nach ihr ruhig zugeben.

Was für Probleme das auf lange Sicht auch immer bedeuten mag. Wenn sie dahinterkommt, wer ich bin …

… bin ich erledigt.

Jetzt aber erwarte ich sie hier im Lokal ihrer Wahl. Nicht in der Stadt, in der sie wohnt, was mich überrascht hat, dann aber auch wieder mit Stolz erfüllte. Sie ist vorsichtig und gestattet mir keinen tieferen Blick in ihr persönliches Leben. Doch ich würde alles dafür geben, zu wissen, was sie denkt: insbesondere über mich.

Katie achtet auf Distanz, solange wir in der Kennenlernphase sind, und ich verstehe warum. Sie macht es genau richtig und geht auf Nummer sicher.

Sicherheit ist gut.

Ich dagegen bin verwegen und leichtsinnig. Ich habe den Verstand verloren und mache mich an eine Frau heran, von der ich besser die Finger lassen sollte. Obwohl ich weiß, dass ich einen Fehler begehe, kann ich mich nicht davon abhalten. Ich will Katie, und zwar für mich. Ich möchte, dass sie zu mir gehört.

Haben Sie jemals eine Erfahrung gemacht, von der Sie wissen, dass sie zwar ein großer Fehler ist, aber sich einfach nur … richtig anfühlt? Genau das geschieht mir jetzt. Auch wenn unser Telefongespräch nur kurz war, hat allein schon der Klang ihrer Stimme mich bis ins Mark getroffen. Die Stimme meiner Träume und dieselbe sanfte helle Stimme, die mich in meinen Albträumen verfolgt.

Ich halte mich an dieser Stimme fest wie an einem Rettungsring. Es gibt so viele Worte, die ich gern von ihr hören würde. Ein Geflüster verbotener, schmutziger Worte, die sie wahrscheinlich entsetzlich fände. So eine junge Frau ist sie nicht. Sie ist total lieb, rein und gut. Ein Mädchen, das von einem Mann seelisch und körperlich missbraucht wurde, als er sie vergewaltigte und wie Müll wegwarf.

Dass ich in eine krankhafte Wiederholungsschleife geraten bin, entgeht mir nicht. Ich will, was ich nicht bekommen kann. Ich habe kein Recht dazu. Es steht mir nicht zu, mich diesen Gedanken hinzugeben und danach zu handeln. Ich bin ihr gefolgt wie ein Stalker. Ich habe hin und her recherchiert, bis ich ihre Adresse fand, und ihr dann aufgelauert wie ein beschissener Drecksack. Der Drecksack, zu dem ich geworden bin. Mein Verhalten erinnert mich …

… an meinen Vater.

Verdammt noch mal.

Rastlos fahre ich mir mit der Hand durchs Haar und schiebe es senkrecht nach oben. Ich habe mich für sie in Schale geworfen, dabei mache ich das nie und für niemanden. Brauche ich auch nicht, da ich zu Hause arbeite. Sicher hinter meinem Schreibtisch und meinem Laptop verschanzt, designe ich Websites für unterschiedliche Kunden. Am College hier vor Ort habe ich ein paar Kurse besucht, und dann bin ich irgendwie in diesen Beruf hineingerutscht. Ich scheffele nicht gerade bündelweise Geld, aber es reicht. Außerdem habe ich noch Rücklagen aus dem Verkauf unseres Hauses. Der neue Besitzer hat es abgerissen, doch durch die Lage in der Nähe des Meeres war das Grundstück begehrt und teuer.

Also, ja, ich bin zwar nicht wohlhabend, allerdings auch kein Hungerleider. Ich kann mich durchaus in Schale werfen, um Eindruck bei einer Frau zu schinden. Auch wenn ich es seit einer Ewigkeit nicht mehr getan habe.

Ich trage eine schwarze Hose und darüber ein weißes Hemd, dessen Ärmel ich aufgekrempelt habe, weil es so verdammt heiß ist. Es ist für diese Jahreszeit ungewöhnlich schwül, und meine Stirn ist schweißnass. Ich marschiere vor dem Restaurant auf und ab, ohne die Schlange der Wartenden zu beachten, die für einen Tisch anstehen. Es sind lauter Paare. Manche sind jünger, manche älter, aber alle unterhalten sich, lachen und klingen so, als wären sie bester Laune. Ich dagegen rechne damit, versetzt zu werden. Vielleicht hat Katie einen Rückzieher gemacht. Vielleicht hat sie Zweifel bekommen. Sich Sorgen gemacht, dass ich jemand anderes sein könnte, als ich vorgebe.

Und damit hätte sie recht.

Ein Blick auf mein Handy zeigt mir die Uhrzeit. Sie hat schon beinahe zehn Minuten Verspätung. Ist das normal für sie? Ich weiß es nicht, da ich ihre Gewohnheiten nicht genau kenne. Ich bin ihr nicht lange genug gefolgt, um es in Erfahrung zu bringen. Seit wir miteinander geredet haben, habe ich mich ihr und ihrem Viertel ferngehalten. Mit dem Beschatten und Herumschnüffeln machte ich Schluss. Es kam mir wie eine Grenzübertretung vor, und Grenzübertretungen hat sie im Verlauf der Jahre genug erfahren. Außerdem hätte sie mich erkennen können. Schlimm genug, dass ich selbst mit dem leben muss, was ich ihr antue. Da brauche ich nicht auch noch Öl ins Feuer zu gießen.

Wieder marschiere ich auf und ab, und als ich einen Blick zum Parkplatz werfe, entdecke ich sie. Dass sie wirklich aufgetaucht ist, erleichtert mich total. Und beinahe genauso überwältigend ist das Begehren, das in mir aufsteigt. Jetzt, da ich weiß, dass sie zu dem Treffen gekommen ist.

Als sie sich nähert, bemerke ich das leise Lächeln auf ihren Lippen. Rote, volle, zum Gruß geöffnete Lippen. Sie trägt das Haar offen, und es fällt in lockeren Wellen auf die Schultern ihres Kleides herunter. Dieses Kleid kann man nicht sexy oder offenherzig nennen, vielmehr verhüllt es sie nahezu schamhaft. Aber der dunkelrosa Stoff schmiegt sich beinahe liebevoll um ihre zarten weiblichen Rundungen. Die schmalen

Schultern, die kleinen rundlichen Brüste, die schlanke Taille und die geschwungenen Hüften.

Ich schwitze, und nicht nur wegen der Hitze. Ich schwitze, weil die schönste Frau, die ich je gesehen habe, sich mir nähert und mir zuwinkt. Ich winke zurück und würde am liebsten triumphierend ausrufen: *Hab dich.*

Sie ist gekommen. Und ich halte sie fest.

Katherine

Gegenwart

Das Restaurant ist nett, das Essen toll und die Gesellschaft wundervoll. Zunächst war die Konversation ein wenig gezwungen, was allein an mir lag. Ich habe keine Erfahrung mit so etwas. Es ist auch nicht so einfach. Da ist ein fast Unbekannter, und ich will etwas über ihn in Erfahrung bringen und muss meinerseits zulassen, dass er versucht, etwas über mich herauszubekommen.

Vor meinem Aufbruch habe ich Brenna eine Textnachricht geschickt und sie informiert, wohin ich gehe. Allerdings habe ich ihr verschwiegen, dass ich mich dort mit einem Mann treffe. Es fühlt sich zu ungewohnt an, zu neu, und ich wollte nicht davon erzählen. Was, wenn dieses Abendessen zu einer Katastrophe wird? Wenn es damit endet, dass er mich grässlich findet und nie wieder sehen will? Es wäre mir zu peinlich, es zuzugeben. Selbst vor meiner Schwester.

Brenna hat mir beteuert, dass sie und Mom keinen Zugriff mehr auf die »Mein iPhone suchen«-App auf meinem Smartphone haben, aber wer weiß, ob sie die Wahrheit sagen. Lieber bin ich zumindest ein Stück weit ehrlich und sagte ihnen, wohin ich gehe. Besser, als das Mom mich mitten in meinem Date mit einem hysterischen Anruf überfällt.

Mit wem gehst du hin?, hatte Brenna sich per Textnachricht erkundigt, nachdem ich ihr von meinen Plänen für den Abend berichtet hatte.

Mit einem Bekannten.

Ich hatte nicht viel preisgegeben und eigentlich nervös darauf gewartet, dass sie nachhaken würde. Das macht sie nämlich gern. Sie weiß, dass ich nicht viele Bekannte habe, aber letzthin hat sie ziemlich mit ihrem eigenen Leben zu kämpfen. Ich glaube, sie hat Probleme mit ihrem Freund, auch wenn sie das nie und nimmer zugeben würde. Lieber tut sie so, als wäre alles eitel Sonnenschein. Sie haben die ideale Beziehung, während ich die Frau mit der angeknacksten Psyche bin, die Mom wahrscheinlich niemals Enkelkinder schenken wird.

Was für ein deprimierender Gedanke, umso mehr, als wir alle wissen, dass er stimmt.

Viel Spaß!, hatte Brenna ein paar Minuten später geantwortet. Daran merkte ich, dass sie abgelenkt war. Ausrufezeichen benutzt sie nur, wenn sie nicht ganz bei der Sache ist.

»Haben Sie Geschwister?«, frage ich. Genauer gesagt, ich platze unvermittelt damit heraus. Wir sind mitten im Hauptgang, Ethan und ich, und seit das Essen da ist, ist das Gespräch ein wenig eingeschlafen.

Er hat die Gabel im Mund, als ich die Frage stelle, und legt sie nun auf den Teller. Er kaut nachdenklich und schluckt den Bissen vor seiner Antwort herunter. »Nein.« Er stockt und mustert mich mit seinen freundlichen braunen Augen, deren lebhaften Glanz die Brille nicht verdeckt. Brillenträger habe ich bisher nie sonderlich attraktiv gefunden. Andererseits: Wann hat mir überhaupt jemals äußerlich ein Mann gefallen? »Und Sie?«

»Ich habe eine ältere Schwester.« Nun stocke ich und überlege, ob ich ihren Namen nennen soll. »Brenna.«

»Um wie viel?«

Ich runzele die Stirn. »Entschuldigung?«

Er trinkt einen Schluck Wasser und wiederholt dann seine Frage. »Wie viele Jahre ist Ihre Schwester älter als sie?«

»Ach so, zweieinhalb.« Lächelnd denke ich an unsere pubertären Misshelligkeiten zurück. Das war vorher. Mein Leben ist in zwei Teile zerfallen. Der erste war glücklich und der zweite eher nicht. Hoffentlich kann ich das jetzt ändern. »Sie ist meine beste Freundin.«

»Ob es ihr nun gefällt oder nicht?« Er neckt mich, was mich zum Lachen bringt.

»In unserer Kindheit haben unsere Eltern uns das tatsächlich oft gesagt. Wir sollten uns vertragen, denn wenn wir einmal älter wären und der Rest der Familie tot, hätten wir nur noch einander. Aber wir haben niemals geglaubt, dass es so kommen und wir uns tatsächlich aufeinander verlassen würden. Wir haben uns ständig gestritten, und das hat unsere Eltern rasend gemacht.«

»Und jetzt streiten Sie sich nicht mehr?«

Ich zucke mit den Schultern. »Sie ist wirklich meine beste Freundin. Ich erzähle ihr beinahe alles.«

»Haben Sie ihr auch von mir erzählt?«

Ob die Wahrheit ihn verletzt? »Nein«, gebe ich mit leiser

Stimme zu. »Ich wollte ihr nicht erklären müssen, wie wir uns kennengelernt haben.«

»Sie meinen den Beinah-Handtaschenraub.«

Ich nicke. »Ich wollte nicht, dass sie sich Sorgen macht. Sie würde … die Krise kriegen.«

»Ist sie so, Ihre ältere Schwester? Macht sie sich ständig Sorgen um Sie?«

Die Wahrheit ist da und will heraus. Ich bin in Versuchung, sie einfach vor ihm auszukippen. Aber ich kann jetzt doch nicht alles zugeben. Noch nicht. Er kennt ja noch nicht einmal meinen Nachnamen. Und ich kenne seinen nicht. Ich möchte, dass dieser Teil meiner selbst erst einmal Ruhe gibt. Vielleicht einfach so lange, wie ich mit Ethan zusammen bin, denn ich weiß, dass das hier nicht von Dauer sein wird. Das ist ausgeschlossen. Er wird herausfinden, was geschehen ist, und die Flucht ergreifen. Und zu Recht. Ich bin es nicht wert, bei mir die Stellung zu halten. Meine Probleme sind eine so schwere Bürde, da kann ich nicht erwarten, dass jemand sich das antun will.

Es ist allerdings befreiend, mit jemandem zusammen zu sein, der nichts von dem ganzen psychischen Gepäck weiß, das ich mit mir herumschleppe. Und mit diesem Mann einfach einmal ich selbst zu sein und nicht immer nur das Mädchen, das entführt, mehrere Tage gefangen gehalten und mehrfach vergewaltigt wurde. Keine mitleidigen Blicke, kein Zögern. Es ist nicht leicht, mit mir zusammen zu sein.

Aber vor allem ist es nicht leicht, ich selbst zu sein. Deshalb lebe ich so zurückgezogen und wage mich nicht hinter meinem Panzer hervor. Alle Therapien der Welt werden mir nicht wirklich helfen. Was passiert ist, ist passiert. Das habe ich kapiert. Dass mein Vater sich weigerte, über das Geschehene zu reden, hat die Sache nicht besser gemacht. Eine funktionierende Familie verwandelte sich innerhalb weniger Tage in ein Trauerspiel. Und blieb es über Jahre hinweg bis zum Tod meines Vaters. Richtig gut ist es auch jetzt noch nicht.

Meistens gebe ich mir selbst die Schuld daran, dass unsere Familie so aus den Fugen geriet und nicht mehr die ganz normale Familie war, die ich gebraucht hätte, als ich zurückkam. Ich hatte nicht darum gebeten, entführt zu werden, aber trotzdem hatte ich das Gefühl, dass alles meine Schuld war.

Es ist wohl das Einfachste: sich selbst die Schuld geben und für den Rest des Lebens hassen.

»Manchmal«, antworte ich schließlich lässig. »Genau wie ich mir auch manchmal Sorgen um sie mache. So ist das bei Schwestern eben. Wir passen aufeinander auf.«

»Es muss schön sein, jemanden zu haben, auf den man immer zählen kann.« Seine Stimme klingt beinahe sehnsüchtig. »Was auch immer geschieht, sie wird für Sie da sein.«

»Ja, das ist schön.« Ich würde ihn gern fragen, ob er auch jemanden hat, auf den er zählen kann, verkneife es mir aber. Es kommt mir zu persönlich vor, zu zudringlich, und ich kenne ihn ja noch kaum.

»Wie steht es, arbeiten Sie? Haben Sie einen Beruf, der Ihnen Spaß macht? Oder gehen Sie noch aufs College? Was fangen Sie mit Ihrer Zeit an?« Er schiebt seinen Teller ein wenig zurück, vermutlich zum Zeichen, dass er satt ist. Und auch mir ist beim Tonfall seiner Fragen schlagartig der Appetit vergangen. Wir haben bisher nur Small Talk gemacht, sind nicht in die Tiefe gegangen und haben nichts Persönliches angesprochen. Und mir wäre es am liebsten, es würde so bleiben.

Aber jetzt möchte er Einzelheiten erfahren, und vermutlich ist das normal. Ich sollte keine Mauern um mich hochziehen, doch für mich ist das ein so eingefleischter Schutzmechanismus, dass ich fast nicht dagegen ankomme. »Ich habe Kurse am College belegt, und damit bin ich ausgelastet.« Ausschließlich online, um mir alle persönlichen Begegnungen zu ersparen.

Er wirft mir einen Blick zu, den ich nicht richtig deuten kann, aber ich habe fast das Gefühl, dass er meine Worte anzweifelt. »Was ist denn Ihr Hauptfach?«

»Grafik und Design.« Als ich klein war, war ich ziemlich kreativ. Ich habe gern gezeichnet und mit Glitzerpapier, Leim und Farbe alles Mögliche gebastelt. Mit dem ganzen Kram, den Mom nie benutzte, habe ich Fotoklebealben gemacht, Scrapbooks. Anfangs war sie sauer, aber nach einer Weile hat sie mir alles gegeben, weil sie es ohnehin nie benutzte. Jedes Jahr machte ich das Scrapbook mit den Urlaubsfotos der Familie, bis zum Sommer, in dem ich dreizehn wurde.

Wir alle wissen, warum ich damit aufgehört habe. Nach diesem Jahr machten wir keinen Sommerurlaub mehr.

»Wirklich?« Sein Gesicht leuchtet auf. »Ich mache Websites.«

»Sie sind Webdesigner?«

Er nickt. »Ich bin hier ans städtische College gegangen und habe ein paar Kurse belegt. Dort habe ich jemanden kennengelernt, der eine Band gegründet hatte und eine Website für seine sogenannten Fans wollte. Wie viele waren das wohl? Vielleicht zehn? Er war jedenfalls fest überzeugt, dass er einmal zum Star aufsteigen würde. Ich habe seinen Webauftritt entworfen, und er war begeistert und hat all seinen Freunden davon erzählt. Wie sich herausstellte, hatte dieser Typ massenhaft Freunde. So ungefähr tausend, und alle machten sich gerade selbstständig und brauchten Websites und Bannerwerbung für die sozialen Netzwerke. Das hat mein Leben als Freiberufler ins Rollen gebracht.«

»Das ist ja toll.« Ich stoße beeindruckt die Luft aus. »Sie sind ein Glückspilz.«

»Ja, es ist wirklich ein großes Glück, dass ich von einer Arbeit leben kann, die mir Spaß macht.«

»Sie haben also viel zu tun.«

Jetzt schaut er fast verschämt. »Inzwischen ist meine Warteliste zwei Monate lang.«

»Oho, dann müssen Sie wirklich gut sein.« Jetzt bin ich tatsächlich beeindruckt.

»Wenn ich etwas finde, das mir Spaß macht, bin ich mit Herzblut bei der Sache. Es ist dann fast so … als wäre ich davon besessen.« Jetzt ist seine Miene schuldbewusst. Eigenartig. »Wahrscheinlich hätte ich das nicht zugeben sollen.«

»Warum denn nicht?«

»Ich klinge wie ein Spinner.«

»Nein, es klingt so, als wären Sie ein leidenschaftlicher Mensch.« Bei diesen Worten brennen meine Wangen wie Feuer, und ich sage mir, dass ich da durchmuss.

»In meiner Schulzeit war es der Sport«, gibt er zu. »Ich war wie besessen von allen Sportarten, die mit -ball endeten. Baseball, Football, Basketball. Am liebsten hätte ich nichts anderes mehr gemacht.«

Das erklärt seinen athletischen Körperbau. »Sind Sie diesem Hobby treu geblieben?«

»Nein, eigentlich nicht. Ich musste damit aufhören, um jobben zu können. Ich, äh, brauchte das Geld, und so musste ich alle Hobbys aufgeben. Wenn ich nicht in der Schule war oder schlief, war ich mit irgendeinem Job beschäftigt.« Er presst die Lippen zusammen, als hätte er das lieber nicht zugegeben, und ich kenne das Gefühl.

»Jedenfalls haben Sie schließlich etwas anderes gefunden, bei dem Sie glänzen«, versuche ich ihn aufzumuntern.

»Ja, das stimmt wohl.« Er trinkt einen Schluck Wasser, und ich betrachte ihn und registriere, wie der Schein der Kerze, die mitten auf dem Tisch steht, ihn in einen goldenen Schatten taucht. Auf eine kantige, wie gemeißelt wirkende Art ist er unglaublich gut aussehend. Die energische Kieferpartie und die sich scharf abzeichnenden Wangenknochen finden in seinem wunderbaren Mund einen Ausgleich. Der ist wirklich wunderschön – diese weichen, vollen Lippen. Eigentlich habe ich mir den Mund eines Mannes noch nie so gründlich angesehen. Ich hätte nicht geglaubt, dass ein Mund wirklich so hinreißend sein könnte, so beinahe feminin im Kontrast zu diesen äußerst männlichen Gesichtszügen. Er zieht mich an. Lässt mich darüber nachdenken, wie es wohl wäre …

»Welche Musik hören Sie denn gern?«, unterbricht Ethan meine Gedanken.

Die Hitze in meinen Wangen steigt noch höher, und ich hoffe, dass er es nicht bemerkt. Zum Glück ist es im Restaurant ziemlich dunkel. »Und was ist Ihre Lieblingsfarbe? Wollen wir das jetzt alles durchgehen?«

Er zuckt ein wenig verlegen mit den Schultern. »Ich versuche einfach nur, Sie kennenzulernen.«

Sofort fühle ich mich wie eine Idiotin. Ich sollte nicht so abwehrend sein. Er will mir ja nicht auf die Schliche kommen. Er ist nicht hinter irgendwelchen grauenhaften Details her, auch wenn ich davon mehr als genug zu bieten hätte. »Vielleicht sollte ich nicht zugeben, dass ich die Songs mag, die in den Charts sind und im Radio laufen.«

»Sie hören immer noch Radio?« Er neckt mich, das erkenne ich am Funkeln in seinen Augen.

»Manchmal.« Als er mich weiter einfach nur anschaut, gebe ich zu: »Okay, ich höre gern die iHeartRadio-App.«

Er lacht. »Was ist denn Ihre Lieblingsband? Und welchen Sänger mögen Sie am liebsten? Oder eine Sängerin?«

»Nicht lachen«, warne ich ihn, und er hebt die Hände, als wollte er seine Unschuld beteuern. »Sie lachen bestimmt.«

»Nein, mache ich nicht«, antwortet er ernst.

»Versprochen?«

»Versprochen.« Er schluckt, ich sehe, wie sein Adamsapfel zuckt, und bei diesem Wort, verbunden mit der Art, wie seine unglaublich dunklen Augen mich ernst beobachten, überkommt mich etwas. Es ist, als hätten wir diese Worte schon einmal gewechselt, wenn auch in einer viel ernsteren Situation. Ich fühle mich wie bei einem Déjà-vu. Dabei muss ich an Will denken, und aus einem unerklärlichen Grund fühlt es sich fast so an, als würde ich ihm die Treue brechen, wenn ich diesen Abend und diese Worte mit Ethan teile.

»Also, wen ich wirklich liebe …« Mit einer kurzen Stille zögere ich den Moment hinaus. »Katy Perry.«

Es zuckt um seine Lippen, als müsste er ein Lachen unterdrücken, und ich zeige mit dem Finger auf ihn. »Sie haben es versprochen.«

Wieder hebt er unschuldsvoll die Hände. »Das habe ich. Lachen verboten.«

Ich schüttele den Kopf und zupfe an der weißen Stoffserviette herum, die auf meinem Schoß liegt. »Ganz schön schwach, oder?«

»Aber überhaupt nicht.« Wieder zuckt es um seine Lippen.

Ich übergehe das Zucken und beschließe, die Wahrheit zu sagen. »Ich finde ihre Songs einfach so ermutigend. Zum Beispiel *Roar*. Sie will, dass alle dieses Brüllen hören, nicht wahr?« Jetzt klinge ich total lächerlich, aber ich finde Worte wirklich oft ermutigend. Geschriebene Worte. In Büchern, Gedichten und Songs. Weil ich mich immer hilflos gefühlt habe, suche ich die Kraft eben anderswo. Auf diese Weise kann ich mich stark fühlen, zumindest für ein Weilchen.

Wie kurz diese Zeitspanne auch sein mag.

»Hat Sie schon einmal jemand brüllen hören?«, fragt Ethan, und von seiner tiefen, ruhigen Stimme bekomme ich eine Gänsehaut.

Ich schüttele langsam den Kopf. »Eigentlich nicht. Ich bin ziemlich still.«

»Das ist mir noch gar nicht aufgefallen.«

Diese Bemerkung macht mich nachdenklich. Er hat recht. Wenn ich mit ihm zusammen bin, stellt er genau die richtigen Fragen, um mich zum Sprechen zu bringen. Ich war heute Abend durchaus auf Abwehr eingestellt. Ich hatte nicht die Absicht, so viel von mir preiszugeben. Ich dachte, wir könnten uns beim Essen über das Wetter und aktuelle Ereignisse unterhalten, und Schluss.

So geht es einem, wenn man noch nie mit einem Mann ausgegangen ist. Dann hat man keine Ahnung, was man tun oder sagen soll oder was der andere sagen wird. Ich habe das Gespräch nicht wirklich im Griff, und mein Magen zieht sich ängstlich zusammen und ruft mir in Erinnerung, dass ich nicht die Kontrolle verlieren will.

Ich beschließe, seine Worte zu übergehen, und erzähle von meinem zweiten Katy-Perry-Lieblingssong. »Auf *Dark Horse* fahre ich auch total ab.«

Er zieht die Augenbrauen hoch, was ihm einen halb arroganten, halb skeptischen Ausdruck verleiht. Der steht ihm gut. »Ach ja?«

Ich nicke. »Und *Teenage Dream* fand ich auch super.«

Er runzelt die Stirn. »Was fanden Sie super?«

»*Teenage Dream*. Das ist ein älteres Lied von ihr.«

Himmel, diesen Song habe ich wirklich geliebt. Ich sang ihn aus voller Kehle, wenn ich wusste, dass ich allein war, also nicht sehr oft. Ich sang ihn unter der Dusche oder murmelte ihn lautlos in mich hinein, wenn ich mit Brenna oder Mom im Auto fuhr. Der Text ging mir unter die Haut, denn obwohl ich ein Teenager war, als der Song herauskam, befand ich mich weit von dem Teenagertraum entfernt, die Hand eines Jungen auf meiner hautengen Jeans zu fühlen. Oder es auch nur zu wollen.

Aber immer, wenn ich den Song hörte, sehnte ich mich danach. Gleichzeitig jagte die Vorstellung mir eine Riesenangst ein.

»Ah ja, ich erinnere mich.« Er lächelt. »Im Radio hat man ihn ständig gespielt, bis ihn keiner mehr hören konnte.«

»Ich mag ihn immer noch sehr.«

»Hat man Sie so genannt? Als sie klein waren?« Als ich die Stirn runzele, fährt er fort: »Katie.«

»Oh.« So hat mich schon ewig keiner mehr genannt. Mir war nicht einmal bewusst, dass Katy Perry und ich denselben Vornamen haben. »Ja, damals schon.«

»Und jetzt nicht mehr? Keiner mehr?«

Ich schüttele den Kopf.

»Oder Kat?«

Ich ziehe die Nase kraus.

»Oder Kathy?«

»Oh nee.« Ich lache.

»Alle nennen Sie also Katherine.«

»Normalerweise schon.«

»Das kommt mir ziemlich ernst und streng vor.« Er mustert mich, und es ist, als entginge seinem Blick nichts. Ich weiß nicht, ob ich mich unbehaglich winden soll. Oder doch lieber aufrechter hinsetzen, damit er mich wirklich sehen kann, mit allen Wunden, die ich aus meinen Schlachten davongetragen habe, wenn ich in die Finsternis brüllte. »Für mich sehen Sie wie eine Katie aus.«

Ich mag es, wie er meinen Namen ausspricht. Seine Stimme wird bei dem Wort sanfter, und schon flattern wieder die Schmetterlinge in meinem Bauch herum. »Sie können mich so nennen, wenn Sie wollen.« Unglaublich, dass ich das gerade gesagt habe. Katie gehört zu meinem früheren Ich. Ich habe ewig gebraucht, bis ich alle so weit hatte, diese Gewohnheit abzulegen. Ich wollte nicht mehr Katie Watts sein. Diesen Namen kannte inzwischen jeder, die ganze Welt.

Ich zog Katherine vor. Das klang nach einer ganz anderen Person – kultiviert, erwachsen und sehr verschieden von mir. Ich fühlte mich ja auch nicht mehr wie ich selbst. Stattdessen wurde ich jemand anders.

»Ja, das will ich.« Die Art, wie er *will ich* sagt, klingt beinahe ... erotisch und jagt mir einen Schauder über den Rücken. Seine Miene ist ganz ernst, aber in seinem Blick leuchtet etwas Unvertrautes, als hätte er gerade einen bedeutenden Preis gewonnen und schwelgte in seinem Triumph. »Das gefällt mir sehr.« Er hält inne. »Katie.«

Bei seinem Tonfall wird mir warm, und ich mag es, wie er mich ansieht. Ich könnte mich daran gewöhnen.

Wen will ich eigentlich hinters Licht führen? Ich gewöhne mich ja tatsächlich daran. Zu schnell. Er wird mich verletzen, wenn ich nicht aufpasse. Das würde Brenna sagen. Sie würde mich warnen, vorsichtig zu sein und diesen Mann nicht zu nah an mich herankommen zu lassen.

Doch ausnahmsweise bin ich einmal in Versuchung, hinter dem Panzer hervorzukommen, mit dem ich mich so gründlich gewappnet habe. Einmal alle Vorsicht über Bord zu werfen, nein, nicht alle Vorsicht, aber doch einen Teil davon. Die Kontrolle ein Stück weit aufzugeben und zu sehen, wo mich das hinführt. Wo Ethan mich hinführt.

Das wünsche ich mir mehr als sonst irgendetwas auf der Welt.

Ethan

Gegenwart

Die Realität hat mir eine Ohrfeige verpasst und mir einen Strich durch meine nicht ganz so guten Absichten gemacht.

Nach dem Restaurantbesuch mit Katie war ich im Höhenflug. Ich hatte sie dazu gebracht, sich mir ein Stück weit zu öffnen. Ehrlich zu sein. Mag sein, dass unser Gespräch ein bisschen albern war – dass sie ein Katy-Perry-Fan ist, ist irgendwie süß –, doch sie war ganz aufrichtig zu mir. Sie hat mir einen winzigen Einblick gewährt, wie sie ist, und mehr wollte ich nie.

Aber würde ich mich nun zufriedengeben? Nein. Ich bin ein selbstsüchtiges Schwein. Nachdem ich einen verführerischen Vorgeschmack bekommen habe, will ich mehr. Ich möchte ihr näherkommen. Ich möchte sie offen und verletzlich erleben, vorbehaltlos bereit, mir alles zu geben, was ich von ihr haben möchte.

Nämlich sich selbst.

Es ist der Vormittag nach unserem Restaurantbesuch, und ich kann es kaum abwarten, ihr eine Nachricht zu schicken, obwohl es gerade erst acht ist. Lächerlich. Ich muss geduldig sein und die Ruhe bewahren. Nur nichts übereilen, das ist und bleibt wichtig. Wenn ich mich zu heftig auf sie stürze, verliert sie die Nerven, und das wäre der Todesstoß für unsere beginnende Freundschaft.

Ich habe gerade das städtische Postamt betreten, wo ich ein geheimes Postfach für einen gewissen William Monroe besitze. Diesen Mann gibt es nicht mehr, dafür habe ich gesorgt, aber unmittelbar vor dem amtlich bestätigten Namenswechsel habe ich mit meinem William-Monroe-Ausweis ein Postfach eröffnet. Nur für alle Fälle, wie ich mir sagte. So würde mein Vater mich weiterhin kontaktieren können, ohne meine neue Identität herauszufinden. Er hat keine Ahnung, wo ich wohne, und weiß nicht, dass ich einen neuen Namen habe.

Dafür habe ich gesorgt.

Und es funktioniert. Seit ich meinen Namen vor fünf Jahren geändert habe, hat es keine Probleme gegeben. Das Postfach ist nicht besonders teuer und das Geld wert, das ich dafür ausgebe. Ja, hin und wieder bekomme ich einen Brief aus dem Gefängnis. Und außerdem Briefe von Reportern, die nach mir suchen. Einmal hat ein Verlag mir geschrieben und wollte meine Seite der Geschichte hören.

Auf all das habe ich nicht reagiert. Keine Ahnung, wie sie hinter die Adresse des Postfachs gekommen sind. Soweit ich weiß, ist sie nicht öffentlich bekannt, aber es ist auch nicht so, dass ich sie streng geheim halte. Es weiß ja keiner, dass Ethan Williams derselbe ist wie William Monroe.

Niemand weiß das.

Etwa einmal im Monat schaue ich im Postamt vorbei und leere mein Postfach. Ich gehe außerhalb der Öffnungszeiten hin, wenn vermutlich keiner da ist. So kann ich hoffen, dass niemand mich sieht. Den letzten Brief meines Vaters habe ich vor einem halben Jahr erhalten, oder vielleicht ist das sogar noch etwas länger her. Zum Teufel, ich erinnere mich gar nicht mehr, wann er mir zum letzten Mal geschrieben hat. Es war eine Erleichterung, nichts von ihm zu hören. Seine wütenden schriftlichen Ergüsse erschöpfen mich.

Ich hole einen Haufen Mist aus dem Postfach. Werbeblättchen, Postkarten-Werbung und die Briefe eines Autoversicherungsmaklers, die an »alle Einwohner« adressiert sind. Doch mitten in diesem Haufen Werbeschrott erwartet mich ein wirklicher Brief. Diese krakelige Schrift würde ich unter Hunderten erkennen.

Von einem bangen Gefühl gequält, werfe ich den Werbemüll in einen Abfalleimer und starre auf die Adresse des Absenders, die mir wie Hohn ins Gesicht springt. Ich schlage die Metalltür krachend zu und drehe den Schlüssel heftig herum, bevor ich ihn in die Hosentasche stecke. Dabei halte ich den Brief so fest gepackt, dass ich ihn fast zerknülle. So marschiere ich mit gesenktem Kopf und heftig keuchend aus dem Postamt.

Ich will den verdammten Brief nicht lesen. Aber ich muss.

Ich kann nicht anders.

Sobald ich im Auto sitze, reiße ich den Umschlag mit zitternden Händen auf und fluche dabei lautlos in mich hinein, weil ich so nervös bin. Ich weiß, was meinen Vater zu diesem Brief veranlasst hat. Ich spüre es genau.

Er hat das Interview gesehen.

Und Katie.

Ich ziehe das Linienpapier aus dem Umschlag und entfalte es, überrascht, dass es nur eine einzige Seite ist. Seine Schrift ist klein, und die Wörter sind dicht und eng auf die Linien gepackt. Blinzelnd versuche ich, sie zu entziffern.

Lieber Will,

lange habe ich nichts mehr von Dir gehört. Ich habe Dich seit einer Ewigkeit nicht mehr gesehen, und es tut mir weh, dass Du nie herkommst. Du fehlst mir. Ich wünschte, Du würdest mich besuchen, und auch wenn ich mir Mühe gebe zu verstehen, warum Du es nicht tust, fällt es mir schwer. Ich kann nicht behaupten, dass es mir gefällt, wie Du mich ignorierst. Ohne jede Familie ist ein Mann hier einsam. Ohne einen Sohn, den ich anlächeln könnte und von dem ich wüsste, wie es ihm geht.

Hier drinnen ist es hart, aber ich halte durch. Natürlich ist dir das egal. Warum kannst Du mir nicht wenigstens schreiben? Ich weiß nicht, was Du machst und wo Du lebst. Warum all diese Geheimnisse? Ich habe zu Gott gefunden, weißt Du. Er ist mein Erretter, er ist es, der mich jetzt führt und der mich gelehrt hat, was richtig und was falsch ist. Ich weiß, dass das, was ich getan habe, mich für den Rest meines Lebens nicht loslassen wird, doch ich habe mir verziehen. Nun suche ich die Vergebung der Menschen, denen ich mit meinen übereilten Entscheidungen geschadet habe. Ich hoffe, dass Du mir vielleicht eines Tages all das Unrecht verzeihen kannst, das ich Dir im Laufe deines Lebens angetan habe.

Hast Du das Interview mit Katherine Watts gesehen? Ich habe es mir angeschaut, jede einzelne schreckliche

Minute davon. Sie hat gelogen. Mir wird schlecht von all ihren Lügen. Ich war so gut zu ihr, wie ich konnte, wenn man bedenkt, dass ich damals krank war. Ich habe sie an einen sicheren Ort gebracht und wollte sie ihrer Familie zurückgeben. Dass sie mich derart schmutziger, fürchterlicher Dinge bezichtigt hat … das tut weh. Und das Schlimmste? Weil sie hübsch und jung ist und so ehrlich wirkt, glauben ihr alle. Diese Schlampe Lisa Swanson hat ihre Lügen aufgesogen wie Honig. Das macht mich krank.

Mit ein paar bösen Worten hat Katherine Watts es geschafft, dass ich wie ein Raubtier dastehe, ein Wahnsinniger. Ja, ich hatte psychische Probleme, aber ich war kein böses Monstrum. Ich wünschte, diese Schlampe Lisa Swanson würde einmal mit mir reden. Dann könnte ich sie davon überzeugen, ihre schlechte Meinung von mir zu ändern. Ich bin nicht so mies, wie ich hingestellt werde.

Auch Katherine Watts ist kein Unschuldsengel. Sie ist eine dumme kleine Schlampe, genau wie alle anderen Frauen auf der Welt. Wenn doch alle Menschen das sehen könnten.

Hoffentlich siehst wenigstens Du es. Hoffentlich kommst Du mich besuchen. Ein Mann braucht seine Familie, mein Sohn, und Du und ich, wir sind uns ungeheuer ähnlich. Wir sind für einander alles, was wir haben.

Vergiss das nie.

Alles Liebe
Dad

Ich zerknülle den Brief zu einem Ball und zerdrücke ihn in meiner Faust. Ich schließe die Augen und schlage mit dem Hinterkopf gegen die Nackenstütze. Und noch einmal, diesmal fester, als könnte ich mir Vernunft einhämmern, aber es funktioniert nicht. Nichts funktioniert. Seine Worte laufen mir als Endlosschleife durch den Kopf, verhöhnen mich und machen dieses Gefühl noch schlimmer.

Eine dumme kleine Schlampe. Ich stehe da wie ein Raubtier, ein Wahnsinniger. Du fehlst mir. Du und ich, wir sind uns ungeheuer ähnlich. Wir sind für einander alles, was wir haben. Vergiss das nie.

Mein Vater schafft es, dass ich mich beschissen fühle. Schlimmer noch, er schafft es, dass ich das Gefühl bekomme, alles verkehrt zu machen. Er erinnert mich daran, dass das, was ich mit Katie mache, ein Fehler ist. Sie zu suchen, ihr zu folgen und sogar, ihr im Park zu Hilfe zu eilen: Das alles war falsch. Ich hätte mich niemals in ihr Leben einmischen dürfen. Ich habe ihr schon einmal den Rücken gekehrt, und dabei hätte ich es belassen sollen.

Ich bin in meinem Bedürfnis, sie zu finden, zu weit gegangen. Ich war wie besessen davon. Ich bin wirklich besessen – von Katie. Von ihrem Anblick, von dem Gefühl, das sie in mir hervorruft, vom entzückten Zusammenfahren meines Herzens, wenn sie mich anlächelt, und von ihren Augen, die aufleuchten, wenn sie mich ansieht. Alles ist durcheinandergeraten, ist ein Gemisch aus Erinnerungen und Fantasien, ein Gewirr aus Vergangenheit und Gegenwart. Ich habe ein Chaos angerichtet. Wie üblich.

Wie immer.

Wie mein Vater.

Wirklich zu weit getrieben habe ich es, als ich sie ins Restaurant einlud, als könnten wir einfach ein ganz normales Date haben. Wie ich mich mit ihr unterhielt und jeder das eine oder andere von sich preisgab, als wären wir einander völlig unbekannt und hätten uns nur durch Zufall kennengelernt.

Nichts als Lüge. Sie gehört so sehr zu meinem Leben und meiner Vergangenheit, dass es ist, als wäre sie in mein Herz eingraviert und in meine verdammte Seele eingebrannt. Ihre Worte sind in mich eintätowiert, was sie aber nicht weiß. Sie hat nicht die geringste Ahnung. Ich saß ihr gegenüber, habe gelächelt und genickt und sie sanft wegen ihrer Begeisterung für Katy Perry aufgezogen. Und das alles war eine einzige Lüge.

Ich greife nach dem Lenkrad und packe es so fest, dass meine Fingerknöchel weiß werden. Ich beiße die Zähne zusammen, presse die Luft zwischen ihnen hindurch und starre aus dem Fenster ins Leere. Mein Herz hämmert, als hätte ich einen Zehn-Meilen-Lauf hinter mir. Sosehr ich es auch versuche, so heftig ich auch darum kämpfe, sie zu vergessen, ich kann nur an sie denken.

An Katie.

Ich habe die Lügen, die ich ihr auftische, so satt. Ich darf dieser Frau kein Unrecht antun, wie sehr mich die Entscheidung auch schmerzt. Ich muss sie in Ruhe lassen. Ich darf nie wieder Kontakt zu ihr aufnehmen. So ist es am besten.

Ich bin besessen, doch bei klarem Verstand. Ich bin schlecht für sie. Ich mache sie kaputt. Weil ich genauso bin wie mein Vater – und das wird er mich niemals vergessen lassen.

Katherine

Gegenwart

»Ich habe einen Mann kennengelernt.«

Frau Dr. Harris blickt von dem iPad auf, in das sie ihre Notizen einträgt – die würde ich nie und nimmer sehen wollen, *oh Gott, nur nicht* –, und lächelt schwach. »Ach ja? Hat das auch zu Ihren Zielen gehört? Einen Mann kennenzulernen?«

Sie klingt vollkommen neutral, als wäre es nichts Besonderes. Dabei ist es für mich ein Riesending.

Oder war es jedenfalls. Bis es das nicht mehr war – zumindest für ihn.

Ich nicke und koche innerlich, als ich mit der Geschichte loslege. Wie er mich vor den Möchtegern-Handtaschenräubern gerettet hat. Allerdings lasse ich aus, wo ich mich da befand. Warum ich meinen Besuch im Freizeitpark geheim halte, weiß ich selbst nicht recht, doch ich will mir jetzt keine Ermahnungen anhören, dass ich es nicht überstürzen soll. Und so behalte ich es für mich und begrabe ein weiteres schmutziges kleines Geheimnis in meinem Inneren.

Wirklich albern.

Frau Dr. Harris schweigt, während ich erzähle, und wendet sich irgendwann auch von ihrem Tablet ab und konzentriert sich ganz auf mich. Ich schütte ihr mein Herz aus, so schwer mir das auch fällt. Ich berichte, dass ich sofort einen Draht zu Ethan gehabt habe, als wir uns bei einer Tasse Kaffee unterhielten. Als er mich gebeten habe, ihm nach meiner Heimkehr eine SMS zu schicken, zu seiner Beruhigung, hätten wir unsere Handynummern getauscht. Und wir seien sogar miteinander zum Essen ausgegangen.

Nun aber hätte ich seit über einer Woche nichts mehr von ihm gehört.

»Sie fühlen sich versetzt«, erklärt sie, als ich mit meiner Geschichte fertig bin.

»Natürlich.« Ich winke ab, als hätte sie etwas Albernes gesagt. »Zum ersten Mal in meinem Leben zeige ich Interesse an einem Mann und gehe sogar mit ihm aus. Ich zumindest hatte das für ein Date gehalten. Und ich habe geglaubt, dass er mich seinerseits auch mag. Er hat versprochen, mich anzurufen. Hat er aber nicht.«

Der Schmerz über diese Zurückweisung ist beinahe unerträglich, dabei kotzt es mich an, dass ich immer wieder an dieser Wunde kratze. Ich weiß, dass das dumm ist, und fühle mich wie ein alberner Backfisch, doch ich habe geglaubt … ich habe wirklich geglaubt, dass er mich mochte.

Frau Dr. Harris legt ihr iPad auf ein Tischchen und verschränkt die Hände im Schoß. »An wen erinnert Ethan Sie?«

Ich runzele die Stirn. »Was meinen Sie damit?«

»Die Art, wie er Sie behandelt. Erinnert sein Verhalten Sie an jemanden?« Sie stupst mich an. Angelt nach etwas. Ich soll das, was sie sich bereits zurechtgelegt hat, selbstständig herausfinden.

Wir schweigen, während ich über die Frage nachdenke. Als

der Groschen fällt, würde ich es am liebsten nicht zugeben. »An meinen Vater«, räume ich widerstrebend ein.

»Dass es Ihnen so schnell auffällt, ist gut«, antwortet Frau Dr. Harris erfreut. »Sie machen Fortschritte.«

Jetzt geht das schon wieder los. »Vermutlich.«

»Abgesehen von seinem Äußeren – ich nehme an, er sieht gut aus?« Als ich nicke, fährt sie fort. »Was hat Sie sonst noch zu ihm hingezogen? Wie er sich ohne jedes Zögern für Sie in die Bresche geworfen hat?«

Ja. Unbedingt. Aber dieser Zug erinnert absolut nicht an meinen Vater, der mich ja nach allem, was vorgefallen war, nicht im Geringsten beschützt hat.

»Er ist zu Ihrem Helden geworden. Und vermutlich hätten Sie gerne einen. Sie *wollen* einen Helden.«

Ich *hatte* einen Helden. Meine ganze Kindheit über war mein Vater mein Held. Und während einer sehr kurzen und dunklen Phase meines Lebens wurde Will Monroe mein Held. Ich wünschte mir seine Aufmerksamkeit so sehr, dass ich ihn wohl vertrieben habe. Und jetzt … was jetzt? Ist jetzt Ethan mein neuer Held?

Lächerlich.

»Ich brauche keinen Helden«, entgegne ich.

»Aber Sie mögen es, wenn jemand Ihnen zu Hilfe kommt und sie rettet«, legt sie nach, und das streite ich nicht ab. Es lässt sich nicht leugnen. »Hatten Sie Angst, als diese Jungs versucht haben, Ihnen die Handtasche wegzunehmen?«

Schreckliche Angst. All diese Furcht verwandelte sich allerdings in etwas anderes, als Ethan eingriff. Erregung. Auch sexuell.

Scham erfüllt mich. Ich wage nicht, es zuzugeben. Oder doch?

»Hat Ethan Ihnen Angst gemacht?«, fragt sie, als die Antwort auf ihre erste Frage auf sich warten lässt.

»Ja. Ich kannte ihn ja nicht. Er hat einfach – er hat einfach sofort die Verantwortung übernommen und mich aus dem Weg geschoben. Fast wäre ich hingefallen und habe mich gefragt, ob er vielleicht zu ihnen gehört. Aber dann hat er den Jungen beim Shirt gepackt und ihm gedroht. Er hat so unglaublich wütend gewirkt, dass einem angst und bange werden konnte.«

»Hat es Sie auch erregt? Seinen Zorn zu sehen? Zu sehen, dass er diese Jungs am Wickel hatte, die sich an Ihnen vergriffen hatten?«

Ich senke den Kopf und weiche ihrem Blick aus. »Ja.« Meine Stimme bebt. »Und so etwas sollte ich wirklich nicht empfinden, oder? Ich? Durch Gewalt erregt?«

»Ihre Gefühle sind weder richtig noch falsch, Katherine. Falls Sie erregt waren, wird keiner das verurteilen. Und sollten Sie jetzt wütend sein, weil er sich nicht gemeldet hat, kann ich das verstehen. Ihre Gefühle sind berechtigt. Sie gehören nur Ihnen und niemand anderem. Vergessen Sie das nicht«, sagt sie freundlich.

Es ist schwer, das im Kopf zu behalten, wenn man den größten Teil seines Lebens voll Scham über etwas war, das einem zugestoßen ist.

»Ich war schon seit einer Ewigkeit nicht mehr wütend.« Ich sehe auf und werfe einen Blick aus dem Fenster. Es ist ein düsterer Tag, bewölkt und kalt, was wunderbar zu meiner Stimmung passt. »Ich war traurig, deprimiert, misstrauisch oder von meinen Gefühlen überfordert. Aber an die letzte Gelegenheit, bei der ich wütend war, kann ich mich nicht mehr erinnern.«

»Wie fühlt es sich an?«

»Befreiend.« Unsere Blicke begegnen sich, und ich beginne zu lachen. »Ich fühle mich stärker.«

»Das ist gut«, ermutigt sie mich. »Ab und zu ein bisschen wütend werden, daran ist nichts verkehrt.«

»Falls er mich jetzt doch noch anruft, sollte er sich warm anziehen. Ich würde ihm gehörig die Meinung sagen.« In meiner Stimme steckt noch das Gelächter, aber trotzdem klingt sie ziemlich … traurig. Und ich bezweifele auch, dass ich ihm tatsächlich gehörig die Meinung sagen würde. Doch hier bei meiner Therapeutin kommt es mir passend vor, das zu behaupten.

»Wann waren Sie zum letzten Mal glücklich?«

Mein Gelächter bricht ab, und ich werde still. Viel zu still. Im Geist gehe ich Erinnerungen wie Karteikarten durch, eine nach der anderen über Jahre zurück. »Am Morgen, bevor es geschehen ist«, sage ich, und Tränen treten mir in die Augen. Seit ich dieses dämliche Interview gegeben habe, bin ich nah am Wasser gebaut. »Damals war ich normal. Alles war gut. Mom, Dad und meine beste Freundin waren dabei, und keiner von ihnen hat mich für eine traurige Gestalt gehalten. Sie haben mich nicht wie eine Beschädigte behandelt, wie jemanden, für den sie sich schämen müssen, wissen Sie? Okay, Brenna hat sich ziemlich oft so verhalten, als könnte sie mich nicht ausstehen, aber das war mir egal. Ich konnte sie meistens auch nicht leiden.«

»Ist das wirklich die letzte Erinnerung an eine Gelegenheit, bei der Sie richtig glücklich waren?«

»Ja.« Ich presse die Augen zusammen, um die Tränen am Fließen zu hindern, doch es hilft nichts. Sie laufen mir die Wangen hinunter, und ich wische sie weg. »Wenn ich jetzt einmal ein Glücksgefühl empfinde, ist es so flüchtig, dass ich es kaum einmal festhalten kann. Oder es ist immer von einer anderen Emotion überschattet. Sie wissen, was ich meine? Ich mag zwar glücklich sein, aber da ist immer noch etwas anderes. Völlig ungetrübtes Glück kommt mir wie ein Mythos vor.«

»Ich finde es interessant, dass Sie innerhalb kürzester Zeit mit zwei so entgegengesetzten Emotionen konfrontiert waren«, bemerkt Frau Dr. Harris. »Sie waren glücklich und hatten entsetzliche Angst, beides an ein und demselben Tag.«

Eine Tatsache, die mir bisher gar nicht aufgefallen ist. »Wie sehr ich auch versuche, diesen Tag zu vergessen, ich schaffe es nicht. Beides, die guten Erinnerungen und die schlechten, haben sich an mir festgeheftet. Die Freude, die ich dort im Freizeitpark empfunden habe, einem meiner liebsten Ausflugsziele, und dann noch zusammen mit meiner besten Freundin, ist eine gute Erinnerung. Aber die Erinnerung ist durch ihn … besudelt. Die Tage, in denen er mich gefangen gehalten hat, und das, was er mir angetan hat – das alles ist mir immer furchtbar präsent. Und als ich die Geschichte im Fernsehen erzählt habe, hat mich das nicht von allem reingewaschen, wie ich gehofft hatte.«

»Hatten Sie wirklich geglaubt, so leicht und schnell damit fertigwerden zu können? Sie haben das Interview doch gerade erst gegeben. Es braucht Zeit, Katherine, genau wie alles andere. Ihre Suche nach ihrem wahren Selbst ist ein Prozess. Das haben wir ja schon öfter besprochen.«

Wenn ich meiner Therapeutin eine runterhauen dürfte, würde ich es jetzt tun. Ich habe es satt, dass alles Zeit braucht. Ich will die Sofortreparatur, auch wenn diese Erwartung unrealistisch ist. Ich will sie aber.

Ich habe sie verdient.

Ich schalte mein Handy während der Termine bei Frau Dr. Harris immer aus. Natürlich ruft mich außer Mom und Brenna ohnehin niemand an. Ich versuche, nicht mehr an Ethan zu denken – was mir allerdings nicht so recht gelingt. Seit eh und je spalte ich meine Gefühle ab und verstaue sie in Kästchen. Dad ekelt sich vor mir? Steck ihn in Kästchen Nr. 1. Meine beste Freundin Sarah lässt mich in der Schule links liegen und will nichts mehr mit mir zu tun haben? Ab mit ihr in Kästchen Nr. 2.

Ethan meldet sich nicht? Kein Problem – dann verstaue ich ihn eben in Kästchen Nr. 3 und kümmere mich nicht mehr um ihn. Pech für ihn, sage ich mir.

Ich habe es satt, mich mit Gefühlen abzugeben, die vom Verhalten anderer Menschen ausgelöst werden. Ich habe nichts falsch gemacht. Die Schuld an diesem Schlamassel trägt er. Nicht ich.

Sosehr es mich auch stört, flackert doch ein Funke Hoffnung in meiner Brust, als ich das Handy wieder einschalte und sehe, dass ich E-Mails habe. Vermutlich die übliche Spam und dazu die Hausaufgaben, die ich vom College geschickt bekomme.

Doch man stelle sich meine Überraschung vor, als ich eine SMS von eben der Person entdecke, von der ich mir insgeheim eine erhofft hatte.

Ich muss unser Treffen heute Nachmittag leider absagen. Können wir uns vielleicht stattdessen morgen zur selben Uhrzeit treffen?

Okay, diese Nachricht ist eindeutig nicht für mich bestimmt. Hat sie vielleicht mit seiner Arbeit zu tun, und er hat sie mir versehentlich geschickt? Das wäre nicht gut. Ich sollte antworten und ihn über seinen Fehler aufklären.

Doch da hebt die Eifersucht ihr hässliches Haupt. Was, wenn diese Nachricht an eine Frau gerichtet ist, eine andere als mich? Tja, unsere Begegnung war ja völlig unverbindlich. Eifersucht ist hier eigentlich unangemessen. Vielleicht gibt es eine lange Liste von Frauen, denen er im Laufe des Tages SMS schickt.

Verärgert stecke ich mein Handy in die Handtasche zurück und marschiere über den Parkplatz zu meinem Wagen. Die Wolken hängen tief und bilden einen Nebel, der sich auf meine Haut legt und sich an mein Haar heftet. Ich werfe einen Blick zum Himmel und wünsche, ich könnte noch einmal von vorn beginnen. Es diesmal anders machen und einen anderen Weg einschlagen. Doch solche Gedanken bringen nichts. Im Leben kann man nichts rückgängig machen.

Mein eigentliches Problem ist, dass ich nach dem Termin bei Frau Dr. Harris emotional wie ausgewrungen bin, und das ist typisch. Wenn ich mich meinen inneren Schrecknissen stelle und über all die schlimmen Dinge rede, bin ich hinterher völlig erschöpft.

Wie gerne ich es auch täte, ich kann meine Vergangenheit nicht ändern. Nicht einmal das, was zwischen Ethan und mir gelaufen ist. Was geschehen ist, ist geschehen. Aber ich wüsste schon gern, was die Sache kaputtgemacht hat. Ich hatte das Gefühl, zwischen uns hätte es gefunkt. Das war meine Empfindung. Und er? Vielleicht hat er gar nichts gespürt. Vielleicht habe ich mir nur etwas eingebildet? Ja, so war es wohl. Oder vielleicht hat er herausgefunden, wer ich tatsächlich bin. Mehr als eine Google-Suche wäre dazu nicht nötig. Allerdings müsste er meinen Nachnamen kennen. Sollte er darauf gestoßen sein, wer ich bin, wäre sein Verhalten verständlich. Das dürfte jeden normalen Mann abtörnen.

Die hat zu viele Altlasten, würde er denken. Die ist zu kaputt.

Ich bin den Abend im Restaurant immer wieder im Kopf durchgegangen, und noch immer begreife ich nicht, woran es gelegen hat.

Wahrscheinlich werde ich es niemals herausfinden.

Ich setze mich hinters Steuer, schlage die Tür krachend zu, ramme den Schlüssel in die Zündung und lasse den Motor an. Aber ich fahre nicht los. Mein ganzer Kopf ist voll von dieser idiotischen SMS, die noch nicht einmal für mich bestimmt war. Ich sollte sie einfach übergehen. Er hat es nicht verdient, noch einmal von mir zu hören. Er ist ein Arschloch und hat seine Chance vertan. Stimmt doch, oder?

Allerdings ist er ein Arschloch, das ich gerne wiedersehen würde, so bescheuert das auch klingt.

Ich halte es nicht mehr aus, zerre mein Handy aus der Handtasche und tippe eine Antwort für Ethan.

Ich glaube, Sie wollten das jemand anderem schicken.

Ich ringe mit der Frage, ob ich so ein albernes Smiley hinzusetzen soll, als wäre es die wichtigste Sache der Welt. Schließlich entscheide ich mich dagegen, lösche das allzu fröhliche Symbol und drücke auf Senden.

Hoffentlich stehe ich jetzt nicht wie eine Idiotin da.

Katie

Damals

»Warum darf ich ihn nicht sehen?« Ich lag mit Verbänden umwickelt im Krankenhaus, und Mom saß an meinem Bett. Ein paar Rippen waren gebrochen, und ich hatte mir in der Gefangenschaft das Handgelenk verstaucht. Die Wunde am Mund tat noch weh, aber anscheinend war sie nicht so schlimm, dass sie hätte genäht werden müssen. Die Prellung auf der Wange – von jener heftigen Ohrfeige am ersten Tag – wurde schon blasser.

Ich sollte ein paar Tage im Krankenhaus bleiben – zur Beobachtung, wie es hieß. Sie hatten mich schon auf jede nur denkbare Weise durch die Mühle gedreht, ich konnte mir daher nicht vorstellen, was sie jetzt noch beobachten wollten. Vielleicht hatten sie Angst, dass ich die Nerven verlieren und einen Selbstmordversuch machen würde.

Zu spät. Ich fühlte mich ohnehin schon innerlich tot.

»Wen darfst du nicht sehen?« Moms verwirrter Gesichtsausdruck überraschte mich nicht. So sah sie mich ständig an, seit meine Eltern mich in dem winzigen Verhörraum der Polizeiwache zum ersten Mal wiedergesehen hatten. Sie hatten mich fest umarmt, und wir hatten eine Ewigkeit einfach nur geweint.

Im Krankenhaus gab es dagegen keine Tränen mehr, nur noch Verwirrung und Fragen. Unzählige Fragen, die ich immer wieder beantworten musste, bis ich mich fühlte, als liefe alles in einer Wiederholungsschleife.

»Will«, flüsterte ich und ärgerte mich, dass sie mir nicht richtig zuhörte. Sie war von ein paar Detectives abgelenkt, die vor meinem Krankenhauszimmer im Korridor standen. Sie würden wohl gleich hereinkommen und mich wieder einmal löchern.

Ich hatte es so satt.

Moms Augen füllten sich mit Entsetzen, und sie schüttelte den Kopf, die Lippen zu einem Strich zusammengepresst. »Kommt nicht infrage«, erklärte sie heftig. »Mit diesem Jungen redest du nie wieder.«

Das brach mir das Herz. Außer meiner Familie und Sarah war Will der einzige Mensch, den ich sehen wollte. Ich musste mich vergewissern, dass mit ihm alles in Ordnung war. Er hatte sich meiner angenommen, und nun wollte ich mich umgekehrt um ihn kümmern. »Warum? Ich will ihm einfach nur für seine Hilfe danken.« Meine Stimme klang weinerlich, doch das war mir egal. »Er ist nicht der Feind, Mom.«

»Er ist der Sohn dieses – dieses entsetzlichen Mannes, also ist er natürlich der Feind«, erklärte Mom mit einem abschließenden Nicken. Es bedeutete: *Diesen Jungen siehst du nur über meine Leiche wieder.*

»Ich möchte mich einfach nur bei ihm bedanken«, wiederholte ich. Ich legte den Kopf aufs Kissen und schloss die Augen. Keiner hörte mir zu, wenn es um Will ging. Sie sagten mir zwar nicht offen, was sie dachten, aber ich legte es mir zurecht. Sie verabscheuten ihn. Die Polizisten, meine Eltern, die Detectives, die Ärzte und Krankenschwestern – alle wechselten wissende Blicke, wenn ich auf ihn zu sprechen kam. Sie waren überzeugt, dass er in das Verbrechen verstrickt war. Es war, als wollten sie mein Geständnis hören, dass auch Will mich geschlagen und vergewaltigt hätte. Dabei verwahrte ich mich immer wieder dagegen.

Das war ihnen egal. Sie hörten mir einfach nicht zu.

»Er hat seinem Vater nicht geholfen«, sagte ich zu Mom, doch sie hatte mir schon den Rücken zugekehrt. Sie starrte zur Tür und rang die Hände im Schoß. »Er hat mir geholfen. Er hat mich gerettet. Es gibt nur einen Grund, warum wir hier zusammen sein können. Nämlich Will.«

Sie blickte sich mit besorgter Miene nach mir um. »Du bist verwirrt, Liebling. Hör bitte auf … über ihn zu reden. Er lohnt deine Zeit und Mühe nicht. Die Polizisten sagen, er hätte schon früher Ärger gemacht. Genauer dürfen sie nicht werden, weil er noch ein Jugendlicher ist. Er taugt nichts. Du musst vergessen, dass es ihn überhaupt gibt.«

Ich konnte ihren Wunsch nicht erfüllen. »Aber ich *kann* nicht vergessen, dass es ihn gibt. Ohne ihn würde ich nicht mehr leben.« Mein ganzer Körper tat weh. Mein Arme, meine Beine, mein Rücken, meine Kehle, die Stelle zwischen meinen Beinen … das alles tat schrecklich weh, und ich wusste nicht, wie es sich heilen ließe. Die Zeit, sagte mir der Arzt. Die blauen Flecken würden verschwinden. Das verstauchte Handgelenk wäre bald wieder wie neu. Und die gebrochenen Rippen würden zusammenwachsen.

Aber würde auch mein gebrochenes Herz je wieder heil

werden? Das hätte ich ihn gern gefragt, hielt allerdings den Mund. Ich bin mir ziemlich sicher, dass er darauf keine Antwort gewusst hätte.

»Dass du noch lebst, hast du dir selbst zu verdanken«, erklärte sie und wandte mir das Gesicht erneut zu. »Du hast einen starken Überlebenswillen. Keiner hat dir geholfen. Du hast es aus eigener Kraft geschafft.«

War meine Mutter im Wahn? Sie war nicht dabei gewesen, ich dagegen schon. Und Will Monroe war der Mensch, der mich aus dem Schuppen befreit hatte, er und kein anderer.

»Mom, du klingst verrückt«, flüsterte ich, und sie sah mich böse an. »Ich weiß nicht, wie oft ich dir das noch sagen muss. Auch die Polizei hat es zugegeben – Will war die Person, die mich gerettet hat.«

Etwas zuckte in ihrem Blick, als könnte sie es nicht ertragen, dass ich auch nur seinen Namen nannte. »Dann schreib ihm einen Brief«, schlug sie schließlich vor, als wäre das die perfekte Lösung. »Schreib ihm einen netten Brief und bedanke dich für alles, was er für dich getan hat. Das sollte genügen.«

»Ich kenne seine Adresse nicht.« Ein Brief würde nicht reichen, um meine Dankbarkeit auszudrücken. Ich würde niemals die Worte finden, um klarzumachen, wie viel das, was er für mich getan hatte, mir bedeutete. Und es ging mir auch nicht nur darum, mich zu bedanken – ich brauchte die Verbindung mit Will. Er war der einzige Mensch auf der Welt, der wusste, was ich durchgemacht hatte. Er verstand, was mir zugestoßen war. Er hatte mich auf meinem absoluten Tiefpunkt gefunden, ein versifftes Bündel auf einer dreckigen Matratze, eine verprügelte und an der Wand festgekettete Jammergestalt. Und trotzdem hatte er sich meiner angenommen.

»Jemand wird sie kennen«, antwortete sie und verdrehte schon wieder den Kopf Richtung Tür zu den Detectives.

»Nein, das glaube ich nicht. Ich glaube, dass sie ihn in ein Heim stecken, weil sein ... Vater nun fehlt und seine Mutter sowieso nicht da ist.« Meine Mutter wirkte entsetzt, dass ich so viel über Will wusste, aber sie verstand das nicht. Menschen, die gemeinsam um ihr Überleben gekämpft haben, schweißt etwas zusammen.

»Katie, stell dich doch nicht so an.« Sie kniff sich seufzend in den Nasenrücken. »Schick den Brief an die Polizeiwache. Dort wird man ihn gewiss an Will weiterleiten.«

»Es ist doch albern, einen Brief an ihn weiterleiten zu lassen, wenn er wahrscheinlich genau wie ich gerade jetzt hier im Krankenhaus durchgecheckt wird.« Ich beugte mich vor. Von der plötzlichen Bewegung wurde mir schwindelig, und ich ließ mich vorsichtig aufs Kopfkissen zurücksinken. »Ich möchte ihm keinen Brief schicken, Mom. Ich möchte ihn sehen. Und mit ihm reden. Nur ein paar Minuten. Weißt du, ob er hier ist? Halten sie ihn hier genauso fest wie mich?«

»Er liegt nicht im Krankenhaus, er wurde doch gar nicht verletzt«, antwortete Mom herablassend. Als befänden wir uns in einem Wettbewerb und ich hätte den ersten Preis für die hässlichste Wunde bekommen. »Man hat ihn auf der Polizeiwache festgehalten, aber inzwischen wurde er wahrscheinlich entlassen. Aber er könnte natürlich auch im Gefängnis sein. Vielleicht hat man etwas über ihn herausgefunden, was uns keiner gesagt hat.«

Vor Angst lief mir ein Schauder über den Rücken. Sie konnten ihn unmöglich ins Gefängnis stecken. Er war schließlich noch ein Kind. Und er hatte nichts Böses getan. »Frag doch mal die Detectives da draußen. Bestimmt wissen sie, wo er ist.« Ich winkte, um die Männer auf mich aufmerksam zu machen, aber Mom sprang auf, drückte meinen Arm auf die Matratze und kam mir mit ihrem Gesicht ganz nah. Von ihrer Reaktion und der übergroßen Nähe erschreckt, zuckte ich zurück. Mit pochendem Herzen sah ich zu ihr auf.

»Nein. Tut mir leid, Katie, aber ich lasse nicht zu, dass du diesem Jungen noch einmal begegnest.« Sie starrte mich an, die Augen aufgerissen und von Angst und Abscheu erfüllt. Die anderen Emotionen in ihrem Blick konnte ich nicht deuten. »Er ist nicht … er ist nicht gut für dich. Ich möchte nicht, dass du Zeit mit ihm verbringst.«

»Er ist mein Freund.« Tränen liefen mir über die Wangen, und ich wischte sie wütend weg. Ich hatte gar nicht gemerkt, dass ich weinte, bis meine Haut feucht wurde. »Spielt das überhaupt keine Rolle?«

»Du brauchst niemanden, der dich an das Geschehene erinnert.« Sie stand auf und rieb die Hände aneinander, als hätte sie all das Unerfreuliche gerade entsorgt. »Es ist Zeit, nach vorn zu schauen. Statt dich aufs Neue in dem zu verlieren, was vorgefallen ist.«

»Tja, die Kriminalbeamten helfen mir mit ihren ewigen Fragen nicht gerade, die Vergangenheit loszulassen«, entgegnete ich und verschränkte die Arme vor der Brust. Doch diese Bewegung tat mir weh, und zusammenzuckend streckte ich die Arme neben mir aus.

Sie warf mir einen Blick zu. »Stell dich nicht dumm. Du weißt, wen ich meine. Nämlich diesen Jungen.« Sie verkniff die Lippen so böse, wie ich es noch nie bei ihr gesehen hatte. In diesem Moment sah sie unglaublich verletzlich und müde aus. Wann war sie so alt geworden? Um die Augen hatte sie Falten, die Lippen waren schmal, und zwischen ihren dunkelblonden Strähnen waren die ersten grauen Haare zu erkennen. Ich fühlte mich schrecklich. Wirklich furchtbar. Hatte das, was mir zugestoßen war, sie so schnell altern lassen? »Für ihn gibt es keine Hoffnung. Glaub es mir. Wenn du ihm begegnest, zerrt das nur wieder unangenehme Erinnerungen hervor, und ich möchte, dass du gesund wirst und nicht alles wieder aufs Neue durchlebst.«

»Du lässt also nicht zu, dass ich ihn treffe.« Meine Stimme war eher ein Hauchen als ein Laut, und bei der Erkenntnis, dass ich Will vielleicht nie wiedersehen würde, blutete mir das Herz.

Ethan

Gegenwart

Ich glaube, Sie wollten das jemand anderem schicken.

Ich starre auf die Textnachricht von Katie und ringe um Fassung. Gestern Abend habe ich mich so einsam gefühlt, dass ich mit wehem Herzen wie ein Idiot unsere wenigen SMS durchgelesen habe. Und dann habe ich, ohne den Chat mit Katie zu schließen, eine Nachricht an meine Kundin Linda geschickt und sie um das Verschieben eines Termins gebeten.

Oder zumindest wollte ich das.

Doch statt an Linda habe ich eine Nachricht an Katie gesendet.

Wenn ich jetzt nicht reagiere, bin ich ein Arsch. Schriebe ich aber zurück … bin ich immer noch ein Arsch, weil ich ihr eine Woche lang die kalte Schulter gezeigt habe. Ich hatte nicht die Absicht, mich noch einmal bei ihr zu melden. Nach dem Brief meines Vaters wusste ich, dass ich die Scharade nicht aufrechterhalten konnte. Mit den Gefühlen eines Menschen zu spielen, der ohnehin sehr verletzlich ist, ist gefährlich und grausam.

Ich weiß nicht, ob sich das auf Katie oder auf mich selbst bezieht.

Als Erstes schicke ich meiner Kundin die SMS mit der Bitte, den heutigen Termin zu verschieben, und sie antwortet sofort, dass das kein Problem ist. Ich bin bei meinen Projekten ein wenig im Rückstand, was ich wohl dem Gefühlschaos zuschreiben muss, das Katie in mir ausgelöst hat. Obwohl ich sie seit neun Tagen nicht mehr gesehen habe, denke ich an sie. Und zwar ständig.

Viel zu viel.

Ihre SMS lässt mir keine Ruhe, und ich öffne den Chat erneut und starre ihre Worte an. Ich habe ihre sanfte, zögernde Stimme im Ohr. Und ich habe ihr Gesicht vor Augen, die großen blauen Augen und die ganz leicht gespitzten Lippen. Ich weiß nicht, wie ich antworten soll, ohne als Arschloch dazustehen, aber gar nicht zu reagieren ist noch schlimmer. Also beschließe ich, mich kurzzufassen.

Danke fürs Bescheidsagen.

Ich drücke auf Senden, bevor ich noch irgendetwas hinzufügen kann, und hoffe inständig, dass sie nicht reagiert. Nicht sofort. Und später auch nicht.

Mein Handy vibriert, und ich schließe die Augen. Ich atme tief durch. Als ich die Augen aufschlage, lese ich Katies Antwort.

Gern geschehen.

Das war's. Ich atme erleichtert auf. Oder enttäuscht. Was hatte ich erwartet? Dass sie ganz lieb und nett zurückschreibt?

Oder ein angesäuertes: »Wo haben Sie gesteckt?« Beides würde sie nicht machen. Sie ist zu sanft, zu zögernd und unsicher. Sie geht nicht mit Männern aus und hatte noch nie eine Beziehung, ich aber spiele mit ihr, als wäre ich der letzte Drecksack.

Doch ich kann ihr nicht widerstehen. Und das will ich auch gar nicht. In mir ist ein Bedürfnis, das wächst und wächst.

Das Bedürfnis, Katie zu sehen und zu berühren.

Ich packe mein Handy fest und starre aufs Display. Dann tippe ich, ehe ich mich zurückhalten kann:

Wie geht es Ihnen?

Gut.

Eine Pause.

Und Ihnen?

Sie will höflich sein. Ich muss diesen Chat mit ihr abbrechen. Ich gerate immer tiefer in die Bredouille, und bald komme ich nicht mehr aus der Grube heraus, die ich mir selbst gegraben habe. Schon jetzt stecke ich viel zu tief da drin.

Ich fühle mich beschissen.

Ihre Antwort folgt unmittelbar.

Warum denn? Waren Sie krank?

Weil ich Sie nicht angerufen habe. Und auch keine Nachricht geschickt habe.

Mein Finger schwebt über der Tastatur. Ach, was soll's!

Es tut mir leid.

Ich warte auf ihre Antwort, und es kommt mir wie eine Ewigkeit vor, bis ich sie endlich erhalte.

Was denn?

Dass ich Sie abserviert habe.

Haben Sie das denn? Aber so sieht es wohl aus.

Ich fahre mir mit der Hand durchs Haar und überlege, was ich als Nächstes schreiben soll. Am besten gar nichts, verdammt noch mal. Ich habe mich entschuldigt. Das sollte ich so stehen lassen und den Chat endgültig abbrechen. Doch … es gelingt mir nicht. Es ist so unglaublich schwer. Ich will mehr. Wenn es um Katie geht, will ich immer mehr. Es macht mich fertig, dass ich mich nicht mit ihr getroffen habe. Ich möchte sie sehen. Mit ihr reden. Sie durch meine Neckereien zum Lachen bringen.

Schließlich antworte ich.

Ja, genau. Und es tut mir leid. So was macht nur ein Arschloch.

Mein Handy läutet, und ich schrecke zusammen, und … *Fuck.*

Sie ist es. Natürlich.

Kaum dass ich abgenommen habe, redet sie auch schon los.

»Warum haben Sie mich denn abserviert? Also, na ja, ich sollte Sie so was eigentlich nicht fragen, aber ich muss es wissen. Haben Sie – haben Sie etwas über mich herausgefunden, womit Sie nicht fertigwerden? Denn in diesem Fall könnte ich total gut verstehen, dass Sie mich links liegen lassen. Ich würde mich selbst links liegen lassen, wenn ich könnte.« Sie lacht, als wäre das furchtbar komisch, doch das ist es nicht. Es ist traurig, wie sie Witze über das reißt, was ihr zugestoßen ist. Es ist traurig, dass sie Angst hat, ich könnte hinter ihr Geheimnis gekommen sein und hätte mich deswegen nicht mehr gemeldet.

Sollte sie mein eigenes Geheimnis jemals aufdecken, würde sie völlig die Nerven verlieren.

»Katie.« Ich spreche ihren Namen leise und mit gemessener Stimme aus. Sie verstummt sofort. »Wovon reden Sie eigentlich?«

Sie seufzt, und das klingt so sehnsüchtig, dass mein Schwanz sofort reagiert. *Himmel.* Ich muss mich in den Griff bekommen. »Ich hätte Sie nicht anrufen sollen.«

Ich packe das Handy fester, als hielte ich Katie selbst fest. »Ich bin froh, dass Sie es getan haben.«

»Habe ich etwas falsch gemacht?« Ihre Stimme klingt schrecklich schüchtern und scheint aus weiter Ferne zu kommen. »Ich bin nicht gut in so was.«

»Was meinen Sie mit *so was?*«

»Ausgehen und so. Diese Mann-Frau-Geschichten. Himmel, ich klinge wie ein Kind.« Sie seufzt erneut, diesmal allerdings klingt es gereizt. »Es gibt so viel, was ich Ihnen sagen sollte.«

»Sie müssen mir nichts mitteilen, das Ihnen unangenehm ist«, entgegne ich, denn ich bin nicht so weit, mit ihr Geständnisse auszutauschen. Falls sie über sich auspackt, werde ich das Gefühl bekommen, dass ich nun auch über mich die Wahrheit sagen muss, und ich kann ihr unmöglich gestehen, wer ich bin.

Es ist einfach ... es ist einfach völlig ausgeschlossen.

»Dann werde ich kein Sterbenswörtchen verraten. Mein bisheriges Leben ist einfach ein unbeschriebenes Blatt.« Sie lacht erneut, es klingt rau, als müsste es im Hals kratzen. »Ich ... ich habe viel durchgemacht, Ethan. Nichts Schönes.«

Ich schließe die Augen und lehne mich im Bürostuhl zurück, was ihn ein wenig schaukeln lässt. Ich habe schon vor einer Weile aufgegeben, so zu tun, als würde ich arbeiten. Jetzt, da Katie tatsächlich am Telefon mit mir spricht, werde ich den Rest des Tages überhaupt nichts mehr geschafft bekommen, das ist schon mal sicher. Und ihre Anspielungen auf die Vergangenheit sind wie Messerstiche in mein Herz. »Das geht uns allen so.« Es klingt lahm, ist aber die Wahrheit.

»Ich habe mehr durchgemacht als die meisten Menschen. Ich bin ... daran zerbrochen. Ich bin kaputt.« Ihre Stimme bricht, und sie räuspert sich. »Ich habe ernsthafte Probleme.«

»Was für Probleme?«

»Ich ...« Sie stößt die Luft aus und lacht erneut, diesmal nervös. »Ich kann kaum glauben, dass ich mit Ihnen darüber rede, aber vielleicht ist es einfacher, weil ich Sie nicht sehe, verstehen Sie?«

»Ja«, antworte ich sanft. »Das verstehe ich, Katie.«

Sie schweigt einen Augenblick lang. Ich hatte vergessen, dass keiner sie mehr Katie nennt.

Keiner außer mir.

»Ich habe Schwierigkeiten … sexuelle.« Das letzte Wort presst sie heraus. »Und das alles geht auf ein traumatisches Erlebnis in meiner Vergangenheit zurück, das wirklich … Es war wirklich schlimm.«

Ich ringe um Atem. Dieses Gespräch ist eine Unmöglichkeit. Die Schuldgefühle drohen, mich zu überwältigen, und machen, dass ich mich wie der letzte Scheißkerl fühle. »Wie schlimm?«

»Auf einer Skala von eins bis zehn? Zwanzig.«

Das ist das Letzte, was ich hören möchte. Dass mein Vater – mein Arschloch von Vater – sie so schrecklich misshandelt hat, dass ihr Leben zerstört ist. Dass sie sich kaputt fühlt. Dass sie sexuelle Probleme hat. Alles seinetwegen.

Ich hasse ihn. Ich muss seine Fehler wiedergutmachen. Ich muss dafür sorgen, dass diese junge Frau sich angenommen fühlt. Wichtig. Stark. Schön. Sexy.

Denn das alles ist sie. Sie hat dieses gewisses Etwas. Sie weiß es nur nicht.

»Und doch reden Sie jetzt mit mir. Sie hatten den Mut, mich anzurufen und mich zu fragen, warum ich Sie abserviert habe«, merke ich an. »Das ist ganz schön tapfer, Katie.«

Wieder lacht sie, und diesmal ist der Humor echt. »Ja, ich war auch ausnahmsweise mal mutig drauf. Ich komme gerade aus einer Sitzung mit meiner Therapeutin und war ein bisschen sauer. Also, ziemlich wütend.«

Auf mich, nehme ich an. Ich habe ihren Zorn verdient. Sie sollte ewig auf mich wütend sein, weil ich sie so hinters Licht führe. Aber vielleicht … vielleicht kann ich ihr helfen. »Wollen Sie Ihre Wut an mir auslassen?«

»Ich habe sie stattdessen an Frau Dr. Harris ausgelassen.« Ein klein bisschen gereizt klingt sie immer noch. »Ich bin froh, dass Sie meinen Anruf nicht übergangen haben, Ethan«, murmelt sie, und ihre sanfte Stimme erfüllt mich mit ihrem Wohlklang und umgibt mich wie mit warmem, duftendem Rauch.

Mein Verlangen, Katie zu sehen, ist so stark, dass ich nicht mehr klar denken kann. Es ist, als hätte sie Besitz von mir ergriffen, und ich sage das Erste, das mir durch den Kopf geht. »Darf ich Sie heute Abend sehen?«

Sie zögert, und ganz kurz glaube ich, dass ich es vermasselt habe. Falls sie jetzt ablehnt, werde ich sie nicht noch einmal fragen. Mag sein, dass ich ihr helfen will, das Selbstvertrauen wiederzufinden, das mein Vater zerstört hat, aber der Grat, auf dem ich wandere, ist schmal. Wenn ich nur ein einiges falsches Wort sage, eine einzige Andeutung fallen lasse, die preisgibt, wer ich wirklich bin, bin ich erledigt.

Also heißt es, jetzt oder nie. Sagt sie Ja, bin ich im Spiel. Sagt sie Nein, war's das.

»Das fände ich schön«, antwortet sie endlich.

Ich bin im Spiel.

Will

Damals

»Sie geben sie mir also nicht. Ihre Adresse.« Ich starrte den Detective böse an. Dabei war er der Einzige, der Mitleid mit mir gehabt hatte und einigermaßen nett zu mir gewesen war. Im Gegensatz zu den anderen. Alle Kriminalbeamten verabscheuten mich, mit Ausnahme von Detective Ross Green. Irgendwie war ihm etwas aufgefallen, was den anderen entgangen war.

Dass ich die Wahrheit sagte.

»Das darf ich nicht. Ihre Eltern lassen es nicht zu. Wir müssen den Datenschutz respektieren.« Detective Green lächelte mich freundlich an, die Augen voll Mitgefühl. »Warum willst du die Adresse denn haben? Wahrscheinlich ist es keine gute Idee, Katie so bald zu kontaktieren. Ihre Eltern reden mit niemandem, nicht einmal mit den Medien.«

»Ich habe etwas für sie. Ein ... ein Geschenk.« Ein Schwall Hitze stieg mir in die Wangen, wahrscheinlich wurde ich rot. Ich hatte noch nie ein Geschenk für ein Mädchen gekauft, daher war ich verlegen. »Sie soll einfach nur wissen, dass ich an sie denke.«

Sie ging mir nicht aus dem Kopf. Ich machte mir Sorgen. Gelang es ihr, das Erlittene zu verarbeiten? Fühlte sie sich sicher? War die Wiedervereinigung mit ihren Eltern so gewesen, wie sie es sich erhofft hatte? Behandelte die Polizei sie gut? Mir stellten die Bullen ständig Fragen. Sie hörten gar nicht mehr damit auf. Und sie behandelten mich meistens wie ein Stück Scheiße. Als wäre ich der böse Verbrecher. Sie tobten sich an mir aus, weil mein Dad die Biege gemacht hatte.

»Du denkst an sie.« Green beobachtete mich. Wir saßen in einem Schnellimbiss nicht weit vom Bahnhof. Ich hatte ihn um ein Treffen gebeten, und meine Kurzzeitpflegemutter hatte mich vor ein paar Minuten hier abgesetzt. Sie glaubte, ich müsste den Detective sehen, weil er mir weitere Fragen zum Fall stellen wollte. Mein Vater befand sich noch immer auf der Flucht. Es war erst eine Woche her, seit Katie und ich auf der Polizeiwache aufgetaucht waren, und die Bullen waren praktisch ständig an mir dran.

Aber tatsächlich hatte das Treffen für mich nur einen einzigen Zweck, nämlich an Informationen über Katie zu gelangen. Ich vermisste sie, wie man einen Arm vermisst, der amputiert worden ist. Ich träumte von ihr. Ihre Stimme und ihr Gesicht wichen nicht aus meinem Kopf, und ich hatte keine Ahnung, was das über mich aussagte.

Ich wusste nur eins: Ich wollte sie unbedingt wiedersehen. Mit ihr reden. Und mich überzeugen, dass alles mit ihr in Ordnung war.

»Ja. Ja, ich … ich muss einfach erfahren, ob es ihr gut geht«, räumte ich ein und räusperte mich. Ich rutschte auf meinem Stuhl herum, durch dieses Geständnis in Verlegenheit gebracht. War ich ein Spinner, weil ich mir Sorgen um sie machte? Das, was wir gemeinsam durchgestanden hatten –

das war nicht der normale Scheiß. Das verstand keiner. Keiner außer Katie und mir.

»Es geht ihr gut«, antwortete Green schließlich und stützte sich mit den Unterarmen auf den Tisch. Er hatte kein Essen für sich selbst bestellt, nur etwas zu trinken. Ich dagegen verschlang einen Double Cheeseburger und eine große Portion Fritten, die der Detective mir spendiert hatte, als wüsste er, dass ich Heißhunger hatte. Meine Pflegeeltern fuhren als typische moderne Kalifornier auf den Vegetarier-Hype ab. Zum Kotzen.

Die Erleichterung war überwältigend, doch ich versuchte, mich cool zu geben. »Gut.« Ich schob eine Gabel voll Pommes in den Mund.

»Ich sollte dir das nicht sagen, aber Katherines Eltern kommen mit der Situation nicht besonders gut zurecht. Vor allem ihr Dad nicht.« Green stockte und suchte meinen Blick. »Er glaubt, dass dich die Schuld trifft.«

Bei Greens Worten wäre ich fast an meinen Fritten erstickt. Ich trank einen Schluck Cola, um das Essen hinunterzuspülen, und sprach erst dann. »Wie meinen Sie das? Woran soll mich die Schuld treffen?«

»Sie glauben, dass du an der Entführung Katies beteiligt warst. Im Freizeitpark«, erklärte Green. »Dass du sie in die Falle gelockt hast.«

Ich stellte meinen Becher auf den Tisch, und vor Frust hätte ich am liebsten irgendwas in Stücke gerissen. »Das haben Sie doch alle irgendwann von mir geglaubt. Aber Sie wissen, dass es nicht stimmt.«

»Ja, das weiß ich. Und ich habe auch meine Kollegen davon

überzeugt. Aber die Watts? Die glauben immer noch, dass du mit deinem Vater unter einer Decke steckst. Sie sind nicht damit einverstanden, dass wir dich laufen lassen.«

Es fiel mir schwer, Greens Worte zu begreifen. »Ist das Ihr Ernst?«

Er nickte. »Sie brauchen einen Schuldigen. Sie wollen, dass dein Vater hinter Gitter kommt. Aber da er noch frei herumläuft, nehmen sie dich als Sündenbock. Das zumindest ist meine Theorie.«

Ich schaute aus dem Fenster der Imbissstube und beobachtete eine vierköpfige Familie, die gerade mit dem Auto gekommen war, beim Aussteigen und auf dem Weg zum Haupteingang. Lächelnde Eltern mit zwei Töchtern. Die eine war wohl so alt wie ich, die andere ein bisschen jünger. Alle wirkten nett. Normal. Sorgenfrei.

Ich beneidete sie mit jeder Faser meines Seins.

»Wissen Sie und Ihre Leute, wo er jetzt ist?«, fragte ich leise. Der Appetit war mir vergangen. Ich dachte nicht gern an meinen Vater und fragte mich nur selten, wo er sich aufhalten mochte. Oder was er gerade trieb. Was, wenn er sich noch andere Mädchen schnappte? Oder sogar noch eines umbrachte? Die Bullen hatten den Schuppen und unser Haus durchsucht. Es gab genug Beweise, um ihn für die Entführung und Vergewaltigung Katies zu verhaften, und außerdem für den Mord an mindestens drei weiteren Mädchen.

Ich war geschockt gewesen, als Green mir das während meines zweiten Verhörs auf der Polizeiwache enthüllte. Ich hatte keine Ahnung gehabt, dass mein Vater so etwas gemacht hatte. Dass er Mädchen … ermordet hatte.

Mein Dad. Der Killer. Ich bekam es einfach nicht in den Kopf.

»Wir haben ein paar Hinweise bekommen.« Greens Lippen wurden schmal. »Du weißt, dass wir darüber nicht reden dürfen.«

»Ja, klar.« Ich nickte und klopfte mit dem Fuß gegen das Tischbein. »Er … Er ist doch nicht hinter mir her, oder?«

»Das glauben wir nicht, aber wir überwachen sicherheitshalber das Haus deiner Pflegeeltern. Nur für alle Fälle.«

Mir blieb der Mund offen stehen. »Verdammt noch mal, ist das Ihr Ernst?« Ich setzte mich aufrechter hin, als er mich ungehalten musterte. »Sorry. Es ist nur … ich hatte keine Ahnung.«

»Natürlich ist es das. Wir nehmen deine Sicherheit ernst. Auch Katies Haus wird überwacht, falls er vorhaben sollte, sie noch einmal zu schnappen.«

»Das macht er nicht«, erklärte ich mit so viel Überzeugung, dass Green mich merkwürdig ansah. »Er will keinen Ärger. Deswegen ist er ja abgehauen.«

»Wir werden ihn finden, Will. Das verspreche ich dir«, erklärte Green mit einem leichten Nicken.

Ich erwiderte nichts. Versprechen waren dazu da, nicht eingelöst zu werden. Ich hatte mich nach Kräften bemüht, mein Katie gegebenes Wort zu halten, trotzdem hatte ich es wohl irgendwie vermasselt. Zwar hatte ich sie aus dem Schuppen befreit und in Sicherheit gebracht, aber hatte ich ihr wirklich geholfen?

Keine Ahnung.

»Wenn ich Ihnen mein Geschenk für Katie gebe, sorgen

Sie dann dafür, dass sie es bekommt?« Ich zog den Umschlag aus der hinteren Hosentasche und schob ihn über den Tisch.

Green ergriff ihn und schüttelte ihn. Ein länglicher weißer Umschlag. »Darf ich fragen, was da drin ist?«

»Ein Schmuckstück.« Ich zuckte verlegen mit den Schultern. »Ein Armband. Der Anhänger hat mir gefallen.«

»Ein Armband mit Anhänger?«

»Ja, so ungefähr. Es hängt ein Schutzengel daran. Damit jemand auf sie aufpasst, jetzt wo ich es nicht mehr tun kann«, erklärte ich. Ich hielt den Kopf gesenkt und musterte die Reste meines Burgers. Ich wollte Greens Blick nicht begegnen und seinen Gesichtsausdruck nicht sehen. Es war mir unangenehm, ihm das alles zu erzählen. Ich wollte meine Gefühle für Katie für mich behalten.

Ich verstand sie ja nicht einmal selbst.

»Das ist nett von dir, Will. Wirklich nett.« Greens Stimme war freundlich, und als ich aufblickte, schob er den Umschlag in die Innentasche seiner Jacke. »Ich sorge dafür, dass Katie das hier bekommt, okay? Selbst wenn ich es ihr persönlich aushändigen muss.«

Von Erleichterung überkommen, ließ ich mich auf meinem Stuhl zurücksacken. »Okay. Toll. Das ist cool. Danke. Ich bin Ihnen wirklich dankbar.«

Katherine

Gegenwart

»Wohin gehen Sie?«

Ich blicke auf und entdecke Mrs. Anderson in ihrem Vorgarten. Sie beobachtet mich auf dem Weg von der Veranda zu meinem Wagen, der in meiner Zufahrt steht. Ein niedriger Zaun trennt unsere Grundstücke. Sie steht auf ihrer Seite, eine leere Gießkanne in der Hand.

Ich grüße sie und gehe zu ihr. Mom und Brenna finden meine ältliche Nachbarin grässlich, weil sie so neugierig ist, doch ich mag das. Ihre Neugier bedeutet, dass sie sich Gedanken über mich macht. Zumindest ein bisschen.

»Sie sehen hübsch aus.« Mit einem kritischen Blick registriert sie meine Aufmachung. Ich trage eine schwarze Leggins und dazu schwarze Ankle Boots und einen riesigen marinefarbenen Pullover. Das Haar habe ich hochgesteckt. Nichts Besonderes, aber ich weiß, dass genau dieser Blauton mir gut steht. »Haben Sie etwas vor?«

»Gewissermaßen.« Am liebsten würde ich herumhüpfen wie ein kleines Kind, doch ich beherrsche mich. »Ich habe ein Date.«

Mrs. Anderson zieht die Augenbrauen hoch. »Ach, wirklich? Ich dachte schon, Sie lassen die Finger von so etwas.

Oder Sie halten Ihr Liebesleben geheim, weil sie eine Lesbe sind oder so.«

Ich muss lachen und schüttele den Kopf. »Ich hab einfach bisher noch niemanden kennengelernt, der mich interessiert hätte.« Das entspricht der Wahrheit. Und obwohl Ethan mir ein paar Tage lang die kalte Schulter gezeigt hat, bin ich doch froh, dass er bei unserem Gespräch so ehrlich war. Ich weiß leider nicht, ob ihm meine Ehrlichkeit ebenfalls gefallen hat. Aber meine Freude überwiegt meine Befürchtungen, weil ich ihn heute Abend treffe und … es gar nicht abwarten kann.

»Das gefällt mir. Sie sind wählerisch. Das war ich früher auch. Hab eine Ewigkeit gebraucht, bis ich meinen Mr. Anderson gefunden habe. Dann wusste ich es allerdings gleich auf den ersten Blick.« Sie nickt mit sehnsüchtiger Miene. Ich weiß, dass ihr Mann vor ein paar Jahren an Krebs gestorben ist und sie ihn noch immer furchtbar vermisst.

»Was wussten Sie?«, frage ich.

»Dass er der Richtige für mich war. Nachdem ich ihn gesehen hatte, habe ich keinen anderen mehr angeschaut. Er war es einfach.« Sie zieht die Augenbrauen zusammen. »Wohin fahren Sie denn? Warum kommt er Sie nicht hier abholen, wie sich das für einen Gentleman gehört?«

»Ich kenne ihn noch nicht so gut und will vorläufig nicht, dass er, äh, weiß, wo ich wohne.« Plötzlich komme ich mir albern vor. Ich weiß, dass meine Vorsicht nicht normal ist. »Ich schirme mein Privatleben gern ab.«

»Das ist gut. Sehr gut. Es gibt einfach zu viele Halunken. Sie haben diesen Mann doch nicht etwa übers Internet kennengelernt?«

»Nein, nein.« Ich lächele. »Ich muss jetzt los. Einen schönen Abend noch, Mrs. Anderson.«

»Das wünsche ich Ihnen auch, Katherine! Sie sollten morgen früh mal auf einen Kaffee vorbeischauen und mir erzählen, wie es war.« Sie winkt mir nach, als ich zum Auto gehe, und ich drehe mich um und lächele.

»Ja, mach ich vielleicht.« Ich gleite auf den Fahrersitz, schlage die Tür hinter mir zu und grinse vor mich hin, als ich den Schlüssel in der Zündung drehe. Wenn Brenna hier wäre, würde sie jetzt über meine neugierige Nachbarin herziehen, die mich nur zum Kaffee einlädt, um mich auszuhorchen.

Aber mich stört das nicht. Wem soll ich denn sonst von meinem Date erzählen? Ich kann Mom und Brenna nicht sagen, dass ich jemanden kennengelernt habe. Es ist noch zu früh. Es kommt mir alles noch so neu und ungewiss vor, und darum möchte ich mein Geheimnis bewahren. Zumindest noch eine kleine Weile.

Ich lasse den Motor warm laufen, während ich mein iPhone aus der Handtasche nehme und meine Navigations-App öffne. Dort gebe ich die Adresse des Kinos ein, vor dem wir uns treffen wollen, weil ich noch nie dort war. Als ich die Ärmel hochschiebe, zieht der Anhänger an meinem Armband einen Faden aus der Wolle, und ich befreie ihn behutsam.

Dann streichele ich über den Engel mit den riesigen Flügeln, der vorgebeugt dasitzt, und denke an den Jungen, der mir das Armband geschenkt hat. Wieder einmal frage ich mich, ob es ihm gut geht, ob er wohl glücklich ist, wo auch immer er sich befinden mag.

Hoffentlich ja.

»Mögen Sie Popcorn?«

Ich stehe neben Ethan an der Erfrischungstheke des Kinos und studiere das Angebot, um nicht ständig zu ihm hinzuschauen. Was mir extrem schwerfällt, denn aus irgendeinem Grund ist er heute Abend besonders attraktiv, und zudem riecht er so gut. Popcorndunst erfüllt die Luft, doch den nehme ich kaum wahr.

Stattdessen rieche ich Ethans sauberen Geruch, ein Duft wie von jungem Holz.

»Ja, ich mag Popcorn sehr«, antworte ich und sehe lächelnd zu ihm hoch. Es zuckt um seine Lippen, während er mich beobachtet, und sein Anblick raubt mir fast den Atem. »Gebuttert«, füge ich schwach hinzu.

»Und M&Ms?«

Ich runzele die Stirn. »M&Ms? Was meinen Sie damit?«

»Ich nehme gern noch eine Packung M&Ms dazu und kippe sie ins Popcorn«, erklärt er, während wir in der Schlange vorrücken. Eine lange Schlange. Das muss wohl am Wetter liegen. Auf der Herfahrt hat es angefangen zu regnen, und die anderen Leute wollen sich wahrscheinlich auch ins Trockene retten.

»Ist das gut?«

»Super«, antwortet er voller Überzeugung. »Diese Mischung aus salzig und süß? Köstlich.«

»Dann probieren wir das mal«, antworte ich, und sein Lächeln wird intensiver.

»Sie werden es nicht bereuen.« Unsere Blicke begegnen sich, seine braunen Augen glänzen sanft, und ich verliere mich ein Weilchen in ihnen. Ich bin hingerissen, wie normal sich das alles anfühlt. Ein echtes Date, ein Kinobesuch, bei dem wir über Popcorn und Süßigkeiten reden wie ganz normale Leute.

Ich kann mich gar nicht mehr erinnern, wann ich mich zum letzten Mal normal gefühlt habe.

Als wir schließlich zur Theke vorgedrungen sind, lässt Ethan nicht zu, dass ich irgendetwas bezahle. So war es auch schon bei der Kinokarte, obwohl ich das Geld parat hatte. Als wir alles haben, nehme ich den riesigen Becher Cola, den wir gemeinsam trinken werden, während er sich den Popcorneimer und die Schachtel mit den M&Ms schnappt. Außerdem stecke ich mir einen Stoß Papierservietten in die Handtasche, weil ich gesehen habe, wie viel Butter das Mädchen hinter der Theke über das Popcorn gegossen hat. Wir werden fettige Finger bekommen.

Doch das ist mir egal. Ich zähle keine Kalorien und habe auch nichts dagegen, mich mal mit Junkfood vollzustopfen. Heute Abend will ich Spaß haben. Ich bin nicht Katherine Watts, die Frau, die als Mädchen entführt wurde. Sondern einfach nur Katie, die mit Ethan ins Kino geht.

»Hoffentlich haben Sie nichts gegen Actionfilme«, sagt Ethan, als wir in die gedämpfte Atmosphäre des Kinosaals treten. »Ich glaube, in dem hier gibt es eine Menge Verfolgungsjagden und Schießereien.«

»Das stört mich nicht.« Und das tat es wirklich nicht. Als ich klein war, haben mein Vater und ich ständig solche Filme geschaut. *Stirb langsam* war sein absoluter Lieblingsfilm, und er zitierte manchmal ganze Passagen daraus, was mich immer zum Lachen brachte.

Aber das war vor der Entführung. Es ist eine der wenigen schönen Erinnerungen, die ich an meinen Dad habe.

»Der Film soll auch witzig sein.« Wir verharren kurz vor den Sitzreihen und sehen, dass der Saal heute Abend fast leer ist. Der Streifen läuft bereits seit ein paar Wochen, und es sind auch noch ein paar sehr angesagte neuere Filme im Programm. Dort dürften wohl die anderen Zuschauer sitzen.

»Was für Plätze nehmen wir?«

»Ich sitze gern in der Mitte«, schlage ich vor, woraufhin er zustimmend nickt und mir die Stufen hinauffolgt.

Irgendwie bin ich total befangen. Ich schiebe mir eine Haarsträhne hinters Ohr und halte mit der anderen Hand den riesigen Colabecher umklammert, der mir nur ja nicht hinfallen darf. Ethans Nähe macht mich nervös. Ich spüre die Wärme, die sein Körper unmittelbar hinter mir abstrahlt. Ich würde mich am liebsten daran kuscheln, und genau das will ich auf keinen Fall jemals tun.

Ich wähle eine leere Sitzreihe aus, und wir nehmen die Plätze genau in der Mitte. Ich klappe die Armlehnen nach unten und stelle die Cola in der dafür vorgesehenen Bechermulde ab. Ethan sieht sich das Arrangement an und runzelt die Stirn. »Ich hasse diese Armlehnen.«

»Ach ja?« Ich schaue verblüfft.

Er nickt, nimmt den Becher aus der Mulde und trinkt einen Schluck. »Stellen Sie ihn doch auf die andere Seite. Nur dürfen Sie dann nicht meckern, wenn ich ab und zu um einen Schluck bitte.«

»Ah, na ja. Okay. Sicher.« Ich nehme ihm die Cola aus der Hand und schaue auf den Trinkhalm, den er gerade noch zwischen den Lippen hatte. Ich hatte das gar nicht zu Ende gedacht. Wir teilen uns das Getränk, was bedeutet, dass meine Lippen sich um die Stelle schließen werden, um die gerade noch seine Lippen lagen. Was für ein idiotischer Gedanke. Nun klinge ich wie eine Dreizehnjährige, die sich bis über beide Ohren verknallt hat. Nur habe ich so etwas eben noch nie erlebt. Ich bin wahnsinnig aufgeregt und komme mir total albern vor, und das alles …

… finde ich einfach wunderbar.

Ich sauge am Trinkhalm und bemerke, dass Ethan mich dabei beobachtet. Die schwachen Deckenleuchten spiegeln sich in seiner Brille, und so kann ich nicht erkennen, wie er mich ansieht. Es ist manchmal schwer, in ihn hineinzuschauen. Bei mir ist es wohl ähnlich.

Kaum habe ich den Becher in die Mulde meiner linken Armlehne gestellt, klappt Ethan die Armlehne zwischen uns hoch und lächelt mich an. »So ist es besser. Sonst habe ich immer das Gefühl, meine Ellbogen sind total eingeengt.« Damit klappt er auch die Armlehne auf seiner anderen Seite hoch.

Ich kann nur denken, wie viel näher wir uns ohne die Barriere zwischen uns kommen können. Dies ist erst unser zweites offizielles Date, oder das dritte, wenn man den Nachmittag mitzählt, an dem wir einen Kaffee getrunken haben. Aber ich bin nervös. Aufgeregt. Ich möchte ihm näher sein.

Er stellt sich den Popcorneimer auf den Schoß, reißt die M&Ms-Schachtel auf, schüttet einen Teil des Inhalts über das Popcorn und schüttelt dann den Eimer, damit die Schokolinsen tiefer sinken. Das wiederholt er ein paarmal, bis die

Schachtel leer ist. Dann hält er mir den Eimer hin. »Probieren Sie mal.«

Ich wühle ein bisschen, nehme eine Handvoll Popcorn mit M&Ms und lasse sie mir schmecken. Ich genieße das Salzig-Süße und wie die Schokolade von dem warmen Popcorn ein wenig angeschmolzen ist. »Köstlich«, sage ich, nachdem ich einen Mundvoll heruntergeschluckt habe.

»Wusste ich doch, dass Sie das mögen würden.« Er isst nun auch, und das Licht wird gedimmt, was ankündigt, dass jetzt die zwanzig Minuten Vorschau beginnen.

Wir schauen sie schweigend an, und hin und wieder berühren sich unsere Hände, wenn wir zufällig gleichzeitig in den Popcornbecher greifen. Meine klebrigen Finger streifen die seinen, und ich entschuldige mich flüsternd und erhalte ein reizendes Lächeln zur Antwort. Ich glaube nicht, dass ihn diese Berührungen stören. Mich jedenfalls nicht.

Während des vierten Vorschaufilms beugt er sich zu mir herüber und flüstert mir ins Ohr: »Kann ich einen Schluck trinken?«

Bei seiner Nähe überläuft es mich heiß und kalt, und ich bin froh, dass ich die Haare zurückgesteckt habe. Ich spüre seinen warmen Atem am Hals, und es bringt mich fast um, dass er mir so nah ist, so gut riecht und so gut aussieht.

Es hat mich derart heftig erwischt, dass ich mir kaum zu helfen weiß. Daher tue ich mein Bestes, um auf cool zu machen. Ich reiche ihm die Cola, wenn er mich darum bittet. Ich entschuldige mich nicht mehr, wenn unsere Finger sich im Popcorneimer streifen. Wer hätte gedacht, dass Knabberzeug im Kino so … romantisch sein könnte?

Ich jedenfalls nicht. Ich hatte nicht die geringste Ahnung.

Einer der Vorschaufilme bekommt mir nicht. Es ist ein Horrorstreifen voll blutiger Gewalt, und ich zucke vor den drastischen Szenen zurück und drehe den Kopf nach rechts, damit ich nicht hinschauen muss. Die Musik ist angsteinflößend, ein Messer schneidet mit einem grässlichen Geräusch durchs Fleisch, und ich schließe die Augen und senke den Kopf. Für einen ganz kurzen Moment berühre ich Ethans Schulter mit der Stirn.

Er wendet sich mir zu. Ich spüre seinen Blick auf mir und hoffe, dass ich nicht aufdringlich bin, aber ich hätte mir das keine Sekunde länger anschauen können. »Alles in Ordnung?«, fragt er.

Ich nicke, und als ich langsam den Kopf hebe, begegne ich seinem Blick in der Dunkelheit. Das flackernde Blau der Leinwand taucht Ethans Gesicht in interessante Schatten, und ich wünschte, ich dürfte es berühren. »Alles okay. Dieser Film war abscheulich.«

»Ja. Ich mag Horrorstreifen auch nicht.« Und dann macht er etwas total Verrücktes. Er schiebt mir eine Haarsträhne hinters Ohr, wobei er mit den Fingerspitzen mein Gesicht streift. Ein Prickeln überläuft mich ... am ganzen Körper. »Ich glaube, der Film fängt an«, flüstert er mir zu.

Ich schaue mich nicht nach der Leinwand um. Ethans Miene und die Art, wie er mich ansieht, schlagen mich in Bann. »Gut«, flüstere ich zurück. »Ich freu mich drauf.«

Er lächelt und stupst mich mit dem Zeigefinger auf die Nase. Dann wendet er sich wieder der Leinwand zu, macht es sich in seinem Sessel bequem und streckt die langen Beine aus. Den halb leeren Popcorneimer hält er noch immer auf dem Schoß.

Vermutlich stehen mir nun zwei Stunden reiner unerträglicher und doch so köstlicher Folter bevor.

Ethan

Gegenwart

Ich bin außerstande, mich auf den Film zu konzentrieren. Katies Nähe, so durch gar nichts behindert, macht aus dem Aufenthalt in dem beinahe leeren dunklen Kino eine Folter in Zeitlupe. Dass unsere Hände sich im Popcorneimer ständig berühren, macht mich wahnsinnig – und das ist nun wirklich verrückt, denn jetzt mal ehrlich. Wir essen doch nur Popcorn.

Aber jedes Mal, wenn meine Finger die ihren streifen, ist es, als bekäme ich einen elektrischen Schlag. Wie mit einem Stromstoß wird mir ihre Nähe bewusst – als wäre das noch nötig! Sie hat das Haar hochgesteckt wie eine Tänzerin, und kleine blonde Strähnen kringeln sich in ihrem ansonsten bloßen Nacken. Ich würde gern die Lippen dorthin drücken, unmittelbar hinter dem Ohr, ihren Duft einatmen und ganz langsam ihren Hals, ihre Wange und ihren Mund küssen …

Katie fährt bei einem lauten Krachen zusammen, mit dem sich zwei Autos auf der Leinwand rammen. Dabei stößt sie mit der Schulter gegen meine, und ich nutze die Gelegenheit und beuge mich zu ihr hinüber. »Haben Sie sich erschreckt?«, flüstere ich ihr ins Ohr, womit ich nur das Offensichtliche feststelle. Jeder Vorwand ist mir recht, um ihr nahezukommen.

Sie wendet sich mir mit einem Nicken zu, und ihr Gesicht ist jetzt so dicht vor meinem, dass ich mich mühelos vorbeugen könnte, um sie zu küssen. »Ja«, flüstert sie mit bebender Stimme, und unsere Blicke begegnen sich.

Ich schaue mich um. Niemand sitzt in der Nähe. Und sowieso achten alle nur auf den Film. Ich bin in Versuchung. So wahnsinnig in Versuchung.

Ich strecke die Hand nach ihr aus und berühre sie. Meine Finger streichen über ihre Wange. Ich höre, wie sie die Luft einzieht, und ihr Blick lässt den meinen los. Ich fahre ihrem zart geschwungenen Unterkiefer mit dem Daumen nach und hebe ihr Kinn an, sodass unsere Lippen auf gleicher Höhe sind.

Ich sollte das nicht tun. Aber ich muss Bescheid wissen. Der Drang, wenigstens einmal ihren Mund zu kosten, überwältigt mich mit solcher Macht, dass ich ihm nachgebe und mit den Lippen die ihren streife.

In diesem Moment entschlüpft ihr ein winziger Laut. Das leiseste »Oh«, das ich je gehört habe, als hätte ich sie überrascht. Und das habe ich vielleicht. Ich rutsche ein wenig zurück, doch mit der Hand halte ich noch immer ihre Wange umfangen, und mein Daumen liegt unter ihrem Kinn. Sie hebt die Lider, und der Blick ihrer blauen Augen trifft den meinen.

Wir sagen nichts. Mein Herz schlägt so rasend schnell, dass ich mich frage, ob sie es hören kann, aber das ist mir egal. Ich möchte sie noch einmal küssen. Dieses erste Streifen der Lippen war nichts. Nur ein Necken.

Ihre Lippen öffnen sich, und ihre Lider gehen zu. Eine unausgesprochene Einladung an mich, den Kuss zu wiederholen.

Und so tue ich genau das. Ich rücke näher, sie ebenfalls, und dann liegt mein Mund auf ihrem. Unsere Münder vereinigen sich, trennen sich wieder und vereinigen sich erneut. Kuss um Kuss. Einfache Küsse ohne Zunge, aber unsere Lippen sind geöffnet, und wir teilen unseren Atem. Meiner geht schnell, ihrer ist bebend.

An den Film denken wir überhaupt nicht mehr. Ich knutsche mit Katie im Kino, als wären wir Teenies. Dabei habe ich das damals überhaupt nicht mit Mädels gemacht. Zu viel Aufwand. Zum einen konnte ich es mir nicht leisten, sie ins Kino einzuladen. Und außerdem suchten wir uns normalerweise einfach eine dunkle Ecke auf einer Party. Wenn ich damals mit einem Mädel knutschte, dann da. Und anschließend schleppte ich sie in ein leeres Zimmer ab und fickte mit ihr.

Es hat mir aber nie etwas bedeutet. Nicht das Geringste.

Der ganze Abend heute ist verlaufen wie ein Teenie-Date aus einem Kitschfilm. So etwas habe ich in meiner Schulzeit nie erlebt. Mein Leben war damals zum Kotzen. Herumirren im System der Jugendfürsorge, ständig den Hausaufgaben hinterherhetzen und so viel Sport, wie ich nur treiben konnte. Mädchen waren mir nicht wichtig, doch sie waren verfügbar und machten es mir leicht, meine Probleme eine Weile mit ihnen zu vergessen.

Was mir jetzt mit Katie passiert, ist etwas vollkommen anderes. Und obwohl ich weiß, dass ich kein Recht habe, ihr etwas vorzumachen und sie so zu küssen, als wäre dies ein richtiges Date, obwohl ich weiß, dass ich im Anschluss an diesen Abend vollständig aus ihrem Leben verschwinden sollte, ist mir gleichzeitig vollkommen klar, dass ich das nicht tun werde.

Nein, ich sollte das zwar, aber ich werde es nicht.

Sie beendet den Kuss und senkt den Kopf, sodass mein Kinn an ihrer Stirn ruht. Ich liebkose ihre Wange und streiche ihr eine Haarsträhne hinters Ohr zurück. Noch während meine Finger so beschäftigt sind, flüstert sie: »Ich kann das nicht gut.«

»Was kannst du nicht gut?« Ich rutsche ein bisschen zurück, damit sie den Kopf hebt, und unsere Blicke begegnen sich erneut.

Ihr Gesicht drückt Verlegenheit pur aus. Eine schlimme Qual. »Das Küssen.«

»Da muss ich dir widersprechen.« Ich beuge mich vor und küsse sie erneut, glücklich über den leichten Seufzer, der ihr dabei entschlüpft.

Katie zieht sich zurück. »Weißt du noch, was ich dir kürzlich erzählt habe?« Ich beantworte ihre Frage mit einem Nicken, und ihr Blick weicht meinem aus. »Ich, äh, hab nicht viel Erfahrung. Genauer gesagt, ich hatte noch nie ein Date.«

Ich sage nichts darauf, sondern folge mit dem Daumen den Konturen ihres Unterkiefers und streife dann ihre Lippen. Nachdem ich sie einmal so zärtlich berührt habe, kann ich nicht mehr damit aufhören.

»Ich habe mich von allem ferngehalten«, fährt sie fort. »Es ... es gibt so viel, was ich dir erzählen sollte, aber ich habe Angst, ich könnte dir damit einen Schreck einjagen und dich vertreiben.« Ihre Stimme ist ein raues Flüstern und rührt etwas tief in meinem Inneren an. Sie könnte sich noch so viel Mühe geben, mir würde sie keinen Schreck einjagen. Das bringt mich auf den Gedanken, dass wir vielleicht tatsächlich füreinander bestimmt sind, so verrückt das auch klingt. Ihre schreckliche Vergangenheit macht mir nichts aus oder bedrängt mich zumindest nicht auf dieselbe Weise, wie sie einen anderen Mann bedrängen würde. Denn ich bin ja ein Teil dieser schrecklichen Vergangenheit. Ich kann Katie helfen, statt sie zu verletzen.

Aber würde sie das auch selbst so sehen? Wäre sie derselben Meinung, wenn sie erführe, wer ich wirklich bin? Ich weiß es nicht, und dieser Zweifel treibt mich um. Macht mir Sorgen. Er lässt mich glauben, dass ich das Falsche tue, während Katie doch nur das Allerbeste verdient.

»Schon gut. Du brauchst es mir nicht zu erzählen«, beginne ich.

»Das sagst du immer wieder, aber du hast es verdient, die Wahrheit über das zu erfahren, was mir zugestoßen ist. Und es ist furchtbar. Also, ich meine, wirklich furchtbar«, unterbricht sie mich mit leiser Stimme. Sie stockt, und im dunklen Kinosaal sehe ich ihre Augen glänzen, als würde sie gleich weinen. Es tut mir in der Seele weh, sie so leiden zu sehen. »Ich begreife es also vollkommen, wenn du mich nach heute Abend nicht mehr sehen willst.«

Wie üblich machen ihre Worte mich fertig. »Du lieber Himmel, Katie.« Ich blicke mich um und bin froh, dass niemand in der Nähe sitzt. Wir unterhalten uns flüsternd, und der Film ist derart laut, dass uns ohnehin keiner hören kann, aber trotzdem. Ein Kino ist nicht gerade der beste Ort für so ein Gespräch. »Glaubst du wirklich, ich würde mich davonmachen? Jetzt, wo du das gesagt hast?«

Katie hebt den Kopf, und ihre von Tränen schwimmenden

Augen füllen sich mit einer Andeutung von Hoffnung. »Das solltest du. Du solltest wirklich die Flucht ergreifen. Ich bin völlig kaputt«, flüstert sie. »Ich hab dich ja schon vorgewarnt.«

»Was willst du damit sagen? Dass du eigentlich einen Warnhinweis tragen müsstest?«, frage ich ungläubig und lege die andere Hand auf ihre Hüfte. Sie zuckt unter meiner Berührung zusammen, und einen Augenblick lang möchte ich sie loslassen.

Aber das mache ich nicht.

Sie nickt. »Wahrscheinlich.«

Wortlos ziehe ich sie ganz eng an mich und lege ihr erneut den Mund auf die Lippen. Diesmal bin ich allerdings nicht so behutsam wie eben. Sondern ein bisschen zupackender. Ich küsse sie heftiger und neige den Kopf über sie, um dabei tiefer in ihren Mund vorzudringen. Sie reagiert kaum, und ihre Zunge bewegt sich so zaghaft und unerfahren, dass ich es kommentiere, als ich mich endlich von ihr löse. »Küss mich zurück«, sage ich.

Sie schaut blinzelnd zu mir hoch, die Lippen geschwollen und feucht von meinem Kuss, und ich beuge mich vor, um den nächsten Versuch zu machen. Doch in diesem Augenblick springt sie auf.

»Tut mir leid. Ich ... ich kann das einfach nicht«, flüstert sie, die Handtasche schon in der Hand. Dann dreht sie sich um und eilt die Stufen hinunter zum Ausgang, der nach hinten zum Parkplatz führt.

Kurz verharre ich in bestürztem Schweigen, geschockt, dass sie mich einfach im Kino sitzen lässt. Was zum Teufel ist gerade passiert? Warum ist sie weggerannt? Ich habe sie zu sehr bedrängt. Ich habe zu viel von ihr verlangt. Und jetzt habe ich das bekommen, was ich verdiene.

Ich sollte ihr nicht nach draußen folgen. Ich sollte Katie einen Gefallen tun und in die entgegengesetzte Richtung davonlaufen. Ich kann ihr nicht helfen. Ich tue ihr nur noch zusätzlich weh.

Doch statt zu tun, was ich tun sollte, folge ich ihr in der inständigen Hoffnung, dass sie noch nicht weggefahren ist. Sie mit Küssen zu bedrängen, wie ich es gerade eben getan habe, war ein Fehler. Was habe ich mir nur dabei gedacht?

Aber genau das ist ja mein Problem mit Katie. Ich denke einfach nicht. Ich fühle. Ich begehre. Ich leide.

Ich brauche sie.

Katherine

Gegenwart

Mit zitternden Knien stürze ich in die dunkle kühle Nacht hinaus. Die Kinotür fällt krachend hinter mir zu, was in der stillen Umgebung erschreckend laut nachhallt. Auf dem Fußgängerstreifen am Rande des Parkplatzes komme ich zum Stehen, ringe keuchend um Atem und lasse den Blick umherwandern.

Ich bin wie ein Feigling weggelaufen. Weil ich Angst bekommen hatte. Angst steht hinter allem, was ich tue. Sie ist die treibende Kraft in meinem Leben, und, mein Gott, wie sehr ich das hasse. Warum kann ich nicht für mich selbst einstehen? Warum bin ich sofort so verschreckt?

Zuerst gefiel es mir, wie er mich küsste. Zärtlich und sanft, und seine warmen, festen Lippen wühlten alle möglichen unvertrauten, sehnsuchtsvollen Empfindungen in mir auf, die in meinen ganzen Körper ausstrahlten. Ich wäre am liebsten dahingeschmolzen. Ich wollte ihn packen und an mich drücken. Es genießen, wie seine Arme mich umschlangen.

Aber dann wurde er kühner, sein Mund forderte mehr, und seine Hände schienen überall zu sein, obwohl er tatsächlich nicht zu weit gegangen ist. Er ist die ganze Zeit ein Gentleman geblieben. Als er mich aufgefordert hat, seinen Kuss zu erwidern, ist irgendetwas passiert, ich weiß auch nicht was. Ich wusste nicht …

Ich wusste nicht, was ich tun sollte. Ich bekam Angst.

Und bin weggelaufen.

Um mich blickend, halte ich nach anderen Menschen Ausschau, doch niemand ist da. Es ist feucht und kalt, drohende Wolken ballen sich am Himmel, und der Asphalt ist so nass, als hätte es bereits geregnet. Mein Auto steht am hinteren Ende des Parkplatzes, und ich fühle mich in der einsamen Umgebung beklommen, ermahne mich aber, mich zusammenzureißen. Sowieso bin ich ganz allein an allem schuld. Wäre ich eine normale, nicht psychisch angeknackste Frau, hätte ich den Film mit meinem Begleiter zu Ende geschaut und mich dann von ihm zu meinem Wagen bringen lassen. Und ich hätte seine Küsse genossen – die, nebenbei erwähnt, absolut nicht bedrohlich waren – und einem weiteren Date zugestimmt, falls er mich gefragt hätte.

Aber nun wird er das nicht mehr tun. Ich habe alles kaputtgemacht. Ich bin wie eine Bescheuerte weggerannt und habe ihn sitzen lassen. Warum sollte er mir folgen? Das wird er nicht. Und wie nett er auch sein mag, wie sehr mir auch alles gefällt, was er sagt, und wie liebevoll er mich auch angeschaut und geküsst hat, wenn er die Wahrheit herausfindet …

… wird er Reißaus nehmen.

Aufrecht, die Schultern zurückgenommen, eile ich über den Parkplatz zu meinem Wagen. Ein paar Tropfen fallen mir auf die Wangen, und als Nieselregen einsetzt, gehe ich schneller. Ich trage nur einen Pullover, weil ich den Mantel im Auto liegen gelassen habe, und die Luft ist eisig, was durch den Regen nur noch schlimmer wird.

Alles ist kalt und düster, genau wie meine Stimmung.

»Katherine!«

Ich erkenne seine Stimme und höre, wie er mich beim Namen ruft – bei meinem vollständigen Namen. Als ich langsamer gehe und mich nach hinten umblicke, sehe ich Ethan auf mich zukommen. Obwohl mir, wie ich zu meiner Beschämung zugeben muss, der Gedanke kommt, zum Auto davonzulaufen, bleibe ich stehen und warte auf ihn. Jetzt beginnt es, richtig zu regnen, und ich blinzele in die Tropfen und würde sie mir am liebsten aus den Augen wischen, weiß aber, dass ich dann meine Mascara verschmiere.

Was eigentlich egal wäre. Wahrscheinlich ist sie ohnehin schon hinüber.

»Komm wieder mit rein«, sagt er, als er zu mir getreten ist.

Ich schüttele den Kopf. »Ich will einfach nur heim.«

»Ich möchte dich gern fahren.« Er bleibt unmittelbar vor mir stehen, und einen ganz kurzen Moment lang wünsche ich mir, er würde mich in seine Umarmung ziehen. Und mich nie wieder loslassen.

»Ich möchte … lieber allein sein. Es tut mir leid.« Warum habe ich mich entschuldigt? Gerade daran habe ich schon vor Jahren mit einer meiner vielen Therapeutinnen gearbeitet. Ich musste erst einmal begreifen, dass nicht alles meine Schuld ist.

Das meiste, wofür ich mich früher entschuldigt habe, war überhaupt nicht mein Fehler. Es widert mich an, dass ich in alte schlechte Gewohnheiten zurückfalle.

Wir halten einander mit Blicken fest. Der Regen strömt nieder und macht uns klatschnass. Ethans Gesichtsausdruck ist unsicher, und er sieht … verändert aus. Liegt es daran, dass sein Haar inzwischen tropfnass am Kopf klebt? Oder liegt es an seinem Stirnrunzeln, mit dem er mich anschaut, als hätte ich ihn zum tausendsten Mal enttäuscht?

Doch allmählich dämmert mir, was wirklich anders ist an ihm – er hat die Brille abgesetzt. Ich sehe, dass sie aus der Brusttasche seiner Jacke herausschaut, die, vom Regen durchtränkt, dunkel und feucht an seiner Brust klebt. Trotz der Nässe in der Luft wird mein Mund bei diesem Anblick trocken. Beim Anblick dieses Mannes.

Er ist breitschultrig. Muskulös. Stark. Er könnte mich wie eine Feder in die Luft werfen, was er aber niemals tun würde. All diese gebändigte Kraft im Gegensatz zu der Sanftheit, mit der er mich eben berührt und geküsst hat …

Mir wird schwindelig, und mein Atem geht schneller. Ein stattlicher Mann, der sich zügelt, strahlt etwas Respektgebietendes aus. Dieser Gegensatz zwischen seiner freundlichen, liebevollen Art und ihrem Umschlagen in Heftigkeit, wenn er eine schutzbedürftige Person verteidigt.

Wie vor Kurzem mich.

»Du hast keinen Grund, dich zu entschuldigen. Der Fehler liegt ganz bei mir«, sagt er endlich mit so leiser Stimme, dass ich einen Schritt vortreten muss, um ihn zu verstehen. »Ich habe dich bedrängt, und …«

»Schon gut«, schneide ich ihm das Wort ab. Noch so eine schlechte Gewohnheit, die ich aber nur bei ihm habe und bei niemandem sonst. Es ist, als könnte ich das, was ich sagen will, gar nicht schnell genug loswerden. Als wollte ich ihn von etwas überzeugen. Es gefällt mir nicht, wie ich das mache. »Wirklich, die Schuld liegt bei mir.«

Ein lauter Donnerschlag lässt mich zusammenfahren, und er tritt vor und drückt meinen Ellbogen, als wäre es ihm unmöglich, auf diese beruhigende Geste zu verzichten. Dort, wo er mich berührt, überläuft mich ein heißes Prickeln, und ich möchte mich gleichzeitig zurückziehen und in seine Arme werfen. Es verwirrt mich, was ich ihm gegenüber empfinde und wie ich auf seine Berührungen und Blicke reagiere.

Es ist widersprüchlich.

Und erregend.

»Du solltest dich ins Auto setzen.« Seine tiefe Stimme erfüllt mich mit einem wohligen Schauder und macht mir schneidend bewusst, wie nah er bei mir steht. »Du wirst ja ganz nass.«

»Du auch.« Etwas zittert in mir und lässt meine Stimme beben. Er legt mir die Hand an den Ellbogen und dreht mich um. »Was machst du da?«

»Wo steht dein Wagen?« Ohne auf meinen Protest zu achten, übernimmt er das Kommando und führt mich vorwärts. »Ich bringe dich hin. Ich bleibe bei dir, bis du sicher im Auto sitzt.«

Immer ganz der Gentleman, immer ein höflicher Beschützer. Eben lief ich vor ihm weg, als wäre ich nicht ganz richtig im Kopf, er aber bleibt unerschütterlich freundlich. Vermutlich hätte jeder andere Mann mich inzwischen aufgegeben. »Ich komme schon zurecht, wirklich …«

»Schluss jetzt.« Er drückt sanft meinen Arm. »Wo hast du geparkt?«

Ich deute auf mein Auto, und er lenkt mich dorthin, mit so langen Schritten, dass ich eilig neben ihm herlaufen muss. Inzwischen regnet es noch heftiger. Die Kleider kleben mir am Leib, und der Pullover tropft vor Nässe. Ich zwinkere gegen den Regen und wische mir das Wasser aus dem Gesicht. In der anderen Hand halte ich den Schlüssel und drücke auf die Fernbedienung, um die Fahrertür aufzuschließen.

Ethan öffnet sie für mich, und ich gleite hinters Steuer und drehe ihm das Gesicht zu. Er ragt über mir auf, eine dunkle Gestalt vor dem nächtlichen Himmel, und sein mit der nassen Gewitterluft vermischter Duft ist berauschend. »Alles in Ordnung mit dir?«, fragt er. »Du siehst ein bisschen angegriffen aus.«

Ich nicke, weil ich nicht will, dass er schon geht. Dann taste ich nach seiner Hand, die auf dem Autodach liegt, und drücke seine kalten Finger mit den meinen. »Das wird schon wieder. Danke.«

»Sicher?« Er betrachtet mich, und seine schlanken Finger schließen sich um meine und halten sie fest. Ich erwidere den Händedruck, dankbar, dass er mir mit seiner Berührung Halt gibt, und verwirrt durch die Enge in meiner Brust, meine bebenden Atemzüge und die Schauder, die mir über die Haut laufen. Aber nicht von der Kälte.

Das alles löst Ethan in mir aus. Durch seine Berührung und die Art, mit der er mich so ansieht, als wäre ich für ihn die einzige Frau auf der Welt und es wäre belanglos, dass ich im Kino vor ihm davongerannt bin. Damit kommt er klar.

Er kommt mit mir klar.

»Ja, sicher.« Ich nicke energisch, wende mich dem Steuer

zu, stecke den Schlüssel in die Zündung und lasse den Wagen an. »Nochmals danke«, sage ich mit einem erneuten Blick.

Er schiebt sich lächelnd das nasse Haar aus der Stirn. »Fahr vorsichtig.«

»Ich schicke dir eine Nachricht, sobald ich daheim bin.« Ich stocke. »Oder du mir, wer immer zuerst zu Hause eintrifft.«

»Mach ich.« Er will die Tür zuschlagen. »Gute Nacht, Katherine.«

Ich mag es nicht, dass er mich Katherine nennt. Als wäre dadurch, dass ich eben im Kino ausgeflippt bin, wieder ein Grenzzaun zwischen uns errichtet und er müsste förmlich mit mir umgehen.

»Moment noch.« Ich steige aus, was ihn zurückweichen lässt, obwohl er die Hand noch auf dem Wagendach liegen hat und mich mit dem Arm zurückschiebt.

»Was denn ...«, beginnt er, doch ich schlinge die Arme um seinen Hals, schiebe die Hände in sein regennasses Haar und drücke meine Lippen auf seine. Ein langer zärtlicher Kuss.

Er legt mir einen Arm um die Taille und zieht mich an sich. Ich lasse es zu, gebe willig nach, die Arme fest um seinen Hals geschlungen und die Finger in seinem Haar vergraben. Hoffentlich versteht er, was ich da mache. Warum ich ihn im Regen küsse. Mein Kuss ist eine Entschuldigung, eine Bitte um Verzeihung, die Hoffnung, dass er mir eine zweite Chance gibt.

Als wir den Kuss beenden, stößt er an meinem Mund ein tiefes Stöhnen aus, und bei diesem erotischen Laut flattern tausend Schmetterlinge in meinem Bauch. »Was machst du nur mit mir?«, fragt er mit gequälter Stimme und so leise, dass ich ihn beim Prasseln des Regens kaum verstehe.

»Dasselbe könnte ich dich fragen«, flüstere ich gegen seine Lippen. Dann ziehe ich mich zurück und löse die Arme von seinem Hals. Er gibt mich frei, und ich schiebe mich wieder hinters Steuer, lächele zu ihm hinauf und winke ihm mit den Fingerspitzen zu. Da schließt er auch schon die Tür, und ich sitze in der Dunkelheit und Stille, erneut ganz allein mit meinen Gedanken.

Auf der ganzen Heimfahrt prickeln meine Lippen, und im Kopf lasse ich den Moment immer wieder vor mir ablaufen. Genau jenen Moment, in dem ich Ethan umarmt und ihn geküsst habe. Ich. Die Frau, die Angst vor Männern hat.

Ethan aber jagt mir keine Furcht ein. Eher schon beunruhigt mich meine körperliche Reaktion auf ihn – und erfüllt mich gleichzeitig mit Neugier. Wenn er mich berührt und küsst, möchte ich … möchte ich dahinschmelzen. Und ich will mehr.

Je mehr Zeit ich mit ihm verbringe, desto geborgener fühle ich mich bei ihm. Beschützt. Er hat etwas an sich, was ich unglaublich beruhigend finde, auch wenn ich es nicht genau benennen kann.

Stirnrunzelnd sage ich mir, dass ich nicht zu viel über alles nachdenken soll. Dass ich mir nicht so viele Sorgen machen soll. Vielleicht soll ich das gar nicht verstehen. Vielleicht sollte ich es einfach nur zulassen. Geschehen lassen. Dabei habe ich nie in meinem Leben etwas einfach geschehen lassen. Zumindest nicht mehr, seitdem …

Damals hat es mich einen hohen Preis gekostet. Einen unermesslichen Preis.

Katie

Damals

Der nette Detective kam an einem Donnerstag, sechsundzwanzig Tage nach meiner Rettung. Das wusste ich, weil ich im Kalender jeden Tag rot ankreuzte, da ich auf ein Zeichen wartete, dass Will Kontakt mit mir aufnehmen wollte.

Doch es kam keines.

Detective Green erschien am Nachmittag vor der Tür, bevor Brenna von ihrem ehrenamtlichen Bademeisterjob im Gemeindeschwimmbad zurückkehrte. Nach meiner Rettung hatte Dad sie nicht mehr dorthin gehen lassen wollen. Er hatte zu große Angst, dass ihr etwas zustoßen könnte. Schließlich musste Mom eingreifen. Sie erklärte ihm, der Blitz schlage selten zweimal an derselben Stelle ein.

Na toll. Einen Blitzschlag nannten sie das also, was mir zugestoßen war. Wie … eigenartig. Anscheinend wussten sie nicht, wie sie darüber sprechen und was sie dazu sagen sollten. Ich meinerseits ebenfalls nicht.

Also schwiegen wir alle über das Thema. Oder jedenfalls als Familie. Wir taten so, als wäre alles wieder normal. Oder immerhin so normal, wie wir es hinbekamen. Keiner kam mehr zu Besuch. Brenna behandelte mich wie ein rohes Ei, und das fand ich toll. So nett war sie noch nie zu mir gewesen.

Dad dagegen weigerte sich, mich auch nur anzusehen. Warum, begriff ich nicht. Ich hatte keine Ahnung, was ich angestellt hatte, dass er mich nun so verabscheute. Ich hatte nachts deswegen genug Tränen vergossen, um mein Kopfkissen durchzuweichen. Es machte mich fertig.

Tagsüber aber tat ich so, als wäre alles in bester Ordnung.

Als Mom die Tür aufmachte, brachte das Auftauchen des Detective sie durcheinander. Ich glaube, sie fand ihn attraktiv, denn das war er tatsächlich. Außerdem machte wohl jeder Polizist sie nervös, weil sie immer befürchtete, er brächte wieder schlechte Nachrichten.

Die gute Nachricht war schon vor einer Woche eingetroffen, nämlich in Gestalt der Mitteilung, dass Aaron William Monroe in Nevada gefasst worden war. Und zwar in Las Vegas, wo er sich vor dem Circus Circus Casino herumtrieb und versuchte, eine supersüße Jugendliche mit sich wegzulocken. Das war ihr unangenehm, und sie meldete den Vorfall bei einem Sicherheitsmann. Als Monroe blitzschnell Fersengeld gab, nahm dieser die Verfolgung auf und brachte den Flüchtenden an Ort und Stelle vor bestimmt hundert Zuschauern zu Fall.

Eine beachtliche Leistung. Ich konnte kaum glauben, dass Monroe jetzt tatsächlich im Gefängnis saß. Allerdings fühlte ich mich nicht besser, bloß weil ich wusste, dass er nun hinter Schloss und Riegel war …

»Freut mich, Sie wiederzusehen, Mrs. Watts. Aber eigentlich bin ich Katies wegen hier.« Detective Green richtete seinen freundlichen Blick auf mich, und ich wandte mich verlegen ab. Ich wusste, dass er nichts Böses im Sinn hatte, doch das spielte keine Rolle. Nach allem, was mir zugestoßen war, fühlte ich mich in Anwesenheit von Männern immer unbehaglich. Die blutunterlaufenen Flecken waren verblasst, und meine Rippen taten auch nicht mehr so weh, aber ich hatte nichts vergessen.

Und das würde ich niemals.

»Ach, wirklich?« Mom hatte ihn ins Wohnzimmer geführt und stand nun mit ineinander verkrampften Händen da. Ich verharrte im Flur und beobachtete die beiden durch die Tür, unschlüssig, ob ich mit dem Detective reden wollte. »Was ist los?«, fragte sie.

Er lächelte ihr beruhigend zu. »Keine Sorge, Mrs. Watts. Alles in Ordnung. Nur müsste ich jetzt mit Katie noch über ein paar Dinge sprechen. Unter vier Augen natürlich.«

»Natürlich.« Mom wandte sich mir zu, und ihr Lächeln war so angestrengt, dass es wehtat. Ich wusste, die Worte *unter vier Augen* gefielen ihr absolut nicht. Sie tat nichts lieber, als ständig nach mir zu sehen und sich zu vergewissern, dass alles mit mir in Ordnung war. »Katie, komm her. Du sollst mit dem netten Polizisten reden.«

Wir landeten draußen im Garten, wo die Sonne auf unseren Rücken brannte. Ich wunderte mich, dass Detective Green nicht in Schweiß gebadet war, denn er trug ja seine dunkelblaue Uniform. Sommerlich warm, wie es war, wünschte ich mir, ich hätte etwas zu trinken.

»Wie geht es dir?«, fragte er mit freundlicher Stimme und … tatsächlich echter Sorge.

Zum ersten Mal seit seinem Eintreffen begegnete ich seinem Blick. »Alles in Ordnung.«

Er zog die Augenbrauen hoch. »Wirklich?«

Ich zuckte mit den Schultern. Er war zu scharfblickend. »Ich tue mein Bestes.«

»Mehr ist nicht möglich.« Er griff in seine Uniformjacke und zog einen weißen Umschlag aus einer Geheimtasche, die es dort wohl gab. »Ich habe etwas für dich.«

Er legte das Kuvert zwischen uns auf den Gartentisch, und ich starrte es an, als wäre es ein giftiges Tier, das jederzeit zubeißen könnte. »Was ist da drin?«

»Mach es auf und sieh nach.«

Ich ergriff den Umschlag und betrachtete die mir unbekannte Handschrift. Es stand nur mein Name darauf, sonst nichts. Ich blickte fragend zu Detective Green auf, doch er reagierte mit keinem Wort und bedeutete mir nur mit einer Kopfbewegung, was ich tun sollte. Er wartete darauf, dass ich das Kuvert öffnete.

Und so tat ich es.

Ich riss vorsichtig die Lasche auf und zog ein zusammengefaltetes weißes Blatt Papier hervor. Dabei fiel etwas heraus, das in ein Papiertaschentuch eingeschlagen war, und ich ergriff das kleine Päckchen und schüttelte es. Es hatte ein gewisses Gewicht, und ich hörte ein Klingeln, hatte aber keine Ahnung, worum es sich handeln mochte.

Von Neugier erfüllt, legte ich den umhüllten Gegenstand auf den Tisch zurück und entfaltete als Erstes den Brief, dessen Handschrift ich stirnrunzelnd betrachtete. Die festen schwarzen Striche sahen aus, als wären sie beinahe aggressiv ins Papier hineingekratzt.

Liebe Katie,
ich sage es einfach offen heraus: Du fehlst mir. Sehr sogar. Und es ist bei mir nicht üblich, dass mir jemand fehlt. Das kannst Du mir glauben. Es gab bisher niemanden in meinem Leben, den ich hätte vermissen wollen, verstehst Du?

Bis ich Dich kennengelernt … und Dir geholfen habe. Niemand versteht, was wir gemeinsam durchgemacht haben, und ich habe das Gefühl, dass alle versuchen, uns daran zu hindern, miteinander Kontakt zu halten. Ich begreife auch warum. Du hast viel durchgemacht, viel mehr als ich jemals, und alle halten mich für verdorben. Deshalb wollen sie nicht, dass wir uns sehen.

Aber ich wünsche mir, ich könnte Dich einmal treffen. Dann könnte ich mich vergewissern, dass mit Dir alles in Ordnung ist, dass Deine Verletzungen heilen und Du mir nicht böse bist. Ich wollte Dir nie wehtun. Das weißt Du hoffentlich. Ich wollte mich nur um Dich kümmern und dafür sorgen, dass Du in Sicherheit gelangst. Die Scheiße ist einfach nur, dass der Mensch, vor dem ich Dich retten musste, mein Dad war.

Ich weiß nicht, was ich dabei empfinde und wie ich darüber reden soll. Also halte ich den Mund.

Ich befinde mich mit einer Meute von Gleichaltrigen in einer Kurzzeitpflege und warte darauf, dass man einen Platz für mich findet. Ich traue hier niemandem. Es ist schrecklich. Aber das Leben bei meinem Dad war schlimmer, also darf ich mich wohl nicht beklagen.

Meinem Brief hier habe ich noch eine Kleinigkeit

beigelegt. Ich wollte Dir etwas schenken, was Dich an mich erinnert. Hoffentlich gefällt es Dir. Es ist nicht viel, aber als ich es gesehen habe, wusste ich, dass ich es für Dich kaufen will.

Es wäre toll, wenn Du mir zurückschreiben würdest, aber ich verstehe es, wenn das nicht geht. Du sollst einfach nur wissen, dass Du mir sehr fehlst, und ich hoffe, dass es Dir gut geht.

Und zwar für immer.

Will

Ich starrte den Brief mit Tränen in den Augen an, sodass seine Worte verschwammen, seine wunderbaren Worte. Am liebsten hätte ich sie gleich noch einmal gelesen, doch ich verschob es auf später. Wenn ich allein wäre und ihn in Ruhe Zeile für Zeile durchgehen könnte.

»Da ist noch etwas für dich«, rief mir der Detective in Erinnerung.

Ich faltete den Brief zusammen, legte ihn auf den Tisch und nahm das eingepackte Geschenk in die Hand. Sorgfältig zog ich das Klebeband ab und schlug das Tissuepapier auf. Ein silbernes Armband kam zum Vorschein. An dem schmalen, aber stabilen Kettchen hing ein kleiner Anhänger.

Ich nahm das Schmuckstück aus der Verpackung, wendete es hin und her und bewunderte den Anhänger. Mir ging das Herz auf, als ich erkannte, was er darstellte.

Einen auf dem Boden sitzenden Schutzengel, der den Kopf über die angezogenen Knie gebeugt hat und die riesigen Flügel über sich ausbreitet, als beschützte er sich vor … allem.

Ich drehte den Anhänger um. In die Rückseite waren zwei Wörter eingraviert.

Heilung. Kraft.

Ohne nachzudenken, legte ich das Armband an, und als ich den Arm schüttelte, schlenkerte der Anhänger. »Wenn ich ihm einen Brief schreibe, würden Sie dafür sorgen, dass er ihn bekommt?«, fragte ich den Detective, ohne seinem Blick zu begegnen. Was, wenn er Nein sagte? Ich wäre am Boden zerstört.

Er schwieg einen Moment lang, und sein Zögern war mit Händen zu greifen. Ich schloss die Augen und hielt den Atem an, bis ich seine Antwort hörte.

»Ja.«

Ich schlug die Lider auf, und als ich Detective Green prüfend musterte, sah ich, dass ein Verbündeter vor mir saß. Vor Erleichterung wurde ich ganz schwach. »Ich hole schnell ein Blatt Papier und einen Stift.«

Will

Damals

Als ich den Brief aufriss, zitterten mir verdammt noch mal die Hände, so dringend wollte ich lesen, was sie mir schrieb. Bei der Entdeckung, dass es nicht mehr als eine einzige Seite war, traf mich die Enttäuschung wie ein Schlag. Dabei war es ungerecht, so riesige Erwartungen an sie zu stellen, während doch der Brief, den ich ihr geschrieben hatte, auch gerade einmal eine Seite lang gewesen war.

Aber ich kam nicht dagegen an. Warum auch immer, wenn es um Katie ging, wollte ich mehr. Ich wollte … sie ganz. Auch wenn es verrückt klang, die Verbindung zwischen uns war so stark, dass ich sie immer noch spürte. Wie weit wir auch voneinander entfernt waren, es gab ein Band, das uns mit einem unzerreißbaren Strang aneinanderfesselte.

Es ging zwar gegen jede Vernunft, war jedoch eine unbestreitbare Tatsache.

Detective Green war zu meinen einstweiligen Pflegeeltern gekommen, hatte mir den Brief mit einem Lächeln übergeben und sich gleich darauf entschuldigt. Er könne nicht bleiben, sagte er. Er müsse weg, ein Fall warte auf ihn. Anscheinend war ich ihm nicht mehr wichtig.

Und auch hier war ich wieder ungerecht. Ich hätte mich

freuen sollen, dass er mir Katies Brief überhaupt brachte. Er hatte sich die Zeit genommen, und dafür war ich ihm dankbar.

Lieber Will,
ganz, ganz herzlichen Dank für Deinen Brief. Er hat mir viel bedeutet. Es war eine wunderbare Überraschung, von Dir zu hören. Ich habe viel an Dich gedacht und mich immer wieder gefragt, wo Du bist und wie es Dir geht. Und ich habe mir Sorgen gemacht. Keiner wollte mir irgendetwas sagen, wenn ich nach Dir gefragt habe. Und das habe ich oft getan.

Mir geht's so weit gut. Ich schlage mich tapfer. Meine Familie behandelt mich merkwürdig. Meine Freundinnen besuchen mich nicht mehr, nicht einmal meine beste Freundin, und ich weiß nicht warum. Es ist, als machte mein Anblick allen Angst. Als wollten sie mir nicht in die Augen sehen, weil sie wissen, was mir zugestoßen ist, und damit nichts zu tun haben wollen.

Also sitze ich zu Hause herum und schaue viel fern. Ich lese auch viel. Ich verbringe Zeit mit meiner Schwester, was schön ist, weil sie mich früher kaum beachtet hat. Meine Mom lässt mich nicht ins Internet, was total blöd ist. Ich langweile mich und wünschte mir, ich könnte wieder zur Schule gehen, aber andererseits will ich da nie wieder hin.

Ich habe Angst. Angst vor allem und jedem. Ich habe Angst vor dem, was die Leute vielleicht sagen oder was sie denken. Deswegen tut es mir gut, Dein Armband zu tragen. Es gibt mir ein Gefühl der Stärke, und das brauche ich gerade jetzt. Darum vielen Dank dafür, Will. Es bedeutet mir sehr viel, und ich mag es wirklich sehr. Ich trage es auch im Moment, da ich dies schreibe, und habe vor, das für alle Zeit zu tun. Damit ich Dich nie vergesse.

Denn ich will Dich niemals vergessen, Will. Ich wünschte, ich könnte Dir ebenfalls etwas schenken, doch ich habe kein Geld und wollte diesen Brief Detective Green mitgeben, bevor er wieder geht. Meine Mom würde Verdacht schöpfen, und so ist das der beste Kommunikationsweg für mich.

Das bedeutet, dass ich Dir vielleicht nicht noch einmal schreiben kann. Aber das hoffe ich nicht. Ich wünsche mir so sehr, dass wir in Kontakt bleiben können. Du hast es genau richtig gesagt. Keiner versteht, was uns zugestoßen ist. Keiner außer uns. Du bist der einzige Mensch, zu dem ich volles Vertrauen habe, denn Du weißt, was ich durchgemacht habe, und es schreckt Dich nicht ab. Alle anderen wissen nicht, wie sie mit mir umgehen sollen.

Du dagegen schon. Du bist ein wahrer Freund, Will. Ich wünschte, Du wärest in diesem Moment bei mir. Dann würde ich mich mit einer langen Umarmung bei Dir bedanken.

Stattdessen zeichne ich Dir ein kleines Bild. Hier ist das, was mich an Dich erinnert.

In Liebe
Katie

Meine Finger zitterten noch immer, als ich Katies Zeichnung betrachtete. Das Flügelpaar eines Engels – obwohl es nur eine grobe Skizze war, erkannte man die komplizierten Details genau. Die einzelnen Federn der Flügel waren exakt zu sehen, und ich war beeindruckt, wie gut Katie zeichnen konnte. Als ich beim Aufblicken das Wort *Liebe* vor ihrem Namen sah, fuhr mir etwas wie ein Stromstoß durchs Herz.

Ich rieb mir die Brust und starrte böse auf die Bande Idioten, die am Haus vorbeigingen, vor dem ich saß. Sie lebten bei denselben Pflegeltern. Wütende Jungs, die ein bisschen älter als ich und immer auf einen Streit aus waren. Ich verweigerte mich ihren Spielchen, blieb für mich, und sie ließen mich in Ruhe.

Vermutlich weil sie wussten, wer ich war und wer mein Dad war. Sie hielten mich für schuldig, für genauso schuldig, wie ihn.

Und ausnahmsweise einmal war mir das scheißegal.

Ethan

Gegenwart

Ich falte den Brief zusammen und stecke ihn in den altersmürben Umschlag. Diesen Brief habe ich im Verlauf der Jahre oft in der Hand gehabt. Immer wieder habe ich ihn geöffnet und mir Katies Worte noch einmal durchgelesen. Ihre mädchenhafte gerundete Schrift, deren Tinte mit der Zeit verblasst ist, während das Papier vom häufigen Entfalten und Falten dünn und zerknittert wirkt. Mein Blick verharrt immer noch bei dem *In Liebe, Katie* am Ende des Briefes und bei den Worten *keiner außer uns*. Beides trifft mich bei jedem Lesen erneut wie ein Schlag in die Magengrube.

Und ich habe diese Worte oft gelesen.

Es gibt weitere Briefe, die wir über zwei Jahre lang gewechselt haben, doch dieser erste bedeutet mir am meisten. Er kommt mir am verletzlichsten und am emotionalsten vor, und ich weiß, dass für den ersten Brief, den ich ihr geschrieben habe, dasselbe gilt. Im Laufe der Zeit wurde ich vorsichtiger, bis ich Katie schließlich vollständig aufgeben musste.

Das bedauere ich immer noch zutiefst.

Ich lege den Brief in die oberste Schublade der Frisierkommode zurück, schiebe sie leise zu und recke und strecke mich so kräftig, dass meine Kniegelenke knacken. Nach meiner Heimkehr vom Kino habe ich sofort meine patschnassen Klamotten ausgezogen und in einem Haufen auf den Badezimmerboden geworfen. Nach der einstündigen Fahrt durch den heftigen Regen nahm ich erst einmal eine heiße Dusche, um wieder warm zu werden, und dabei ging mir Katie keine Sekunde aus dem Kopf. Der Geschmack ihrer Lippen, ihre schlanken Arme, die mich fest umschlangen, und ihr reizendes Lächeln in dem Moment, bevor ich ihre Autotür zuschlug und der Davonfahrenden nachsah.

Keinen dieser Gedanken sollte ich haben. Sie sind ein Fehler. Ich muss damit aufhören. Ich muss Katie loslassen, ihr ein eigenes Leben gewähren.

Aber das kann ich nicht. Ich kann es immer noch nicht. Es hat sich vor langer Zeit so angefühlt, als gehörte sie zu mir, und dieses Gefühl will ich erneut haben. Ich brauche sie in meinem Leben, obwohl ich weiß, dass das absolut selbstsüchtig von mir ist. Und zwar umso mehr, da ich ihr nicht die Wahrheit gesagt habe. Es bestürzt mich noch immer, dass sie mich nicht erkannt hat, aber ich bin inzwischen ein vollkommen anderer Mensch.

Meistens erkenne ich mich ja selbst kaum wieder.

Ich betrachte mich im Spiegel über der Frisierkommode, drehe mich zur Seite und hebe den Arm. Ich bin nur mit einer Jogginghose bekleidet, und mein Oberkörper ist nackt. Eine verschlungene schwarze Zeichnung zieht sich über meinen Brustkorb. Die Tätowierung ist nicht sehr groß, doch das Bild, das ich damals ins Tattoostudio mitbrachte, ist für immer in meine Haut eingraviert.

Ein Paar Engelsflügel, zwar nur grob skizziert, aber jede einzelne Feder ist im Detail zu erkennen. Darunter stehen drei schlichte Wörter.

Keiner außer uns.

Katherine

Jetzt

»Ich dachte, ich sollte diejenige sein, die dich auf das hier aufmerksam macht. Du hast es nicht erwähnt, und Mom hat bei eurem letzten Telefonat Andeutungen gemacht, aber du hast nicht darauf reagiert. Anscheinend hattest du keine Ahnung.« Brenna reicht mir eine geöffnete Zeitschrift mit der Seite zuoberst, die ich vermutlich lesen soll.

Ich nehme ihr das Magazin aus der Hand. Wir sind bei mir zu Hause. Sie hat zwei Becher Vanille-Milchkaffee und eine Zimtschnecke von einem kleinen Laden um die Ecke mitgebracht, der bei Touristen wohlbekannt ist. Ich wohne zwar nicht direkt am Meer, doch man kommt auf dem Weg dorthin in meiner Stadt vorbei, und die Durchreisenden halten gerne einmal an – und zwar ganz besonders beim Old Time Cinnamon Roll Shop.

Mein Grübeln über diese dämliche Zimtschnecke ist ein Hinweis, dass ich nicht wissen will, welche Bombe Brenna gleich platzen lassen wird.

»Was ist das?«, frage ich misstrauisch. Am liebsten würde ich die Zeitschrift gar nicht anschauen. Bestimmt ist es ein Artikel über meine tragische Vergangenheit, den ich lesen soll. Höchstwahrscheinlich eine Besprechung meines Interviews, wie in so vielen Zeitschriften der Boulevardpresse. Unter anderem auch im *People Magazine,* von dem ich jede Woche einen Anruf erhalte, ob ich meine Geschichte nicht einem ihrer Reporter erzählen möchte, möglicherweise als Titelstory.

Nein, danke vielmals.

»Lies es einfach.« Brenna hebt mit gefasster Miene das Kinn.

Die Hand um das Papier gekrampft, fixiere ich meine Schwester, doch die verdreht die Augen und winkt ab. »Starr mich nicht an und bring es hinter dich.«

Ein Blick zeigt mir, dass ich eine Unterhaltungszeitschrift in der Hand halte, in deren Ausgaben ich mehr als einmal bei Mom zu Hause geblättert habe, da sie das Blatt abonniert hat. Mehrere Artikel teilen sich die Seite, aber die Schlagzeile ganz unten fällt mir ins Auge.

Fernsehfilm über Entführungsopfer Katherine Watts in Arbeit.

Mit offenem Mund lese ich die knapp gehaltene Nachricht. »Das dürfen sie nicht«, flüstere ich, während mir die Worte halb vor den Augen verschwimmen. Ein Sender wird erwähnt. Das Drehbuch sei schon in Arbeit und ein großer Teil davon werde auf meinem Interview mit Lisa Swanson basieren.

Brenna nickt. »Anscheinend ist das fest geplant.« Ich weiß, was sie denkt. Wir müssen den Tatsachen ins Auge sehen, sie akzeptieren und den Sturm abwettern.

Aber vielleicht will ich gar nichts abwettern. Vielleicht will ich dagegen kämpfen. Gerade erst habe ich wieder ein Leben gefunden, das sich lohnt – oder zumindest die Hoffnung darauf. Ich muss diese kurze Phase meiner Kindheit nicht immer erneut durchhecheln.

»Wie können sie ohne meine Erlaubnis einen Film über mich drehen?« Ich blicke zu Brenna auf, sie schüttelt allerdings nur den Kopf.

»Das machen sie doch ständig, K. Denk mal drüber nach. Wie viele bescheuerte Doku-Dramen haben wir schon auf Lifetime gesehen? Nach der Entführung haben schließlich auch andere Sender Filme über dich gedreht. Das kennen wir ja schon alles, oder? Außerdem geht es hier ums Geld. Welcher Sender auch immer deine Story aufgreift, sie wird ihm Werbedollar einbringen. Das Interview hat das ja gerade erst bewiesen.«

Ich lese den Artikel wortlos zu Ende und denke dabei an die anderen nicht autorisierten Biografien, die über Entführungsopfer – sorry, *Überlebende* einer Entführung – im Laufe der Jahre gedreht wurden. Die meisten habe ich mir nicht angeschaut. Diese Geschichten waren mir zu vertraut und schmerzten zu sehr. Auch die Filme über mich selbst habe ich nicht gesehen. Ich hätte es nicht ertragen, einer nachgestellten Version der Entführung zu folgen.

»Ich frage mich, ob ich ihnen nicht einen Strich durch die Rechnung machen sollte. Ich könnte mir einen Anwalt suchen oder so. Bestimmt wäre jemand bereit, mir zu helfen.« Ich werfe die Zeitschrift auf den Couchtisch und hätte nun am liebsten einen Augenblick für mich, um diese Neuigkeit zu verdauen.

Aber Brenna ist ja gerade erst gekommen, und es wäre gemein, meinen Frust und Zorn an ihr auszulassen. Sie ist ja nur die Überbringerin.

»Das wäre vermutlich reine Zeitverschwendung.« Sie schnappt sich die Zeitschrift vom Tisch und stopft sie in ihre Handtasche. Als wollte sie das idiotische Blatt verschwinden lassen: Aus den Augen, aus dem Sinn. »Möchtest du jetzt deinen Kaffee?«

Ich nicke, und sie reicht ihn mir. Dankbar trinke ich einen Schluck, doch der Appetit ist mir vergangen, und ich schüttele den Kopf, als sie mir die weiße Papiertüte mit der Zimtschnecke hinhält, die wir uns eigentlich teilen wollten.

»Sicher?«, fragt sie ungläubig. Sie weiß, wie lecker ich das Zeug finde.

»Jetzt nicht mehr«, antworte ich achselzuckend.

Sie reagiert erneut mit einem Verdrehen der Augen, öffnet die Tüte und zieht die Zimtschnecke heraus. Deren warmer süßer Duft weht zu mir herüber und lässt mich meine Entscheidung sofort bereuen. »Mom wollte dir unbedingt selbst von dem Film erzählen, weißt du. Ich musste sie energisch bremsen und ihr klarmachen, dass besser ich dir diese Nachricht überbringe.«

»Warum wollte sie es mir denn unbedingt selbst erzählen? Damit sie mir eine Predigt über die böse Welt halten kann? Und darüber, dass ich auf keinen Fall das Interview hätte geben sollen?« Diesen ganzen Sermon habe ich schon hinter mir, und mehr als einmal. Mom hat meine Entscheidung, mit Lisa Swanson zu reden, zwar akzeptiert, ich weiß allerdings, dass sie ihr nicht gefiel. Sie hat sich immer nach Kräften bemüht, mich zu unterstützten, aber sie ist schließlich eine Mutter. Meine Mutter. Und sie möchte mich beschützen.

Außerdem hat mein Vater sie über viele Jahre hinweg

darauf getrimmt, niemals über das zu sprechen, was mir zugestoßen ist. Sie ist darauf so sehr konditioniert, dass sie schon zusammenzuckt, wenn sie nur Aaron Williams Namen hört. Und wenn sie meinen und seinen Namen in Verbindung miteinander hört? Zusammen mit Wörtern wie *entführt* und *vergewaltigt?* Vergessen Sie's. Das ist ihr nahezu unerträglich.

»Vermutlich. Ich hab sie jedenfalls davon abgebracht.« Brenna trinkt einen Schluck Kaffee. »Ich sagte ihr, dass besser ich dich informiere, weil mich auch noch ein anderer Grund hierherführt.«

Ich runzele die Stirn, von Unbehagen überkommen. »Das klingt ja bedrohlich.«

»Hoppla, jetzt mal langsam. Ich will immer nur dein Bestes.« Lächelnd stellt sie den Becher auf den Couchtisch und macht sich über die Zimtschnecke her. »Ich möchte dir einen Vorschlag machen«, sagt sie nach dem ersten Bissen.

»Was für einen denn?«

»Ich habe da einen Kollegen.« Ich öffne den Mund zum Protest, doch sie schneidet mir das Wort ab. »Nein, hör mir zu! Er ist wirklich ein netter Kerl. Er heißt Greg und arbeitet als Logopäde für den Schulbezirk. Er ist ruhig und freundlich und geht so unglaublich geduldig mit den Kindern um, dass sie alle begeistert von ihm sind. Und er ist süß.«

»Brenna ...«

»Genug. Ein Date ist genau das, was du jetzt brauchst, Katherine. Du hast einen netten Abend verdient – nur einen Happen essen und reden, kein Druck. Ich habe ihm von dir erzählt.«

Mir bleibt der Mund offen stehen. »Was genau denn?«

»Nichts über … diese Sache, aber wenn er etwas über dich herausfinden möchte, hat er alle Möglichkeiten. Schließlich gibt es Google, oder? Wir können niemanden daran hindern, nach dir zu suchen.«

Ich lasse mich gegen die Rücklehne der Couch sinken und starre zur Decke hinauf. Brenna überfällt mich mit zu viel auf einmal. »Ich weiß, dass du es gut meinst, aber ich brauche niemanden, der mich verkuppelt.«

»Wenn ich nicht schon vergeben wäre, würde ich selbst Jagd auf ihn machen. Er ist ein toller Kerl. Sechsundzwanzig. Er zieht sich geschmackvoll an, und ich mag seine Frisur. Er hat freundliche Augen.« Brenna schwadroniert weiter, ohne überhaupt zu beachten, dass ich etwas gesagt habe. »Hör mal, falls dich ein Abend allein mit Greg nervös macht, könnten wir auch zu viert ausgehen, Mike und ich würden mitkommen. Vielleicht würdest du dich dann wohler fühlen.«

Sie sieht mich hoffnungsvoll an, und ich weiß, dass sie es gut meint. »Ich bin mir sicher, dass er ein großartiger Mensch ist, und es ist nett, dass du die Augen für mich offen hältst, Bren, aber ich habe kein Interesse.« Ich stocke. Soll ich es ihr erzählen? »Ich, äh, ich habe sozusagen … jemanden kennengelernt.«

Es ist, als hätte Brenna mich gar nicht gehört. »Andererseits: Beim ersten Date wollt ihr wahrscheinlich nicht, dass wir als fünftes Rad am Wagen dabei sind. Na ja, als drittes und viertes Rad – okay, du weißt schon, was ich meine.« Plötzlich verstummt sie und reißt die Augen auf. »Moment mal, was hast du gerade gesagt?«

»Ich habe jemanden kennengelernt«, wiederhole ich mein Eingeständnis. Meine Stimme ist leise, und in meinem Kopf herrscht ein einziges Durcheinander. Mein Herz hämmert in der Brust, und schon beim Gedanken an Ethan ist mir plötzlich, als würde ich gleich platzen. »Er heißt Ethan und er ist … Ich mag ihn.«

Sie starrt mich an, als wäre ich ein Monstrum mit drei Köpfen. »Wo zum Teufel hast du einen Mann kennengelernt?«, kreischt sie praktisch.

»Äh, erinnerst du dich noch an den Tag, an dem du mich angerufen hast? In der Zeit, als Mom und du, als ihr beide mein Handy geortet habt?« Meine Schwester schaut verlegen drein, so viel Anstand hat sie also immerhin. »Da hab ich ihn kennengelernt. Im Park.«

»Im Freizeitpark?«, presst Brenna hervor.

»Also, ja.« Ich zupfe an einem losen Faden im Couchbezug herum. Ich werde ihr nicht erzählen, unter welchen genauen Umständen wir uns kennengelernt haben. Sonst flippt sie vielleicht aus oder, schlimmer noch, erzählt Mom von dem Beinah-Handtaschenraub. Und das ist das Letzte, was ich will. »Wir sind ins Gespräch gekommen, und ehe ich mich's versah, saßen wir in einem Café und … es war nett. Man kann gut mit ihm reden.«

Brenna wirkt überrumpelt. »Erzähl mir mehr. Wo wohnt er? Womit verdient er sein Geld? Wie alt ist er?«

Ich gebe ihr eine kurze Zusammenfassung unseres Ausgehabends. Dass ich aus dem Kino gerannt bin und ihn sitzen gelassen habe, lass ich aus. Das ist jetzt ein paar Tage her. Wir haben uns die eine oder andere Textnachricht geschickt, nichts Wichtiges. Aber er schließt gerade ein Website-Projekt ab und hat mich gewarnt, dass er ziemlich beschäftigt sein würde.

Komisch, dass ich ihn schon vermisse, obwohl ich ihn noch kaum kenne.

»Ich möchte ihn kennenlernen«, erklärt Brenna energisch, sobald ich fertig bin.

»Jetzt noch nicht.« Ich schüttele den Kopf. »Sonst jagst du ihm nur einen Schreck ein und verscheuchst ihn.«

»Bestimmt nicht!« Mit einem Ausdruck der Empörung reißt sie ein Stück Zimtschnecke ab und steckt es sich in den Mund.

»Doch, mit Sicherheit«, erwidere ich ruhig. »Du und Mom, ihr würdet ihn mit einer endlosen Liste von Fragen bombardieren und ihn kopfscheu machen. Wir haben uns doch erst einige wenige Male gesehen. Ich weiß ja nicht einmal, ob er mich überhaupt auf … diese Weise mag.« Ich lüge. Ich bin mir ziemlich sicher, dass er mich auf diese Weise mag, aber ich möchte die Sache nicht kaputtreden, ehe sie richtig angefangen hat. »Warten wir noch ein bisschen ab, bevor ich ihn mal mitbringe, okay?«

»Du wirst ihn also wiedersehen.« Sie klingt skeptisch. Als müsste sie mich beschützen. Und das mag ich, wirklich. Aber ich brauche auch Freiheit. Die Gelegenheit herauszufinden, was da eigentlich genau zwischen Ethan und mir läuft und ob ich es wirklich will. Ob ich ihn will.

»Das hoffe ich jedenfalls.« Himmel, ja, das hoffe ich wirklich. Ich habe gestern Nacht von ihm geträumt. Wir küssten uns in einem dunklen Saal, in dem sonst niemand war und kein Film lief. Es gab nur die Stille, die mich schneidend bewusst erleben ließ, dass er da war. Und dass ich selbst da war. Dass wir beide da waren.

Gemeinsam.

Im Traum habe ich nicht gezögert. Vielmehr war ich mit Leib und Seele bei der Sache, habe die Küsse genossen und wollte mehr davon. Seufzend und stöhnend flüsterte ich seinen Namen, hörte das leise Geräusch unserer Lippen, das Rascheln unserer Kleidung unter fiebrigen Händen, vergrub die Finger in seinem Haar, während er meine Taille umfing …

Ich wachte nur widerwillig auf, noch ganz erhitzt und wohlig ausgestreckt. Ich wollte mehr davon. Mehr Küsse, mehr Streicheln, mehr Ethan. Ich wollte einen Schritt weitergehen.

Aber wollte er das auch?

Ich bin immer noch aufgewühlt von dem Traum und den heftigen Empfindungen, die Ethan in mir auslöst. Nur deshalb habe ich meiner Schwester von ihm erzählt. Das Bedürfnis, über Ethan zu reden, seinen Namen laut auszusprechen und damit zu beweisen, dass er tatsächlich existiert und nicht nur ein Hirngespinst ist, ist ungeheuer stark, ja geradezu überwältigend.

»Dann schieß mal los. Sieht er gut aus?« Brennas Lächeln erinnert mich an die alte Brenna, den Backfisch, der sich nur für coole Jungs interessierte und sie auf sich aufmerksam machen wollte. Wie sie bei dem Blindgänger gelandet ist, mit dem sie jetzt zusammenlebt, ist mir ein Rätsel, doch sie behauptet, Mike mache sie glücklich. Er sei zuverlässig und berechenbar und sorge dafür, dass sie sich nicht einsam und verloren fühle.

Ich aber habe das Gefühl, dass sie aufgegeben hat. Sie ist erst vierundzwanzig und richtet sich bereits endgültig in ihrem Leben ein. Was furchtbar ist.

»Ja.« Ich lache verlegen, und sie schließt sich mir an. »Sehr.«

Brenna will Sicherheit, kein Abenteuer. Das verstehe ich. Doch, wirklich.

Aber inzwischen denke ich, dass Sicherheit und Abenteuer ja vielleicht Hand in Hand gehen können.

Mit Ethan kommt es mir jedenfalls so vor.

»Weiß er … wer du wirklich bist? Was dir zugestoßen ist?«, fragt Brenna und schüttelt dann den Kopf. »Natürlich weiß er das. Die Medien waren voll von dir. Er muss es herausgefunden haben.«

»Ach … Keine Ahnung. Ich habe ihm erzählt, dass ich in der Vergangenheit eine traumatische Erfahrung durchgemacht habe, aber nichts Genaueres darüber gesagt.« Ethan und ich, wir kennen unsere Nachnamen noch gar nicht, doch das verschweige ich Brenna. Sie würde mir die Hölle heißmachen. Was ich verstehen kann.

Ich würde mir selbst die Hölle heißmachen. Aber vielleicht ist gerade das Teil des Abenteuers. Dieses Unbekannte an Ethan – dass es so vieles gibt, was ich nicht über ihn weiß. Er ist ein Rätsel, das ich lösen möchte.

»Darüber solltest du nachdenken, falls du dich weiter mit ihm triffst und es ernst wird«, sagt Brenna und erinnert mich damit sanft daran, dass ich meine Vergangenheit niemals vergessen kann. Und auch sonst kann das keiner.

Ich hasse es. Meine Vergangenheit folgt mir, saugt sich an mir fest wie ein Blutegel und fesselt mich wie mit einer Kette.

Genau so, wie Aaron Monroe mich an die Wand gekettet hatte, als wäre ich ein Tier.

Das ist meine Vergangenheit. Eine Fessel, die ich niemals loswerden kann.

Wie sehr ich mir das auch wünsche.

Ethan

Gegenwart

Ich möchte Dich heute Abend zum Essen einladen.

Aber allein schon der Gedanke macht mich nervös.

Was, wenn ich es vermassele?

Was, wenn mein Essen Dir nicht schmeckt?

Oder mein Haus Dir nicht gefällt?

Oder ich?

(vergiss bitte die letzte Nachricht)

Was, wenn du mein Haus hungrig verlässt?

Was, wenn du mich nie wiedersehen willst? Und das nur, weil ich es nicht schaffe, Wasser zum Kochen zu bringen und etwas Anständiges aufzutischen?

Das sind die Dinge, die mir an einem Samstagmorgen durch den Kopf gehen, wenn ich zu früh aufwache und nicht mehr einschlafen kann.

Mich hin und her wälzend, überlege ich, Dich zu mir einzuladen, und komme aus dem Zweifeln und Grübeln nicht mehr heraus.

Und jetzt kann ich diese Gedanken nicht mehr zurücknehmen, weil ich bereits auf Senden gedrückt habe.

Wir sehr ich es auch möchte.

Hoffentlich sagst Du Ja.

Beim Erwachen finde ich eine lange Liste von Nachrichten vor, die alle von Katie stammen, und muss lächeln. Dann wird mir bewusst, dass sie an einem Samstagmorgen zu einer völlig unchristlichen Zeit aktiv ist. Es ist gerade mal acht, und ich ärgere mich, dass ich selbst nicht länger geschlafen habe, aber nun bin ich eben wach. Ich stehe auf.

Katie möchte, dass ich sie heute Abend besuche. Ich kann es kaum glauben.

Als ich den üblichen Morgenkram erledigt und ein paar Schlucke Kaffee getrunken habe, antworte ich kurz und bündig.

Ich würde sehr gerne zum Abendessen kommen. Sag mir, was ich mitbringen soll.

Sie antwortet beinahe postwendend.

Nur Dich selbst. Das genügt.

Ich lächele. Das dürfte ich schaffen.

Um wie viel Uhr? Und sag mir, ob ich nicht doch etwas mitbringen kann.

Sie antwortet nicht, und ich frage mich, was sie gerade macht. Ich hatte die ganze Woche viel zu tun und habe kaum mit ihr geredet. Hoffentlich glaubt sie nicht, dass der Vorfall im Kino daran schuld ist, auch wenn ich tatsächlich ein bisschen Abstand halten wollte. Ich hatte das Gefühl, dass sie den braucht.

Was mich derzeit ziemlich umhaut, ist die Tatsache, dass sie mir nicht erzählt hat, wer sie tatsächlich ist. Wir haben noch keine Nachnamen ausgetauscht. Und wir haben nur wenig Persönliches über uns berichtet, was ich allerdings auch nicht erwarten würde, da wir uns erst ein paar Mal gesehen haben. Es sollte mich eigentlich nicht überraschen, dass sie zögert, mit einer Information herauszurücken, die jeden normalen Mann zutiefst erschüttern würde.

Ich heiße Katherine Watts und wurde drei Tage lang von einem Entführer unter grauenhaften Umständen festgehalten und mehrfach vergewaltigt. Schließlich wurde ich gerettet, und der Täter sitzt nun für den Rest seines Lebens hinter Gittern.

Ja. Das hieße, eine Bombe platzen lassen.

Mein Handy summt, und ich sehe nach.

Komm um achtzehn Uhr.

Ich antworte sofort und verzichte auf das Spielchen, sie erst mal warten zu lassen. Scheiß drauf. Bei dieser jungen Frau möchte ich nicht spielen. Ich möchte einfach nur …

… sie.

Dann bis heute Abend.

Sie erklärt mir den Weg, und ich tue so, als wäre ich noch nicht da gewesen, und versichere ihr, dass die Navi-App meines Handys mich hinführen wird. Selbst in ihren Textnachrichten wirkt sie aufgeregt, und ich frage mich, ob sie dieselbe Aufregung auch bei mir spürt.

Ich treffe um zehn vor sechs bei Katie ein und komme mir wie ein Idiot vor, weil ich zu früh aufkreuze, bin aber andererseits dankbar, dass ich keine Verspätung habe. Ich parke unmittelbar vor ihrem Haus und schließe die Tür beim Aussteigen besonders leise, um ihre Nachbarin nicht zu alarmieren. Diese allzu wachsame alte Dame, die mich praktisch gegrillt hat, als ich mich wie ein durchgeknallter Stalker auf Katies Straße herumgedrückt habe.

Ich bin immer noch nicht stolz auf diese Szene, doch ich kann sie nun mal nicht ungeschehen machen. Ich bereue sie auch nicht wirklich, aber jetzt mal ehrlich. Ich bin zu weit gegangen.

Aber du hast Katie gefunden, oder? Und genau das war die ganze Zeit dein Ziel.

Ich achte nicht auf die Stimme in meinem Kopf und gehe zu Katies Haus, eine Flasche Wein in der einen Hand und einen Strauß Herbstblumen in der anderen. Ich steige die drei Verandastufen hinauf und klopfe gegen die Tür.

Sie macht sofort auf, eine zierliche Gestalt im Türrahmen, und sieht mich erwartungsvoll an. Ihr Haar hängt lang herab und fällt ihr in weichen goldblonden Wellen über die Schultern, sie trägt ein wenig Lipgloss, und ihre Wangen sind rosig. Ihre Kleidung ist schwarz. Ein weicher übergroßer Pullover und eine enge Jeans, die ihre Beine lang wirken lässt.

Endlos lang und gertenschlank.

»Hi.« Ihr Blick fällt auf meine Hände. »Ich hatte doch gesagt, dass du nichts mitzubringen brauchst.«

»Das wollte ich aber.« Ich strecke ihr die Blumen hin. »Für dich.«

Sie nimmt sie entgegen, mit funkelnden Augen begegnet sie meinem Blick, und ihr ganzes Gesicht … glüht. Meine Geste gefällt ihr. Dass ich sie mit einem so schlichten Geschenk so glücklich gemacht habe, sagt mir, dass ich am Ball bleiben sollte, um wieder so ein Lächeln in ihr Gesicht zu zaubern. »Danke«, flüstert sie, senkt den Kopf über die Blumen und atmet ihren Duft ein. Einen Moment lang schließt sie die Augen, ihre Lippen öffnen sich leicht … Noch nie ist sie mir so schön erschienen.

Doch ich möchte mehr. Ich möchte sie noch schöner sehen als in diesem Moment. Zum Beispiel, wie sie nackt unter mir liegt … oder unmittelbar nachdem sie einen Orgasmus hatte. Wird sie das zulassen? Wird es mir gelingen, ihr so nah zu kommen, oder wird sie sich hinter neue Barrieren zurückziehen?

Ich bin entschlossen, es herauszufinden.

»Komm herein.« Sie tritt einen Schritt zurück und hält die Tür weit auf, damit ich eintreten kann. »Wein hast du auch noch mitgebracht.«

»Hoffentlich passt er zu dem, was du gekocht hast.« Bei Wein habe ich keine Ahnung. Ich bin kein Weintrinker. Ich trinke Bier. Oder gelegentlich Wodka. Meistens schlage ich einen Bogen um Alkohol. Der erinnert mich an meinen Vater, den dreckigen Säufer. Erst hat er gesoffen, dann Drogen eingeworfen, sich alle möglichen Frauen ins Bett geholt und mich selbst in sein Schlafzimmer geschleift …

Schluss! Für heute Abend verjage ich ihn energisch aus meinem Kopf.

Katie sieht mich an, als begreife sie meine Worte nicht

recht, und lacht dann leise. Es klingt fast wie Musik. »Ich bin keine große Weinkennerin«, sagt sie, zieht die Tür hinter mir zu und schließt ab. Nun sitzen wir hier zusammen in der Falle.

Und nirgendwo anders wäre ich lieber.

»Ich auch nicht«, gebe ich lächelnd zu.

Sie mustert mich unverhohlen, jetzt nicht mehr lachend. »Du siehst gut aus.«

»Danke«, antworte ich lässig und gestatte mir, meinerseits den Blick über sie gleiten zu lassen. »Du auch.«

Keine Antwort, nur ein süßes Lächeln, mit dem sie den Blick von mir löst. Trotz des typischen Zögerns und der Zurückhaltung, die Katies Art ist, wirkt sie anders als bei unserer letzten Begegnung. Irgendwie selbstsicherer, aber auch unbeschwert. Heute Abend haftet ihr nichts Düsteres an. Es ist, als hätte sie ihre Nervosität abgestreift. Als hätte sich dieser Moment der Panik im Kino niemals ereignet.

»Dann hoffe ich mal, dass dein Wein zum Hähnchen passt, denn das gibt es heute Abend«, sagt sie und geht nach hinten in die Küche.

»Bestimmt. Ich habe extra einen trockenen ausgesucht.« Ich will eigentlich einen Eindruck von ihrer Wohnung gewinnen und schauen, ob ich mir aus all dem, was hier steht und liegt, ein besseres Bild von Katie machen kann. Ob ich mir aus den Details, die ihre Regale und ihr Couchtisch hergeben, aus der Farbe der Couch und des gemusterten Teppichs und den Fotos und Gemälden an den Wänden etwas über sie zusammenreimen kann. Aber ich bin einfach zu gefesselt vom Wippen ihrer Hüften und ihrem Duft, der leicht und luftig zwischen den stärkeren Gerüchen aus der Küche hervorweht.

Diesen Duft könnte ich für immer einatmen.

»Ich habe Chicken Marsala gemacht«, verkündet sie, tritt hinter die kleine Kochinsel in der Küchenmitte und legt den Blumenstrauß auf die Theke. »Und dazu Salat und Knoblauchbrot.«

Ich habe noch nie Chicken Marsala gegessen. Ich bin mit Instant-Nudelsuppen und Fast Food groß geworden. Mein Vater war nicht gerade ein Fan von gesunden Mahlzeiten, und mit Sicherheit aßen wir nichts, das nach Schickimicki klang und ein Wort wie *Marsala* im Namen trug.

»Hört sich gut an«, sage ich und bleibe auf der anderen Seite der Kochinsel stehen. Katie braucht noch Abstand, was mir ganz recht ist. Hauptsache, sie fühlt sich wohl. Ich bin in ihrem Revier und werde nichts forcieren. Heute sitzt sie am längeren Hebel. Ich überlasse ihr die Führung, aber das merkt sie wahrscheinlich gar nicht. »Und riecht sogar noch besser.«

»Hoffentlich schmeckt es auch so. Ich probiere das Rezept heute zum ersten Mal aus.« Errötend schaut sie auf die Blumen hinunter und reibt ein samtig burgunderrotes Blütenblatt zwischen den Fingerspitzen. »Ich sollte sie erst mal in die Vase stellen.« Sie dreht sich um, macht einen Schrank auf und tritt einen Schritt zurück, damit sie ins oberste Fach schauen kann. Ein Blick dorthin zeigt mir die einzige Vase, die dort steht. Ich weiß, dass Katie da nicht drankommt.

»Soll ich dir helfen?« Ich gehe schon los, während sie noch einwendet, dass sie es selbst schafft. Doch wir wissen beide, dass das nicht stimmt. Ich bleibe unmittelbar hinter ihr stehen, so dicht, dass meine Brust gegen ihren Rücken drückt, recke mich an ihr vorbei und hole die Vase herunter. Als ich sie ihr reiche, trete ich nicht zurück, sondern strecke den Arm von hinten um Katie herum. Sie nimmt die Vase entgegen, und als unsere Finger sich dabei streifen, ist es, als knisterten elektrische Funken in der Luft.

»Danke«, sagt sie atemlos. Sie bleibt stehen, fast als hätte sie Angst, sich zu bewegen, und ich streiche mit dem Zeigefinger über die Haarsträhne, die ihr über die rechte Wange fällt, und schiebe sie ihr langsam hinters Ohr zurück. Meine Finger streifen dabei sanft ihre Wange und berühren ihren Perlenohrring. Dann lasse ich die Hand wieder sinken.

»Du siehst heute Abend sehr hübsch aus, Katie«, sage ich mit leiser Stimme. Meine Gedanken sind ein einziges Chaos. Ich vibriere vor Spannung. Noch bin ich keine fünf Minuten hier, und schon kann ich nur noch an die Frage denken, wie weit sie mich heute Abend gehen lässt.

Denn ich möchte sie berühren. Und sie küssen.

Möchte es so dringend.

Katie

Damals

»Okay.« Will blieb vor dem unauffälligen niedrigen Gebäude stehen, das so aussah, als wäre es irgendwann in den Sechzigern oder Siebzigern gebaut worden. Mit seinem Flachdach und den Backsteinwänden, die einen verwaschenen grünen Anstrich hatten, wirkte es ganz schön hässlich. So stellte ich mir ein Gefängnis vor. »Wir sind da.«

Da hatte ich ja nicht völlig falschgelegen. »Das hier ist die Polizeiwache?« Ich rieb mir die brennenden Augen wie ein kleines Kind.

Ich war müde. Mein Gehirn arbeitete nicht richtig, und ich war nicht fähig … überhaupt irgendetwas zu begreifen. Ich wollte einfach nur etwas zu trinken. Und einen Platz zum Hinlegen, damit ich die Augen wenigstens einen Moment lang schließen konnte. Ich wollte Mom und Dad bei mir haben. Ich wollte heim.

»Ja, also los mit dir.« Er versetzte mir einen fast groben Schubs, und ich trat einen Schritt vor und wandte mich zu ihm um. »Worauf wartest du noch? Mach, dass du hier wegkommst.«

»Was meinst du damit? ›Mach, dass du hier wegkommst?‹ Du kommst nicht mit mir rein?«, fragte ich ungläubig.

Er schüttelte den Kopf, die Augen vom rabenschwarzen Haar verdeckt und den Mund zu einem Strich zusammengepresst. Sein Lippenring blieb sichtbar, und mit der Zungenspitze stieß er kurz dagegen. Atemlos wartete ich auf seine Antwort. Es dauerte ewig, und als die Worte endlich stockend und ein wenig bebend herauskamen, schloss ich die Augen, weil ich wusste, dass er etwas sagen würde, was ich nicht hören wollte.

»Ich … ich kann nicht, Katie.« Ich schlug die Lider auf und sah, dass er mich mit gequälter Miene betrachtete. »Wenn ich mit dir da hineingehe, wird sich mein Leben komplett verändern.«

»Und das wäre schlecht?« Ich verstand nicht, warum er nicht wollte, dass sein Leben sich änderte. Wie gut konnte es schon sein – mit diesem schrecklichen, abstoßenden Mann als Vater? Tat er Will schlimme Dinge an? Misshandelte er ihn oder zwang er ihn …

»Ich weiß nicht … es macht mir eine Riesenangst.« Wills Stimme klang rau. »Lieber gehe ich einfach meinem Dad aus dem Weg und halte mich aus allem heraus, weißt du?«

»Nein. Das weiß ich nicht.« Ich war aufgebracht. Voll Zorn, weil er mich nicht auf die Polizeiwache begleiten würde. Voll Zorn, weil er mich eben weggeschubst hatte, als wäre ich ein Niemand. Ich begriff ihn nicht. Er war ein Widerspruch in sich, ein verwirrter, verängstigter, einsamer Junge, der es für besser hielt, bei seinem Monstrum von Vater zu bleiben, als Hilfe zu suchen. »Du musst mit mir reinkommen.«

Er kam rasch auf mich zu, packte mich an den Schultern und schüttelte mich. Sein Griff tat mir nicht weh, und sein Gesicht so dicht vor meinem erschreckte mich nicht, weil ich die Angst in seinen Augen sah und sie im Beben seiner Hände spürte, mit denen er mich gepackt hielt. »Du hast ein wunderschönes Leben, ist dir das klar? Du hast eine Mom und einen Dad. Eine Schwester. Eine Familie, die dich liebt, und wahrscheinlich massenhaft Freunde und Freundinnen, die dich nett finden, und Lehrer, die dich fördern. Du weißt nicht, wie es ist, Hunger zu haben, weil dein Dad sein Geld versoffen und für Drogen verschleudert hat. Du verstehst nicht, wie das ist, wenn die anderen Kinder dich auslachen, weil du die falschen Klamotten trägst und Löcher in den Schuhen hast. Du hast keine Ahnung, wie das ist, wenn dein Dad dich in sein Schlafzimmer schleift und du zusehen musst, wie ...«

Er brach mitten im Satz ab, und sein Atem ging keuchend. Ich starrte ihn einfach nur an, denn seine letzten Worte erfüllten mich mit Entsetzen. Genau wie alles andere, was er gerade gesagt hatte. Mein Leben hatte sich verändert. Das wusste ich zweifelsfrei. Aber er hatte recht. Ich hatte keine Ahnung, was es hieß, in seiner Haut zu stecken.

Ich hatte nur ein paar Tage unter seinem Dad gelitten. Will dagegen sein Leben lang.

»Alles wird besser werden«, sagte ich, langte nach oben und berührte ihn am Unterarm. Er zuckte zusammen, seine Finger lösten sich von meinen Schultern, und schließlich ließ er die Hände sinken. Dort, wo sie gelegen hatten, fühlte sich meine Haut plötzlich unangenehm kühl an. »Du hast lange gelitten. Man wird dir helfen.«

»Nein, keiner wird mir helfen«, entgegnete er bitter. »Wahrscheinlich werden sie glauben, ich hätte etwas mit der Sache hier zu tun gehabt.«

»Du bist doch noch ein Kind«, beharrte ich. Ein Kind wie ich, aber tatsächlich war er das nicht. Sein Leben war ganz anders als meines. Er hatte zu viel gesehen und getan, und das ließ sich nicht rückgängig machen. »Man wird sich um dich kümmern.«

»Sie werden mich in ein Heim stecken und da vergammeln lassen. Oder sie werfen mir vor, ich hätte dich vergewaltigt, und schmeißen mich ins Gefängnis.«

Jetzt war ich es, die zu ihm eilte und ihn packte. Ich ergriff seine Hände und hielt sie fest umschlossen, während ich ihm direkt in die Augen sah. »Das werde ich nicht zulassen. Ich erzähle ihnen die Wahrheit. Und sie werden mir glauben. Bitte, Will. Komm mit mir rein.«

Er starrte mich an, schien hin- und hergerissen zu sein, was er tun sollte. Ich hatte gewonnen. Ich wusste es, zog an seinen Händen und steuerte ihn in Richtung Polizeiwache. Ich lenkte ihn zu der gläsernen Flügeltür, hinter der sich, das wusste ich, Männer und Frauen befanden, die mir helfen würden, zu meinen Eltern zurückzukehren. Ich ging schneller.

Will riss sich von mir los und schüttelte voll Schmerz und Bedauern den Kopf. »Ich kann nicht, Katie, ich … kann einfach nicht. Es tut mir leid.«

»He!«

Ich drehte mich um und entdeckte einen Polizisten in Uniform, der jetzt vor der Tür stand und den einen Flügel aufhielt. Stirnrunzelnd ging er auf mich zu. Ein Blick über die Schulter zeigte mir, dass Will mitten in der Bewegung erstarrt war, als wollte er fliehen und hätte keine Gewalt über seine Beine.

Der Officer trabte schnaufend auf ihn zu und sah mich gleichzeitig mit einem harten Ausdruck in den Augen an. »Bist du nicht das verschwundene Watts-Mädchen?«

»Ja.« Von Erleichterung überwältigt, nickte ich, und mir traten Tränen in die Augen. »Ja. Bitte, bitte, helfen Sie mir.«

»Und wer ist das?« Der Officer deutete mit dem Kinn auf Will, und der floh. Ohne sich noch einmal umzuschauen, rannte er einfach los, und der Polizist eilte ihm nach und rief warnend, er solle stehen bleiben, sonst würde er schießen.

Ich geriet in Panik. »Nicht schießen!«, schrie ich am ganzen Körper zitternd. »Bitte! Er hat mich hergebracht! Er hat mich gerettet! Will, bleib stehen!«

Will war jung und flink. Er hätte dem alten, übergewichtigen Polizisten mühelos entkommen können, aber er wurde langsamer. Dann blieb er stehen. Er drehte sich mit erhobenen Händen um, und sein T-Shirt rutschte bei der Bewegung hoch und gab einen Blick auf seinen flachen blassen Bauch frei.

Danach erinnere ich mich an kaum etwas. Ein Schwarm Beamte – sowohl uniformierte als auch in Zivil – kam heraus und drängte sich um mich. Eine Frau legte mir den Arm um die Schultern und führte mich hinein. Mit beruhigender Stimme sagte sie mir, sie werde sofort meine Eltern anrufen. Und dass meine Rückkehr ein Wunder sei. So unversehrt, heil und gesund.

Ich wollte nicht erwidern, dass ich in Wirklichkeit in tausend Stücke zerbrochen war und mich wohl keiner mehr richtig zusammensetzen konnte.

Ich schaute mich nach Will um und sah, wie der Beamte

ihn am Arm packte und ihn hinter uns herführte. Will folgte ihm mit mürrischer Miene, und mir fiel plötzlich auf, wie erwachsen er wirkte, so groß wie er war und mit seinen langen Armen und Beinen. Doch es lag etwas Verletzliches und Verängstigtes in seiner Miene, und der Blick, den wir wechselten, brach mir das Herz.

»Es tut mir leid, Katie!«, rief er mit flehender Stimme über das Durcheinander hinweg. »Ich habe mein Versprechen nicht gehalten.«

Ich konnte nichts erwidern. Die Polizeibeamtin ließ es nicht zu, sondern riss mich an der Schulter herum und führte mich in den kühlen ruhigen Schutz der Polizeiwache. Sie bog mit mir in einen dunklen Korridor ein, den Arm noch immer um meine Schultern gelegt, und sprach von meinen Eltern, meiner Familie und der Notwendigkeit, mich für eine Untersuchung ins Krankenhaus zu bringen. Die Worte rauschten an mir vorbei, genau wie alles andere. Ich war zu überwältigt, zu müde, zittrig, hungrig und durstig, um sie zu verstehen.

Ich hatte nur einen einzigen Gedanken. Will. Wie würde es ihm ergehen? Gut oder schlecht? Würde ich nie wieder mit ihm sprechen können? Glaubte er, dass ich ihn verabscheute?

Oh nein, jede Abscheu war mir fern.

So unendlich fern.

Katherine

Gegenwart

Ich bin so nervös, dass ich geradezu zittere. Wir haben zu Abend gegessen, und das Chicken Marsala hat ihm tatsächlich geschmeckt. Dieses Gericht habe ich noch nie im Leben selbst zubereitet, aber mir war eingefallen, wie sehr mein Dad es mochte, wenn meine Mom es machte. Das war zwar schon lange her, aber ich wollte, dass diese Erinnerung mich beflügelte. Dass sie mir half, eine neue Erinnerung zu schaffen.

Und das hat funktioniert.

Während des Essens erzählte er nichts Persönliches, und ich hielt es genauso. Wir redeten über das Wetter, das Weltgeschehen und Mainstream-Musik, was mich nervös machte, weil ich mir ziemlich sicher war, dass er sich auch schon vor ein paar Wochen über meinen Hang zur Popkultur lustig gemacht hatte. Ich erwähnte, dass ich im Umland von San Francisco aufgewachsen bin, und er erzählte, er sei in der Stadt groß geworden, in der sich der Freizeitpark befinde. Ich berichtete, ich sei nicht an eine öffentliche Schule gegangen, sondern zu Hause unterrichtet worden, und meine Eltern seien ziemlich überbehütend gewesen. Was eine absolute Untertreibung ist.

Er erzählte fast gar nichts von seiner Familie. Seinen Dad streifte er nur andeutungsweise, und von seiner Mutter sagte er nur, sie sei weggegangen, als er noch klein war, und er habe keine Erinnerungen an sie. Immer wenn ich ihm eine persönliche Frage stellte, wechselte er das Thema, was mich auf den Gedanken brachte, dass er vielleicht etwas zu verbergen hatte.

Nur ganz selten deutete er etwas aus seiner Vergangenheit an. Ich hätte gern mehr erfahren, doch da ich meinerseits auch noch nicht bereit war, alles über mich preiszugeben, hielt ich den Mund.

So war es einfacher. Zumindest vorläufig.

Als wir mit dem Essen fertig waren, half Ethan mir beim Abwasch. Wir alberten herum, und ich genoss es, wie viel Spaß wir dabei hatten und wie normal das alles war. Was mir an dem Abend gefiel, war ja gerade, dass er so normal war. Seit dem Alter von zwölf Jahren habe ich mich nicht mehr so gut gefühlt, so vollständig wohl in meiner Haut.

Ist das nicht traurig?

Aber jetzt fühle ich mich nicht mehr wohl. Auch wenn mein Unbehagen nicht unbedingt etwas Schlechtes sein muss. Ethan sitzt auf der Couch, den Arm über die Rücklehne gelegt und die Beine lang ausgestreckt und weit geöffnet, so wie Männer es gern machen. Ich bin nicht daran gewöhnt, wie viel Platz er einnimmt und wie sehr es die Atmosphäre verändert, wenn er sich im Zimmer befindet. Es ist überwältigend und belebend. Ich bleibe vor der Couch stehen, zwei gekühlte Flaschen Wasser in der Hand.

»Sollten wir vielleicht einen Film streamen?«, frage ich, stelle die beiden Flaschen auf dem Couchtisch ab und setze mich neben Ethan.

»Möchtest du das denn?«, fragt er. Sein Knie stupst gegen meinen Oberschenkel, und ich wüsste gern, ob diese Bewegung Absicht war. Ob er auch dieses elektrische Knistern zwischen uns spürt, selbst wenn wir uns nur ganz flüchtig streifen.

Es ist, als bestünden wir aus leicht entzündlichem Material.

»Ja, ich denke schon«, antworte ich achselzuckend.

Wir schweigen einen Moment lang, und da ich vorn auf der Couchkante sitze, schaue ich mich um und sehe, dass er mich betrachtet. Jetzt mustert er eingehend meinen Rücken, doch dann hebt er den Kopf und sieht mich erneut an. »Eigentlich bin ich heute Abend nicht in der Stimmung für einen Film«, sagt Ethan. Er betrachtet mich beinahe begehrend, sein Blick wandert über mein Gesicht, und bei dem Ausdruck in seinen Augen geht mir das Herz auf.

»Okay.« Ich wende mich ab, schaue wieder nach vorn und schlucke. Fast habe ich Angst, ihn erneut anzusehen. Ich benehme mich lächerlich. Das weiß ich. Aber ich habe einfach keine Ahnung, wie ich mich verhalten und was ich tun soll. Meine Gedanken überschlagen sich, und ich hoffe, dass er mich nicht für einen hoffnungslosen Fall hält. »Was wäre dir denn lieber?«

Er nimmt die Hand von der Couchlehne und legt sie auf meinen Rücken. Dann streicht er mit weit gespreizten Fingern langsam nach oben, und es fühlt sich so an, als würde er alles an meinem Körper gleichzeitig berühren. Meine Augenlider wollen sich schließen, doch ich zwinge mich, sie offen zu halten, und koste seine Liebkosung aus. Ich senke den Kopf und stoße die Luft aus, als seine Finger unter meinem Haar hindurchgleiten, mich sanft im Nacken fassen und festhalten.

»Ich möchte dir keine Angst machen«, murmelt er, und seine raue Bassstimme scheint tief in meinem Inneren zu vibrieren.

»Das tust du nicht«, flüstere ich und schnappe nach Luft, als er mit dem Daumen seitlich über meinen Hals streicht.

»Das wollte ich schon den ganzen Abend tun«, fährt er in seinem leisen, fast hypnotisierenden Tonfall fort. Seine Stimme beruhigt und verlockt mich. Meine Arme und Beine fühlen sich schwer an, mein Kopf genauso. Mein Blut strömt wie Sirup durch die Adern. Sein Daumen streicht so leicht über meine Haut, dass ich es kaum spüre, doch alle meine Härchen stellen sich auf.

Ich erwidere nichts und will mich auch nicht umdrehen, weil ich befürchte, dass er dann aufhört. Ich sitze auf der Vorderkante der Couch, und bei jeder Berührung entspannt sich mein Körper ein bisschen mehr. Als er mir mit den Fingern durchs Haar streicht, würde ich am liebsten vor Wohlbehagen schnurren.

Noch nie hat mich jemand auf diese Weise angefasst.

»Komm her«, flüstert er, und endlich drehe ich mich zu ihm um, während er mir die Hand fester um den Nacken legt und mich näher zu sich heranholt. Ich gebe willig nach, er braucht mich zu nichts zu zwingen, und ehe ich mich's versehe, liege ich in seinen Armen. Er zieht mich an seinen warmen Körper. Seine eine Hand ruht immer noch in meinem Nacken, die andere liegt auf meinem Rücken, und unsere Münder sind auf einer Höhe.

Aber er küsst mich nicht, noch nicht. Es ist, als wollte er mich auf die Folter spannen. Als wüsste er genau, was er in mir hervorruft und dass ich mich nach ihm verzehre. Mein Verlangen ist so stark, dass ich die Finger zur Faust balle und mir die Nägel in die Handflächen grabe. Seine Lippen schweben über meinen, und ich rieche den warmen fruchtigen Duft des Weins in seinem Atem, den wir vorhin getrunken haben. Genau derselbe Wein, der mir ein wenig zu Kopf gestiegen ist. Er leckt sich über die Lippen, als freute er sich darauf, mich gleich zu kosten, und plötzlich pulsiert etwas Heißes und Fremdes in meinem Bauch.

Und etwas dazu Passendes geschieht auch in meinem Schritt.

»Sag mir Bescheid, bevor du dich bedrängt fühlst, okay?« Er berührt meine Wange, und der Daumen, der eben noch meinen Nacken gestreichelt hat, liebkost jetzt mein Gesicht. Diese verhaltene Zärtlichkeit macht mich fast wahnsinnig. Alles, was er tut, tut er langsam. Bewusst. Er fragt nicht nach, ist aber vorsichtig. Er achtet auf mich und passt auf, dass es mir bei allem, was nun geschehen wird, gut geht.

Und dann … tut er es einfach.

Meine Augen schließen sich voll Vertrauen, als sein Mund sich auf meinen legt. Noch immer kommt es mir bei der ersten Berührung seiner Lippen so vor, als würde ich abstürzen. Ich bin im freien Fall, mein Magen bockt, und alles in mir reißt sich los und jagt mir den Schwindel in den Kopf. Dabei gleitet sein Mund nur sanft über den meinen, bis sein Kuss intensiver und entschlossener wird. Ich öffne die Lippen, und er saugt meinen bebenden Atem ein. Dann berührt er mit der Zungenspitze meine Unterlippe.

Ich erstarre bei dieser Empfindung, und er macht es noch

einmal. Vorsichtig, aber doch selbstsicher. Kühn und gleichzeitig forschend. Ich reagiere nicht, als er mir die Hand ins Haar schiebt, ein paar Strähnen umfasst und sanft daran zieht. Ich lege Ethan die Hand auf die Brust und spüre seinen schnellen Herzschlag. Dann dränge ich mich an ihn, weil ich die Wärme und Kraft seines Körpers noch stärker fühlen will.

Ich möchte ihn selbst intensiver spüren.

Er beendet den Kuss und zieht sich zurück, um mich zu mustern. Seine Augenbrauen sind gesenkt und seine Lippen feucht. Mit der freien Hand berühre ich sein Gesicht und streiche ihm mit den Fingern über Wange und Unterkiefer. Bartstoppeln scheuern gegen meinen Daumen. Er beobachtet mich, inzwischen ohne Brille, obwohl ich mich nicht erinnern kann, wann er sie abgesetzt hat. Aber ich mag ihn so. Er wirkt offen, herzlich, verletzlich, gelassen und …

… sexy.

Er schließt die Augen und presst die Lippen zusammen, sein Kiefer spannt sich an. Es ist, als täte er sein Bestes, um sich zu beherrschen, um seine Gefühle im Griff zu behalten. Es schießt wie ein Glutstrom durch mich hindurch, dass ich die Macht habe, ihn so reagieren zu lassen.

Ich. Das Mädchen, das sich so lange Zeit derart machtlos gefühlt hat.

»Du weißt genau, was du mit mir anstellst, nicht wahr.« Es ist eine Feststellung, keine Frage, und bei seinem Tonfall und dem Ausdruck seiner Augen durchläuft meinen Körper eine warme Welle. Ich nehme die Hand nicht von seinem Gesicht und streiche mit dem Daumen über seine Unterlippe. Als er den Mund öffnet, spüre ich seinen warmen Atem auf meiner Haut. Ein Schauer durchläuft mich.

»Was stelle ich denn mit dir an?« Ich möchte hören, wie er die Wirkung beschreibt, die ich auf ihn habe. Zum ersten Mal im Leben erkenne ich meine weibliche Macht, und das Gefühl berauscht mich. Ich möchte in diesem Moment schwelgen.

»Du machst mich wahnsinnig.« Er ergreift mein Handgelenk, umschließt es, führt meine Finger gänzlich zu seinem Mund und bedeckt sie mit gehauchten Küssen. Seine Lippen, heiß und feucht, berühren mich federleicht, und mein heftiges Verlangen stürzt mich in tiefe Verwirrung. »Ich möchte dich nicht bedrängen.«

»Das tust du nicht«, erwidere ich mit bebender Stimme. Die Berührung seiner Lippen jagt Schockwellen durch mein Blut. So etwas habe ich noch nie erlebt, und ein mir unbekanntes Begehren ist erwacht. Ich will mehr.

Sein Lächeln ist sanft, doch sein Blick ist düster. »Du hast mehr als einmal erwähnt, dass du in deiner Vergangenheit ein schreckliches Trauma erlitten hast.« Er küsst meinen Handrücken, und sein eindringlicher, forschender Blick lässt mich nicht los. Das wohlig sehnliche Begehren in mir sickert weg und weicht einer langsam in mich hineinrieselnden Furcht. »Ich möchte gerne, dass du mir davon erzählst. Bestimmt willst du mir nicht alles berichten – Einzelheiten, die dir unangenehm sind, kannst du ruhig für dich behalten –, aber ich möchte Bescheid wissen, damit ich es verstehe.«

Mein ganzer Körper verkrampft sich. Wie? Wie soll ich es ihm erzählen? Auf keinen Fall jetzt. Nicht auf diese Weise. Es ist einfach … unmöglich. Noch nicht. So gut kenne ich ihn ja noch gar nicht. Was, wenn ich ihn damit vertreibe? »Ich …«

Er macht sofort ein zerknirschtes Gesicht. »Wenn du nicht darüber reden möchtest, verstehe ich das.« Er drückt meine Hand. »Wir können warten.«

Eine Woge von Frust überkommt mich, und ich löse die Hand aus seiner. Ich möchte definitiv nicht über das reden, was mir zugestoßen ist, allerdings auch nicht warten. Ich möchte mehr von dem, was Ethan mir zu geben hat. Das Zusammensein mit ihm ist … eine Offenbarung. Er behandelt mich nicht so, als wäre ich zerbrechlich. Gerade das ist ein Grund, warum ich das Zusammensein mit ihm so genieße. Er weiß nicht, wer ich in Wirklichkeit bin und was mir in meiner Vergangenheit zugestoßen ist. Und das gefällt mir.

Ich kann mich einfach normal verhalten, wie eine ganz gewöhnliche Frau, die sich mit einem wunderbaren, rücksichtsvollen Mann anfreundet. Nach meinem Panikanfall im Kino bin ich vielleicht mit dem einen oder anderen Problem herausgeplatzt, aber im Großen und Ganzen weiß er nur, wer ich jetzt bin. Er hat keine Ahnung von dem am Boden zerstörten Mädchen, das ich einmal war. Was ich großartig finde.

Ich möchte, dass es so bleibt. Nur weiß ich nicht, wie ich es in Worten ausdrücken und um das bitten soll, was ich mir wünsche.

Und so bitte ich nicht. Ich mache das, was Ethan schon den ganzen Abend gemacht hat.

Ich nehme einfach.

Ethan

Gegenwart

Gerade noch hat sie mich ungehalten und innerlich zerrissen angeschaut, doch plötzlich liegt sie in meinen Armen, ihr zarter Körper drängt sich an meinen, ihre Arme schlingen sich um meinen Hals, und ihr weicher Mund findet meine Lippen. Sie hat es mit keinem Wort angekündigt, sondern sich einfach in meine Arme geworfen und sitzt nun rittlings auf meinen Hüften, während ihre Brust sich beim Küssen an meine schmiegt.

Ich lege behutsam die Arme um sie und gebe ihr Halt. Sie ist warm und weich, ihr Mund drängend, und die Enttäuschung darüber, dass sie sich abgeblockt fühlte, scheint direkt von ihr in mich abzufließen. Ich habe den Eindruck, dass ich ihre aufgewühlten Emotionen in mich aufnehmen kann, und möchte sie einfach nur beruhigen.

Und sie ganz für mich haben.

Ich umfasse ihren Hinterkopf und ziehe ein wenig an ihrem Haar, damit sie meinen Mund freigibt.

»Ein bisschen langsamer«, flüstere ich ganz nah an ihren Lippen. Himmel, was für ein Gefühl, sie so im Arm zu halten. Sie will mich, sie ist unverhohlen scharf auf mich. Ein Mann könnte sich an so etwas gewöhnen. Ich würde mich gern daran gewöhnen, bedränge sie jedoch nicht. Ich habe mir verdammt viel Mühe gegeben, sie zu einem Geständnis zu bringen, aber sie hat sich nicht darauf eingelassen.

Das darf gerade ich ihr wohl nicht übel nehmen.

»Ich möchte nicht langsamer machen«, flüstert sie, und ein kleiner enttäuschter Laut entschlüpft ihren Lippen. Diese junge Frau fiebert vor Verlangen. Ihr Körper ist angespannt, und ihr Herz rast. Ich sehe das sanfte Pulsieren am Hals, senke den Kopf und fahre mit den Lippen über die Stelle, wo ihr Puls hämmert. Katie ist so wunderbar weich, und ich küsse die Stelle erneut und lasse die Lippen darauf verweilen. Sie stößt ein betörendes »Oh« aus, als ich dort vorsichtig knabbere. Und an ihrer duftenden Haut lecke.

Sie schmilzt dahin. Ich spüre die Veränderung, spüre, dass sie sich ergibt, dass sie sich hingibt, obwohl ich bezweifele, dass es ihr selbst bewusst ist. Ihre Arme lösen sich von meinem Hals, und ich lasse ihren Hinterkopf los und lege ihr die Hand in den Rücken, um sie noch enger an mich zu drücken.

»Ethan.« Als sie meinen Namen sagt, durchfährt es mich heiß und kalt, und mein Schwanz zuckt. Für einen ganz kurzen Moment habe ich den absolut lächerlichen Wunsch, sie würde meinen alten Namen sagen. Meinen wahren Namen.

Doch ich bin nicht mehr Will. Und ich werde nie wieder Will sein. Niemals wieder.

William Aaron Monroe ist tot und kommt nicht zurück.

Ich hebe den Kopf und sehe sie an. Sie blickt blinzelnd zu mir hinunter und schließt die Augen, sobald unsere Lippen sich treffen. Doch dieser Kuss ist anders als alle bisherigen. Ich schiebe ihr die Zunge in den Mund, verschmelze sie mit der ihren. Katie reagiert zunächst zögernd. Nur Sekunden später ist sie allerdings schon kühner, ihr Kuss wird sinnlich und erregt, und dann packt sie mich am Haar und drängt die Hüften gegen meine, als versuchte sie, sich in mir zu begraben. Sie klemmt meine Hüften mit den Beinen ein, und tief aus ihrer Kehle steigen leise, erregte Laute auf.

Es ist das Erotischste, was ich je gehört habe. Sie reagiert so perfekt auf mich. Als wäre sie für mich gemacht. Ich ziehe sie so dicht an mich, wie ich nur kann, und bin in Versuchung, mit Hüftstößen loszulegen, damit sie spürt, was sie mit mir anstellt. Aber ich weiß, dass ich das nicht darf. Noch nicht.

Ich möchte nicht, dass alles aufhört, bevor es richtig angefangen hat.

Begehrende Küsse gehen allmählich in langsame, tiefe über. Ich umfange ihre Wange mit der Hand und lenke ihren Mund. Sie ist eine eifrige Schülerin und folgt meinem Beispiel. Ihre Hände gleiten über meine Schultern und meine Arme hinunter, so aufmerksam, als würden ihre Finger sich jeden meiner Muskeln merken. Ich tue dasselbe für sie und streichele ihre Haut. Meine Hände streifen ihre Arme, gleiten über ihre Taille, ruhen kurz auf ihren Hüften und wandern dann zu ihrem Bauch. Gleich danach ihren Oberkörper hinauf. Und noch ein Stück höher. Bis meine Daumen von unten gegen ihre Brüste streifen und ich den glatten Satin ihres BHs unter dem Pullover fühle.

Was ich auch tue, ich berühre sie nur sanft und erwarte, dass Katie sich meiner Umarmung entzieht oder etwas einwendet. Mir sagt, dass ich aufhören soll.

Katie sollte mir wirklich sagen, dass ich aufhören soll.

Aber sie tut nichts dergleichen. Sie stöhnt leise an meinen Lippen. Dieser Laut macht mich kühner, und ich hebe einen Daumen, streiche damit über ihre üppig gerundete Brust, lasse ihn einen Augenblick verweilen und nehme ihn erst dann weg.

Diesmal unterbricht sie den Kuss. Mit heftigen Atemzügen und feuchten geschwollenen Lippen schaut sie zu mir hinunter. Mit gespreizten Fingern lasse ich die Hände seitlich an ihrem Brustkorb entlanggleiten und halte sie so umfangen. Unsere Blicke sind ineinandergeheftet, und wir ringen um Atem.

»Ich sollte gehen«, sage ich, denn so ist es. Verdammt, ich sollte weggehen und niemals zurückkehren. Jedes einzelne Mal, wenn ich Katie sehe, gehe ich zu weit, und das ist schon das halbe Problem. Mehr als das halbe Problem.

Denn ich bin besessen von dem Drang, es immer noch weiter zu treiben. Sie wiederzusehen, sie erneut zu berühren, sie zu küssen, zu schauen, wie weit ich komme, wenn wir zusammen sind …

Ich spiele verdammt noch mal mit dem Feuer. Und wir werden uns beide daran die Finger verbrennen.

»Okay«, flüstert sie zu meiner Überraschung mit einem sanften Nicken. Ich hatte erwartet, dass sie mich nicht gehen lassen würde, aber so ist es gut. Weggehen ist das, was ich will.

Oder zumindest sage ich mir das.

Ich hebe sie von mir herunter, und sie fällt neben mir auf die Couch, noch immer keuchend, das Haar wirr um den Kopf. Ich muss mit den Händen hindurchgefahren sein, auch wenn ich mich an nichts anderes erinnere als ihren Mund auf meinem, ihre geschmeidige Zunge, ihre um meine Schultern geklammerten Hände …

»Ich bin froh, dass du da warst«, sagt sie, ohne mich anzusehen. Sie starrt vielmehr an mir vorbei, als wäre sie verlegen. Ich will nicht, dass sie sich so fühlt. »Hoffentlich … können wir das irgendwann noch mal machen.«

Ich beuge mich über sie, umfange ihre Wange und kippe ihren Kopf so, dass sie mich anschaut. »Das machen wir«, verspreche ich feierlich. »Garantiert.«

Sie lächelt und murmelt dann mit einem leisen Lachen: »So ernst.« Ich fange ihr Lachen mit den Lippen auf und bringe sie zum Schweigen. Der Kuss wird sofort tief und innig. Unsere Zungen verschmelzen, wir geraten in Hitze, doch ich löse mich so rasch von ihr, wie ich den Kuss begonnen habe, stehe auf, streiche mir mit der Hand durchs Haar und verdonnere meinen Steifen dazu, endlich Ruhe zu geben.

Aber das ist verdammt schwer, wenn ich Katie so erhitzt mit geschwollenen Lippen und geröteten Wangen auf der Couch sitzen sehe. Am liebsten würde ich mich auf sie stürzen und sie an mich ziehen. Und sie dann in ihr Schlafzimmer tragen und aufs Bett legen. Sie entkleiden, ihre Arme nach oben ausstrecken, ihre Beine spreizen und mich nach Herzenslust mit ihr vergnügen. Jede noch so kleine Stelle ihrer Haut lecken, küssen und daran knabbern, als wäre sie ein Festmahl. Sie streicheln, sie mit den Fingern ficken, mit meiner Zunge, meinem Mund, meinem Schwanz …

Du gehst zu weit. Du erschreckst sie noch immer zu Tode, oder zumindest das, wofür du stehst. Obwohl sie dich will. Aber was, wenn sie herausfände, wer du wirklich bist? Dann würde sie durchdrehen. Und du würdest sie niemals wieder liebkosen können.

Widerstrebend mache ich mich auf den Weg zur Haustür, und Katie springt von der Couch auf und folgt mir. Im letzten Moment schiebt sie sich vor mich und entriegelt die Tür.

Ich bleibe unmittelbar vor ihr stehen. »Danke fürs Essen«, murmele ich.

Sie lehnt sich gegen die Tür, die Hände hinter dem knackigen Hintern eingeklemmt. Eben hätte ich Gelegenheit gehabt, ihn anzupacken, aber die habe ich mir entgehen lassen. »Danke fürs Herkommen. Tut mir leid, dass aus dem Film nichts geworden ist.«

»Das, was wir stattdessen getan haben, hat mir viel mehr Spaß gemacht.« Ich küsse sie. Es ist nur ein Hauch von einem Kuss, so keusch, wie es mir nur möglich ist, denn ich darf nicht noch einmal in dieselbe Falle tappen. Ich will dann ja nicht mehr daraus heraus.

»Mir auch«, flüstert sie, als ich mich von ihr löse.

Ich berühre ihre Nasenspitze und streiche ihr mit dem Finger über die Wange. »Soll ich dich anrufen? Dir eine SMS schicken?«

Sie nickt ohne jedes Zögern, mein Mädchen spielt nicht die Verschämte. Sie ist geradezu schmerzhaft offen und geradeheraus – mit einer einzigen Ausnahme. Ihrer Vergangenheit. »Bitte. Das fände ich schön.«

»Gute Nacht, Katie.« Sie macht die Tür frei, und ich drücke den Griff herunter und öffne. Gerade will ich gehen, da zupft sie mich am Ärmel. Ich wende mich ihr zu, und da schmiegt sie sich auch schon an mich und gibt mir einen letzten, mein Herz versengenden Kuss, bevor sie mich in die Nacht entlässt.

»Gute Nacht, Ethan«, ruft sie mir leise nach, als ich die Stufen der Vorderveranda hinunterspringe.

Während der ganzen Rückfahrt klingt ihre sanfte helle Stimme in meinem Kopf nach.

Will

Damals

Ihre Stimme hörte ich auch noch ein Jahr später und nach allem, was geschehen war, manchmal in meinen Träumen. Ihr Gesicht dagegen tauchte nur ganz selten darin auf, und es fehlte mir. Allerdings wollte ich nicht daran erinnert werden, wie sie bei unserer letzten Begegnung ausgesehen hatte. Der von blutunterlaufenen Flecken bedeckte Hals und das gequetschte, zerkratzte Gesicht. Ich wusste schließlich, was diese Wunden verursacht hatte – und wer.

Mein Vater erschien mir viel zu oft in meinen Albträumen. Katie dagegen? Nicht oft genug.

Sie verfolgte mich in den dunkelsten Stunden der Nacht, wenn sie mit ihrer sanften hellen Stimme meinen Namen rief, als hätte sie sich verirrt und suchte mich und niemanden als mich. Als wäre ich der Einzige, der sie retten könnte. Das setzte mich enorm unter Druck. Ich spürte ihn wie ein Gewicht auf der Brust, das mich niederpresste und das ich nicht abschütteln konnte, wie sehr ich es auch versuchte.

Ich hörte, wie sie immer wieder meinen Namen sagte, immer lauter und mit Panik in der Stimme, wenn die Entfernung zwischen uns größer wurde. In meinen Träumen war es immer dunkel, so dunkel, dass ich bei meiner Suche nach ihr kaum etwas sehen konnte. Ich war voll Angst, weil ich sie nirgends entdeckte. Ich fand sie nie.

Mehr als alles hatte ich in den Albträumen Angst, dass mein Vater mich umbringen würde. Er trug mir auf, über die Schlampen zu wachen. Sie seien durchtrieben und würden tun, was sie konnten, um ihm zu entkommen. Im wahren Leben hatte er so etwas niemals zu mir gesagt, aber ich träumte dennoch davon und fühlte mich dann jedes Mal der Mittäterschaft schuldig.

Ich wachte stets schweißgebadet und heftig keuchend auf, mit wild hämmerndem Herzen. Diese Träume machten sich wie eine dunkle zappelnde Brut in meinem Gehirn breit und zogen mich runter. Immer wenn ich glaubte, dass ich endlich alles unter Kontrolle hätte, dass mein Leben sich stabilisiert hätte und sich normal anfühlte, kam er zurück und suchte mich heim.

Und mit Katie war es dasselbe.

Ich machte ihr nie einen Vorwurf aus dem, was mir zugestoßen war. Ins System der staatlichen Jugendfürsorge zu geraten war echt völliger Mist, und jetzt mal ehrlich? Es war tatsächlich Katies Schuld. Wenn sie mich vor der Polizeiwache hätte weggehen lassen, wie ich es vorgehabt hatte, stünde ich nicht da, wo ich jetzt war. In der betreuten Jugend-WG fühlte ich mich beschissen. Die anderen Jungs, die hier lebten, waren Spinner und Bekloppte, die gerne mal etwas in Brand steckten, alles klauten, was nicht niet- und nagelfest war, und jedes Mädel fickten, das bereit war, mit ihnen ins Bett zu gehen.

Und ich? Ich hatte Ziele. Ich versuchte, mit den Hausaufgaben am Ball zu bleiben, damit ich weiter Schulsport machen konnte. Es war das Einzige, was mir den Kopf frei machte und es schaffte, dass ich mich wie jemand anders fühlte. Und nicht so wie ich selbst.

Ich hasste mich wirklich aus tiefster Seele.

Aber vermutlich hätte es auch noch schlimmer sein können. Dann lebte ich noch bei meinem Vater und hätte denselben ätzenden, grässlichen Alltag wie so viele Jahre lang. Und würde so tun, als wäre alles in Ordnung, obwohl es das absolut nicht war.

Wie ich es auch betrachtete, mein Leben war totale Scheiße. Manchmal … manchmal war ich mir nicht einmal sicher, ob es wirklich die Mühe lohnte, damit weiterzumachen. Was war das denn für eine Existenz?

Aber dann dachte ich an Katie und das, was ihr zugestoßen war. Was mein Vater ihr angetan hatte. Wie sehr er ihr Leben zerrüttet hatte. Wie schwer es für sie sein musste, sich davon zu erholen. Würde sie jemals Frieden finden? Würde sie das je völlig verarbeiten können? Würde sie sich jemals glücklich und lebendig, irgendwie normal fühlen?

Im Vergleich zu ihr hatte ich keinen Grund, mich zu beklagen. Absolut nicht.

Bald würde der Prozess beginnen. Nach all den Verfahrensaussetzungen, vertagten Anhörungen und Einsprüchen gegen die Befangenheit der Jury. Zum Teufel, der Anwalt hatte versucht, den Prozess in einen anderen Bundesstaat zu verlegen, doch das wurde abgelehnt. Und nun war es tatsächlich so weit. Ich würde als Zeuge aussagen müssen. Und nach allem, was ich gehört hatte, wollte Katie ebenfalls als Zeugin auftreten.

Wie sich herausstellte, war sie das einzige überlebende Opfer meines Vaters. Zumindest soweit bekannt. Sonst hatte sich niemand gemeldet. Bei den Ermittlungen war man auf drei weitere Opfer gestoßen. Er hatte drei Mädchen ermordet, alle unter zwölf.

Ich krieg das Kotzen.

Mit hängendem Kopf zog ich die letzte Zigarette aus dem Päckchen, das im Gras neben mir lag, und steckte sie zwischen die Lippen. Ich zündete sie mit dem Feuerzeug an und inhalierte den ersten befriedigenden Zug. Die Wirkung des Nikotins setzte ein, und ich fühlte mich besser.

Eine beschissene Angewohnheit, doch mein Stresspegel war meistens im roten Bereich, und außerdem rauchte ich niemals beim Sport. Aber an den Wochenenden oder auf Partys genehmigte ich mir ein paar Ziggis. Ich schaffte es nicht, die Gewohnheit völlig aufzugeben, obwohl ich wusste, dass sie tödlich war.

Irgendwie war mir das egal. Wie alles andere.

Und vor allem ich selbst.

Katherine

Gegenwart

Als er weg ist, gehe ich zu meiner Alltagsroutine über. Ich schließe die Haustür und die Hintertür ab, bringe die Küche in Ordnung – viel ist nicht mehr zu tun –, schalte das Licht aus, gehe ins Schlafzimmer und putze mir die Zähne im angrenzenden Bad. Die letzte Aufgabe des Abends ändere ich allerdings ab.

Ich ziehe mich aus, entkleide mich methodisch Stück für Stück und lasse alles auf einen Haufen fallen. Schließlich trage ich nur noch meinen Baumwollslip. Das Schlafzimmerlicht ist bereits ausgeschaltet, und ich lege mich mitten aufs Bett, auf die Steppdecke. Mein ganzer Körper vibriert noch von Ethans Küssen, von seinen Berührungen, mein Mund prickelt noch von seiner forschenden Zunge, und ich sehe seine sanften Augen vor mir.

Mit Adrenalin vollgepumpt, wie ich bin, schließe ich die Augen und erinnere mich an seinen Mund auf meinem, seine Hände, die Art, wie er meinen Namen flüsterte, und das leise Stöhnen, das ihm entschlüpfte, als unsere Lippen sich trafen. Ich wünschte, wir hätten uns länger küssen können, aber die Intensität, die dabei entstand, machte mir auch Angst. Die Küsse würden zu mehr führen. Er hatte mich auf eine Weise berührt wie nie jemand zuvor, und ich wusste, was er wollte.

Mich. Mich küssen und mich berühren. Sex. Mit mir. Und ich wollte das auch, wirklich, doch es jagte mir auch Angst ein.

Und zwar so große Angst, dass ich beinahe erleichtert war, als er ankündigte, jetzt zu gehen. Ich stimmte ihm zu, bedauerte es allerdings sofort wieder. Ich wollte, dass er blieb.

Und ich wollte, dass er ging. Meine Gefühle ihm gegenüber sind so verwirrend …

Ich atme tief ein, lege die Hand auf den Bauch und spüre, wie die Haut unter meinen Fingern erschauert. Das Feuer, das vorhin in mir gelodert hat, als ich in Ethans Armen lag, ist niedergebrannt, aber noch nicht erloschen. Es glimmt nach wie vor unter der Oberfläche. Ich lasse die Hände über Bauch und Rippen gleiten und verharre unmittelbar unter dem Busen. Mir ist noch in Erinnerung, wie er mit dem Daumen meine Brüste gestreift hat, ganz leicht nur, nur ein Necken, ein Versprechen auf mehr. Ich umfange sie behutsam. Sie liegen voll und schwer in meinen Händen, und meine Nippel werden hart. Ein bebender Atemzug entschlüpft mir, als ich sie berühre und die harten Spitzen mit den Fingern umkreise. Von meinen Brüsten schießt eine heftige Empfindung genau in meinen Schritt.

Noch nie habe ich mich selbst auf diese Weise berührt. Mein Körper ist sexuell stumpf. Ich habe keinerlei Erfahrung. Ich möchte mehr empfinden, mehr wissen, mehr lernen, und ich möchte, dass Ethan der Lehrer ist. Dass er mich berührt.

Mich unterrichtet.

Ein Seufzer entschlüpft mir, als ich erneut die Hände über den Bauch gleiten lasse und mit den Fingerspitzen nach unten streiche, bis ich den schmalen Gummibund meines Höschens berühre. Ich verharre mit heftig pochendem Herzen. Dann mache ich langsam die Beine breit und spüre, wie sie über die weiche Steppdecke streifen. Als ich die Fingerspitzen unter mein Höschen schiebe, werfe ich den Kopf zurück.

Wenn ich schon in Ethans Gegenwart nicht kühn sein kann, kann ich es wenigstens, wenn ich mit mir allein bin.

Ich ziehe die Beine an und stütze mich mit den Fußsohlen auf der Matratze ab, die zitternden Oberschenkel noch immer gespreizt. Zögernd gehe ich mit den Fingern nach unten, bis ich mein Schamhaar berühre. Ich mache weiter und fahre meinen Schlitz nach. Als ich die Finger hineinschiebe, ist es dort schlüpfrig, heiß und feucht. Mein Atem geht zischend. Ich schließe die Augen und hebe das Becken an, während meine Finger tiefer eindringen.

Es fühlt sich … gut an. Was für eine Vorstellung, dass Ethans Finger mich zwischen den Beinen berühren könnten. Allein schon der Gedanke an ihn löst ein Pulsieren tief in meiner Mitte aus, und ich spüre mit jeder Faser, wie ungeheuer erregt ich bin.

Und alles nur seinetwegen.

Ich gestatte meinen Fingern, weiter zu wandern, lerne mich kennen und ziehe die Luft scharf ein, als ich eine bestimmte Stelle berühre. Ich streiche wieder darüber hinweg, und die Empfindung ist so gut und erregend, dass ich einen leisen Seufzer ausstoße. Wie es sich wohl anfühlen würde, wenn

Ethans Finger mich hier berührten? An dieser ganz bestimmten Stelle, die eine so wunderbare Lust weckt?

Das Gefühl schwillt an, als ich mir vorstelle, seine Hände lägen zwischen meinen Beinen, sein Mund wäre auf meinen gepresst und unsere Körper schmiegten sich aneinander. Nie in meinem Leben habe ich so etwas begehrt. Ich wollte noch nie, dass ein Mann mich berührt, meinen Körper erforscht, meine Lippen küsst und meine Seele aufwühlt.

Ich umkreise die Stelle mit dem Daumen und halte vollkommen still, als die Lust ihren Gipfel erreicht. Wie unvertraut und fremd das Gefühl für mich ist. Es ist eine Schande, dass ich mir niemals gestattet habe, diese Art Erfahrung zu machen, und ich verspreche mir feierlich, dass ich diese Fessel abstreifen werde. Dass ich das hier will. Ich will mich weiter erforschen. Aber nicht einfach nur allein.

Sondern zusammen mit Ethan.

Mit einem Lächeln auf den Lippen drehe ich den Kopf zur Seite und lege die Wange aufs Kopfkissen. Ich habe Ethan im Kopf, in meiner Hand, in meinem Höschen, seine Lippen sind nach wie vor auf meine gepresst, und noch nie habe ich mich so …

… lebendig gefühlt.

Ethan

Gegenwart

Ich heiße Katherine Watts.

Ich lese die Textnachricht, die ich heute Morgen schon vor dem Aufwachen von Katie bekommen habe. Sie ist wirklich eine Frühaufsteherin. Ich streiche mir mit der Hand übers Gesicht und starre auf die Worte. Dann fällt mein Blick auf die nächste Nachricht.

Hast Du von mir gehört? Das klingt anmaßend, aber ich muss es Dich fragen.

Ich lasse mich auf mein Kopfkissen sinken und überlege, wie ich mit diesem Geständnis umgehen soll. Ich bin noch im Halbschlaf, doch nach wie vor erfüllt davon, wie sie gestern Abend in meinen Armen lag und so vollkommen zugänglich war. Wenn ich zugebe, dass ich ihre wahre Identität kenne, zerreiße ich vielleicht das zarte Band, das sich gerade zwischen uns bildet. Das wäre möglich.

Und ich möchte es nicht riskieren.

Bist Du berühmt?

Ich bin ein Arschloch. Ich werfe mein Handy aufs Bett und reibe mir jetzt mit beiden Händen übers Gesicht, als könnte ich das beschissene Gefühl wegrubbeln, das mir dieses fortgesetzte Lügen macht. Je länger ich dabei bleibe, desto tiefer ist die Grube, die ich mir selber grabe. Ich werde mich so tief in ein Schlamassel hineinreiten, dass ich nicht mehr heil daraus herauskomme.

Und wahrscheinlich habe ich diesen Punkt bereits erreicht.

Aber verdammt noch mal. Wenn ich ihr jetzt die Wahrheit sage und ihr klar wird, wer ich wirklich bin, wird sie über meine Lüge außer sich geraten. Ich habe sie getäuscht. Ich täusche sie noch immer, und in ihren Augen wäre das ein gemeiner Betrug. Sie hat jedes Recht auf diese Sichtweise. Dabei hat es so harmlos begonnen. Ich wollte einfach nur auf sie aufpassen, damit ihr nichts zustößt, doch dann ist so viel mehr daraus geworden. Mehr, als ich jemals erwartet hätte. Allerdings würde ich das, was zwischen uns geschehen ist, nicht rückgängig machen, auch wenn ich es könnte. Dass es etwas gibt, was uns verbindet, lässt sich nicht leugnen. Das Band ist damals vor vielen Jahren entstanden, und ich bin ein Glückspilz, weil ich diese Beziehung nun erkunden kann. Weil ich Zeit mit Katie verbringen, sie streicheln, küssen und im Arm halten kann.

Mein Handy piept, und ich greife danach.

Berühmt würde ich vielleicht nicht gerade sagen, aber in den Medien wird seit Jahren immer mal wieder über mich berichtet. Es ist schwer zu erklären.

Ein normaler Mann wäre jetzt neugierig. Er würde sie auf der Stelle googeln, ob ihr das nun gefiele oder nicht. Ich brauche keine Suchmaschine, um über sie Bescheid zu wissen, vermute aber, dass ihr der Gedanke gefällt, ich wäre bezüglich ihrer Vergangenheit vollkommen ahnungslos. Aus ihrer Sicht spielt ihre Vergangenheit daher keine Rolle für mich, weil ich nichts darüber weiß. Wenn ihr klar wäre, dass es genau umgekehrt ist, dass ihre Vergangenheit zwar keine Rolle für mich spielt, aber gerade deshalb, weil ich alles darüber weiß – weil ich selbst dabei war –, wie würde sie das empfinden?

Ich weiß es nicht.

Also verdränge ich das erst mal und schreibe zurück.

Vielleicht könntest Du es mir ja erklären. Persönlich.

Sie antwortet postwendend.

Es fällt mir nur eben schrecklich schwer. Per Handynachricht ist es einfacher.

Das verstehe ich. Absolut. Ich will wirklich nicht, dass sie sich aufregt. Und es würde sie schrecklich durcheinanderbringen, mir von dem furchtbaren Ereignis in ihrer Vergangenheit zu berichten. Sie wäre besorgt über meine Reaktion. Und ich über ihre. Und die ganze Zeit hätte ich mein Geheimnis im Hinterkopf und würde mich wie der letzte Idiot fühlen, weil sie im Gegensatz zu mir so ehrlich und offen ist.

Wenn ich sie googelte, würde ich sofort auf sie stoßen, während sie nichts über mich herausfinden würde. Ich schnaube.

Ethan Williams hat keine Geheimnisse, und er ist auch in keinem sozialen Netzwerk aktiv. Im Internet ist er der langweiligste Mensch der Welt, und zwar seit dem Tag vor fünf Jahren, an dem ich ihn erschaffen habe. Darauf habe ich geachtet. Er ist mein Schild, mein Sicherheitswall, den ich aufgeworfen habe, um Eindringlinge fernzuhalten.

Aber wenn ich nur den geringsten Fehler machte oder einfach Pech hätte, könnte mir jemand alles kaputt machen. Schließlich bin und bleibe ich ich selbst. Und ein Mensch ist nur so krank wie seine Geheimnisse, das sagt man zumindest. Wenn das stimmt, bin ich ein total gestörtes Arschloch. Doch Katherine weiß nichts über mich.

Wirklich gar nichts.

Schließlich antworte ich.

Das ist vermutlich ein Thema, über das wir persönlich sprechen sollten.

Du machst es mir nicht leicht, schreibt sie zurück.

Dann schickt sie mir einen Smiley mit Herzaugen.

Himmel!

Ich wische mir mit der Hand übers Gesicht und überlege verzweifelt, wie ich ihr antworten soll.

Ich möchte Dich zu nichts zwingen.

Eine Pause entsteht, und ich wälze mich auf die Seite und scrolle zu meinem Postfach, um meine Mails zu checken. Ich habe immer noch ein E-Mail-Konto für Will, mein altes

Konto bei Gmail. Ich habe es einfach nicht gelöscht. Normalerweise meldet sich nie jemand darüber, und so bin ich überrascht, dass dort eine neue E-Mail angezeigt wird.

Ich öffne das Postfach, und vor Überraschung fällt mir die Kinnlade herunter.

Lisa Swanson hat mir geschrieben, die Queen der Nachrichtensendungen.

Ich setze mich auf, klicke die Nachricht an und warte, bis sie erscheint. Natürlich dauert es ewig. Oben an meinem Handy zeigt ein blinkendes Symbol, dass Katie geantwortet hat, doch das beachte ich vorerst nicht.

Erst einmal will ich sehen, was die Moderatorin mir zu sagen hat.

Endlich ist die E-Mail heruntergeladen, und ich überfliege Lisas Botschaft mit heftig pochendem Herzen.

Lieber Will,
hoffentlich kann ich Sie über diesen E-Mail-Account erreichen. Detective Ross Green hat ihn mir vor ein paar Wochen auf meine Bitte hin gegeben. Er sagte, es sei Ihre letzte bekannte Adresse, aber er habe seit Jahren nichts mehr von Ihnen gehört.

Ich verziehe kopfschüttelnd das Gesicht. Der gute alte Detective Green hat mich also verpfiffen. Ich dachte immer, der Mann hält mir den Rücken frei.

Ich weiß nicht, ob Sie die Sendung gesehen haben, doch ich habe vor einer Weile Katherine Watts interviewt, und das

Gespräch ist kürzlich ausgestrahlt worden. Während dieser Unterhaltung haben wir mit ausgeschalteter Kamera auch über Sie geredet, und ich wollte Sie finden. Ich möchte, dass Sie Ihre Seite der Geschichte erzählen. Sie waren damals dabei. Sie haben Ms. Watts zur Flucht verholfen. Und dann hat man Sie furchtbar in die Mangel genommen, woran ich leider auch nicht unbeteiligt war.

Schau an, sie gibt zu, dass sie einen Fehler begangen hat. Unglaublich.

Ich habe mich gefragt, ob Sie vielleicht bereit wären, mit mir zu sprechen, wenn nicht persönlich, dann vielleicht am Telefon oder per E-Mail? Mir ist klar, dass Sie vielleicht Ihre Privatsphäre schützen wollen, was ich vollkommen verstehe. Was Sie durchgemacht haben, ist gewiss nicht leicht für Sie. Dazu kommt noch, mit wem man Sie zwangsläufig in Verbindung bringt.

Ich hoffe, Sie werden über meinen Vorschlag nachdenken.

Hoffentlich sind Sie wohlauf.

Mit herzlichen Grüßen
Lisa Swanson

Mit ihr zu reden hieße, mir das Leben freiwillig schwer zu machen. Damals, vor all diesen Jahren, war sie wie ein Terrier und vollkommen skrupellos auf der Jagd nach einer großen Story. Ständig hinter Informationen her. Sie ließ mir keine

Ruhe, genau wie die anderen Medienleute, die sich an meine Fersen hefteten. Jetzt würde sie es genauso halten. Sie tat immer, als sei sie die Freundlichkeit in Person – so versuchte sie mich in die Falle zu locken. Wenn sie mich aber erst einmal dort hätte, würde sie jeden Stein umdrehen, um dahinterzukommen, wer ich inzwischen bin. Ich bin mir sicher, dass sie es herausfinden würde.

Daran habe ich nicht den geringsten Zweifel. Und wenn es dazu käme, wäre ich geliefert.

Mein Finger ist in der Schwebe, doch dann denke ich: *scheiß drauf.*

Und bevor ich meine Meinung noch einmal ändern kann, lösche ich die E-Mail.

Dann öffne ich mit zitternden Fingern Katies Nachricht. Noch immer ringe ich um Fassung. Lisas Kontaktversuch hat mich aus der Ruhe gebracht, und das gefällt mir nicht. Ich hatte keine Ahnung, dass Detective Green noch meine alte E-Mail-Adresse hat. Ich kann mich nicht erinnern, sie ihm gegeben zu haben, aber das hat nichts zu bedeuten. Wie ist er daran gekommen? Oder hat Lisa sie gar nicht von ihm? Hat sie mir etwas vorgemacht?

Ich versuche, nicht länger über Lisa Swanson und ihre intriganten Spielchen nachzudenken, und konzentriere mich stattdessen auf Katies Nachricht.

Du zwingst mich doch zu gar nichts. Du hast recht: Was ich Dir erzählen muss, sollte ich Dir besser persönlich sagen. Nur fällt es mir eben schwer, davon zu reden. Du musst Geduld mit mir haben.

Also … ich fand es gestern Abend sehr schön. Ich dachte, vielleicht könnten wir uns bald wiedersehen?

Damit meinte ich sehr bald.

Und was hast Du heute Abend vor?

Sie traut sich was. Eben noch hätte ich mich über Katies Nachricht gefreut und einem Treffen zugestimmt, aber da nun Lisa hinter mir herschnüffelt, stehe ich unter Druck. Lisa ruft mir in Erinnerung, dass das, was ich tue, ganz schön krank ist. Ich sollte Katie jetzt erst einmal aus dem Weg gehen.

Was, wenn Lisa ein zweites Interview mit ihr will? Zum Teufel, was, wenn sie Katie und mich wieder zusammenbringen will? Das wäre wirklich ein Coup – diese Story wird sie nicht bekommen, aber trotzdem. Dabei glaube ich nicht, dass Lisa mich erkennen würde, sollten wir uns begegnen – ich sehe vollkommen anders aus als damals mit fünfzehn. Nicht einmal Katie hat mich erkannt. Doch Lisa ist wie ein Bluthund und würde wahrscheinlich dennoch auf meine Spur stoßen.

Diese Frau macht mir eine Heidenangst.

Ich muss einen Rückzieher machen. Ich muss von Katie ablassen und dem einen Riegel vorschieben – dem, was zwischen uns geschieht, was auch immer es ist. Sie soll allerdings nicht glauben, es wäre wegen der Sache, die sie mir enthüllen wollte. Dann wäre sie am Boden zerstört.

Aber wie soll ich sonst damit umgehen? Ich habe mir eine Grube gegraben und komme nicht mehr heraus. Und eigentlich will ich das auch gar nicht. Was jedoch reine Selbstsucht ist. Mir anhören zu müssen, was mein Vater ihr angetan hat, ihr Geständnis zu hören und so zu tun, als wüsste ich nichts über ihre Vergangenheit …

Ich weiß nicht, ob ich das kann.

Ich starre auf mein Handy und zwinge mich, ihr eine Entschuldigung aufzutischen. Es ist zu ihrem Besten. Ich sollte die Enttäuschung vorsichtig dosieren und mich ganz unauffällig zurückziehen. Sie wird mit ihrem Leben weitermachen und mich schließlich vergessen.

Ich dagegen werde sie niemals vergessen können.

Es tut mir schrecklich leid, aber ich arbeite leider wieder an einem größeren Projekt, das ich in ein paar Tagen abschließen muss. Ich muss mich ranhalten, um es zu schaffen.

Keine komplette Lüge, aber auch nicht wirklich wahr. Das Projekt ist erst Ende des Monats fällig.

Oh, das verstehe ich. Ich muss auch selbst noch ein Paper fürs College schreiben. Das heißt also, dass Du heute Abend zu tun hast?

Ja, tut mir schrecklich leid. Ich möchte Dich wirklich wiedersehen und weiß, dass wir miteinander reden müssen, Katie, aber das geht leider erst in ein paar Tagen.

Am Sankt-Nimmerleins-Tag, wenn ich ehrlich zu mir selbst bin, verdammt noch mal.

Sie schickt mir eine Antwort, die vor allem aus Emojis besteht. Daneben die Worte: *Vielleicht ein andermal.* Ich lächele.

Doch nur ganz kurz. Ich verabscheue das, was ich tue. Es ist ein einziger Betrug. Meine Motive sind selbstsüchtig, mein Verhalten ist anrüchig, sie aber hat keine Ahnung. Ich lebe eine Lüge. Doch das tue ich schon so lange, dass ich eigentlich daran gewöhnt sein sollte.

Wie sich herausstellt, bin ich es nicht.

Will

Damals

»Dein Vater möchte mit dir sprechen.«

Ich schüttelte den Kopf, denn ich war total geladen, weil dieser dämliche Rechtsanwalt eigentlich meine Interessen vertreten sollte. Stattdessen überfiel er mich mit der verrücktesten Ankündigung, die ich je gehört hatte.

»Sagen Sie diesem Arschloch, dass er sich zum Teufel scheren soll«, knurrte ich gereizt. Ich war zum Gericht gekommen, um gegen den Drecksack auszusagen. Und nicht anlässlich einer Familienfeier. Wahrscheinlich würde er versuchen, mir den Kopf abzureißen, wenn ich ihm zu nahe käme. Er musste wütend auf mich sein.

Ich war ein Zeuge der Anklage.

Sein eigener Sohn. Sein einziger Blutsverwandter auf der ganzen Welt sagte gegen ihn aus.

»Will«, der Anwalt meines Vaters schüttelte mit einem tiefen Seufzer den Kopf, »schenk ihm einfach nur ein paar Minuten. Bitte. Dann sieht er ein bisschen mehr wie ein Familienvater aus.«

»Familienvater.« Ich schnaubte. So würde ich meinen Vater mit Sicherheit niemals nennen. »Ja klar doch, natürlich.« Damit die Geschworenen unsicher wurden und schließlich entschieden, den Mörder laufen zu lassen? Wenn es dazu käme, könnte ich wohl nicht mehr in den Spiegel schauen. Ich sah meinen eigenen Anwalt an. »Das sollte ich nicht tun, hm.«

»Nein, besser nicht.« Er hielt inne und holte tief Luft.

Jetzt sah der Anwalt meines Vaters mich an. »Er vermisst dich, Will. Das hat er mir selbst gesagt. Gib ihm einfach eine Chance«, bat er mit feuchten Augen, als würde er gleich in Tränen ausbrechen.

Jetzt aber mal halblang.

Ich verschränkte die Arme vor der Brust. »Quatsch. Worüber will er überhaupt mit mir reden? Will er mir sagen, wie sehr er mich dafür hasst, dass ich ihm in den Rücken falle? Oder will er mir in allen Einzelheiten schildern, was er den Mädchen angetan hat, die gestorben sind?«

»Will«, tadelte mich mein eigener Anwalt – seinen Namen hatte ich gerade mal wieder vergessen –, aber ich lief mich gerade erst warm.

»Er könnte mir auch detailliert darlegen, wie ich angeblich Hand in Hand mit ihm vorgegangen bin, wissen Sie. Ich wollte mich einfach nur nicht schnappen lassen. Deshalb habe ich Katie Watts zur Polizeiwache gebracht. Damit ich wie ein strahlender Held dastehe und nicht wie ein Dreckskerl aussehe, der Seite an Seite mit seinem Vater kleine Mädchen vergewaltigt.«

»Das reicht.« Ich sah meinen Anwalt an – er hieß Stone, und angesichts seiner harten kalten Augen fand ich den Namen ausgesprochen passend. »Mein Klient ist nicht bereit, mit Mr. Monroe zu sprechen.«

Doch jetzt gewann die Neugier die Oberhand. »Ich möchte aber mit ihm sprechen.«

»Davon würde ich dir klar abraten«, begann Stone, ich schüttelte allerdings den Kopf.

»Nur ein paar Minuten. Ich möchte hören, was er zu sagen hat.« Wahrscheinlich würde es sich als Fehler erweisen, aber ich musste es wissen.

Kurz darauf wurde ich in einen weiteren kleinen Raum geführt, diesmal tief im Inneren des Gerichtsgebäudes. Hier war die Luft kühl und still, und das Stimmengewirr des Publikumsverkehrs war kaum noch zu hören. Ich war von Polizisten umgeben. Zwei gingen vor mir, zwei folgten mir, mein Anwalt ging neben mir, und der Anwalt meines Vaters bildete die Spitze.

Mein Magen zog sich zusammen, und ich bemühte mich nach Kräften, das Unbehagen abzuschütteln, das mich ergriffen hatte. Ich konnte das Gespräch doch jederzeit beenden. Ich war diesem Mann zu nichts verpflichtet. Gewiss, er hatte mich großgezogen, aber er hatte derart oft und in so vielfacher Weise versagt, dass ich ihm niemals wirklich würde vergeben können.

Und das wollte ich auch gar nicht. Was er getan hatte, war unverzeihlich. Dieser Mann war ein Monstrum.

Und was war meine größte Angst? Dass ich mich ebenfalls in ein solches Monstrum verwandeln könnte.

Wir blieben vor einer unauffälligen Tür stehen, und einer der Polizisten stieß sie auf und führte uns hinein. Mitten im Raum stand ein langer Tisch, und mein Vater saß dahinter. Er trug die im County übliche Gefängniskleidung, einen orangefarbenen Overall. Handgelenke und Füße steckten in Schellen, und seine Haut war teigig und wirkte fast grünlich. Das lag am Mangel an Sonnenlicht.

Er lächelte bei meinem Anblick und hob die gefesselten Hände zu einer Art Gruß. »Will.«

Ich setzte mich wortlos ihm gegenüber an den Tisch. Stone ließ sich rechts von mir nieder. Die vier Polizisten stellten sich hinter mich, und dann waren da noch die beiden, die hinter meinem Vater standen. Auch wenn ich der Polizei nicht vertraute, da sie mich nach Katies Befreiung so schlecht behandelt hatte, empfand ich die Anwesenheit so vieler Beamter doch als beruhigend. Sie ließen es nicht darauf ankommen.

»Du siehst gut aus«, sagte mein Dad mit einem Lächeln. Ein Lächeln, das seine Augen nicht erreichte.

»Dasselbe kann ich von dir nicht gerade behaupten«, murmelte ich.

Mein Kommentar brachte ihn zum Lachen. »Ich fand deine Direktheit immer erfrischend.« Er hielt inne, und als ich aufblickte, sah ich, dass er mich fast sehnsüchtig betrachtete. »Du hast mir gefehlt, mein Sohn.«

Alles in mir sträubte sich dagegen. Ich hasste es zutiefst, wenn er mich so nannte, und nun mehr denn je. Niemand sollte wissen, wer ich war. Es ging keinen etwas an, dass sein Blut in meinen Adern floss, mein Gesicht dem seinen ähnelte und wir auch fast denselben Namen trugen. Ich ertrug es kaum, dass ich für immer mit diesem Mann verbunden war. Mit einem Serienmörder. Einer Bestie, die kleine Mädchen vergewaltigt hatte. Und Gott allein weiß, was er in all den Jahren sonst noch angestellt hatte. Es war wohl nur ein Teil davon aufgeflogen.

Als ich nichts erwiderte, fuhr er fort: »Alles in Ordnung mit dir? Wirst du anständig betreut? In einem Jahr bist du sowieso volljährig und kannst denen die kalte Schulter zeigen.«

Als ob das ein Kinderspiel wäre. Ich könnte arbeiten. Ich hatte schon jetzt einen Nebenjob. Aber dann hätte ich genug eigenes Geld und wäre von niemandem mehr abhängig. Allerdings machte ich mir bei dem Gedanken, dass ich ganz auf mich allein gestellt sein würde, noch immer fast vor Angst in die Hose. Doch das gab ich natürlich niemals zu.

Nicht mal meinem Alten gegenüber.

»Meinst du, du kommst da heil raus?«, fragte ich ihn, denn das musste ich wissen. Selbst wenn er ganz unten war, blieb er immer ein arroganter Sack. Zumindest bisher. Betrunken, arbeitslos und Meth-süchtig stolzierte er weiterhin herum, als wäre er der King. Ich hatte noch nie jemanden mit einem so unerschütterlichen Ego erlebt. Sogar schon als kleines Kind hatte ich begriffen, dass sein Verhalten nicht normal war.

»Keine Ahnung.« Er zuckte mit den Schultern. Sie wirkten schmal. Im Gefängnis war er geschrumpft. Er war mir immer überlebensgroß erschienen, bis ich endlich breiter und kräftiger wurde und ihn schließlich auch überragte. Und stärker war ich auch irgendwann. Größe und Kraft hatten mich davor bewahrt, Dinge tun zu müssen, die er mir aufzwingen wollte.

Ich fragte mich mehr als einmal, ob er dazu übergegangen war, kleine Mädchen zu vergewaltigen und zu ermorden, weil er seine Wut nicht mehr an mir auslassen konnte. Noch ein Grund mehr für all die Schuldgefühle, die mein Vater in mir erzeugt hatte.

»Was meinst du mit ›keine Ahnung‹?« Ich wollte wissen, was er dachte.

»Da das Watts-Mädchen plappert, haben sie ziemlich schlimme Beweise gegen mich. Hast du ihre Zeugenaussage gehört?« Er musterte mich forschend. Seine Augen zogen sich drohend zusammen und wurden dunkel, genau wie früher in der Sekunde, bevor er mich anbrüllte. Die Erinnerung jagte mir einen Schauer über den Rücken, und ich wehrte mich gegen sie. Ich würde nicht zulassen, dass er mir Angst machte. Wenn dieser Mann versuchte, mir etwas anzutun, würden sich sechs Polizisten auf ihn werfen.

»Wirst du wirklich gegen mich aussagen?«

Er kam direkt zur Sache. Den guten alten Dad musste man einfach lieb haben. Doch ich überging seine letzte Frage. »Ich habe ihre Zeugenaussage nicht gehört.«

»Und du hast sie nicht mal in den Nachrichten gesehen? Du weißt ja, die Anwälte werden prüfen, ob eure Geschichten übereinstimmen.«

Unter meiner ruhigen Oberfläche ballte sich Zorn, und ich beugte mich über den Tisch und starrte ihn wütend an. »Unsere Geschichten werden übereinstimmen, da wir beide die Wahrheit sagen.«

Er starrte genauso wütend zurück und erwiderte ohne jedes Zögern: »Bist du dir da sicher?«

»Ich kann kaum glauben, dass wir hier sitzen und darüber reden.«

Sein Anwalt trat vor. Ich hatte gar nicht gemerkt, dass er mit im Raum war. »Aaron, ich würde vorschlagen …«

»Maul halten.« Dad lächelte und ließ meinen Blick keinen

Moment los. »Anwälte. Die müssen doch immer irgendwas vorschlagen.«

»Du solltest wahrscheinlich auf ihn hören.« Wir befanden uns in einem Raum voller Polizisten und Anwälte. Was er sagte, konnte gegen ihn verwendet werden.

»Und ich denke, du solltest auf meinen Rat hören.« Sein Lächeln war Unheil verkündend freundlich. Ich konnte mir ohne Weiteres vorstellen, dass er gleich über den Tisch hechten und mir die Hände um den Hals legen würde, um mich zu erwürgen. Meine einzige Sicherheit waren die Polizisten, die uns drohend umstanden. Sie würden ihn notfalls in Sekundenschnelle von mir wegzerren.

»Und wie lautet der?«, fragte ich misstrauisch.

»Rede nicht über jenen Tag. Über keinen der Tage, an denen du Katie Watts gesehen hast. Sag einfach, du erinnerst dich nicht an das, was geschehen ist.«

Ich starrte ihn mit offenem Mund an. Ich konnte es nicht fassen, dass er die Frechheit besaß, mir einen solchen Vorschlag zu machen. »Als ob mir das jemand glauben würde«, sagte ich höhnisch.

»Keiner kann dich zu einer Zeugenaussage zwingen. Wenn du dich nicht erinnern kannst, kannst du es eben nicht, basta.« Das Schweigen zwischen uns, die absolute Stille im Raum, war ohrenbetäubend. »Ich würde dir vorschlagen, dass du dich am besten an gar nichts erinnerst, wenn du verstehst, was ich meine.«

»Was, du meinst, mein schlechtes Erinnerungsvermögen würde dir aus der Patsche helfen? Das glaube ich kaum.«

»Es würde helfen, verdammt noch mal.« Er schlug mit den

Fäusten auf den Tisch, und seine Handschellen klirrten. Zwei Polizisten traten einen Schritt vor, um sich notfalls auf ihn zu werfen. »Aber das ist dir ja scheißegal.«

Ich schob meinen Stuhl zurück, stand auf und starrte auf ihn hinunter. »Du hast recht«, presste ich zwischen zusammengebissenen Zähnen hervor. »Es ist mir scheißegal. Hast du dich jemals um mich geschert? Darum, wie es mir ging? Du musstest ja immer mit deinen Schlampen ficken oder Crack rauchen. Oder irgendwelches andere Zeug. Und dich an kleine Mädchen anpirschen, um sie zu ermorden.«

Er lächelte erneut, ganz heiter und gelassen. Als hätte er keine einzige Sorge auf der Welt. In mir dagegen brodelte es. Ich war voll Zorn und so angespannt, dass jeder einzelne Muskel schmerzte. Keiner sagte ein Wort – weder die Anwälte noch die Polizisten. Das einzige Geräusch im Raum war mein lauter keuchender Atem.

»Du hast dich einen Dreck um mich geschert«, sagte ich schließlich. »Für dich war ich immer nur eine Last oder gelegentlich auch ein Spielzeug. Also, geh doch zum Teufel.« Ich schaute auf meinen Anwalt, der sich bereits von seinem Stuhl erhob. »Ich bin hier fertig.«

»Gehen wir.« Stone ergriff mich am Arm und begleitete mich aus dem kleinen Raum. Die Polizisten schlossen sich uns an.

»Das werde ich nicht vergessen, mein Sohn«, rief mein Vater, und in seinen Worten lag eine fast verrückt klingende falsche Hoffnung. Ich begriff ihn einfach nicht, verstand nicht, wie er tickte. So war es schon immer gewesen. »Ich werde nie vergessen, dass du dich von mir abgewendet hast. Irgendwann wirst du dafür bezahlen. Im Leben bekommt man alles zurück.«

»Das sagt der Richtige.« Ich blieb in der Tür stehen und sah mich nach ihm um. »Wenn man bedenkt, wo du den Rest deines Lebens verbringen wirst. Und nenn mich nicht ›mein Sohn‹. Dieses Recht hast du schon vor langer Zeit verwirkt.«

Mit diesen Abschiedsworten ging ich hinaus und marschierte direkt in den Gerichtssaal.

Dann saß ich mehr als zwei Stunden lang im Zeugenstand und sagte gegen meinen Vater aus.

Katherine

Gegenwart

»Ich habe wohl einen Fehler gemacht.«

Meine Therapeutin – sie besteht immer wieder darauf, dass ich sie Sheila nenne, was ich nun auch tue – beobachtet mich mit ihrem üblichen nachdenklichen Blick, die Lippen aufgeworfen, als gefiele es ihr nicht, was ich sage. Und das ist vermutlich auch so. »Wieso glauben Sie das?«

Ich zucke mit den Schultern. Es ist schwer, meine Enttäuschung in Worte zu fassen. Auszudrücken, wie sehr sie mich in den letzten Tagen nach unten gezogen hat, obwohl ich mir ständig sage, dass ich dramatisiere. Ich wurde zurückgewiesen. Ich verbringe einen einzigen, unglaublich romantischen Abend mit Ethan, ich teile ihm meinen Nachnamen per SMS mit, wir besprechen, dass wir ein ernsthaftes Gespräch über meine Vergangenheit führen werden, und dann … nichts. Kein Wort von ihm. Schweigen. Und das war's.

Offensichtlich will er nichts mehr mit mir zu tun haben.

»Weil ich ihn darüber aufgeklärt habe, wer ich bin. Und seitdem habe ich nichts mehr von ihm gehört. Wahrscheinlich hat er mich gegoogelt und ist auf all die schmutzigen Einzelheiten über mein Leben gestoßen. Das würde jeden Mann vertreiben«, erkläre ich und ende mit einem gefrusteten Schnauben.

»Dann ist er nicht der Richtige für sie«, erwidert Sheila, als wäre das eine akzeptable Antwort.

Aber das ist es nicht. Nicht für mich. Ich war wirklich überzeugt, dass es zwischen uns gefunkt hatte. Die Chemie stimmte einfach, und das habe ich mir nicht nur eingebildet. Ich weiß, dass er es genauso empfand. Wenn ich in der Nacht, als wir miteinander knutschten, nicht so nervös gewesen wäre, hätte ich zugelassen, dass er noch weiter geht. Und wenn er nun, in diesem Moment, vor meiner Tür erschiene, würde ich wahrscheinlich ebenfalls keinen Rückzieher machen.

Na ja, erst mal würde ich ihm gehörig die Meinung sagen. Aber bestimmt könnte er mich mit seinen Lippen umstimmen und meine Verärgerung mit ein paar Küssen hinwegschmelzen lassen. Klug wäre das nicht von mir. Ich sollte nicht so nachgiebig sein, doch ich möchte das zwischen uns nicht verlieren.

Ich möchte ihn nicht verlieren.

»Ich möchte, dass er der Mann meines Lebens wird«, sage ich seufzend. »Ich mag ihn. Aber vielleicht mag er mich nicht. Vielleicht glaubt er, dass ich zu kaputt bin.«

»Wer behauptet denn, dass Sie kaputt sind?«

Ich sehe Sheila blinzelnd an, verärgert durch ihre ruhige Art und den überraschten Tonfall ihrer Stimme. »Ich selbst. Es lässt sich wohl kaum bestreiten, oder?«

»Oh doch, das ist keineswegs so. Wenn Sie sich allerdings selbst als kaputt betrachten, als gebrochen oder wie immer Sie es auch ausdrücken wollen, raten Sie mal, was dann geschieht? Dann sehen alle Menschen, die Sie kennenlernen, immer nur das.«

Ich denke über ihre Worte nach. So ungern ich es auch zugebe, es ist wohl einiges dran. »Vermutlich habe ich mich in der Rolle des armen kaputten Mädchens eingerichtet.«

»Was angesichts dessen, was Sie durchgemacht haben, niemanden überrascht. Aber denken Sie einmal daran, wie sauer Sie immer werden, wenn jemand Sie als Opfer bezeichnet. Sie hassen dieses Wort«, führt Sheila an.

»Ich verabscheue es«, stimme ich ihr zu.

»Sie nennen sich also selbst eine Überlebende, behaupten aber gleichzeitig, Sie seien kaputt.«

»Ich glaube, dass eine Überlebende durchaus kaputt sein kann«, entgegne ich. »Sie nicht?« Jeder Mensch hat etwas, was er überwinden muss, auch wenn es bei manchen schlimmer ist als bei anderen. Es ist okay, verletzt zu sein, ein bisschen kaputt und gebrochen, und sich trotzdem als stark zu sehen. Nicht dass ich mich selbst jemals als stark gesehen hätte, erst seit ganz Kurzem …

»Ich denke wirklich, dass eine Überlebende diese Beschreibung nicht für sich selbst verwenden sollte. *Kaputt* bedeutet, dass der Schaden von Dauer ist. Möchten Sie nicht darüberstehen? Über dem, was Ihnen zugestoßen ist? Nicht mehr sein als das?« Sheila beobachtet mich mit schief gelegtem Kopf.

»Er hat mich geküsst.«

»Und es hat Ihnen gefallen.«

Wozu soll ich es abstreiten? »Jede einzelne Sekunde.« Allein schon der Gedanke an seine Lippen lässt mich wohlig erschauern. »Ich habe ihn bestimmt damit verschreckt, dass ich mit ihm über meine Vergangenheit reden wollte.«

»Glauben Sie, dass Sie zu schnell vorgegangen sind?«

»Vielleicht.« Ich zucke mit den Schultern. »Ich weiß nicht recht, wie man sich in solchen Dating-Situationen verhält. Das ist mein erster Versuch, und da hab ich, ehrlich gesagt, keine Lust auf den ganzen Scheiß.«

Frau Dr. Harris zieht die Augenbrauen hoch. »Was meinen Sie mit Scheiß?«

»Spielchen. Verschämtheit. Eine Show abziehen. Das fühlt sich für mich verlogen an, wenn ich es mache. Ich möchte einfach nur offen sein. Ehrlich. Wahrhaftig.«

»Und Sie wünschen sich dasselbe von ihm.«

»Unbedingt.« Ich nicke.

»Dann sagen Sie es ihm. Vielleicht ist er nervös. Vielleicht hat er wirklich sehr viel zu tun. Aber Sie sollten ehrlich, offen und wahrhaftig mit ihm umgehen, wie Sie es sich auch von ihm wünschen. Vielleicht führt das zu überraschenden Ergebnissen.«

»Angenehm überraschend?« Jetzt ziehe ich die Augenbrauen hoch.

»Sie haben es verdient, glücklich zu sein, Katherine«, antwortet Sheila mit sanfter Stimme. »Sie haben es verdient, einen netten Mann zu finden, der sie mag, eine Liebesbeziehung einzugehen und zu lernen, sich wohl in Ihrer Haut zu fühlen. Wohl mit Ihrem Körper und Ihrer Weiblichkeit. Sie haben ein Recht auf Sex. All das steht Ihnen zu.«

Sie redet nicht um den heißen Brei herum, und normalerweise wäre mir das peinlich. Bisher war mir schon das Wort *Sex* unangenehm.

Jetzt dagegen bin ich neugierig. Es klingt lächerlich, aber ich möchte mich selbst finden. Ich möchte eine Frau werden.

Eine ganz normale Frau, die Sex hat und nicht davor zurückschreckt, das Wort laut auszusprechen.

»Ich hätte gern Sex mit Ethan«, stoße ich hervor, was Sheila zum Lächeln bringt. »Aber es macht mir Angst.«

»Das ist nur zu verständlich.« Sie nickt.

»Ich mag es, wenn er mich berührt. Wenn er mich ansieht, ist es, als versuchte er, durch meine Kleidung hindurchzusehen, aber nicht auf eine unangenehme Art.« Ich schüttele seufzend den Kopf. »Ich rede Unsinn.«

»Absolut nicht«, beruhigt Sheila mich.

»Und was soll ich tun? Mich neben mein Handy setzen und darauf warten, dass er mir eine Nachricht schickt? Oder selbst aktiv werden? Ich weiß nicht, wie man so was macht.« Ich lehne mich im Sessel zurück, voll Ärger über mich selbst. Und über Ethan.

»Sie machen das, was Ihnen am angenehmsten ist. Und wenn Sie im Moment überhaupt nichts unternehmen wollen, ist das auch okay.«

Ich nicke, will aber nichts sagen. Ich bin erschöpft. Fühle mich ausgelaugt. Statt in der Nacht zu schlafen, habe ich mir den Kopf darüber zerbrochen, was zwischen Ethan und mir vorgefallen ist. Wie blöd von mir. Bestimmt hatte er meinetwegen keine schlaflosen Nächte.

Wahrscheinlich hat er mich bereits vollständig vergessen.

»Tut Ihnen irgendetwas leid, Katherine?«, fragt Sheila, nachdem ein paar Minuten schweigend verstrichen sind.

»Was zum Beispiel?«, frage ich misstrauisch.

»Dass Sie sich mit Ethan getroffen haben. Dass er sie küssen durfte. Dass Sie ihn zu sich nach Hause eingeladen haben.« Ich habe es ihr in allen Einzelheiten geschildert, und sie hat nicht einmal mit der Wimper gezuckt. Und nun will sie mich dazu bringen, an meinen Entscheidungen zu zweifeln. »Denken Sie, dass Sie das vielleicht nicht hätten tun sollen?«

»Ich bin froh, dass ich es getan habe«, antworte ich ehrlich. »Ich kann mich nicht bis in alle Ewigkeit in meinem Haus verkriechen und das Leben an mir vorbeigehen lassen.«

»Gute Antwort.« Sheila klingt stolz. »Und was ist mit dem Interview? Finden Sie Ihre Entscheidung da auch noch richtig?«

»Sie haben von dem Film gehört?«, erwidere ich mit ausdrucksloser Stimme.

Frau Dr. Harris nickt, sagt jedoch nichts.

»Der Gedanke, dass noch so ein B-Movie über meine Entführung gedreht wird, gefällt mir nicht, aber ich kann es nicht verhindern.« Ich setze mich gerade und zucke mit den Schultern. »Was geschehen ist, ist geschehen.«

»Das ist eine sehr gesunde Einstellung.« Sheila lächelt. »Viel gesünder als noch vor wenigen Wochen. Ich finde, Sie haben Fortschritte gemacht.«

Ein Funke Hoffnung rührt sich in meiner Brust. Es tut mir gut, das zu hören. Ich muss merken, dass auch noch jemand anders an mich glaubt, nicht nur die Familienmitglieder, die ja praktisch dazu verpflichtet sind. Ich hatte gehofft, dass Ethan mich auch auf diese Weise unterstützen würde, doch das war ein Irrtum.

Ich hole tief Luft und stürze mich in das letzte Thema, über das ich in dieser Sitzung reden wollte.

»Ich habe an jemanden gedacht.« Ich betaste das Armband, das Will Monroe mir geschenkt hat, und streiche mit dem Daumen über den Schutzengelanhänger und die geschwungenen Flügel. »An jemanden aus meiner Vergangenheit.«

»An wen denn?«

»An Will Monroe.«

Ihre Miene bleibt neutral, aber ich sehe das ganz leichte Flackern in ihren Augen. Keiner versteht, warum ich mich so für Will interessiere und das Bedürfnis habe, über ihn zu reden. Es wäre wohl allen am liebsten, ich hätte ihn vergessen. »Was ist mit ihm?«

Meine Familie hat es nie verstanden. Und Sheila wird das wahrscheinlich auch nicht.

»Er ist der eigentliche Grund dafür, dass ich noch am Leben bin. Ich habe es nicht aus eigener Kraft geschafft. Und ich habe das Gefühl, ihm etwas schuldig zu sein. Ich wünschte, ich wüsste, wo er sich befindet, dann würde ich ihn besuchen. Mit ihm reden.«

»Sie sollten nicht das Gefühl haben, dass Sie ihm etwas schuldig sind. Sie haben selbst einen großen Anteil zu Ihrer Rettung beigetragen«, erklärt Sheila, und ich sehe sie ablehnend an. Doch das bringt sie nicht aus der Fassung. »Vielleicht sind Sie ihm zu dankbar.«

»Vielleicht bin ich ihm nicht dankbar genug. Das ist das größte Problem. Weil er der Sohn seines Vaters ist, wird er so gut wie nie erwähnt. Das ist ungerecht. Er hat sich seine Familie und seinen Vater nicht ausgesucht. Keiner sollte ihm das zum Vorwurf machen. Er ist ein Held. William Monroe ist mein Held.«

Ich beiße mir auf die Lippen, weil ich die tiefere Sorge, die dahintersteckt, lieber herunterschlucke. Nämlich dass ich letzthin so viel an Will denke, weil ich Ethan kennengelernt habe. Ethan erinnert mich an Will. Die Gesichtszüge sind ähnlich, aber nicht gleich. Will war schlaksig und von mittlerer Größe. Er hatte langes schwarzes Haar, Piercings, eine düstere Miene und einen durchdringenden Blick, als sähe er alles und fände es abscheulich. Ein Junge, der selten lächelte.

Ein Junge, der keinen Grund zum Lächeln hatte.

Ethan hat eine andere Lebenseinstellung, dachte positiver, aber auch er hat mich vor Gefahr gerettet. Genau wie Will. Sollte Sheila merken, dass ich die beiden vergleiche, wird sie die Sache überanalysieren, und damit hätte ich ein neues Schlachtfeld eröffnet.

Ich höre sie auf ihrem iPad tippen und wünschte, ich hätte Will nicht erwähnt. Er ist ein heikles Thema. Und wird es immer bleiben.

Was mir ganz und gar nicht gefällt.

Von heftigem Bedauern überkommen, zerre ich so heftig an dem Anhänger, dass er vom Armband reißt. Jetzt baumelt er nicht mehr da, wo er hingehört, sondern liegt in meiner Hand. Ich starre ihn hilflos an, fassungslos, dass ich ihn nach all diesen Jahren so ganz nebenbei kaputt gemacht habe. Ich hätte aufpassen und besser achtgeben sollen. Der Schutzengelanhänger ist empfindlich.

Genau wie mein Herz.

»Haben Sie hinterher überhaupt noch einmal mit Will gesprochen?«, fragt Sheila.

»Will Monroe ist wie vom Erdboden verschluckt.« Mit

Tränen in den Augen schaue ich auf den schönen Engel hinunter, der mir so viel bedeutet hat. »Er hat mir den hier geschenkt.« Ich zeige ihr den Anhänger. »Und gerade eben habe ich ihn versehentlich abgerissen.«

Und nun ist es mit meiner Fassung vorbei. Ich weine. Ich beuge mich heftig schluchzend vor und lasse den Tränen freien Lauf. Meine Brust brennt, mein Kopf tut weh, und ich umklammere den Anhänger so fest, dass die Kanten der Flügel sich schmerzhaft in meine Handflächen bohren. Ich weine um mich, um meine Familie und um diesen dummen, lächerlichen Mann, Ethan, der mir die kalte Schulter zeigt und meine Tränen nicht verdient.

Doch der Mensch, um den ich am meisten weine, ist Will Monroe.

Und er hat keine Ahnung.

Katherine

Gegenwart

Wie aus heiterem Himmel trifft drei Tage später eine Textnachricht von ihm ein.

Ich würde Dich heute Abend gern ausführen.

Meine Finger schweben über der Bildschirmtastatur, und ich kaue auf meiner Unterlippe herum. Was soll ich antworten? Ich müsste Ethan eigentlich sagen, dass er sich zum Teufel scheren soll. Oder am besten sollte ich überhaupt nicht reagieren.

Aber die Sehnsucht, die mich allein schon beim Anblick seiner Worte überfällt, ist einfach gnadenlos da. Ich bin offensichtlich schwächer, als ich dachte.

Ethan macht mich schwach.

Wohin denn?

Er reagiert sofort, und das bringt mich zum Lächeln.

Einer meiner Webkunden hat mit seiner Band einen Auftritt. Sie spielen in einem Klub. Es wird bestimmt gut.

Da bin ich wirklich nicht in meinem Element. Ich war noch nie auf einem Konzert. Und manchmal fühle ich mich in Menschenmengen ausgesprochen unwohl. Das Ganze könnte in einer Katastrophe enden. Ich sollte besser nicht zusagen.

Doch das tue ich.

Um wie viel Uhr?

Es ist, als hätten meine Finger ihren eigenen Kopf.

Wie wär's, wenn ich Dich um acht abhole? Das Konzert geht erst um zehn los, und der Klub ist hier. Downtown.

Mach nichts aus mit ihm. Sag ihm, du hast andere Pläne. Sag ihm, du interessierst dich nicht für einen Mann, der derart flatterhaft ist. Du hast mehr verdient. Du hast etwas Besseres verdient. Du kannst ihm widerstehen. Das kannst du.

Klingt gut. Was soll ich anziehen?

Seine Antwort, die kurz darauf eingeht, lässt mich so breit lächeln, dass es beinahe wehtut.

Trag etwas, das sexy ist.

Und das ist der Grund, warum ich ihm nicht widerstehen kann. Warum ich zulasse, dass er sich schlecht benimmt und mit meinen Gefühlen spielt. Ich mag ihn. Es war nicht leicht für mich, ihn an mich heranzulassen, und ich verbanne ihn jetzt nicht einfach aus meinem Leben, nur weil er nicht vollkommen ist. Das wäre doch lächerlich.

Absolut lächerlich.

Er holt mich ab, obwohl das gar nicht nötig ist, was ich total nett finde. Noch besser gefällt mir, wie er aussieht, als er vor meiner Tür erscheint. Er trägt ein langärmliges schwarzes Henley-Shirt, unter dem sich jeder Muskel an Armen und Brust abzeichnet, und dunkelblaue Jeans, die zwar weit geschnitten sind, sich jedoch um seine kräftigen Oberschenkel schmiegen. Sein Haar ist frisch geschnitten, aber oben lang, und ein Zweitagebart zieht sich über seine Wangen.

Ein ausgesprochen erregender Gegensatz.

Der anerkennende Blick, mit dem er mich mustert, lässt schon wieder einen Schwarm Schmetterlinge in meinem Bauch aufflattern, und das Blut steigt mir in die Wangen, als er murmelt: »Du hast auf meinen Vorschlag gehört, nicht wahr, Katie?«

Ich habe mich noch nie für jemanden sexy angezogen, und ich bin mir nicht sicher, ob mein Outfit dieser Beschreibung entspricht. Ich trage die engste Jeans, die ich besitze, und ein schlichtes schwarzes Top. Doch vor dem Aufbruch ziehe ich noch ein Kapuzenshirt über, weil es ziemlich kühl ist. Ich trage das Haar offen, sodass es mir in natürlichen Wellen über die Schultern fällt, und Ohrringe. Silberne Creolen, die meine Schwester mir vor zwei Jahren zu Weihnachten geschenkt hat und die ich noch nie getragen habe.

Ich fühle mich wie ein anderer Mensch. Ein neues Ich. Eine Frau, die sich für einen Mann chic macht und kein Problem damit hat, während der anderthalbstündigen Fahrt mit ihm zu plaudern. Die lacht, scherzt und kein einziges Mal fragt, warum er sich die ganze Zeit nicht gemeldet hat.

Der Abend hat so gut angefangen, dass ich ihn nicht verderben will.

»Was für eine Musik spielt die Band denn?«, frage ich, als wir zum Eingang des Klubs gehen. Der Parkplatz ist rappelvoll, und ich höre bereits die Musik, die von drinnen herausdringt. Das Hämmern des Schlagzeugs, das Wummern des Basses und eine Stimme, die ins Mikrofon singt. Die kühle Nachtluft streicht mir über die Haut, und fröstelnd bedaure ich, dass ich mein Kapuzenshirt in Ethans Wagen zurückgelassen habe.

Aber mir ist klar, dass es für drinnen zu heiß wäre. Daher hatte ich gar keine andere Wahl.

»Sie haben einen Grunge-Sound. Ein Rückgriff auf die Neunzigerjahre. Ein bisschen wie Soundgarden oder STP.« Auf meinen verständnislosen Blick hin fährt Ethan fort: »Stone Temple Pilots. Jetzt sag mir nicht, du hast noch nie von ihnen gehört.«

Ich schüttele den Kopf. »Den Grunge aus den Neunzigern kenne ich kaum. Das war ja auch lange vor meiner Zeit. Kurt Cobain ist im Jahr meiner Geburt gestorben.«

Er lacht. »Das war auch vor meiner Zeit, aber ich hab Grunge entdeckt, als ich so vierzehn, fünfzehn war.« Ein Schatten huscht über sein Gesicht, und seine vollen Lippen verziehen sich. »Düstere Musik für einen düsteren Jungen.«

»Warst du denn ein düsterer Junge?« Von seiner Körperwärme angezogen, komme ich ihm näher. Er strahlt Hitze aus, die mich unwiderstehlich verlockt, und ich wünschte, ich wäre so mutig, den Arm um ihn zu legen und mich an ihn zu kuscheln.

»Oh ja.« Seine Lippen werden schmal, und er schaut zu mir hinunter. Dann bleibt er stehen. »Ist dir kalt?«

Gerade überläuft mich wieder ein Frösteln. Ich zittere. »Irgendwie schon«, nuschele ich.

Da macht er genau das, was ich eben am liebsten selbst getan hätte und nicht gewagt habe. Ganz spontan legt er mir den Arm um die Taille und zieht mich an sich. Ich passe perfekt unter seinen Arm. »Zum Glück steht hier draußen keine Warteschlange. Wenn wir erst mal drinnen sind, ist es die reinste Sauna. Dann bist du froh, dass du nur das Top trägst.«

Kurz darauf betreten wir den Klub. Ethan führt mich an der Hand durch den Thekenbereich, zieht mich an sich und fragte mich leise direkt ins Ohr, ob ich etwas trinken möchte. Ich trinke selten Alkohol und möchte heute Abend einen klaren Kopf behalten, daher sage ich Nein. Er bestellt sich selbst ein Bier und beruhigt mich, er werde nur eines trinken, da er mich ja noch nach Hause fahren müsse.

Ich erwidere nichts, sondern blicke mich nur um und mustere die sehr unterschiedlichen Menschen, die um uns herumstehen. Junge und alte, manche ganz normal gekleidet, so wie wir, andere dagegen in so provokativen Sachen, dass ich mich frage, ob sie sich kostümiert haben. Ein Mädchen trägt einen riesigen Nasenring. Zwei junge Männer stehen in einer Ecke und unterhalten sich nicht nur pausenlos, sondern sind auch ständig mit den Händen zugange. Eine andere junge Frau kommt vorbei, ungefähr in meinem Alter. Ihr Rock ist so kurz, dass garantiert gleich ihr Slip darunter hervorlugen wird.

Nein, tatsächlich sehe ich die untere Hälfte ihrer Pobacken. Was wohl heißt, dass sie gar keine Unterwäsche trägt. Ich schlucke kräftig und schüttele den Kopf.

So etwas habe ich noch nie gesehen. Ich fühle mich wie ein kleines Kind, das vor Staunen Mund und Augen aufreißt.

Die Vorgruppe ist bereits fertig, und Ethans Kunden sind schon auf der Bühne und stimmen ihre Instrumente. Laute, kreischende Riffs schallen von der Gitarre herüber. Ich zucke zusammen, und mein Blick landet auf einem Mann, der nicht einmal sechs Meter von uns entfernt steht. Ich halte noch immer Ethans Hand und bin heute Abend unübersehbar mit ihm zusammen, doch der Mann zwinkert mir flirtend zu, strahlt mich mit einem durchtriebenen Lächeln an, und das erfüllt mich mit einer irrationalen Angst.

Ich wende mich von ihm ab, drücke die Wange an Ethans Bizeps, schließe die Augen und atme seinen berauschenden Duft in tiefen Zügen ein. Die Art, wie der Kerl mich eben angesehen hat, hat mir nicht gefallen. Als wäre ich ein Bratenstück in der Fleischtheke und nur für ihn bestimmt. Ich habe mich eigens für Ethan sexy angezogen, aber so etwas hat wohl mehr Nachteile, als allgemein zugegeben wird.

»Alles in Ordnung?« Ich blicke auf und sehe, dass Ethan mich mit sorgenvoll gerunzelter Stirn mustert, die Bierflasche schon in der Hand. Ich antworte nicht und lächele ihm nur beruhigend zu. Er erwidert mein Lächeln, doch ich bemerke noch immer Sorge in seinen Augen. »Lass uns mal sehen, ob wir einen Tisch finden.«

Wortlos lasse ich mich von Ethan in den hinteren Bereich des Klubs führen, wo runde Tische mit Stühlen daran stehen, aber jeder einzelne ist besetzt. Die freie Fläche vor der Bühne ist von einem Gewimmel von Zuschauern bevölkert, die meisten davon spärlich bekleidete Frauen, die den Musikern auf der Bühne Obszönitäten zurufen.

»Sie haben viele weibliche Fans«, sagt Ethan mit einem schiefen Lächeln, als eine Frauenstimme kreischt: »Ich will, dass du mich fickst, Marty!«

»Ja, das sehe ich«, murmele ich und schnappe nach Luft, als ein Mädchen sein Top lüftet und seine nackten Brüste zur Bühne hinüberblitzen lässt.

Ethan legt mir den Arm um die Schultern und spricht an meinem Ohr. »Das ist doch in Ordnung für dich hier, oder?«

Ich fühle mich unbehaglich. Das kann ich nicht leugnen. Aber es wird mich nicht umbringen, dem Konzert zu folgen und zuzusehen, wie ein Schwarm Mädels sich auf eine Gruppe verschwitzter Männer stürzt, die Musik spielen und dazu annehmbar singen.

Es ist gut für mich, einmal aus meinem Trott herauszukommen. Sheila wäre stolz auf mich. Sie würde es einen Teil meines Wachstumsprozesses nennen oder etwas in der Art.

Der Schlagzeuger gibt den Beat vor, und dann stürzt sich die Band in den Song. Begleitet von der lauten, schrillen Gitarre, erfüllt die düster gefärbte Stimme des Sängers den Saal. Wir stehen am Rand der freien Fläche, und andere Zuhörer strömen an uns vorbei oder verweilen so wie wir. Ethan hat den Arm von meiner Schulter genommen, trinkt sein Bier und bewegt sich dabei leicht im Takt. Ich dagegen stehe verlegen herum und fühle mich verunsichert.

Was soll ich tun, was soll ich sagen, wie muss ich mich bewegen? Ich habe noch so gut wie nie getanzt, zumindest nicht öffentlich. Eigentlich habe ich auch sonst noch so gut wie nie irgendetwas gemacht. Es ist, als wäre mein Leben im Alter von beinahe dreizehn Jahren zum Stillstand gekommen und ich hätte mir nicht gestattet, irgendwelche neuen Erfahrungen zu machen.

Ist das nicht erbärmlich?

Aber daheim in meinem Schlafzimmer hüpfe ich manchmal herum und schwenke zur Musik von Katy Perry die Hüften. Ich war nie auf einem Schulball, aber ich habe genug Musikvideos auf YouTube gesehen, um mir ein paar Moves abzuschauen. Ich könnte hier tanzen, wenn ich einfach losließe. Wenn ich all die Sorgen und Zweifel und die Befangenheit abwürfe und einfach nur … ich selbst wäre.

Allmählich reift mein Entschluss heran, und ich stelle mich gerade. Wenn ich tanzen möchte, sollte ich das auch tun. Und wenn ich die Hände eines Mannes auf mir fühlen möchte, während ich mich zum Takt bewege, sollte ich mich dessen nicht schämen. Ich bin eine erwachsene Frau und habe … Bedürfnisse.

Ja. Bedürfnisse.

Der Song geht zu Ende, und die Zuschauer brüllen vor Begeisterung. Die Band stürzt sich ohne Zögern sofort in das nächste Stück, und ich wende mich Ethan zu. Von Erregung durchpulst, trete ich näher und lege ihm die Hand auf die

Schulter. »Bring mich direkt vor die Bühne«, rufe ich und hoffe, dass er mich im Getöse versteht.

»Was?« Er runzelt verwirrt die Stirn, die Augenbrauen hinter der Brille sind zusammengezogen.

Er ist zum Anbeißen. Dass er mich heute Nacht hierhergebracht hat, macht bereits sein schlechtes Benehmen von letzthin wett.

»Ich will näher zur Bühne«, schreie ich, jedes einzelne Wort betonend.

Er wirft einen Blick auf die Menschenmasse, die sich dort drängt. »Da ist es rappelvoll.«

Ich zucke mit den Schultern. »Na und?«

»Heiß. Schweißtreibend.« Er zieht witternd die Luft ein. »Und jemand lässt einen Joint herumgehen.«

Drogen und Alkohol, während ich Livemusik höre. So etwas wie heute Abend habe ich noch nie erlebt. »Mir egal. Ich muss ja nicht mitrauchen.«

Er lacht los. »Sicher, dass du da hinwillst?«

Ich nicke und spüre dabei mein Haar im feuchten Nacken. Die Hitze ist geradezu tropisch, aber das stört mich nicht. Ich möchte diese Erfahrung machen. Ich möchte mich mit Haut und Haar in diese Nacht stürzen, während Ethan an meiner Seite ist.

Er ergreift mich am Ellbogen und lenkt mich Richtung Getümmel. »Dann mal los.«

Ethan

Gegenwart

So habe ich Katie noch nie erlebt. Ihr zierlicher Körper bewegt sich im Takt zur Musik, und sie wirkt vollkommen offen und herzlich. Ich bleibe hinter ihr und starre jeden Drecksack, der ihr zu nahe kommt, drohend an. Wir haben uns bis unmittelbar an die Bühne vorgeschoben und befinden uns direkt vor einem der Lautsprecher, wodurch die Musik besonders laut ist. Reden würde nichts bringen – wir könnten einander sowieso nicht verstehen, und Worte sind auch nicht nötig.

Unsere Körper sagen alles.

Ich bin ein Arsch, dass ich sie einfach so zum Ausgehen einlade, als wäre vor ein paar Tagen überhaupt nichts zwischen uns geschehen. Aber mein Bedürfnis, sie zu sehen, zu riechen und zu berühren, war so stark, dass ich nicht länger widerstehen konnte. So viele Stunden ohne jedes Gespräch mit ihr durchzuhalten war die reinste Folter. So wie ich jetzt hinter ihr stehe, die Hände auf ihren Hüften, macht mich ihr Duft vollkommen high. Dazu brauche ich keinen Joint wie diese Arschlöcher ein, zwei Meter links von uns. Ich bin im siebten Himmel.

Oder in der Hölle. Welches von beidem zutrifft, wird sich zeigen.

Die Band ist beinahe fertig, hat sich aber einen ihrer beliebtesten Songs bis zum Schluss aufgespart. Die Zuhörer flippen vor Begeisterung aus, als sie die ersten Takte hören, und Katie hüpft aufgeregt herum und schreit mit. Sie blickt sich nach mir um und lächelt mich liebevoll an, und ich nehme die Hände nicht von ihren Hüften. Tatsächlich ziehe ich Katie sogar an mich, bis sich ihr Rücken an meine Brust schmiegt und ihr Po an meine Lenden. Sie versteift sich einen Augenblick lang, und ich spüre, dass es ihr unangenehm ist, doch dann entspannt sie sich allmählich.

Ihr Vertrauen in mich macht mich demütig.

Die Menge um uns herum gerät außer Rand und Band, aber ich bewege mich nicht. Ich schiebe Katie das schweißnasse Haar aus dem Nacken und drücke meinen Mund darauf. Ein kurzer und doch inniger Kuss auf ihre glatte Haut, die noch kein Mann berührt hat. Keiner außer mir. Ein Beben läuft durch ihren Körper, und sie senkt den Kopf, als wollte sie mehr davon. Und das bekommt sie.

Weitere Küsse – sanft und verlangend presse ich immer wieder den Mund auf ihre fiebrig heiße Haut. Ein Laut entschlüpft ihren Lippen; ich höre ihn trotz der Musik und des Geschreis rundum. Mit einem aufreizenden Summen legt sie den Kopf zur Seite und gestattet mir einen Blick auf ihr Gesicht. Ihre Augen sind geschlossen, die Lippen geöffnet und die Wangen gerötet.

So sexy.

Bisher habe ich mich beherrscht, doch nun schwindet meine Kontrolle. Mein Verlangen nach ihr wächst, und ich bekomme einen Steifen. Zum Teufel, ich will ihr keinen Schreck einjagen. Ich möchte nichts überstürzen, sie nicht bedrängen, aber sie ist so unglaublich hinreißend. Ich begehre sie schon seit einer Ewigkeit, oder zumindest fühlt es sich so an, und jetzt, da ich sie habe und wir beide so tun, als wäre gar nichts Besonderes, will ich sie nicht mehr weglassen.

Obwohl alle Alarmglocken in meinem Kopf schrillen und ich weiß, dass ich das Schicksal herausfordere und uns vielleicht beiden Schaden zufüge, kann ich mich nicht zügeln. Was nun geschieht, hat sich über Jahre hinweg aufgebaut.

Ein ganzes Leben der Fragen, der Sehnsucht und der ungestillten Bedürfnisse.

Ich schiebe die eine Hand von ihrer Hüfte nach vorn und lege sie ihr mit gespreizten Fingern auf den Bauch. Katie bewegt sich an mir, und als ihr Hinterteil meinen Ständer streift, beginne ich vor Erregung fast zu schielen. Ich spiele mit dem Saum ihres Tops, lasse alle Vorsicht zum Teufel fahren und schiebe die Finger unter den Stoff. Sie stoßen nicht auf Widerstand, sondern nur auf die Wärme ihres Bauchs.

Sie zieht die Luft ein, ihre Bauchmuskeln ziehen sich zusammen, und als sie sich nach mir umschaut, treffen sich unsere Blicke. Ich bitte wortlos um ihre Erlaubnis, denn ich brauche diesen Moment mit ihr und will die hautnahe Berührung. Wenn ich könnte, würde ich jede noch so kleine Stelle ihres Körpers streicheln. Ich würde sie ausziehen und mit Mund und Händen die erogenen Zonen suchen, die ihr am meisten Lust bereiten. Damit sie all das Schreckliche, das ihr zugestoßen ist, ein für alle Mal vergisst.

Katie beobachtet mich immer noch, und ich beuge mich vor und drücke meinen Mund zu einem kurzen Kuss auf ihren. Sie dreht sich zu mir um, ihre Hände legen sich auf meine Brust, und ihr Körper schmiegt sich an meinen. Diesmal küsst sie mich. Unsere Zungen berühren sich in heißem Begehren, und wir halten uns eng umfangen, während die Menge um uns tobt und der schwere Beat des Songs dem Rhythmus unserer Küsse zu folgen scheint.

Ich löse mich als Erster von ihr, denn ich muss wieder zu Atem kommen und Ruhe in meine Gedanken bringen. Sie tritt zurück, ergreift mich bei der Hand und führt mich durch die Menge.

Ich folge ihr blindlings, obwohl ich keine Ahnung habe, wohin wir gehen. Die Leute applaudieren und brüllen, als der Leadsänger – Jay – ankündigt, dass sie für den Abend fertig sind. Das ist geschwindelt. Ich kenne die Band. Sie werden eine oder vielleicht auch zwei Zugaben geben, bevor sie sich endgültig zurückziehen. Das weiß auch die Menge, und alle halten die Stellung.

Dadurch gewinne ich Zeit. Gemeinsame Zeit nur mit Katie.

Irgendwie landen wir in einem dunklen Korridor in der Nähe der Toiletten. Ich drücke sie gegen die Wand, die Hände um ihre Taille gelegt. Sie fasst mir mit beiden Händen ins Haar, während wir da weitermachen, wo wir aufgehört haben. Die Münder geöffnet und die Zungen umschlungen. Sie wimmert, erotische leise Laute, die tief aus ihrer Kehle aufsteigen und mich fast wahnsinnig vor Verlangen nach ihr machen. Und schon wieder sind meine Hände unter ihrem Top, ich schiebe sie an ihrem nackten Leib nach oben, so unersättlich wie immer.

Katie macht mich unersättlich. Sie macht, dass ich will, was mir nicht zusteht.

Als wir uns voneinander lösen, um nach Luft zu schnappen, flüstert sie meinen Namen an meinem Hals, und ihr warmer Atem, der über meine Haut streicht, schickt Hitzestrahlen in mein Inneres. Ich umfange sie noch enger und lasse die Hände hinten bis zu ihren Oberschenkeln hinuntergleiten, um sie hochzuheben. Sie schlingt ganz spontan die Beine um meine Hüften, als wäre das die natürlichste Sache der Welt, und ich presse sie gegen die Wand. Ich schaue im selben Moment zu ihr hoch, in dem sie die Augen öffnet. Unsere Blicke begegnen sich, und meiner ist voller Fragen.

Ihrer voll Unsicherheit. Und Verlangen.

Katie leckt sich die Lippen, und ich schlucke das Stöhnen herunter, das mir entschlüpfen will. Sie ist so sexy, ohne sich auch nur darum zu bemühen, und sie hat keine Ahnung, was sie mit mir anstellt.

»Möchtest du, dass ich aufhöre?«, frage ich mit gepresster Stimme. Wenn sie es will, mache ich das. Dann höre ich auf. Ich tue, was sie will, ich gebe, was sie verlangt, und stelle keine Fragen.

Langsam schüttelt sie den Kopf, und erleichtert, wie ich bin, schmiege ich mich noch enger an sie. Dass ihr Körper so dicht an meinem ist, macht mich schwindelig. »Nein«, flüstert sie.

Das genügt mir als Erlaubnis. Ich küsse sie, gebe mich ihr ganz hin. Ich erforsche ihren Mund mit meiner Zunge und ihren Körper mit meinen Händen, und sie drängt die Hüften gegen mich. Sie gebietet mir keinen Einhalt, obwohl das so nötig wäre. Sie sagt nicht Nein, während ich dieses Wort doch immer wieder hören müsste.

Was ich tue, ist falsch. Aber es fühlt sich so verdammt richtig an, dass ich weiß, ich werde nie wieder derselbe sein. Ich werde das hier immer begehren, es brauchen, mich danach verzehren. Mich nach ihr verzehren.

Minuten vergehen. Lange, berauschende Minuten voller Küsse, Streicheln und Seufzen. Leute gehen vorüber, doch wir schenken ihnen keine Aufmerksamkeit. Ein- oder zweimal spannt sich ihr Körper an, denn sie begreift, dass unsere Show im Prinzip für alle zu sehen ist, doch wir stehen in einem dunklen Winkel am hinteren Ende des Saals. Und nicht vor der Bühne, wo alle sich drängen.

Die Band ist nun wirklich fertig. Mit einem enthusiastischen Ruf wünscht Jay allen eine gute Nacht, und plötzlich liegt etwas Neues in der Luft. Veränderung. Unsere Umgebung füllt sich mit dem scharfen Geruch von Schweiß, Parfüm und Rasierwasser, denn nun gehen die Zuhörer auseinander, und viele machen sich auf den Weg zu den Toiletten, in deren Nähe wir uns ja befinden.

Katie beendet unseren Kuss. Ihr Atem geht keuchend, ihre Brust hebt und senkt sich an meiner, und ihre Brüste streifen mich verlockend. Aber ich zügele mich und spiele den Coolen, obwohl ich hoffe, dass das für diesen Abend nicht schon alles war.

»Das war …« Sie bricht den Satz ab, kaut auf ihrer geschwollenen Unterlippe herum, und ihr Blick begegnet fast widerstrebend dem meinen. Katies Wangen sind gerötet, ihr

Gesichtsausdruck ist scheu, und ich finde sie so süß, dass ich sie am liebsten mit einem Happs verschlingen würde.

»Umwerfend? Unglaublich? Unfassbar schön?«, schlage ich ein paar Wörter vor und presse den Mund zu einem letzten langen Kuss auf ihren.

Ich spüre das Lächeln, das um ihre reizenden Lippen spielt. »Verrückt«, flüstert sie. »Hier sind so viele Menschen.«

»Die haben uns doch überhaupt nicht bemerkt.« Ihre Beine sind noch immer lose um meine Hüften geschlungen, und wir schmiegen uns weiterhin aneinander. Ich löse mich von ihrem Mund und streiche ihr über die Wange. »Ich sollte dich nach Hause fahren.«

Ihre Augen verändern die Farbe, falls das möglich ist, und nehmen einen noch tieferen und satteren Blauton an. »Ja«, stimmt sie mir zu, »das solltest du.«

Ich werfe einen Blick zum Ende des Korridors, der zu den Räumen hinter der Bühne führt. »Ich möchte noch zu Jay gehen und ihm sagen, dass sie eine fantastische Show geboten haben. Willst du mitkommen?«

Sie schüttelt den Kopf. »Nein, lass mal. Ich, äh, ich muss noch auf die Toilette, bevor wir fahren.«

Ein Unbehagen überkommt mich. Ich möchte sie nicht allein lassen. Am liebsten würde ich sie keinen Moment aus den Augen lassen. Das zum Thema überbehütend sein. »Bist du dir sicher? Ich kann auf dich warten.«

»Die Schlange vor der Damentoilette ist endlos.« Sie deutet auf die Wartenden, die im Korridor und bis in den Hauptsaal anstehen. »Wahrscheinlich bist du mit deinem Freund schon fertig, wenn ich in der Toilette ankomme.«

Ich umfange ihre Wange und neige ihren Kopf nach hinten, damit unsere Blicke sich treffen. »Ganz sicher?«

Sie nickt und lächelt. »Ich bin erwachsen, Ethan. Ich kann wirklich schon allein auf die Toilette gehen.«

Mir will nicht aus dem Kopf, wie mein Vater sie damals entführt hat. Die Ähnlichkeit der jetzigen Situation mit der von damals lässt mir keine Ruhe, aber … sie hat recht. Sie ist eine Frau von einundzwanzig Jahren, die absolut dazu imstande ist, auf sich selbst aufzupassen. Sie ist kein naives Kind mehr, das den Lügen eines Widerlings aufsitzt.

»Okay. Ich bin gleich wieder da.« Ich küsse sie, und unsere Lippen verweilen noch einen Moment aufeinander. »Falls du vor mir fertig wirst, warte hier auf mich. Das hier ist unser Treffpunkt.«

Sie nickt, den Blick auf meinen Mund geheftet. Mich überkommt ein fast überwältigender Impuls, sie erneut zu küssen. »Okay«, sagt sie leise.

Ich rühre mich nicht vom Fleck, bis sie sich vor der Toilette angestellt hat. Erst danach schlage ich den Weg zur Backstage ein. Der Sicherheitsmann hält mich an, und ich nenne ihm meinen Namen, denn ich weiß, dass ich auf der Liste stehe. Er lässt mich nach hinten durch, und ich mache mich auf die Suche nach Jay und dem Rest der Band, um ein Kompliment und einen kurzen Dank loszuwerden, bevor ich zu Katie zurückflitze.

Heute Abend hat sie wirklich eine erstaunliche Veränderung durchgemacht. Ich kann es kaum fassen. Sie ist so offen, herzlich und sexy und zu allem bereit, was ich will. Ehrlich gesagt bestürzt mich das auch ein wenig. Sie sollte wütend auf mich sein, weil ich ihr die kalte Schulter gezeigt habe. Anscheinend scheitern alle meine Bemühungen, das Beste für sie zu tun, jedenfalls dann, wenn ich sie vor mir selbst beschützen möchte.

Ich kann ihr nicht widerstehen. Mein Bedürfnis, ihr nahe zu sein, sie lächeln zu sehen, ihre Stimme zu hören und einfach ihre Anwesenheit zu spüren, ist so überwältigend groß, dass ich mich nicht dagegen wehren kann. Ich weiß, dass es falsch ist, aber ich habe es satt, mir meine Wünsche immer wieder zu verweigern. Ich bin in Versuchung, meinem Verlangen nachzugeben.

Und wonach ich verlange, das ist ...

Katie.

In meinen Armen. Unter mir. Nackt. In meinem Bett.

Für immer.

Katherine

Gegenwart

Die Schlange vor der Damentoilette ist erstaunlich schnell vorgerückt, und ich bin wieder draußen, bevor Ethan zurückkehrt. Ich habe mich sogar mit einigen anderen Wartenden unterhalten, natürlich über die Band. Die jungen Frauen tauschten sich darüber aus, wie sexy sie den Leadsänger fanden.

Als ich ihnen erzählte, mein männlicher Begleiter sei tatsächlich mit dem Besagten bekannt, platzten sie fast vor Neid. Sie konnten sich gar nicht mehr einkriegen und hielten mich sogar für verrückt, als ich preisgab, dass ich die Gelegenheit ausgeschlagen hatte, backstage dabei zu sein.

Aber der Leadsänger ist mir völlig schnuppe. Der einzige Mann, der mich eventuell interessiert, ist Ethan.

Jetzt warte ich auf ihn, und zwar genau an der Stelle, an der er mich vorhin beim Küssen gegen die Wand gedrückt hat. Die Erinnerungen überfluten mich, eine folgt der anderen, und ich weiß, dass die Hitze in meinen Wangen nicht von der warmen Luft im Klub kommt.

Ich kann es kaum fassen, dass ich mich so hemmungslos verhalten habe, aber andererseits … war es genau das, was ich tun wollte. Mein Trauma loslassen, einfach frei sein, normal.

Einundzwanzigjährige Frauen machen solche Sachen. Sie gehen in Konzerte und tanzen in Klubs. Sie lassen zu, dass ihr Begleiter sie in den Arm nimmt und küsst. Und manchmal knutschen sie sogar in einer dunklen Ecke und lassen sich von den Lippen und der Zunge eines Mannes völlig fesseln.

Ein Lächeln legt sich auf meine Lippen, und ich streiche mit den Fingerspitzen über meinen geschwollenen Mund. Etwas Leichtsinniges regt sich in mir, und ich frage mich, ob ich Ethan zu mir ins Haus bitten sollte, wenn er mich heimfährt. Ich weiß nicht, ob ich schon so weit bin, ob ich zu alldem bereit bin, aber ich bin nahe dran. Unglaublich nah …

»Hallo, schöne Frau.«

Ich hebe den Kopf, als ich die unbekannte Männerstimme höre, und blicke mich um. Mein Herz hämmert so heftig los, dass sein Rhythmus sich überschlägt, und in diesem Moment tritt ein Mann aus dem Schatten. Derselbe Mann, der mir zugezwinkert hat, als Ethan und ich gerade in den Klub gekommen waren.

Ein unbehagliches Gefühl macht sich in mir breit, und ich beobachte ihn misstrauisch.

Er lächelt unverwandt. »Und du sagst nicht Hallo?«

Ich hebe das Kinn und hoffe, dass er die Angst nicht erkennt, die mich überkommt. »Ich kenne Sie ja gar nicht.«

»Man kann auch einen Unbekannten grüßen.« Er tritt näher, und ich drücke mich so unauffällig wie möglich gegen die Wand und wünschte mir, Ethan wäre da. Aber ich kann ihn nirgends entdecken. »Wie heißt du denn? Ich glaube nicht, dass ich dich schon mal hier gesehen habe.«

Ich erwidere nichts und überlege, was ich tun soll. Ich könnte an ihm vorbeiflitzen, um ihm zu entkommen, aber was, wenn er mich aufhält? Er ist mir jetzt so nah, dass ich seine geröteten Augen und die Schlaffheit um Kinn und Mund erkenne. Er ist betrunken. Und er glotzt mich an, als wäre ich das Beste, was ihm seit Langem unter die Augen gekommen ist.

»Soll ich dir einen Drink besorgen? Du siehst ein bisschen einsam aus.« Er nuschelt beim Sprechen, und nun stolpert er über seine eigenen Füße und kichert. »Hoppla.«

Ich muss hier wirklich weg. »Ich warte auf jemanden.«

»Auf wen denn?« Er runzelt die Stirn. »Auf diesen Brillenträger, mit dem du reingekommen bist? Mit dem werde ich fertig.«

Das bezweifle ich. Ethan ist eine Handbreit größer als dieser Widerling und zudem nicht betrunken.

»Außerdem«, fährt der Mann fort und rückt mir noch dichter auf die Pelle, »ist er nicht hier. Also bist du wohl Freiwild.«

Er redet über mich, als hätte ich in dieser Angelegenheit nichts zu sagen. Ich will ihm entkommen und stoße mich von der Wand ab, an ihm vorbei, weg von ihm, doch er ist schneller als erwartet. Er packt mich am Arm und zerrt mich zu sich. Als er spricht, schlägt mir sein Bier-Atem ins Gesicht.

»He, nicht so schnell, meine Hübsche. Du bleibst schön hier.«

Vor Schreck bleibt mir fast das Herz stehen. »Lassen Sie mich gehen.« Ich versuche, mich loszureißen, und kann es nicht fassen, dass ich immer wieder in Situationen dieser Art gerate. Als würde ich es darauf anlegen. Bin ich ein Magnet für Ekelpakete oder was?

Ethan ist allerdings kein Ekelpaket.

Er ist so ziemlich das einzige Nicht-Ekelpaket, das ich kenne. Allerdings werde ich ihn zu diesem Status degradieren, wenn er jetzt nicht bald auftaucht.

»Komm mit mir zur Bar.« Der Mann bleibt vollkommen unerschütterlich. Als bemerkte er gar nicht, dass ich verzweifelt versuche, mich seinem Griff zu entreißen. »Ich spendiere dir einen Drink.«

»Ich will keinen Drink«, wehre ich mich, aber plötzlich lässt der Kerl meinen Arm los und fällt mit einem lauten Plumps vor mir zu Boden.

Ich schreie auf. Es geschieht ganz unwillkürlich. Ich bin vollkommen überrumpelt, weil alles so schnell ging. Als ich aufblicke, steht Ethan vor mir. Seine Hände sind zu Fäusten geballt, und er blickt zornerfüllt drein. Der Mann liegt am Boden, die Hände vors Gesicht geschlagen, und ich starre Ethan an und weiß nicht, wo genau er den Kerl getroffen hat.

»Lass die Pfoten von ihr«, sagt Ethan und tritt den Fiesling ans Bein. Der Mann dreht sich stöhnend auf die Seite und nimmt die Hände vom Gesicht, um zu Ethan hochzuschauen.

»Du hättest mich nicht zu schlagen brauchen, Mann«, jault er. Die empfindliche Haut unter seinem Auge beginnt bereits anzuschwellen.

»Dann hättest du die Wünsche der jungen Dame respektieren sollen. Sie hat dir gesagt, dass du sie loslassen sollst.« Ethan ergreift meinen Arm, doch seine Berührung ist viel sanfter als die des Widerlings eben. Seine Stimme ist leise und klingt besorgt. »Alles in Ordnung mit dir?«

Ich nicke, kann aber nicht sprechen. Ich habe einen Schock. Ich kann es nicht fassen, dass Ethan mir gerade eben wieder zu Hilfe geeilt ist. Ohne zu zögern, hat er den Kerl ins Gesicht geschlagen, und zwar so schnell und lautlos, dass ich noch immer nicht richtig kapiere, was geschehen ist.

»Sollen wir gehen?« Mit dem Daumen streicht er über meinen nackten Arm, und von einem Schauder überlaufen, nicke ich erneut. »Dann nichts wie weg.«

Der Schock entfaltet seine volle Wirkung erst während der Fahrt, und zwar kurz vor dem Ziel. Ich beginne, unkontrollierbar zu zittern, und hülle mich in meine Kapuzenjacke, doch es bringt nichts. Sie schützt mich weder vor der Kälte noch vor der Sorge noch vor der Angst.

Dieser Mann hat mich betatscht. Er hat widerliche Dinge zu mir gesagt. Vielleicht war er ja harmlos, aber die Angst hat mich sofort überwältigt. Erneut habe ich mich in eine Situation manövriert, aus der ich aus eigener Kraft wohl nur mit Mühe herausgekommen wäre. Aber ich kann nicht davon ausgehen, dass Ethan mich jedes Mal rettet.

Ich riskiere einen Blick auf ihn und sehe, wie er beim Fahren das Lenkrad umklammert. Seine Kieferpartie ist hart wie Granit, und seine sonst so vollen Lippen sind zu einem Strich zusammengepresst. Er sieht wütend aus. Hoffentlich ist er nicht sauer auf mich.

Ich weiß, dass dieser Gedanke irrational ist, aber er ist nun mal da.

»Ich fühle mich schrecklich«, sagt er endlich. Wir haben während des größten Teils der Fahrt geschwiegen. Erst hatten wir es noch mit Small Talk versucht, doch das war Quatsch, und schließlich tat ich so, als wäre ich eingenickt, damit ich nichts mehr sagen musste. Das Problem ist nicht, dass ich ihm böse bin oder ihm die Schuld an dem Vorfall gebe. Aber ich weiß einfach nicht, wie ich reagieren soll. Wie ich mich verhalten soll.

Alles ist ein einziges Chaos, und ich habe das Gefühl, dass es meine Schuld ist.

»Warum?«, frage ich mit schwacher Stimme zurück.

»Ich hätte dich nicht allein lassen dürfen, nicht einmal fünf Minuten.« Sein Tonfall ist grimmig, sein Mund wütend verzogen. »Dieser Depp hat sich nur an dich herangewagt, weil er glaubte, dass du allein bist.«

»Ich muss damit klarkommen, dass es Deppen gibt, die Frauen für Freiwild halten, Ethan«, entgegne ich. »Das gehört zum Leben dazu.«

»Ich habe dich in diese Situation hineinbugsiert.« Er klingt gequält.

»Nein, hast du nicht.«

»Ich habe dich in den Klub gebracht und dort allein gelassen.«

»Aber ich hatte dir gesagt, dass ich allein klarkomme«, kontere ich.

»Das bist du aber nicht«, weist er mich auf das Offensichtliche hin.

»Ich hätte die Situation bewältigen können«, erkläre ich und bin sauer auf mich selbst, weil meine Stimme so unsicher klingt. Hätte ich die Lage wirklich allein in den Griff bekommen? Ich weiß es nicht.

Und genau das hasse ich. Dass ich immer Zweifel habe. Sie schweben wie ein Damoklesschwert über mir.

»Meinst du wirklich?« Er wirft mir einen skeptischen Blick zu.

Das bringt mich in Rage. Nun bin ich tatsächlich wütend. Er hat kein Vertrauen in mich. Auch wenn mich das nicht überraschen sollte, denn ich habe ja nicht einmal Vertrauen in mich selbst. »Du kannst dich nicht jedes Mal in die Bresche werfen und mein Held sein, Ethan. Ich muss nicht andauernd gerettet werden.«

»Hätte ich mich doch fast getäuscht«, brummt er.

Vor Wut verschlägt es mir die Sprache. Ich presse die Lippen zusammen und verschränke die Arme vor der Brust. Meine Gedanken sind im Aufruhr, aber wir schweigen für den Rest der Fahrt. Falls er glaubt, dass ich ihn jetzt noch zu mir hereinbitte, hat er sich getäuscht. Ich bin zu wütend und fassungslos über seine Zweifel und auch meine eigenen Zweifel.

Als wir schon fast vor meinem Haus angelangt sind, denke ich an meine Therapiesitzung bei Sheila. An ihre Vermutung, dass ich mir in meinem Leben einen Helden wünsche. Stimmt das? Fühle ich mich zu Ethan hingezogen, weil das Heldenhafte an ihm mich an Will erinnert? Von Schuldgefühlen überkommen, drücke ich den Hinterkopf gegen die Nackenstütze und schließe die Augen. Dieser Vergleich ist unfair. Nun habe ich Schuldgefühle wegen meiner Gefühle für Ethan. Und wegen meiner noch immer vorhandenen Gefühle für Will. Die aber nichts zu bedeuten haben. Sie beruhen einfach nur auf alten Erinnerungen, die ich endgültig hinter mir lassen sollte. Ich greife nach meinem Armband, doch dann fällt mir ein, dass ich es kaputt gemacht habe, und eine Welle der Enttäuschung bricht über mich herein.

Anscheinend habe ich mich völlig übernommen.

Sobald Ethan vor meinem Haus steht, stellt er den Motor ab, und man hört in der Stille der Nacht, wie der erhitzte Stahl beim Abkühlen leise tickt. Ich spüre, dass Ethan mich beobachtet, und als ich die Augen aufschlage, stoße ich auf seinen durchdringenden Blick und habe das Gefühl, dass er direkt in mich hineinschaut. »Du hast mir nie erzählt, was dir nun tatsächlich zugestoßen ist. In der Vergangenheit.«

Ich starre ihn an. Jetzt bringt er das aufs Tapet? Allen Ernstes? Nun, vielleicht ist die Wahrheit für uns beide befreiend.

»Du hast mich nicht gegoogelt?«

Ethan schüttelt langsam den Kopf.

Fast hatte ich gehofft, dass er das tun würde, damit ich es nicht selbst erzählen muss. Aber andererseits: Wenn ich die Kontrolle über die Informationen habe, brauche ich nicht alles zu berichten. Auch wenn Ethan vielleicht später Weiteres googelt, halte ich zumindest bei diesem ersten Gespräch die Fäden in der Hand. Ich hole tief und bebend Atem und beschließe, es hinter mich zu bringen. »In meiner Jugend … bin ich vergewaltigt worden.«

Die Worte stürzen in die Luft und füllen den Raum zwischen uns aus. Ich presse die Lippen zusammen, froh, dass ich es gesagt habe und es nun heraus ist. Ich warte auf seine Reaktion, darauf, dass er das sagt, was jedermann in dieser Situation für das Richtige hält, doch er erwidert nichts.

Überhaupt nichts.

Er wendet sich von mir ab, die Kieferpartie noch immer hart und angespannt, und seine Hände liegen wieder auf dem Lenkrad, aber diesmal lose. Ich beschließe, mich weiter voranzukämpfen.

»Ich war damals beinahe dreizehn. Es ist in dem Freizeitpark passiert, in dem wir beide uns kennengelernt haben. Dort hat er … mich überwältigt.« Bei diesen Worten wendet Ethan sich mir zu, und sein Blick heftet sich erneut in meinen. Wir beobachten einander. »Was er getan hat … war schrecklich.«

Ein schmerzlicher Ausdruck zuckt über sein Gesicht, und er lässt das Lenkrad los, als wollte er sich mir zuwenden und mich berühren. Ich rutsche in meinem Sitz zurück, denn ich will nicht, dass er mich anfasst. Ich will gar nichts von ihm. Doch ich rede weiter.

»Aber inzwischen geht es mir wieder gut. Meistens. Ich gebe mir Mühe. Damit fertigzuwerden und nach vorn zu schauen. Es ist ja schon Jahre her, aber über so etwas kommt man nicht so leicht hinweg.«

»N-Nein, bestimmt nicht.« Seine Stimme klingt krächzend, und sein Blick ist finster. »Katie, ich …«

Ich bringe ihn mit erhobener Hand zum Schweigen. »Sag nichts. Sag mir nicht, dass es dir leidtut, glaub nicht, dass du mich jetzt trösten musst oder so. Was passiert ist, ist passiert. Es lässt sich nicht mehr ändern. Es ist vorbei, und ich versuche, mich auf die Zukunft zu konzentrieren.«

»Und wie gut gelingt dir das?« Als ich ihn fragend ansehe, erläutert er: »Nach vorn zu schauen?«

»Es ist eine Aufgabe, die ich jeden Tag neu bewältigen

muss«, gebe ich zu. »An manchen Tagen klappt es gut. An anderen weniger.«

Er nickt, anscheinend zufrieden mit meiner Antwort.

»Dein Beschützerinstinkt, der war ja bisher schon furchtbar stark. Wird das jetzt noch schlimmer?« Ich frage es, weil ich es wissen muss. Wie wird er reagieren? Ich habe noch nie einem Mann erzählt, was mir zugestoßen ist. Ich befinde mich hier auf unbekanntem Terrain.

Er sieht mich an, als wüsste er nicht, was er darauf antworten soll.

»Du versuchst nämlich auch jetzt schon ständig, mich vor allem Möglichen zu behüten und zu beschützen. Ständig eilst du herbei und rettest mich.«

»Ist das etwas Schlechtes?« Er runzelt die Stirn.

Ich zucke mit den Schultern. »Ja, wenn ich zu abhängig von dir werde.« Er will etwas sagen, doch ich schneide ihm erneut das Wort ab. »Ich habe Angst, dass das zu viel für dich ist, Ethan. Dass du damit nicht fertigwirst.«

»Das solltest du mich selbst beurteilen lassen«, sagt er.

Die Erleichterung, die mich erfasst, ist nur von kurzer Dauer. Denn ich weiß nicht, ob er tatsächlich damit fertigwird. Ich weiß ja nicht einmal, ob ich damit fertigwerde. Eine Beziehung mit einem Mann nach allem, was mir zugestoßen ist? Das erscheint mir so abwegig, dass ich es mir kaum vorstellen kann.

»Vielleicht brauchen wir etwas … Zeit. Ein bisschen Abstand«, schlage ich vor und hoffe, dass er mir widerspricht. Dass er mir diesen Wunsch abschlägt.

So albern das klingt, es ist wahr.

»Ist es das, was du willst, Katie?« Er ergreift meine Hand und umfängt sie locker mit der seinen. Zu locker. Ich möchte seine Handfläche an meiner spüren, möchte, dass unsere Finger sich verflechten. Ich möchte, dass er mich an sich zieht und küsst wie vorhin, als er mich im Klub gegen die Wand drückte.

Aber er wird mich jetzt anders behandeln. Als wäre ich ein rohes Ei und könnte jederzeit zerbrechen.

»Das wäre vielleicht am besten«, antworte ich vorsichtig. »Nur für eine kleine Weile. Ich weiß, dass du viel zu tun hast, und vielleicht brauchst du eine gewisse Zeit, um das alles zu verdauen. Das, was ich dir gesagt habe.«

Er sieht mich mit leicht geöffneten Lippen an, und seine Finger kreisen um meine. »Wenn du Zeit brauchst, lasse ich sie dir. Du bekommst, was du möchtest.« Als wüsste er, dass ich diejenige bin, die Zeit braucht. Nicht er.

Und da hat er vielleicht recht.

Ethan

Gegenwart

Ich höre Lisa Swansons Stimme im Fernsehen, und es kommt mir vor wie ein Déjà-vu.

Exklusivinterview mit Aaron Monroe! Hören Sie seine Seite der Geschichte.

Von Abscheu erfüllt, folge ich dem Werbespot in einem Zustand schockierter Benommenheit. Alte Fotos werden in rascher Folge eingeblendet. Fotos von Katie, von meinem Vater, dann, verdammt noch mal, ein paar von meinem Vater und mir und zum Schluss ein aktuelles Foto meines Dads. Ich habe ihn seit einer Ewigkeit nicht mehr gesehen.

Er sieht alt aus. Mager. Verlebt.

»Ich habe einige wichtige Dinge zu sagen.« Mit vorgewölbter Brust bemüht er sich, bedeutend auszusehen, doch vergebens. Er wirkt einfach nur wie ein heruntergekommener alter Mann, der lange im Gefängnis gesessen hat. »Keiner wollte die Wahrheit hören. Nun ist die Zeit gekommen, die Fakten zurechtzurücken.«

Ich muss gleich kotzen.

In der letzten Einblendung erscheint Lisa, die mit nachdenklicher Miene nickend dem Sermon lauscht, den mein Drecksack von Vater ablässt. Gleichzeitig nennt eine Stimme aus dem Off Datum und Uhrzeit dieser beschissenen Sendung, die Lisa so stolz zusammengebraut hat. Sie ist an der Sache dran. Sie bleibt am Ball. Ich frage mich, ob der Sender sie für all die Exklusivinterviews befördert, die sie ergattern konnte. Wenn sie von mir hören würde, würde sie sich vor Aufregung in die Hosen machen, wetten? Wenn ich tatsächlich auf die E-Mail antworten würde, die sie mir geschickt hat. Wenn sie mich dazu bewegen könnte, meine Seite der Geschichte zu erzählen, die noch nie jemand gehört hat.

Noch nie.

Doch das ist ausgeschlossen. William Monroe ist tot und begraben. Bestimmt hat sie die Suche nach ihm aufgegeben, voll Frust über ihren Misserfolg.

Diese Vorstellung verschafft mir einen kleinen Kick.

Der Werbespot für die bevorstehende Sendung bringt mich zum Handeln. Ich muss Kontakt mit Katie aufnehmen und sie fragen, ob mit ihr alles in Ordnung ist. Sicher, ich habe gesagt, ich würde ihr Zeit lassen, aber zum Teufel damit. Diese Nachricht muss sie aus dem Gleichgewicht bringen. Vielleicht braucht sie mich in diesem schwierigen Moment.

Wenn sie dich brauchte, hätte sie sich doch bei dir gemeldet, meinst du nicht?

Ich überhöre die nörgelnde Stimme in meinem Kopf.

Ich habe mich zurückgezogen, weil sie es so wollte, ich bin ihrem Wunsch nachgekommen, sage ich mir. Immer wieder bin ich die Situation im Klub im Kopf durchgegangen und habe mich gefragt, ob ich zu heftig reagiert und sie verschreckt habe. Vielleicht hat es sie geschockt, dass ich diesem Kerl, der sie gepackt hatte, ohne Vorwarnung eine gescheuert habe.

Höchstwahrscheinlich verabscheut sie Gewalt. Und mein vorheriges Verhalten hatte sie vermutlich auch abgeschreckt. Ich hatte die Hände nicht von ihr lassen können und sie so intensiv geküsst, als wollte ich sie komplett verschlingen.

Und das hätte ich ja auch am liebsten getan. Ich hatte vorgehabt, sie nach Hause zu fahren und dort so weiterzumachen, wie wir aufgehört hatten. Bis dieses Arschloch kam und alles kaputtmachte.

Aber vielleicht bin auch ich selbst das Arschloch, das alles kaputtgemacht hat. Ich hatte mich ja schon damit abgefunden, dass ich niemals herausfinden würde, was mit Katie ist.

Jetzt bin allerdings ich das Arschloch, das sich vergewissern will, ob es ihr gut geht. Vergessen wir doch mal diese Story, dass wir Zeit brauchen. Das Interview mit meinem Vater könnte schlecht für sie sein. Es könnte sie völlig runterziehen, und das darf ich nicht zulassen. Ich habe vor all diesen Jahren geschworen, dass ich sie beschützen würde, und ich gebe verdammt noch mal mein Bestes, mein Versprechen zu halten.

Ich habe sie seit einer Ewigkeit nicht mehr gegoogelt, und nun öffne ich meinen Laptop, um eine kurze Suchanfrage einzugeben. Als ich eines der ersten Ergebnisse lese, durchfährt mich erneut ein eisiger Schreck.

Film geplant, basierend auf Katherine Watts Entführung. Nicht autorisiert.

Scheiße.

Abstand. Ich habe ihr versprochen, Abstand zu halten, und ich war wirklich überzeugt, dass das das Richtige wäre. Sie glaubte, ich würde wegen der Katastrophe ausflippen, die ihr zugestoßen ist. Aber ich weiß mit Sicherheit, dass sie ausflippen würde, wenn sie erführe, wer ich in Wirklichkeit bin. Die Situation ist vollkommen außer Kontrolle geraten, und ich weiß nicht, wie ich das wieder einrenken soll. Ich fühle mich hilflos.

Aber ich kann es nicht länger einfach so laufen lassen. Ich muss mich überzeugen, dass es ihr gut geht.

Ich schnappe mir mein Handy und frage sie in einer kurzen Nachricht, ob mit ihr alles okay ist, doch sie antwortet nicht.

Zwei Stunden später hat sie sich immer noch nicht gemeldet. Was bedeutet, dass nicht alles okay ist und sie mich wahrscheinlich zutiefst verabscheut. Ich sollte mich darüber freuen. Genau das habe ich doch gewollt. Und so hätte ich es von Anfang an halten sollen. Ich hätte mich nicht so in ihr Leben drängen sollen. Aber ein einziger Moment des Kontakts, und es war aus mit mir. Mit ihr zusammen sein, sie zum Lächeln und zum Lachen bringen … davon wollte ich mehr. Ihren Geschmack und ihre Vorlieben kennenlernen, herausfinden, wie ich sie in Fahrt bringe, was ihr Lust bereitet …

Das alles will ich.

Doch seit ich mich in ihr Leben gedrängt habe, habe ich sie nur immer wieder in Aufruhr versetzt. Für den Film und das Interview meines Dads kann ich nichts, aber ich empfinde es anders. Es fühlt sich beinahe so an, als wäre ich dafür verantwortlich. Ja, nach ihrem Interview mit Swanson haben so einige über sie nachgedacht …

Und so auch ich. Ihr Anblick im Fernsehen hat all die

Erinnerungen, die vergessene Sehnsucht und mein Begehren erneut wachgerufen. Ich brauche sie so sehr. Als sie wieder in mein Leben trat, inzwischen erwachsen und zu erwachsenen Entscheidungen fähig, genau wie ich, wusste ich auf den ersten Blick, dass ich mehr wollte. Mehr als einfach nur Freundschaft. Mehr als nur ihr Beschützer zu sein.

Ich wollte sie ganz, mit Leib und Seele, wollte, dass sie so sehr ein Teil von mir wurde wie mein Atem.

Wie verkehrt meine Gefühle auch sein mögen, ich kann ihnen nicht widerstehen. Obwohl ich die möglichen Konsequenzen kenne, obwohl ich weiß, dass ich unrecht handele und sie am Boden zerstört wäre, wenn sie die Wahrheit herausfände, kann ich nicht aufhören. Mag sein, dass ich gute Absichten hege.

Aber meine Methoden sind abscheulich. Unehrlich. Dabei hasse ich Lügner.

Dennoch lüge ich Katie gegenüber wie gedruckt. Belüge gerade den Menschen, den ich beschützen möchte. Sie weiß es noch nicht, doch sie gehört zu mir.

Und obwohl das hier mich fix und fertig macht, ist es mir unmöglich, sie gehen zu lassen.

Völlig entnervt schnappe ich mir das Handy erneut und schicke noch eine Nachricht los, ohne mich darum zu scheren, wie sehr ich sie damit überfalle. Und ich hoffe inständig, dass sie tun wird, worum ich sie bitte.

Wir treffen uns morgen um fünfzehn Uhr in dem Café, in das ich Dich beim ersten Mal eingeladen habe, okay?

Wenn sie nicht kommt, muss ich sie ein für alle Mal gehen lassen. Dann bleibt mir keine andere Wahl. Aber wenn sie antwortet – oder, besser noch, tatsächlich auftaucht –, muss ich ihr die Wahrheit sagen.

Selbst wenn es mich umbringt.

Katherine

Gegenwart

»Geh ja nicht zu ihm ins Café«, sagt Brenna abschätzig, als ich ihr die Nachricht auf meinem Handy zeige. Sie lehnt sich zurück. »Für wen hält er sich eigentlich? Dich so herumzukommandieren. Kein Bitte, kein Danke. Er befiehlt dir praktisch, dass du dich mit ihm triffst. Plötzlich diese Nachricht nach einigen Tagen Funkstille, und dann tut er wieder wie der besorgte, liebevolle Freund. Wenn du mich fragst, ist sein Verhalten unmöglich.«

Ich schaue auf mein Handy, höre mit einem halben Ohr auf die Tirade meiner Schwester und überlege, ob ich Ethan antworten soll. Eine gellende innere Stimme ermahnt mich, nicht zu reagieren. Oder ihm mitzuteilen, dass ich andere Pläne habe. Schließlich kam der Vorschlag, uns eine Weile nicht zu sehen, von mir. Ich bin selbst daran schuld, dass er sich nicht bei mir gemeldet hat.

Und ich war auch überzeugt, dass es so am besten sei. Dass er kein Teil meines Lebens werden sollte. Ich würde mir nur eine Enttäuschung einhandeln und wäre dann selbst schuld daran. Bestimmt würde er irgendwann Schluss machen. Da konnte ich auch selbst Schluss machen. Bevor ich zu sehr verletzt würde.

Aber ich bin ja schon verletzt. Er fehlt mir so sehr, dass ich den Schmerz im ganzen Körper fühle. Ich kann mit meinem Leben nicht weitermachen, wenn er nicht dazugehört. Ich …

Ich kann einfach nicht.

Dieser geheime dunkle Teil meiner selbst, der Ethans Berührung gleichzeitig ersehnt und fürchtet, verzehrt sich danach, ihn zu sehen. Ihn im Arm zu halten. Ihn zu küssen. Ihn im Café zu treffen, ihm in die Augen zu sehen und zu hören, was er zu sagen hat. Und dann möchte ich am liebsten meinen ganzen Mut zusammennehmen und ihm sagen, dass ich ihn vermisse. Dass ich ihn in meinem Leben brauche. Und dass ich ohne ihn nicht weitermachen kann.

Aber würde ich das tun? Wäre ich mutig genug, ihm zu zeigen, wie ich wirklich empfinde? Ich möchte es sein, weiß aber nicht, ob ich es kann. Ich kenne ihn ja kaum, und doch beherrscht er meine Gedanken auf eine Weise, die mir unerklärlich ist. Ich bin nicht bereit, ihn aufzugeben, wie oft er mich auch von sich stoßen mag.

Und das flößt mir ein Gefühl der Schwäche ein. Aber obwohl ich ihn nun meinerseits von mir gestoßen habe, fühle ich mich dadurch kein bisschen stärker.

»Du solltest ihm besser nicht antworten«, sagt Brenna. Ihre energische Stimme durchbricht meine im Widerstreit liegenden Gedanken.

Mit einem Seufzer lege ich das Handy zwischen uns auf dem Tisch ab, ziehe es aber näher zu mir, als Brenna Anstalten macht, danach zu greifen. »Ich antworte nicht, Ehrenwort.« Zumindest nicht jetzt gleich. Dass ich ihm auch später nicht schreibe, kann ich allerdings nicht versprechen …

Shit. Allein schon den Gedanken nehme ich mir übel.

»Triff dich auch nicht im Café mit ihm.« Brenna legt ihre Hand auf meine, was mich zusammenzucken lässt. Eigenartig, wie ich den Rückzug antrete, wenn jemand mich beiläufig berührt, und das sogar, wenn es nur meine Schwester ist. Vor Angst läuft mir dann ein leichter Schauder über den Rücken, und ich möchte zurückzucken und mich verstecken. Nur bei Ethan ist es anders. Bei ihm war es das genaue Gegenteil.

Man sollte meinen, nach so vielen Jahren hätte ich das Problem überwunden, aber eine unerwartete Berührung kann mich noch immer mit einem Anflug von Grauen erfüllen.

»Ich finde es eigenartig, dass er dir gerade jetzt eine Nachricht schickt. Gerade jetzt, da dieser ganze Scheiß wieder in den Medien hochkocht. Und plötzlich will er wissen, ob es dir gut geht. Und möchte sich sogar mit dir treffen«, fährt Brenna fort.

»So erstaunlich erscheint mir das gar nicht. Ich habe ihm kurz erzählt, was mir in meiner Kindheit zugestoßen ist, und er kennt meinen Nachnamen. Wenn er den im Internet sucht, stößt er sofort auf alles.« Ich zucke mit den Schultern, als wäre mir das ziemlich egal, aber insgeheim komme ich fast um vor Neugier. Und vor Sorge. Hat Ethan mich nun tatsächlich gegoogelt? Die Frage macht mich unglaublich nervös. Denn falls ja, wird er dann meine Vergangenheit akzeptieren? Was ich ihm davon erzählt habe, war extrem abgeschwächt. Die tatsächliche Geschichte meiner Entführung und Vergewaltigung ist dagegen so schlimm, dass wohl niemand wirklich damit fertigwird.

»Genau, und beim Googeln ist er vermutlich auf die Nachricht über den nicht autorisierten Film und das anstehende Fernsehinterview mit diesem Drecksack gestoßen, deinem Entführer.« Brenna schüttelt den Kopf. »Vielleicht glaubt er, er könnte berühmt werden, wenn er mit dir zusammen ist, oder irgend so ein Quatsch.«

Ich würde am liebsten loslachen, beherrsche mich aber, als ich sehe, wie ernst meine Schwester es meint. Sie will mich beschützen. Sie macht sich Sorgen um mich. Wie kann ich ihr das übel nehmen? »Das kann ich mir eigentlich kaum vorstellen. Und viel Geld habe ich ja auch nicht, das dürfte ihn kaum verlocken.«

»Du besitzt immerhin ein eigenes Haus«, stellt Brenna klar. »Das können nur wenige Frauen Anfang zwanzig von sich behaupten.«

Das Haus habe ich mit dem Geld gekauft, das ich beim Tod unseres Vaters geerbt habe, darum wohne ich auch erst seit einem halben Jahr hier. Brenna hebt ihren Anteil vorläufig noch auf, bis Mike und sie heiraten und sie das perfekte Haus für die Familiengründung findet.

»Er ist weder hinter Ruhm noch hinter Reichtum her, Brenna. Das ist doch lächerlich.«

»Wirklich, Katherine? Wie viel weißt du überhaupt über diesen Mann? Du kennst ihn ja noch gar nicht lange.« Ich weiß, dass sie mich nur vor Gefahren beschützen will, aber ich habe es satt. Ich habe es satt, dass alle versuchen, mich in einen Käfig zu sperren und mir das Leben zu verbieten.

»Ich bin inzwischen erwachsen, Bren. Wenn ich mich mit diesem Mann treffen will, werde ich es tun. Nicht einmal du kannst mich daran hindern. Ich will endlich richtig leben und nicht immer nur Angst vor allem und jedem haben«, lasse ich meinen Frust an ihr aus.

Brenna starrt mich an, als könnte sie nicht fassen, dass ich die Zügel so schießen lasse. »Ich möchte einfach nur sichergehen, dass dir nichts zustößt. Ich … ich traue diesem Kerl nicht.«

Ich verdrehe die Augen. »Du wirst ohnehin nie einem Mann vertrauen, der in mein Leben tritt.«

»Das stimmt nicht«, fährt sie auf, aber ich werfe ihr einen Blick zu, der sie verstummen lässt. Ich wünschte, unser Essen stünde schon vor uns. Oder besser noch, wir hätten alles aufgegessen und ich könnte gehen. Es war ein Riesenfehler, heute Abend mit meiner Schwester auszugehen.

Eine Weile herrscht Schweigen, und die Stille macht mich allmählich wahnsinnig. Schließlich halte ich es nicht mehr aus.

»Was soll ich denn deiner Meinung nach tun, hm? Vorgeben, es wäre nie geschehen? Jedem Mann, für den ich mich interessiere, meinen Nachnamen verschweigen und inständig hoffen, dass er die Wahrheit nicht herausfindet? Ich muss ehrlich sein. Offen. Das heißt ja nicht, dass ich ihm gleich beim ersten Date mit der Wahrheit konfrontieren muss, aber wenn ein Mann sich wirklich für mich interessiert, hat er es verdient, sie zu erfahren. Ich kann mich nicht bis in alle Ewigkeit verstecken.«

»Du versteckst dich doch schon seit Jahren, seit damals, als es passiert ist!« Sie schreit mich an, und ich starre böse zurück und ärgere mich, dass sie so laut wird. Ein paar Gäste, die in der Nähe sitzen, werfen uns Blicke zu, und vor Scham werde ich rot. Sie macht aus einer Mücke einen Elefanten. »Dann lernst du endlich mal einen scharfen Typ kennen, der dich interessiert, und benimmst dich nicht mehr normal. Es ist, als wären dir deine Sicherheit und deine Privatsphäre plötzlich völlig egal. Das alles ist dir mit einem Mal schnuppe. Du wirst leichtsinnig und begehst, das sage ich ganz offen, einige ziemliche Dummheiten. Du hörst nicht mehr auf mich und auf Mom auch nicht. Wir wissen nicht, was mit dir los ist. Dabei wollen wir dir nur helfen.«

Ich weiß nicht, was ich darauf erwidern soll. Ihre Worte machen mich wütend, und schlimmer noch? Sie verletzen mich. Und zwar sehr. So sehr, dass ich meine Serviette vom Schoß nehme und sie vor mir auf den Tisch werfe. »Ich wusste nicht, dass du eine so geringe Meinung von mir hast.« Ich stehe auf und nehme meine Handtasche an mich. »Ich gehe.«

»Ach, komm schon, Katherine«, höre ich Brenna rufen, doch ich achte nicht auf sie und laufe durch das voll besetzte Restaurant davon. Hoffentlich schaut keiner. Mein Gesicht fühlt sich heiß an, und ich halte es beim Davonstürmen gesenkt und atme laut auf, als ich endlich draußen bin. Die kühle Nachtluft umhüllt mich und zieht mich in ihre frostige Umarmung. Von einem Zittern überlaufen, lege ich den Kopf in den Nacken und schaue zum silbrig glänzenden Mond auf.

Ich habe es satt, immer nur Angst zu haben. Und immer viel zu früh aufzugeben. Mir nie etwas zuzutrauen. So verläuft mein Leben seit dem Alter von beinahe dreizehn. Immer gebe ich auf oder, schlimmer noch, versuche erst gar nicht, das zu bekommen, was ich möchte. Ich habe mich hinter meinen brüchigen Panzer zurückgezogen und mit gesenktem Kopf und hochgezogenen Schultern so getan, als wäre ich unsichtbar.

Jetzt versuche ich, diesen Panzer abzuwerfen, aber es scheint mir noch immer nicht zu gelingen. Ich weiß nicht mehr, was ich tun soll. Weiß nicht, wie ich mich verhalten und was ich fühlen soll.

Wie ich leben soll.

Ich greife nach meinem Handgelenk und spüre heftige Trauer, als mir wieder einfällt, dass ich das Armband nicht trage. Es liegt auf meinem Nachttisch, und der abgerissene Anhänger liegt daneben. Ich muss es reparieren lassen. Oder selbst richten. Dafür würde ich bestimmt nur ein paar Minuten benötigen, wenn ich mir die Mühe machte.

»Katherine.« Als ich mich umdrehe, steht Brenna vor mir, die ziemlich erhitzt und verärgert zu sein scheint. »Sie haben ja noch nicht einmal das Essen serviert.«

»Ich hab keinen Hunger.« Ich wende verächtlich den Kopf ab, damit ich sie nicht ansehen muss. Gott sei Dank ist jeder mit dem eigenen Auto ins Restaurant gekommen. Ich glaube nicht, dass ich es ertragen würde, mich von Brenna heimfahren lassen zu müssen oder meinerseits sie nach Hause zu chauffieren. Das zum Thema Spannungen.

»Sei doch nicht lächerlich.« Ich werfe ihr einen scharfen Blick zu, und sie seufzt. »Tut mir leid. Du weißt, was ich meine. Also … komm eben einfach mit rein, K.«

»Warum? Damit du mir noch länger damit in den Ohren liegen kannst, wie dumm ich bin?« Ich kehre ihr den Rücken zu und verschränke die Arme vor der Brust. Ich habe es so was von satt, dass alle meinen, aus Sorge um mein Wohlergehen könnten sie sagen, was sie wollen, und meine Lebensentscheidungen in den Dreck ziehen, denn genau das tun sie im Grunde. Was für ein Haufen Scheiße.

Die einzige Person, die mich wie ein normaler Mensch behandelt, ist Ethan. Aber mal beachtet er mich, mal zeigt er mir die kalte Schulter, und ich kapiere nie, was ich falsch gemacht habe.

Ich schlinge die Arme um mich und runzele die Stirn. Vielleicht ist das einfach nichts für mich, Ausgehen und mich mit einem Mann treffen. Vielleicht bin ich ja damit überfordert, mich auf die Welt einzulassen, wie sie nun mal ist. Vielleicht verschanze ich mich besser weiter hinter meinem Panzer, bleibe schön zu Hause und unternehme nie etwas.

»Wir reden über was anderes, okay? Tut mir leid.« Ich höre Brennas Absätze über den Bürgersteig klacken, und dann legt sie mir die Hand auf die Schulter und drückt sie. Diesmal zucke ich nicht zurück. Langsam schaue ich mich nach ihr um und schenke ihr ein trübes Lächeln. Nur ist mir überhaupt nicht zum Lächeln zumute.

»Also, gehen wir rein«, gebe ich nach.

Wie immer.

Ethan

Gegenwart

Ich marschiere beim Warten vor dem Café auf und ab, um mich warm zu halten. Es ist Freitagnachmittag, und der Tag hat zwar eigentlich schön angefangen, aber gegen Mittag hat der Himmel sich zugezogen, und nun ist er nur noch düster und grau.

Deprimierend.

Es ist Viertel nach drei, und Katie ist immer noch nicht aufgetaucht. Ich schicke ihr eine SMS, aber sie antwortet nicht. Sie hat mich versetzt. Ich hatte mir vorgenommen, sie endgültig aufzugeben, wenn sie jetzt nicht aufkreuzt. Und so muss ich mein mir selbst gegebenes Versprechen halten und sie ziehen lassen.

Wie unerträglich das auch für mich sein mag.

Weitere zehn Minuten verstreichen, und dann gebe ich endlich auf und stürme stinksauer davon. Alle möglichen Leute haben das Café betreten, während ich wartete, oder sind fröhlich lächelnd mit ihrem Coffee to go herausgekommen. Ich bin so wütend, dass ich ihnen am liebsten die Pappbecher aus der Hand schlagen würde. Ihr Glück verbittert mich, weil es für mich keines gibt. Ich habe es vermasselt. Ich habe es wirklich total vermasselt. Ich habe Katie ins Herz geschlossen, und wenn ich sie jetzt nicht haben kann, weiß ich im Gegensatz zu früher, was mir entgeht …

Ich werde nie mehr derselbe sein.

Von Enttäuschung überwältigt, marschiere ich weiter, den Blick starr nach vorn gerichtet und mit langen Schritten. Ich schlage den Weg zum Freizeitpark ein und sehe zu meiner Überraschung, dass ein paar Fahrgeschäfte noch im Betrieb sind. Als die Achterbahn über mir vorbeidonnert, schallen schrille Schreie heraus. Ich dachte, die Saison wäre vorbei.

Ich bleibe erst stehen, als ich den Eingang erreiche. Über meinem Kopf hängt ein Banner, und ich lese den Aufdruck:

NUR NOCH DIESE WOCHE GEÖFFNET!

Jeden Winter schließt der Park, und dann geht es erst im Frühjahr wieder los. Das hier ist sein letztes Aufbäumen, und einem spontanen Impuls folgend, betrete ich das Gelände, beinahe so, als könnte ich nicht anders.

Der leckere würzige Duft von frisch zubereitetem Essen hängt in der Luft. Eine Möwe stürzt sich kreischend herunter, schnappt sich ein Stück Brezel, das am Boden liegt, und fliegt mit wilden Flügelschlägen davon. Als ich ihr nachsehe, entdecke ich einen Ballon am Himmel, dessen leuchtendes Pink sich kräftig von den grauen Wolken abhebt. Ich höre, wie die Brecher gegen den Strand schlagen, und weiß, dass heute keine Familien dort sitzen. Dafür ist es viel zu kalt.

Genau wie mein Herz. Das ist zum Eiszapfen erstarrt. Und zwar schon seit Jahren. Auf diese Weise habe ich mich vor meinem Vater geschützt, als ich klein war. Wenn ich nichts fühlte, konnte er mich auch nicht verletzen, oder? Zumindest sagte ich mir das damals.

Manchmal hat es funktioniert. Manchmal nicht.

Katie hat das Eis in mir zweimal zum Schmelzen gebracht. Damals, als sie noch ein Kind war und ich ein anderer Mensch. Und jetzt. Ich wünschte, sie wäre da. Ich wünschte, sie ginge neben mir her und bäte mich lächelnd um ein Hotdog im Teigmantel oder vielleicht einen Bausch Zuckerwatte oder ein Stück Fettgebäck. Um etwas, das wir uns teilen könnten. Vielleicht würde sie auch Achterbahn oder Karussell fahren wollen. Der Park ist gar nicht so schlecht. Aus meiner Kindheit habe ich viele schöne Erinnerungen an ihn, trotz meines miesen Dads und meiner beschissenen Lebensumstände.

Wir könnten uns neue Erinnerungen schaffen, Katie und ich. Die alten endgültig verbannen und uns nur noch an die schönen Zeiten hier erinnern. An neue schöne Erfahrungen, die wir hier gemeinsam machen würden.

Aber so soll es wohl nicht sein.

Ich bleibe an einer Bude stehen, um mir ein Erfrischungsgetränk zu kaufen, bereue es aber gleich danach und wünschte, ich hätte einen Kaffee bestellt. Es ist so verdammt kalt hier draußen, der Wind hat noch zugelegt, und ich wandere ziellos durch den Park, zusammen mit einem Haufen anderer ziellos umhertapernder Leute, die alle nicht hierherzupassen scheinen. Die nicht zusammenpassen. Wo sind die Familien mit den Kindern? Die meisten Kinder sind jetzt in der Schule. Hier streifen nur Jugendliche herum, und die erinnern mich an mich selbst, als ich in diesem Alter war. Sie sehen so aus, als wollten sie Ärger machen.

Wie ich.

Außerdem sehe ich eine ganze Reihe erschöpft wirkender Mütter, die in der Hoffnung auf etwas Ablenkung Buggys mit lauten, frechen Kleinkindern vor sich herschieben, und habe Mitgefühl mit ihnen.

Ich brauche auch etwas, das mich ablenkt – das mich von Katie ablenkt. Von meinen Gefühlen, meiner Verletztheit und meiner Verwirrung.

Auf dem Weg zum Sky Glider sehe ich, dass die Schlange dort nur kurz ist, und bin froh darüber. So kann ich zur anderen Seite des Parks fahren, und dort ganz in der Nähe steht mein Auto. Dann mache ich, dass ich wegkomme, fahre heim und lasse alle Erinnerungen an Katie hinter mir zurück.

Vor mir nichts als Einsamkeit.

Beim ersten Mal reagiere ich nicht, als ich höre, dass jemand meinen Namen ruft. Ich glaube einfach nicht daran. Es kommt mir so vor, als erklänge der Ruf nur in meinem Kopf, was wohl hieße, dass ich den Verstand verliere. Gut möglich. Die ganze Scheiße, die ich im Laufe der Jahre durchgemacht habe … Da könnte man schon verstehen, wenn ich verrückt würde. Zum Teufel, ich hätte schon vor einer Ewigkeit verrückt werden sollen.

Aber dann höre ich meinen Namen erneut. Und noch einmal. Beim fünften Mal *Ethan* drehe ich mich endlich um, und als ich sehe, wer mich gerufen hat, klappt mir der Unterkiefer herunter.

Katie.

Sie steht da wie erstarrt, die Augen aufgerissen, und dann sinkt ihre Hand herunter, als hätte sie versucht, mich zu sich zu winken. Wir sehen einander an, und alle Geräusche, alle

Gerüche, die Leute, alles verblasst, bis nur noch wir beide im Park sind. Jeder von uns hat Angst davor, den ersten Schritt auf den anderen zuzutun.

Ich entdecke einen Mülleimer ganz in der Nähe, werfe das nur halb geleerte Erfrischungsgetränk hinein, wische die Hände an den Jeans ab und gehe zu ihr. Sie rührt sich noch immer nicht. Sie sieht verschreckt aus, und ich sehne mich danach, ihr die Angst zu nehmen. Sie zu trösten und zu beruhigen. Ihr zu sagen, dass es mir leidtut.

Ihr zu erzählen, wer ich wirklich bin. Und dann kann ich nur inständig hoffen, dass sie mir verzeiht.

»Ethan«, haucht sie, als ich endlich nah genug bin, um sie zu hören, »ich habe dich gefunden.«

»Was machst du hier?« Ich bleibe unmittelbar vor ihr stehen, und der Impuls, sie in die Arme zu nehmen, ist so stark, dass ich die Hände zu Fäusten ballen muss, um mich daran zu hindern.

»Ich wollte dich im Café treffen, genau wie du vorgeschlagen hast, aber ... im letzten Moment war ich zu feige dazu.« Sie lässt den Kopf hängen, und jetzt sehe ich ihr Gesicht nicht mehr. »Ich weiß nicht, was mich in den Park getrieben hat.«

»Bei mir war es genauso.« Als sie den Kopf hebt und meinem Blick begegnet, fahre ich fort: »Du bist nicht aufgetaucht, und ich war ... sauer. Dann bin ich losmarschiert, und dabei habe ich ständig gewünscht, du wärest bei mir. Und als Nächstes treffe ich dich hier.«

Sie wirkt traurig. »Ich weiß überhaupt nicht mehr, was wir machen«, flüstert sie.

Ich trete näher und ergreife ihre Hand. Ihre Finger sind

kalt, und ich verflechte sie mit meinen und drücke sie. »Ich auch nicht.«

Sie neigt den Kopf nach hinten, und unsere Blicke begegnen sich. Ihre blauen Augen sind voll Schmerz und Verwirrung, aber auch ein Funke Hoffnung flackert darin. »Du weißt nun, was mir zugestoßen ist, oder? Wie schlimm es tatsächlich war?«

»Es spielt keine Rolle.« Ich schüttele den Kopf. Ich möchte nicht über die Vergangenheit reden. Ich möchte das Hier und Jetzt. Ich möchte mit Katie zusammen sein. »Komm mit mir nach Hause.«

Ihre Pupillen weiten sich, und ich spüre genau, dass sie mir ihre Hand entreißen will, doch ich greife fester zu. Ich will sie nicht loslassen, und wenn es nach mir ginge, würde ich das nie mehr. Das Band zwischen uns, das damals in unserer Kindheit entstanden ist, besteht noch immer. Allenfalls ist es noch stärker geworden, und ich habe es satt, dagegen und gegen meine Gefühle für Katie anzukämpfen.

»Bitte.« Ich führe unsere verschränkten Hände zum Mund und streife mit den Lippen über ihre Fingerknöchel. Der Laut, mit dem sie den Atem scharf einzieht, sagt mir alles: Dass die Anziehung, die ich empfinde, nicht einseitig ist. Dass die Chemie zwischen uns stimmt. Sie fühlt es ebenfalls. Heute wie damals. Es ist so seit dem Moment vor vielen Jahren, als wir einander zum ersten Mal sahen. »Begleite mich im Sky Glider, und dann kannst du mit zu mir nach Hause nachfahren.«

»Ich … ich weiß nicht.« Die Panik in ihrem Gesicht macht mich fertig. Ich habe ihr einen Schreck eingejagt, und das nehme ich mir übel. Ihre Augen sind voll Angst, und ich verstehe nicht warum. »Das ist das Fahrgeschäft, dessen Eingang ich meinem Entführer damals zeigen sollte. Ich weiß nicht, ob ich es schaffe, damit zu fahren.«

Himmel. Was bin ich doch für ein Trottel! Wie konnte ich das bloß vergessen? Ihr Schmerz tut auch mir weh und bricht mir fast das Herz. Ich hole tief Luft und verziehe wütend auf mich selbst das Gesicht. »Ich bin ein Arschloch.«

Ein schwaches Lächeln huscht über ihre Lippen. »Nein, das bist du nicht.«

»Doch«, antworte ich mit fester Stimme. »Doch, wirklich. Ich habe überhaupt nicht daran gedacht, was so eine Fahrt für dich bedeutet und was die Erinnerungen mit dir anstellen, die dich hier im Park überfallen. Es kann nicht leicht für dich sein. Ich war ein totales Arschloch, was mir echt leidtut. Bei mir läuft es momentan auch nur beschissen. Das hat nichts mit dir zu tun, hat dir aber leider wehgetan, und das finde ich furchtbar.« Das war bloß die halbe Wahrheit. Es hat nur mit ihr zu tun, doch das kann ich ihr nicht sagen. Nein. Jetzt noch nicht.

Aber bald.

»Ich muss stärker werden. Das weiß ich, aber es ist so schwer. Ich … ich brauche einfach Zeit. Vielleicht soll das zwischen uns nicht sein. Vielleicht wird es nicht klappen. Ich bin zu unerfahren, zu …« Sie schließt die Augen und schüttelt den Kopf. Dann sieht sie mich wieder an. Von ihren Worten bekomme ich fast einen Herzinfarkt, doch ich bemühe mich nach Kräften, mir nichts anmerken zu lassen. »Ich bin dem nicht gewachsen, Ethan. Zumindest noch nicht. Darum musst du mir sagen, ob du es ernst meinst. Oder nicht. Das muss ich wissen.«

Ohne einen Moment des Zögerns beuge ich mich vor und presse den Mund auf ihren. »Ich meine es ernst«, flüstere ich an ihren Lippen.

Und das ist wahr.

Katherine

Gegenwart

Wir steigen die Treppe zu den offenen Gondeln der Seilbahn gemeinsam hinauf, Seite an Seite, Ethan und ich. Es hat etwas von einem Traum, wie wir uns hier gefunden haben und wie er mich geküsst und mir gesagt hat, dass er es ernst meint. Wir halten uns bei den Händen, und er bringt mich zu der Stelle, wo die Fahrgäste ihren Platz zugewiesen bekommen. Dort warten wir darauf, dass eine der sesselähnlichen Gondeln auftaucht und wir uns setzen können, bevor der Wärter uns mit einem Bügel vor dem Bauch sichert.

Ich dränge die Angst zurück und schiebe alle Erinnerungen weit, weit von mir. Ich lache sogar ein bisschen, als der junge Kerl, der hier jobbt, den Bügel vor uns einrasten lässt und unserer Gondel einen Schubs gibt, damit sie frei am Drahtseil hängt. Früher als kleines Kind hat der Sky Glider mir insgeheim eine Riesenangst gemacht, weil ich das Gefühl hatte, dass zwischen dem Sicherheitsbügel und meinem Sitzplatz ein viel zu großer Abstand war. Normalerweise saß ich neben meiner Mom, die mich immer hinten am T-Shirt gepackt hielt, als hätte sie ernsthaft Sorge, ich könnte herausrutschen und mich zu Tode stürzen.

In den Gondeln des Sky Glider schwebt man über den

Park hinweg und hat damit eine tolle Abkürzung, wenn man schnell zu einem anderen Fahrgeschäft – oder der anderen Parkseite – gelangen möchte. Und damit hatte mich ja auch Aaron William Monroe hereingelegt. Er hatte behauptet, er müsse eilig zur anderen Seite des Parks, um sich dort mit seiner Familie zu treffen. Eine Lüge, genau wie alles andere, was er mir aufgetischt hatte.

Doch ich will jetzt auf keinen Fall an ihn denken. Ich möchte mir die Fahrt, die ich mit Ethan mache, nicht mit der Erinnerung an ihn verderben.

Ethan legt mir den Arm um die Schultern und zieht mich an sich, während wir lautlos über den Park schweben. Wir gleiten über einen großen Eiscreme-Kiosk hinweg, auf dessen Dach es nur so von Sachen wimmelt, die den Leuten hinuntergefallen sind: Plastiksandalen, Haarbänder und die Kunststoffarmbänder, die die Kinder bei der Arkade gewinnen. Ich beuge mich ein bisschen vor, um hinunterzuspähen, und spüre, wie die Gondel ganz leicht schwankt. Sofort schmiege ich mich wieder an Ethan.

»Hast du Angst?«, fragt er dicht an meinem Ohr und stupst dabei mit der Nase gegen meine Wange.

Ein Schauder überläuft mich, aber nicht vom Wind. »Nein. Nicht, wenn du auf mich aufpasst.« Ich will, dass er mich für immer behütet. Mir hilft, mich sicher zu fühlen.

Ich glaube, dass Ethan der Mann wäre, der das schaffen könnte.

Ich spüre, dass er lächelt, bevor er mich auf die Wange küsst. Sein Mund verweilt, und wieder überläuft mich ein Schauder. Ich finde es noch immer unglaublich, dass ich mit ihm zusammen hier bin. Ich hatte mich zum Treffpunkt im Café aufgemacht, obwohl ich es für unklug hielt, ihn noch einmal zu sehen. Und ich war völlig entnervt von der inneren Stimme, die mich unausgesetzt ermahnte, umzukehren und heimzufahren.

Diese Stimme klang genau wie Brenna.

Als ich mich dem Café zu Fuß näherte, wurde diese innere Stimme lauter. Und eindringlicher. Es war, als schrie sie mich an, unbedingt kehrtzumachen. Einfach von dort zu verschwinden. Und so gehorchte ich ihr. Und irgendwie landete ich dann im Park und wanderte dort umher, auf der Suche nach ... etwas, irgendetwas, das den dumpfen Schmerz in meinem Inneren lindern würde. Doch ich konnte es nicht finden.

Bis ich Ethan entdeckte und der Schmerz schlagartig verschwand, ersetzt durch einen Funken Hoffnung.

Ich dachte erst, ich bildete mir seine Gestalt nur ein. Ich war wirklich einen Moment lang überzeugt, es könne sich nur um einen Auswuchs meiner Fantasie handeln. Aber sein dunkles Haar, seine markanten Gesichtszüge, die Brille und die breiten, kräftigen Schultern sind unverkennbar. Als ich ihn durch die dürftige Besuchermenge gehen sah, war er mir so vertraut, dass ich ganz spontan seinen Namen rief.

Er hörte mich nicht. Ich rief erneut und noch einmal, jedes Mal lauter, bis er sich schließlich umdrehte. Das Gesicht, das er in diesem Moment machte, und der Ausdruck in seinen dunklen Augen sagten mir alles. Plötzlich wusste ich Bescheid.

Es gab kein Zurück. Nicht für uns. Nicht heute. Und ich

will auch gar nicht zurück. Ich will ihn. Jedes Mal, wenn ich in seiner Nähe bin, kann ich nicht genug von ihm bekommen. Als wollte ich ihn packen und aller Welt erzählen, dass er meiner ist. Dass er zu mir gehört.

Ich habe mir noch niemals etwas so sehr gewünscht. Habe mich noch niemals so sehr nach jemandem gesehnt wie nach Ethan. Es ist, als wäre ich süchtig nach ihm und könnte ihn nicht aufgeben. Und ich will ihn auch nicht aufgeben. Ich will mir das nehmen, was mir gehört.

Der Wind peitscht, mein Haar fliegt mir ins Gesicht, und ich streiche es mit der Hand zur Seite. Das Schutzengelarmband baumelt an meinem Handgelenk, und der Ärmel meines Pullovers rutscht zurück und gibt es frei. Ethan ergreift mich am Unterarm und sieht mir unvermittelt in die Augen.

»Was ist das?«

»Es ist e…ein Armband.« Ich habe es gestern Abend repariert, um endlich einmal etwas allein zu schaffen und mir zu beweisen, dass ich das kann: mich gut um mich selbst kümmern. Und ich habe mich auch gut um das Armband gekümmert. Es mag klein sein, aber hallo, es ist gewiss nicht nichts.

Die erfolgreiche Reparatur tat mir gut, wie klein die Leistung auch gewesen sein mag. Plötzlich fühlte ich mich wie eine Erwachsene, und das ist bei mir nur selten der Fall.

Der einzige andere Mensch, der mir dieses Gefühl vermittelt, ist der Mann, neben dem ich gerade sitze und der jetzt mein Armband mit einem eigenartigen Gesichtsausdruck mustert.

»Wer hat dir das geschenkt?«, fragt er leise. So leise, dass ich ihn beim Klang der von unten heraufdringenden Musik und dem Rattern der in der Nähe vorbeifahrenden Achterbahn kaum höre.

»Ein Junge, den ich mal gekannt habe«, gebe ich zu und beiße mir auf die Unterlippe. »Er war … ein Freund.«

Stirnrunzelnd stupst Ethan den Anhänger mit dem Zeigefinger an. »Ein Freund?«

Mein Herz klopft plötzlich heftig los. Ich weiß nicht warum. Seine Stimme klingt eigenartig. Seine Miene ist finster. Anders lässt sich das nicht beschreiben. Er reagiert sehr sonderbar auf mein Armband, und ich weiß nicht warum.

»Er hat mir geholfen, mich gerettet.« Ich winke ab, und das Armband rutscht meinen Arm hinunter. »Es ist kompliziert.«

Unsere Blicke begegnen sich, während er noch immer mein Handgelenk umfasst hält. »Es ist lange her.« Er redet, als wüsste er, wer mir das Armband geschenkt hat und warum.

Ich nicke, und ein bebender Seufzer entschlüpft mir, als sein Daumen über meinen Puls streicht. »Es hilft mir, wenn ich mich einsam und hilflos fühle.«

»Ein Schutzengel.« Seine Stimme ist ausdruckslos, und wieder betastet er den Anhänger und drückt dabei das kühle Metall auf meine Haut. »Wacht er über dich?«

»Immer«, flüstere ich, und in diesem Augenblick lässt Ethan den Anhänger los …

… und der löst sich vom Armband und fällt nach unten.

»Oh!« Ich lehne mich über den Bügel, woraufhin die Gondel zu schwanken beginnt. Ethan packt meine Schulter mit der Hand und versucht mich zurückzuziehen. »Er ist abgefallen.«

»Was?«

»Der Anhänger!« Ich wende mich ihm zu und versuche, die Panik herunterzuschlucken, die mich in der Kehle würgt. »Ich darf ihn nicht verlieren, Ethan. Das … das darf einfach nicht passieren.«

Er späht suchend nach unten. »Vielleicht finden wir ihn ja, wenn wir hier raus sind.«

»Wie denn?«, frage ich ungläubig und folge seinem Blick. Gerade sind wir über eine Gruppe von Imbissbuden geflogen. Der Anhänger könnte durchaus auf einem Dach gelandet sein, das können wir nicht wissen. »Der Anhänger ist so klein. Das ist, als suchte man die Stecknadel im Heuhaufen.«

»Wir werden ihn finden«, erklärt er fest und sieht mir entschlossen in die Augen. Sein Kiefer ist angespannt, und seine Miene todernst. »Versprochen.«

Seine Worte, der aufrichtige Klang seiner Stimme und die Art, wie er mich anschaut, erinnern mich an ein anderes Versprechen, das mir vor vielen Jahren gegeben wurde. Die Ähnlichkeit bestürzt mich, und ich sehe Ethan lange an und forsche, ob ich in seinen Gesichtszügen etwas von Will entdecke.

Nein. Ich schüttele den Kopf. Das ist doch lächerlich. Verrückt. Will Monroe ist verschwunden. Aber vielleicht fühle ich mich ja wegen dieser Ähnlichkeit zu Ethan hingezogen. Außerdem: Wer kann schon wissen, zu was für einem Menschen Will sich entwickelt hat? Die Umstände waren ja nicht gerade günstig für ihn. Nach allem, was ich weiß, könnte er auch in die Fußstapfen seines Vaters getreten sein und irgendwo im Gefängnis sitzen.

Doch dieser Gedanke bricht mir das Herz.

Kaum dass wir aus der Gondel des Sky Glider gestiegen sind, stürmt Ethan davon. Ich folge ihm und blicke ungehalten auf, als es zu regnen beginnt. Das Wetter schreckt Ethan allerdings nicht ab. Die Leute suchen vor den immer dichter fallenden Tropfen Schutz, aber Ethan marschiert weiter und geht sogar in einen langsamen Trab über, als er sich der Stelle nähert, an der der Anhänger vermutlich von meinem Armband gefallen ist.

Ich versuche, die überwältigende Enttäuschung und Trauer herunterzuschlucken, doch es fällt mir schwer. Ich weiß gar nicht richtig, wo wir waren, als ich den Anhänger verloren habe. Es könnte überall sein.

Ich bin mir ziemlich sicher, dass er endgültig weg ist, aber ich will Ethan auch nicht vom Suchen abhalten. Dass er mir hier helfen möchte, bedeutet mir mehr, als er ahnen kann.

»Ethan.« Ich rufe seinen Namen, doch er achtet nicht auf mich und bleibt an der Stelle stehen, an der er den Anhänger vermutet. Er schaut genau hin und schaltet die Taschenlampen-App seines Smartphones ein, um besser sehen zu können. Ich verfolge reglos, wie er alles absucht, den Asphalt rund um die Imbissbuden und die Gehwege, während seine Handytaschenlampe die herabfallenden Regentropfen in ihrem silbrigen Strahl aufleuchten und funkeln lässt.

»Hilf mir, Katie«, sagt er, und ich fühle mich wie eine Idiotin, weil ich das nicht gleich getan habe. Wir suchen den ganzen Bereich ab, und einmal geht Ethan sogar auf alle viere hinunter und durchwühlt mit einer Grimasse den Müll, der im Rinnstein liegt. Ich stelle mir vor, wie viele Leute im Laufe der Jahre mit ihren dreckigen Schuhen über die Stelle gelaufen sind, an der er jetzt kniet.

Ich kann es kaum fassen, dass er das für mich tut.

»Es hat keinen Sinn«, sage ich, als er endlich aufsteht und sich die Hände an den Jeans abwischt. Ich blinzele die Tropfen aus den Augen, die mir ins Gesicht klatschen und mir die Sicht verschleiern. »Er ist endgültig weg.« Bei diesen Worten entringt sich mir ein Schluchzen, und ich bedecke den Mund mit den Händen und beginne zu weinen.

Er tritt mit unglücklicher Miene zu mir, die Augen voll Trauer und Sorge. Und das alles gilt mir. »Katie, Baby, weine doch nicht. Wir finden ihn, versprochen. Ich tue alles, was nötig ist, um den Anhänger zu finden.«

»Es i-ist nicht so w-wichtig.« Ich klappere mit den Zähnen, und es fällt mir schwer, Luft zu bekommen.

Ethan ergreift mich am Oberarm und zieht mich zu sich. Trotz des strömenden Regens spüre ich durch seine nasse Kleidung hindurch, welch tröstliche Wärme sein Körper ausstrahlt. Ich nehme sie auf, so gut ich kann. »Dir ist er wichtig«, sagt er mit leiser, ernster Stimme. »Es tut mir furchtbar leid, dass ich ihn verloren habe.«

»Du kannst doch nichts dafür.« Ich schüttele mit zusammengepressten Lippen den Kopf. »Der Anhänger ist mir vor zwei Tagen abgegangen, und ich dachte, ich hätte ihn repariert. Aber anscheinend ist mir das nicht gut gelungen.« Wieder entschlüpft mir ein Schluchzen, und ich beuge mich vor und drücke das Gesicht an Ethans feuchtes Kapuzenshirt. »Ich kann es nicht fassen, dass ich ihn verloren habe.«

Er streichelt mein nasses Haar und flüstert, den Mund dicht an meiner Schläfe: »Ich werde ihn finden, das schwöre ich bei Gott, ich werde …«

Er bricht ab und macht sich von mir frei. Ich beobachte staunend und ungläubig, wie er zu einem der Kioske geht, einer kleinen Eisbude. Vorne hat sie einen knallroten Tresen, auf dem Serviettenhalter und Becher mit Löffeln stehen. Ethan greift nach etwas, das darauf liegt, umfasst es mit der Hand, kommt zu mir zurück und zeigt mir, was er gefunden hat.

Meinen Schutzengelanhänger.

»Mein Gott«, flüstere ich, und dann fliege ich regelrecht auf ihn zu. Er umschließt den Anhänger mit der geballten Faust, als ich mich ihm an den Hals werfe, die Arme um ihn schlinge und ihm vor Dankbarkeit einen flüchtigen Kuss gebe. »Du hast ihn gefunden.«

Er lächelt mit regennassem Gesicht, legt mir die Arme um die Taille und zieht mich noch näher an sich. »Das hatte ich dir doch versprochen.« Noch ein Kuss, diesmal ein wenig länger und intensiver, und als er sich zurückzieht, seufze ich auf. »Ich werde immer ein Versprechen halten, das ich dir gegeben habe, Katie.«

Auch diese Worte … sind wie ein Nachhall von dem, was Will einst gesagt hat. Es ist unheimlich, wie sehr Ethan mich plötzlich an ihn erinnert. Schuld daran ist wohl, dass ich in letzter Zeit ziemlich oft an Will gedacht habe. Ich übertrage einfach alte Gefühle, die ich für Will gehegt habe, auf Ethan. Erinnerungen und Emotionen, die besonders intensiv sind, weil Will und ich damals gemeinsam etwas so Schreckliches durchgemacht haben.

Es hat nichts zu bedeuten. Die beiden haben keinerlei Ähnlichkeit.

»Danke.« Er küsst mich, bevor ich sonst noch etwas sagen kann, und seine weichen Lippen schmiegen sich an meine. Ich öffne den Mund, fühle, wie seine Zunge hineingleitet, und komme ihr mit der meinen entgegen. Die Finger um seinen Nacken gelegt, presse ich mich mit dem Unterleib an ihn. Ich stehe im eiskalten Regen mitten in jenem Freizeitpark, in dem ich damals entführt wurde und in dem mir schreckliche Dinge geschahen. Doch es ist in Ordnung. Ich erschaffe neue Erinnerungen, Erinnerungen, die die alten auslöschen.

Und auf eine eigenartige Art verschmelze ich in meinen Gedanken zwei Personen zu einer. Die eine war ein Junge.

Die andere ist ein Mann.

Ethan

Gegenwart

Katie folgt mir mit ihrem eigenen Wagen zu mir nach Hause, und ich fahre langsamer als sonst, um sie nicht zu verlieren. Wir quälen uns durch den beschissenen Verkehr, der durch den Regen noch dichter als sonst ist. Unterwegs muss ich ständig an sie denken.

Mein einziger Wunsch ist es, sie heil bis zu mir nach Hause zu lotsen. Und dort habe ich Pläne. Ich möchte sie mir vornehmen, Kleidungsstück für Kleidungsstück, Liebkosung für Liebkosung, bis sie, nackt und vor Verlangen zitternd, jede Kontrolle verliert. Und der Einzige, der dann ihr Begehren stillen kann …

… bin ich.

Als ich sah, dass sie das Armband trug, das ich ihr vor all diesen Jahren geschenkt habe, wäre ich fast in Tränen ausgebrochen. Die Erkenntnis, dass sie es über all diese Zeit aufbewahrt hat, und ihre Beschreibung des Jungen, der es ihr geschenkt hat – also ihre Beschreibung von mir –, traf mich bis ins Mark. Ich habe ihr etwas bedeutet. Nach den vielen langen Jahren, in denen ich überzeugt war, dass ich nichts wert wäre und Katie mich hasste und für mitschuldig hielt, finde ich nun heraus, dass sie Will als Freund betrachtet. Sie hat mein

Geschenk, das Armband, aufbewahrt und war am Boden zerstört, als sie meinte, es verloren zu haben …

Ich fahre mir mit der Hand übers Gesicht und biege in meine Zufahrt ein. Verdammt. Ich bin so verwirrt, dass ich nicht einmal mehr weiß, wie ich mich fühle. Sie verdient es, die Wahrheit zu erfahren. Das ist mir klar. Aber ich möchte das, was sich heute Abend zwischen uns entwickeln könnte, nicht kaputtmachen. Ich brauche sie. Ich will sie. Wenn ich ihr erzähle, wer ich wirklich bin, wird sie wie vor den Kopf geschlagen sein, und damit riskiere ich alles.

Einfach alles.

Und das darf ich nicht. Ich brauche eine Nacht mit ihr. Nur eine einzige Nacht.

Und dann erzähle ich ihr die Wahrheit. Bald. Womöglich schon morgen.

Vielleicht. Ich muss es irgendwann tun, denn ich kann so nicht weitermachen.

Der Regen hat nachgelassen, und ich steige aus dem Wagen und sehe zu, wie Katie ihrerseits ihr Auto verlässt und auf mich zueilt. Ich ergreife ihre Hand und führe sie in das stille dunkle Haus. Rollos und Vorhänge sind noch zugezogen, und da sich draußen eine neue Regenfront nähert, ist alles von Schatten verhüllt und ganz still.

Sobald die Tür geschlossen ist, dränge ich Katie dagegen und nehme ihren Kopf zwischen die Hände. Es ist zwar finster, aber ich kann sie erkennen, und sie hebt das Gesicht und begegnet meinem Blick mit weit geöffneten Augen. »Katie«, flüstere ich, während ich ihre Lippen mit den meinen streife. Bei der Berührung durchfährt mich eine kribbelnde Spannung.

Ein bebender Seufzer entfährt mir, dann fange ich mich wieder und küsse sie erneut. Und wieder. Sie umfängt mich, ihre Finger graben sich in mein feuchtes Sweatshirt, und mit zurückgelegtem Kopf öffnet sie die Lippen unter meiner Berührung. Unsere Zungen umkreisen sich, und ich umfange ihre Wangen und halte sie fest, während ich ihren Mund intensiv koste.

Ich zügele mich, was mich fast umbringt. Es ist wirklich mörderisch für mich. Ich will sie. Will sie so sehr. Meine Kleidung ist vom Regen vollgesogen, schwer und ungemütlich feucht, und als ich den Kuss endlich beende, flüstere ich: »Wir sollten die Klamotten ausziehen.«

Sie schlägt die Lider auf, ihre Augen weiten sich, und ihr Zögern ist deutlich zu sehen. »W-was?«

»Sie sind nass.« Ich lache. »Ich meinte nicht, dass wir uns nackt ausziehen sollen.« Noch nicht. »Ich will einfach nur aus diesen klatschnassen Sachen raus.«

»Aber ich habe nichts, was ich stattdessen anziehen könnte«, wendet sie ein.

»Da kann ich dir aushelfen«, biete ich ihr an.

Und das tue ich. Ich gebe ihr ein altes weiches T-Shirt, ein Flanellhemd und ein paar dicke Socken. Von meinen Jogginghosen oder Shorts würde ihr keine passen, weil sie so zierlich ist. Ich überlasse ihr zum Umziehen mein Schlafzimmer, während ich selbst im Wohnzimmer bleibe. Dann schlüpfe ich in eine dunkelgraue Trainingshose und ein langärmliges weißes T-Shirt und erwarte sie auf der Couch. Ich bin in Hochspannung und fiebere ihrem Kommen entgegen.

Als ich höre, dass meine Schlafzimmertür aufgeht, setze ich

mich aufrecht hin und lege die Hände auf die Knie, mit einem Gefühl, als würde ich gleich abheben. Sie betritt das Wohnzimmer, die Füße in den dicken Socken, die ich sonst nur mit einem bestimmten Paar Stiefeln trage. Sie hat das T-Shirt angezogen und darüber das Flanellhemd halb zugeknöpft. Mit dem lose hochgesteckten Haar und den rosig angelaufenen Wangen sieht sie verdammt sexy aus.

Zum Anbeißen.

»Alles in Ordnung?« Ich stehe auf, gehe zu ihr und habe dabei das Gefühl, ich müsste sie beschützen. In meinen Kleidern wirkt sie noch zierlicher als sonst, ihre Miene ist verunsichert, und mit den bloßen Beinen erinnert sie mich an die jüngere Katie.

An das Mädchen, das ich damals gefunden habe.

Katie lächelt, und dieser Anblick fährt mir wie ein Blitzstrahl ins ohnehin schon schwer getroffene Herz. »Ja. Mit trockenen Sachen am Leib ist mir gleich viel wohler.«

»Was hast du mit deinen nassen Kleidern gemacht? Wir könnten sie in den Trockner werfen.«

Und genau das tun wir dann, als wären wir ein Ehepaar, das gerade von einem langen harten Arbeitstag nach Hause kommt. Sie folgt mir mit den Klamotten in der Hand in meine winzige Waschküche, die direkt neben der Garage liegt. Ich mache ihr den Wäschetrockner auf, und sie wirft ihre Sachen zusammen mit meinen hinein. Ich schließe die Tür, schalte das Gerät ein und höre, wie es brummend zum Leben erwacht.

Sie begegnet meinem Blick mit einem schwachen Lächeln. »Und jetzt?«

Muss sie das wirklich fragen? Alle meine Instinkte schreien danach, einfach zuzugreifen. Sie auf den rüttelnden Trockner zu setzen und zu küssen. Ihr die Hand zwischen die Beine zu schieben und herauszubekommen, ob sie einen Slip trägt – was eigentlich ausgeschlossen ist, denn gerade eben habe ich gesehen, wie er im Trockner gelandet ist. Unter den Klamotten, die ich ihr geliehen habe, ist sie nackt. Kein BH, kein Höschen, einfach nur die bloße Haut.

Es juckt mich in den Fingern, sie zu berühren, sie zu streicheln. Herauszufinden, was ihr gefällt, und es noch einmal zu machen. Und erneut. Bis sie sich gegen mich drängt und um mehr bettelt.

»Was hättest du denn gern?«, frage ich mit rauer Stimme, und in meinem Gehirn gibt es einen Kurzschluss, als sie die Hand nach mir ausstreckt und sie um das Zugband meiner Trainingshose legt. Ihre Finger sind meinem Schwanz viel zu nah, und der ist ohnehin schon so hart, dass es wehtut.

»Du warst heute mein Held, Ethan«, flüstert sie und zupft dabei an dem Zugband. Ich taumele auf sie zu und komme mir unter der Berührung ihrer Hand wie ein torkelnder Idiot vor. Ich stütze mich mit der Hand auf dem Trockner ab und beuge mich vor. Der blütenzarte Duft ihres Haars steigt zu mir auf, ebenso wie das betörende Aroma ihrer Haut, eine Mischung aus ihrer Bodylotion und ihrem Parfüm. Am liebsten würde ich sie komplett verschlingen.

Ihre Worte erinnern mich an das, was sie vor langer Zeit zu jenem anderen Jungen gesagt hat, und ich schließe die Augen und lege ihr den freien Arm um die Taille. Sie lehnt mit dem Rücken am Wäschetrockner, und ich hebe sie mit dem einen Arm hoch. Einen ganz kurzen Moment lang verharrt ihr Hintern an der Oberkante des Geräts; dann rutscht sie zurück.

»Was machst du?«, fragt sie atemlos, und ihre Hände, die auf meinen Schultern liegen, drücken mich kurz.

»Beine öffnen«, fordere ich sie auf, und sie gehorcht mir automatisch. Ich trete dazwischen, die eine Hand direkt neben ihrem Oberschenkel noch immer auf den Trockner gestützt, während ich den anderen Arm enger um ihre Taille schlinge. »Meine Sachen stehen dir, Katie.«

Sie senkt errötend den Kopf. »Du klingst ganz schön besitzergreifend, Ethan.«

»So fühle ich mich auch.« Ich beuge mich vor, bis meine Wange die ihre berührt, und schließe für einen langen stillen Moment die Augen. Ich atme ihren Duft ein, nehme ihn in mich auf. »Ich will dich. So sehr. Die Trennung von dir hat mich total fertiggemacht.«

Seufzend streicht sie mit den Fingern über meine Schultern. Himmel, diese Berührung fühlt sich so gut an. »Ich … ich will dich auch.«

Bei diesem Eingeständnis steigt Triumph in mir auf. »Nach allem, was du mir erzählt hast, verstehe ich, glaube ich, was du durchgemacht hast. Und ich möchte dich nicht bedrängen. Ich weiß, dass du Angst hast, aber ich werde dir nicht wehtun. Versprochen.«

»Ich weiß.« Sie nickt. »Ich vertraue dir.«

Plötzlich bin ich entmutigt. Ich weiß nicht, ob ich ihr Vertrauen verdiene. Dabei möchte ich es unbedingt. Ach Gott, es ist mein größter Wunsch. Aber ich belüge sie jetzt schon so lange und komme mir deswegen wie ein Arschloch vor. Wird sie mir jemals verzeihen, wenn sie die Wahrheit erfährt?

Ich bin bereit, das Risiko einzugehen.

»Lässt du mich, Katie? Darf ich dich anfassen?« Ich nehme die Hand von dem warmen rumpelnden Wäschetrockner und lege sie außen auf ihren Oberschenkel. Ihre Haut fühlt sich seidig zart an, und ich streiche am Bein hinunter und lege die Finger um ihr nacktes Knie. »Oder soll ich aufhören?«

Sie schüttelt den Kopf und öffnet die Lippen zu einem Seufzer, als ich die Hand wieder nach oben führe, diesmal entlang der Innenseite ihrer Oberschenkel. »N-nein.«

»Möchtest du mehr davon?« Ein langsames Herantasten, eine lustvolle Folter für sie und mich. Verdammt, es ist ein so gutes Gefühl, endlich die Kontrolle aufzugeben und mich meinem Begehren zu überlassen. Katie erkennen zu lassen, was sie mit mir anstellt. »Mehr von mir?«

»Mm-hm.« Sie nickt und schließt die Augen, als ich mit den Fingern an ihrer Leistenbeuge entlang nach unten fahre. Katie ist geöffnet und bereit, und Ehrenwort, ich rieche es. Und ich frage mich, wie feucht sie sein wird, wie bereit sie wirklich ist. Ob sie verwirrt und verängstigt ist oder ob sie es wirklich will.

Ob sie mich will.

Ich küsse sie, und sie greift nach meinem Gesicht und umfängt es von unten mit den Spitzen der gespreizten Finger. Ihre Lippen haften an meinen. Wo sie mich berührt, prickelt meine Haut, und ich schiebe die Zunge beim Küssen noch tiefer, während ihre andere Hand unter mein Shirt gleitet.

Heute Abend ist sie mutig. Überhaupt nicht mehr zögerlich. Als wüsste sie genau, was sie will, und steuerte bewusst darauf zu.

Ich gebe ihren Mund frei, beuge mich über ihren Hals und lecke sie da. An der Bewegung ihrer Kehle spüre ich, dass sie einen leisen Laut ausstößt, und ich streife mit den Lippen über die zarte Haut. Ihre Hand wandert von meinem Gesicht zu meinem Nacken, und sie zieht mich noch näher an sich. Ich koste sie, knabbere an ihr und spüre, wie sie erschauert. Die Hände auf ihre Hüften gelegt, halte ich sie fest. Ich möchte sie nackt ausziehen, aber jetzt noch nicht. Nicht hier, auf meinem gottverdammten Wäschetrockner mitten in meiner Waschküche.

»Ethan.« Mein Name ist ein atemloses Flehen, doch ich reagiere nicht darauf. Vielmehr lecke und lutsche ich weiter an ihrem Hals, und dann gleiten meine Hände unter das T-Shirt, das ich ihr gegeben habe, und ich streichele ihren flachen Bauch. Er zieht sich erschauernd unter meinen Berührungen zusammen. Schließlich lasse ich von ihrem Hals ab, richte mich auf und schaue auf Katie hinunter. »Du … wirst doch sanft mit mir umgehen, oder?«, bittet sie.

Ich nicke und halte ihren Blick fest. »Du wirst Höhen erklimmen, von denen du nicht zu träumen gewagt hättest, Katie«, verspreche ich feierlich.

Sie schließt die Augen. »Mein Gott.«

Das sind ihre letzten Worte, bevor ich alles, was sie sonst noch sagt, mit den Lippen verschlucke und mit der Zunge weglecke. Ich ziehe die Hände unter ihrem Shirt hervor und öffne einen Knopf ihres Flanellhemdes nach dem anderen. Meine Finger streifen dabei das T-Shirt über ihrem von keinem BH gehaltenen Busen. Und die ganze Zeit küsse ich sie weiter. Sie drängt die Brüste gegen meine Hände, ein Wimmern steigt aus ihrer Kehle auf, und mich überfällt ein so starkes Verlangen nach ihr, dass mir ungelogen die Knie weich werden.

Sie hat so viel durchgemacht und musste als junges Mädchen so entsetzlich Schlimmes erleiden. Dass sie mir vertraut und mir gestattet, sie auf diese Weise zu berühren und zu küssen, lehrt mich Demut.

Fast möchte ich auf die Knie niedersinken.

Ich bin mit dem Aufknöpfen des Flanellhemdes fertig, reiße es ihr praktisch von den Schultern und werfe es auf die Waschmaschine. Dann umfange ich ihr Gesicht mit den Händen, während ich sie noch immer küsse. Das könnte ich stundenlang, während sie mit ihren Schenkeln meine Beine umfängt, den einen Arm um meinen Nacken gelegt hat und mich mit der anderen Hand unter dem Shirt streichelt. Ihr Mund ist geöffnet, ihre Zunge drängt sich an meine, alles an ihr ist warm und so verführerisch, und jede noch so kleine Stelle ihres Körpers gehört mir.

Ich gebe sie nicht wieder her. Nicht noch einmal.

Nein, niemals wieder.

Will

Damals

Nach dem ungefähr achten Mädchen, mit dem ich in meiner Highschoolzeit fickte – eins mehr oder weniger spielt keine Rolle –, traf mich mit einem Mal die Erkenntnis wie ein Schlag in die Magengrube. Sie alle sahen ähnlich aus und hatten eine Gemeinsamkeit, die mir aber erst in der Nacht auffiel, in der ich Maddie Whitaker flachlegte. Es war eine Party am Ende meines letzten Highschooljahrs, und die flirtfreudige blonde Maddie war mir nicht von der Seite gewichen, seit ich den Raum betreten hatte. Ich wusste, was sie wollte.

Und ich wollte es ebenso. Und so gab ich es ihr in einem Gästezimmer, nachdem sie mir einen geblasen hatte.

»Ich wusste, dass du mit mir fickst«, erklärte sie beinahe triumphierend, als sie sich wieder anzog. Wir waren bereits fertig, und ich wollte einfach nur da weg. »Alle haben gesagt, dass du es machst, weil ich dein Typ bin.«

Ich knöpfte gerade meine Jeans zu und hielt mitten in der Bewegung inne. Ein Blick zu ihr hinüber zeigte mir, dass sie mich beobachtete. »Ich habe einen Typ?«, fragte ich.

Sie war mit den Knöpfen ihrer Bluse beschäftigt und nickte. »Du magst zierliche blonde Mädchen. Mit blauen Augen. Und sie müssen unschuldig aussehen.« Sie sah mich blinzelnd an, und ich konnte in Maddies Gesicht nichts Unschuldiges erkennen. Schließlich war es noch keine Viertelstunde her, dass ihre Lippen meinen Schwanz umschlossen hatten.

»Ach ja«, sagte ich mit ausdrucksloser Stimme und streifte mein T-Shirt über.

»Ja. In der Schule geht das Gerücht um, eine hübsche unschuldige Blonde hätte dir das Herz gebrochen.«

Kurz darauf schlüpfte Maddie aus dem Zimmer, ich aber blieb gedankenverloren auf der Bettkante sitzen. Es gab keine hübsche unschuldige Blonde, die mir das Herz gebrochen hatte. Mein Herz konnte man nicht brechen. Zum Teufel, meistens hatte ich das Gefühl, dass ich überhaupt keines besaß. Zumindest kein normales.

Meines war eine uneinnehmbare Festung. In der Schule gab es eine ganze Reihe von Mädchen, die mich gern als ihren Freund gehabt hätten, aber das interessierte mich nicht. Ein Mädel flachlegen? Jederzeit. Aber eine feste Freundin, um die ich mich kümmern musste?

Vergiss es.

Ich strich mir durchs Haar und fragte mich beunruhigt, ob Maddie mit ihrer Bemerkung vielleicht recht hatte. Sagten sie das in der Schule wirklich über mich? Garantiert standen die Mädels oft einfach nur auf die gefährliche Aura, die sie mir andichteten. Ich war der Sohn eines verurteilten Serienmörders. Diesem Ruf konnte ich nicht entkommen.

Dabei habe ich es versucht. Herrgott noch mal, und wie.

Die Wahrheit dämmerte mir etwa zehn Minuten später, und da saß ich noch immer im Gästezimmer eines Hauses, das Leuten gehörte, die ich nicht einmal kannte. Es gab nur ein einziges Mädchen, das mir jemals etwas bedeutet hatte. Es hatte den Wall, der mein Herz umschloss, aufgebrochen und erfüllte es noch immer mit heftiger Sehnsucht. Ich hatte keine Ahnung, wie es mit ihr weitergegangen war und wo sie sich jetzt befand. Wider Willen hatte ich den Kontakt zu ihr abgebrochen, doch ich hatte sie nie vergessen. Wie sehr ich es auch versuchte.

Katie Watts. Hübsch. Blond. Und unschuldig. Sie hatte mir vertraut, und sie hatte meine Hilfe so dringend gebraucht. Sie war diejenige, die ich unbedingt haben wollte.

Und sie war diejenige, die ich niemals bekommen konnte.

Katherine

Gegenwart

Er hebt mich hoch, als wäre ich so leicht wie eine Feder. Seine kräftigen Hände umfassen meinen Po, und ich schlinge ihm automatisch die Beine um die Hüften. Ich trage keinen Slip, und er zieht mich so eng an sich, dass meine nackte Haut sich an seinen flachen Bauch schmiegt und ich mich frage, ob er mich spüren kann. Und ob er wohl weiß, dass ich keine Unterwäsche trage. Ob er mich für zu forsch hält, für zu …

Was für ein dummer Gedanke. Er ist ein Mann. Er fühlt sich von mir angezogen, und ich spüre seine Erektion, aber sie macht mir keine Angst. Eher schon erregt sie mich. Mein Blut rauscht durch die Adern, mein Herz hämmert, und zwischen den Beinen empfinde ich ein Pulsieren. Seine Hände liegen auf dem T-Shirt, das er mir gegeben hat, aber ich bin mir sicher, dass er mich durch den Stoff hindurch fühlt.

Ich will, dass seine Hände meine nackte Haut berühren.

Nach einem langen Kuss, der mir fast den Atem raubt, trägt er mich in sein Schlafzimmer und setzt mich auf die Bettkante. Jetzt steht er vor mir, zieht sein Shirt aus und lässt mich zum ersten Mal seine nackte Brust sehen. Ich betrachte ihn unverfroren, wie hypnotisiert von seinem maskulinen Körperbau. Seine Schultern wirken männlich, seine kräftigen

Arme, sein Brustkorb, seine Brustmuskeln und sein flacher Bauch. Er ist muskulös, aber nicht übertrieben, und es kribbelt mich in den Händen vor Verlangen, ihn anzufassen.

Er hat eine Tätowierung auf der einen Seite des Brustkorbs, und ich betrachte sie mit schief gelegtem Kopf. Über einem Paar Engelsflügeln stehen in eleganter Schrift die kurzen Worte: *Keiner außer uns.*

Sonderbar. Und merkwürdig vertraut. Was das wohl zu bedeuten hat? Und wer ihm wohl einmal so viel bedeutet hat, dass er sich für diese Person derart romantische Worte hat eintätowieren lassen? Es war bestimmt ein Mädchen. Ein Mädchen, das in einem Abschnitt seines Lebens sein Herz in Händen hielt.

Die Glückliche.

Eine Welle der Eifersucht schlägt über mir zusammen, aber ich dränge sie zurück.

Ich trage nur noch sein T-Shirt, sonst nichts mehr – na ja, und die Socken – und reibe die Oberschenkel aneinander, weil eine Flut von unvertrauten Gefühlen mich verunsichert. Ich bin nervös. Aufgeregt. Ich möchte, dass er mich anfasst, und gleichzeitig wieder nicht. Ich will seinen Mund auf meinem nackten Körper spüren, doch ich habe Angst. Wird er mich bedrängen, zu weit zu gehen? Wird er wütend, wenn ich ihm bestimmte Dinge verwehre? Ich weiß noch nicht einmal, um was für bestimmte Dinge es sich handeln könnte, aber vielleicht bin ich ihnen nicht gewachsen, und ich möchte ihn nicht verärgern.

»Alles in Ordnung?« Seine tiefe Stimme reißt mich aus meinen Gedanken. Er berührt meine Wange, und ich schmiege sie in seine Hand, schließe die Augen und nehme seine Wärme und Freundlichkeit in mich auf. »Katie.«

Ich schlage die Augen auf und sehe ihn an. Als wir vorhin unsere nassen Sachen ausgezogen haben, hat er die Brille abgesetzt. Seine Augen sind unglaublich dunkel, die Gesichts- und Halsmuskeln sichtlich angespannt, und ich begreife, dass er sich um meinetwillen zügelt.

Doch wie würde es sich anfühlen, würde er diese Selbstkontrolle aufgeben und seine ganze Leidenschaft zeigen? Würde mir das gefallen? Würde ich mich darin verlieren? Oder würde mir diese ganz auf mich konzentrierte Intensität Angst machen?

Nun ist die Zeit gekommen, es herauszufinden.

»Du musst dich nicht meinetwegen beherrschen«, flüstere ich, den Blick in seinen geheftet. Er runzelt die Stirn, als wäre er durch meine Erklärung verwirrt, und ich fahre fort. »Ich möchte dich, Ethan. Ich möchte dich ... ganz.«

Er bleibt ein paar Sekunden stumm, doch dann räuspert er sich endlich. »Ich glaube, du weißt nicht, worum du mich bittest.«

Jetzt ist es an mir, die Stirn zu runzeln. »Was meinst du damit?«

»Wenn ich dich so sehe und weiß, dass du unter meinem Shirt vollständig nackt bist.« Er presst die Lippen zusammen und schüttelt, von seinen Gefühlen überkommen, den Kopf. Wie Sirup durchströmt mich ein warmes Gefühl der Lust, als die Empfindung ungebändigter weiblicher Macht mich erneut überkommt. Es erfüllt mich mit Wonne, dass ich eine so starke Reaktion in ihm auslöse. »Ich kann mich nicht ewig beherrschen, Katie, das weiß ich. Du lässt es nicht zu. Ich begehre dich schon so lange.«

»So lange? Wir kennen einander doch erst seit …«

Er kniet sich vor mir nieder, und vor Bestürzung breche ich mitten im Satz ab. »Ich habe es auf den ersten Blick gewusst.«

Ich ergreife seine Hände, und seine Finger schließen sich um meine. »Was hast du gewusst?«, frage ich mit bebender Stimme.

»Dass du für mich bestimmt bist.« Er beugt sich vor und küsst mich sanft. Lange. »Dass ich dich zu meinem Mädchen machen würde und es dann kein Zurück mehr gäbe.« Wieder ein Kuss. Seine Zunge wandert innen an meinen Lippen entlang, und mir entfährt ein Keuchen. Ein Schauder überläuft mich. »Möchtest du ganz mir gehören, Katie?«

»Ja«, flüstere ich gegen seine Lippen. »Genau das will ich. Dir gehören.«

Er erwidert nichts, sondern legt mich einfach nur aufs Bett. Groß, wie er ist, schiebt sich sein warmer Körper über meinen, und noch immer sind wir Hand in Hand. Unsere Finger sind verflochten, und er führt sie über meinen Kopf, während er mich weiter küsst. Unsere Zungen umfangen sich, und sein Körper reibt sich an meinem. Sein erigierter Penis berührt mich zwischen den Beinen, und ich öffne sie und merke, dass dabei das Shirt hochrutscht und meine nackte Haut entblößt. Ich spüre durch den Stoff seiner Kleidung hindurch, wie seine Erektion mich im Schritt berührt.

Ich spanne mich an, was er spürt. Plötzlich verharrt er vollkommen reglos, ein langer stummer Moment, doch dann durchbricht mein Stöhnen die Stille.

»Du fühlst dich so gut an.« Ich klinge nicht wie ich selbst. Mein Gott, ich fühle mich nicht einmal wie ich selbst. Meine Haut glüht, mein ganzer Körper pulsiert im Takt mit dem rasenden Rhythmus meines Herzens, und ich hebe die Hüften und reibe sie ganz bewusst an seinen. Nun ist er derjenige, der ächzt, und dieser leise männliche Laut jagt mir das Blut durch die Adern und raubt mir den Verstand.

Ich würde ihn gern noch einmal so ächzen hören.

Wortlos richtet er sich ein Stück weit auf, lässt meine Hände los und legt die seinen auf meine Hüften, umfängt sie mit einem starken Griff. Atemlos verfolge ich, wie er mein Shirt hochschiebt und meinen Bauch Zentimeter für Zentimeter entblößt, bis der Stoff sich unmittelbar unter meinen Brüsten bauscht. Seufzend schließe ich die Augen, als er mich betrachtet, mit den Fingern langsam über meinen Bauch streicht und mit einem Finger den Bauchnabel umkreist.

»Deine Haut ist so zart«, flüstert er ehrfürchtig.

Ich erwidere nichts, sondern genieße das Kompliment und sein Streicheln einfach. Er zieht das Shirt noch höher, und als er es über meine Brüste emporstreift, verfängt sich der Stoff kurz an meinen erigierten Nippeln. Ich atme scharf ein, als die kühle Luft meine empfindliche Haut umfängt. Er umfasst meine beiden Brüste, umschließt sie ganz mit seinen großen Händen und streicht mit den Daumen über meine Nippel. Ich presse die Lippen zusammen, um nicht vor Lust zu wimmern.

»Ich möchte dich hören.« Als ich die Augen aufschlage, betrachtet er meine Brust fast benommen vor Faszination. »Halt dich nicht zurück, Katie. Fühlt sich das gut an?«

Ich nicke, denn ich bin keiner Worte fähig. Zu überwältigt bin ich davon, wie sehr er von mir überwältigt zu sein scheint. Es ist faszinierend.

Berauschend.

»Zieh das aus«, drängt er. Ich hebe die Arme über den Kopf, komme ein Stück weit von der Matratze hoch, und er zerrt mir das Shirt herunter und wirft es auf den Boden. Nun liege ich vollständig nackt unter ihm. Das Einzige, was uns noch voneinander trennt, ist seine Trainingshose – nicht mehr als ein dünner Baumwollstoff. Ich spüre jeden Zentimeter seines Steifen, den er an mich presst, und trotz einer gewissen Beunruhigung, weil mir nicht klar ist, wie genau das funktionieren soll, bin ich doch vor allem erregt.

»Verdammt, Katie.« Ich schließe die Augen erneut, als ihm dieser raue Ausruf entfährt und er ein wenig Abstand nimmt. Ich spüre seinen leidenschaftlichen Blick auf mir, als wäre er eine körperliche Liebkosung. »Ich weiß nicht, ob ich mich noch lange beherrschen kann.«

»Dann beherrsche dich nicht.« Mit geschlossenen Augen strecke ich die Hand nach ihm aus und fahre ihm mit den Fingern über die heiße straffe Brust. Ich möchte ihn ganz fühlen, möchte alles fühlen, was er hat. »Bitte, Ethan.«

Ich glaube, es ist das Wort *bitte*, das bei ihm den Nerv trifft. Er stürzt sich auf mich und überfällt meinen Mund mit Küssen. Seine Hände sind überall. Ich dränge mich ihm entgegen, stöhne unter seinem Mund und winde meine Zunge an seiner. Ich treibe ihn an, will mehr und lasse meine Angst hinter mir zurück, weil es Ethan ist. Weil es Ethan ist, mit dem ich zusammen bin.

Ich vertraue ihm. Ich hänge an ihm. Obwohl er anfangs bei mir ein solches Gefühlschaos ausgelöst hat, kann ich nicht leugnen, dass die Chemie zwischen uns beiden einfach stimmt. Ich spüre eine Verbindung zwischen Ethan und mir, ob ich es will oder nicht, und wenn er nicht bei mir ist, fühle ich mich ein wenig verloren. Und sehr allein.

Ich habe es so unglaublich satt, mich allein zu fühlen.

Er zieht mit dem Mund einen glühenden Pfad über mich, von oben nach unten. Über Hals, Kehle, Schlüsselbein, Brust und Brustwarzen. Hinunter ins Tal zwischen meinen Brüsten, wo seine Lippen verweilen und seine heiße Zunge, die mich dort leckt, mir ein Keuchen entlockt. Als er Küsse auf meine linke und dann auf meine rechte Brust regnen lässt, vergrabe ich die Finger in seinem Haar. Und als er einen Nippel in den Mund nimmt und mit kreisender Zunge daran saugt, ziehe ich ihn an den Strähnen und schreie auf.

Die Aufmerksamkeit, mit der er meine Brüste überhäuft, macht mich haltlos vor Lust. Mein ganzer Körper zittert und bebt, mein Magen zieht sich zusammen, und zwischen den Beinen bin ich feucht. Unglaublich feucht. Ich will, dass er mich dort berührt. Und ich will, dass er den Mund erneut auf meinen presst. Ich mag es, wie er sich mit seiner Zunge fast gewaltsam Zutritt verschafft. Doch seine sanfte Annäherung macht mich genauso rasend, und ich ziehe an seinen Schultern. Ich will ihn näher spüren. Ich will mehr.

Ethan versteht den Hinweis, und schon ist er da, berührt mein Gesicht und lässt seinen Mund mit meinem verschmelzen. Er rückt sich über mir zurecht, sein Steifer drängt sich wieder zwischen meine Beine, und seine heiße Brust schmiegt sich an meine. Ich streichele ihn an jeder Körperstelle, die ich erreichen kann, unsere Münder sind geöffnet und unsere Zungen kennen kein Halten. Seine Hand wandert über meinen Bauch nach unten, und ich verkrampfe mich unter seiner Berührung. Ich kann nicht dagegen an. Meine Ängste haben noch immer Macht, und trotz meines Vertrauens in Ethan ist es schwer, die alten Gewohnheiten zu durchbrechen.

»Lass mich«, flüstert er, als seine Finger den Saum meines Schamhaars erreicht haben. »Ich möchte, dass du dich gut fühlst, Katie. Ich möchte, dass du kommst.«

Bei seinem sanften Zureden schmelze ich dahin. Als ich langsam nicke, streicht seine Hand tiefer nach unten und umfängt mich, bedeckt mich dort vollkommen. Die Stelle unter seiner Hand pulsiert, und der Atem verfängt sich in meiner Kehle. Sein langer Finger schmiegt sich an mich und verschafft sich Zugang, und dann durchstreift er mit einer federleichten Berührung forschend die Öffnung zwischen meinen Schamlippen.

»Du bist so verdammt feucht.« Er klingt gequält, und mein Körper reagiert mit einem ähnlich schmerzlichen Verlangen. »Mein Gott, Katie, was stellst du mit mir an?«

Oh nein, eher schon, was stellt er mit mir an? Er rückt zur Seite, um besser an mich heranzukommen, und ich dränge mich mit weit gespreizten Beinen stöhnend gegen seine Hand. Er beugt sich über mich, um einen Nippel in den Mund zu saugen, und schiebt gleichzeitig einen Finger in mich hinein. Ich unterdrücke den Schrei, der in meiner Kehle aufsteigen will.

Ich bin … überwältigt. Und ich empfinde auch ein wenig

Scham. Es sollte sich nicht so gut anfühlen, oder? Meine Sorge und meine Schuldgefühle sind eine furchtbare Bürde, die einfach nicht von mir abfallen will. Jedes Mal, wenn ich glaube, sie endgültig abgeschüttelt zu haben, schlägt sie ihre Klauen noch tiefer in mich hinein. Wie ich das hasse. Ich verabscheue es zutiefst, und ich will nicht, dass meine Probleme diese Nacht mit Ethan kaputtmachen.

Aber jetzt sind sie da. Sie überfluten mich und rufen mir in Erinnerung, wer ich bin und was mir zugestoßen ist.

»Entspann dich, Baby«, flüstert er an meiner Brust. Sein Atem streicht über meine Nippel und lässt sie erschauern. »Lass alles los.«

»I-ich kann nicht«, gestehe ich, und meine Stimme klingt erstickt vor Enttäuschung über mein Versagen.

»Denk nicht über die Vergangenheit nach«, redet Ethan mir zu, hebt den Kopf und mustert mich. »Lass dich von ihr nicht zurückhalten. Konzentriere dich einfach ganz auf mich. Auf meine Berührung. Konzentriere dich auf die Gefühle, die ich dir verschaffen kann.«

Ich gebe mir alle Mühe, doch vergebens. Die Lust, die gerade noch mein Blut in Wallungen versetzt hat, kommt mir jetzt bloß noch wie eine ferne Erinnerung vor. Sein Mund kehrt zu mir zurück, und seine Finger streicheln mich zwischen den Beinen, doch nun reagiert mein Körper kaum noch. Die Erregung ist beinahe gänzlich verebbt, und ich presse die Augenlider zusammen, um die Tränen zu vertreiben.

Aber sie fließen, obwohl ich es nicht will.

Katie

Damals

Als ich sechzehn war, hatten sich meine Erwartungen an die Liebe bereits in ein Märchen aus einem Fantasieland verwandelt. Im Geist war ich eine Prinzessin wie aus einem Disney-Film, ganz allein in ihrem Schloss.

Ich wartete auf einen geheimnisvollen, gut aussehenden Prinzen, der in meinen einsamen Turm vordringen und mich erlösen würde. Ich las Liebesromane, verführerische Geschichten für junge Erwachsene, in denen gesehnt und geseufzt wurde, in denen heimliche Blicke zugeworfen und so viel vom Küssen geträumt wurde, dass es ein komplettes Teenietagebuch füllen könnte. Das Wünschen, Hoffen und Sehnen war das, worauf ich abfuhr. Wenn es dann endlich zum Kuss gekommen war und der Status als fester Freund/feste Freundin feststand, wurde mir die Geschichte langweilig.

Was mich ansprach, war unerwiderte Liebe. Das leuchtete mir auch ein. Es entsprach mir. Aber etwas Reales? Einen richtigen Freund haben und mich mit allem abgeben müssen, was eine Beziehung mit sich brachte? All das Reden, Umarmen und Küssen? Und das regelmäßig?

Dieser Gedanke überstieg mein Vorstellungsvermögen. Ich war sechzehn und völlig isoliert. Absolut einsam.

Und fand es schrecklich.

Vor dem Verbrechen war ich für die Jungs kein Thema gewesen, sie hatten mich kaum beachtet. Und nach meiner Rückkehr zur Schule würdigten sie mich erst recht keines Blicks. Vermutlich machte ich ihnen Angst.

Mir machten sie jedenfalls Angst, das weiß ich.

Jeder machte mir Angst. Das war ein wichtiger Grund dafür, dass Mom beschloss, mich von der Schule zu nehmen und zu Hause zu unterrichten. Mein Vertrauenslehrer und meine anderen Lehrer protestierten vergeblich dagegen. Es half nichts, dass sie sich ein normales Leben für mich wünschten.

Ich war einem solchen nicht gewachsen. Und Mom auch nicht.

Meine damalige Therapeutin wollte unbedingt, dass ich einen Durchbruch schaffte. Ich sollte erkennen, wer der herbeifantasierte Junge war. Mein Held. Mein Retter. Doch ich wehrte mich dagegen. Dabei wusste ich tief in meinem Inneren, um wen es sich handelte. Aber seitdem war so viel Zeit vergangen. Beinahe vier Jahre. Ich hätte darüber hinweg sein sollen, oder? Er würde gewiss nicht kommen und mich erneut erlösen. Das hatte er bereits getan. Er hatte seine Pflicht erfüllt.

Unser gemeinsamer Moment war vorüber.

Ich saß in meinem Kinderzimmer auf dem Bett, strich mit den Fingern über den Schutzengelanhänger und nahm das Armband dann langsam vom Handgelenk. Aus meiner Frisierkommode holte ich das alte Schmuckkästchen, das ich mit sieben von Grandma zu Weihnachten geschenkt bekommen hatte. Ich klappte es auf, legte das Armband hinein und machte den Deckel behutsam zu.

So. Nun gab es keinen Gegenstand mehr, der mich an Will erinnerte.

Doch da waren die verdrängten Gefühle, die mich nicht losließen und mich in meinen Träumen heimsuchten, und die würden viel schwieriger wegzuschließen sein.

Ethan

Gegenwart

Irgendwie komme ich nicht mehr an sie ran. Dabei war sie mir ganz nah. Sie war genauso in Fahrt wie ich. Sie hat es genossen. Meine Berührungen, die Liebkosungen meiner Lippen und die Worte, die ich sagte, haben sie erregt.

»He.« Ich rutsche nach oben, bis ich auf einer Höhe mit ihrem Gesicht bin, und sehe die Tränen, die ihr die Wangen hinunterlaufen. Mein Herz stockt und bleibt mir fast in der Brust stehen. Ich ertrage es nicht, sie leiden zu sehen. So war es schon immer. »Was ist denn, Katie?«

Sie öffnet die tränennassen Augen, deren Blau jetzt nur noch intensiver strahlt. »Ich weiß nicht, ob ich das schaffe, Ethan.«

»Was habe ich falsch gemacht?« Ich streichele ihre Wange und wische die Tränen mit dem Daumen weg. »Habe ich dich zu sehr bedrängt?«

»N-nein.« Sie schüttelt den Kopf. »Es liegt an mir. Ich bin so was von kaputt. Ein seelisches W-Wrack.«

Ich ziehe sie an mich, lege ihr den Arm um den Rücken und lasse zu, dass sie ihr Gesicht an meiner Brust birgt. Ich werde nass von ihren Tränen, ihre Schultern beben beim Weinen leicht, und mein Herz zersplittert in unzählige Scherben.

Was, wenn ich ihr nicht helfen kann? Was, wenn sie sich

dem Sex niemals vorbehaltlos hingeben kann? Ich möchte nicht darüber nachdenken, dass es so kommen könnte, aber möglich wäre es durchaus.

»Du bist kein seelisches Wrack«, versichere ich ihr und streiche mit den Fingern über ihren seidig glatten Rücken. Auf und ab. Sie ist nackt an mich geschmiegt, ich spüre jede ihrer Kurven, und mit meinem Ständer könnte ich Nägel einschlagen, ohne Übertreibung. Aber ich muss mich zügeln. Ich muss so tun, als wäre ich nicht maßlos erregt und nicht vollkommen darauf versessen, ihn tief in sie hineinzuschieben. Und sie schwitzend, keuchend und stöhnend zu ficken, bis wir beide kommen.

»Doch«, antwortet sie dicht an meinem Hals. Ihr Atem streicht über meine Haut und lässt mich erschauern. »Ich weiß … ich weiß, dass du mich willst. Dass du das hier willst. Aber ich glaube nicht, dass ich es dir geben kann.«

Ich streiche mit einem Finger ihr Rückgrat hinunter und verharre gefährlich dicht über ihrem perfekten Arsch. »Und du selbst willst es nicht? Willst mich nicht?«

Sie wird ganz still, hebt den Kopf und heftet ihren Blick in meinen. »Doch, i-ich will.«

»Du hast einfach nur Angst.« Ich küsse sie. Nur eine kurze Berührung, vollkommen unschuldig. Ohne Zunge. Ihre Lippen öffnen sich unter meinen, aber ich hebe den Kopf, bevor mehr daraus wird. »Das verstehe ich.«

»Ich habe keine Angst. Wirklich nicht. Es ist nur … ich weiß nicht, was es ist.« Sie erzittert unter meinen Händen, die ihren Rücken streicheln, und ich bin überzeugt, dass meine Berührung sie nicht so kaltlässt, wie sie glaubt.

»Schsch.« Ich drehe sie auf den Rücken, und sie schaut mit weit geöffneten Augen zu mir auf, noch immer am ganzen Körper zitternd. »Hör mir einfach nur zu, Katie. Schließe die Augen.«

Sie holt tief Luft, und ihre Lider klappen zu. Ihr ganzer Körper ist verkrampft, als hätte sie Angst, ich würde ihr etwas Schreckliches antun. Ich streiche sanft über ihr Gesicht, streife mit den Fingern über ihre Wangen, ihre Augenbrauen, ihren Nasenrücken und ihre vollen Lippen. Ich berühre ihren Unterkiefer, das Kinn, seine Unterseite, die Kehle, die Halsseite und ihr Ohr. Dann ihr anderes Ohr. Ich fahre der Ohrmuschel mit den Fingerspitzen nach, ziehe am Ohrläppchen und lasse die Hand auf ihre Schulter gleiten.

»Magst du es, wenn ich dich anfasse?«, frage ich.

Sie nickt, und ihre Lippen verziehen sich zur Andeutung eines Lächelns. Ob ihr überhaupt bewusst ist, dass sie lächelt? »Es fühlt sich gut an.«

»Und es wird sogar noch besser, wenn du bedenkst, dass ich derjenige bin, der dich berührt, oder?« Als sie erneut nickt, gehe ich mit dem Mund dicht an ihr Ohr und senke die Stimme. »Für mich ist es genauso. Wenn du mich streichelst, wenn du mich küsst ... das ist ein unglaubliches Gefühl. Und das ist so, weil du es bist.«

Ich lasse die Hand über ihre Schultern und ihre Brust gleiten. Streiche mit dem Fingerrücken über ihre Nippel, und da entfährt ihr ein rauer Atemzug. Ihre Gefühle lodern, ob sie es nun zugeben kann oder nicht. Das weiß ich. Sie will mich. Und ich will sie. Ich muss ihr über diese Angstschwelle hinweghelfen. Wieder habe ich das Gefühl, dass es meine Pflicht ist, ihr beizustehen und ihr zu helfen, das Problem zu überwinden. Der Mann, der mir das Leben geschenkt hat, hat ihres ruiniert.

Und es ist meine Aufgabe, sie zu erlösen.

»Ethan.« Mein Name ist ein stimmloser Hauch in ihrem Mund, und ich kann mich nicht mehr beherrschen, senke den Kopf und küsse sie auf die rechte Brustwarze. »Warum bist du so geduldig mit mir?«

»Weil du das Warten wert bist«, flüstere ich gegen ihre Brust. Sie erschauert unter meinen Lippen, und als ich ihren rosigen Nippel mit dem Mund umschließe, sagt mir ihr wonnevoller Seufzer, wie sehr ihr das gefällt.

Ich werde den Wall ihrer Angst durchbrechen. Das weiß ich.

Sie umfängt meinen Hinterkopf und zieht mich an sich, und ich streiche ihren sanft gerundeten Bauch hinunter und lasse die Hand zwischen ihren Beinen ruhen. Sie ist dort heiß und feucht. Unglaublich feucht. Ich berühre sie nur mit der Fingerspitze und tauche mit jedem Auf und Ab tiefer in sie ein, bis sie sich mit gespreizten Beinen gegen meine Hand bewegt und ganz leicht mit den Hüften stößt. Ich rede weiter und sage ihr, wie schön sie ist und wie sehr ich möchte, dass es sich gut für sie anfühlt und sie einen Orgasmus hat.

Sie reißt die Augen auf, ihr ganzer Körper spannt sich an, und ich frage mich, ob sie kurz vor dem Höhepunkt steht. Oder ob sie sich wieder entzieht und ihrer Angst erliegt. Ihr Blick begegnet dem meinen, wild und verwirrt, und ich reibe schneller und streife immer wieder mit dem Daumen über ihren Kitzler, denn jetzt weiß ich, dass sie mir nicht entglitten ist.

Endlich, endlich ist sie ganz mein.

Ich beuge mich über sie, presse die Lippen auf ihre und mache zwischen ihren Beinen weiter, während sie das Becken nach oben wölbt. Sie entzieht sich meinem Kuss, und ihr entfährt ein schmerzliches *Oh*, gefolgt von meinem Namen. Meine Hand bewegt sich wie rasend, ich umkreise ihren Kitzler mit dem Daumen, sie drängt sich mir entgegen.

Sie kommt.

Ihr Körper wird von Zuckungen durchbebt. Ihre Haut ist schweißnass. Mein Name ertönt immer wieder aus ihrem Mund wie ein Sprechgesang, dann küsst sie mich und sackt auf der Matratze zusammen, als wären ihre Knochen gerade geschmolzen. Doch tatsächlich ist sie diejenige, die mich zum Schmelzen bringt, und ich ziehe sie an mich und wälze sie auf mich drauf.

»Ich hab dich zum Höhepunkt gebracht«, flüstere ich an ihren Lippen, und dass ich mir darauf etwas einbilde, hört man mir an.

Katie seufzt, wie nur eine zutiefst befriedigte Frau seufzen kann. »Ja, absolut.«

»Ich möchte, dass du noch einmal kommst.« Ich küsse sie. »Ich will es dir richtig besorgen.«

»Ethan«, tadelt sie mich, aber ich sehe, wie ihre Augen aufleuchten.

Sie mag das, was ich gesagt habe.

»Lass mich in dich rein, Babe.« Ich fahre mit den Fingern in ihr Haar und befreie es aus dem unordentlichen Knoten. Als ich das Gummiband wegziehe, das ihn hält, fallen ihr die goldblonden Strähnen über die Schultern. Die Spitzen kitzeln mich im Gesicht, und der vertraute Duft umfängt mich.

Sollte mein Schwanz auch nur noch ein winziges bisschen härter werden, könnte mir das ernsthafte Probleme bereiten.

»Magst du das?« Sie lässt die Hüften über mir kreisen, und Ehrenwort, ich fange an zu schielen. »Wenn ich oben bin?«

»Alles, was dir gefällt.« Ich streiche ihr das Haar aus dem Gesicht und werfe es über ihre Schulter. So, wie sie gerade jetzt aussieht, ist sie unglaublich schön. Ihre Haut glüht, und ihre Augen funkeln. Diesen Glanz in ihrem Gesicht und dieses Sprühen in ihren Augen, das habe ich gemacht. Ich bin derjenige, der von sich behaupten kann, ihr zum ersten Mal im Leben gezeigt zu haben, was sexuelle Lust bedeutet.

Und ich möchte nicht nur der Erste sein, sondern auch der Letzte.

»Ich glaube, es wäre mir lieber, wenn du …« Sie verstummt, und vor Verlegenheit steigt ihr das Blut in die Wangen. »Ich möchte, dass du oben bist. Ich weiß nicht, was ich tun muss.«

Ohne Vorwarnung hebe ich sie von mir herunter und wälze mich auf sie. Nun hält mein Körper sie fest, und ich küsse sie, koste den Geschmack ihres Mundes und genieße es, wie sie sich unter mir bewegt. »Ich mache es behutsam«, verspreche ich. »Und nachdem du schon einen Orgasmus hattest, wird es leichter gehen. Jetzt bist du … weiter geöffnet. Entspannter.«

»In mir kribbelt noch alles«, flüstert sie, und ich lächele.

»Dann lass uns dafür sorgen, dass es noch einmal geschieht.«

Katherine

Gegenwart

Er greift zu seinem Nachttisch hinüber, nimmt ein Kondom aus der Schublade, entfernt die Verpackung und dreht sich von mir weg, um seine Trainingshose auszuziehen und das Kondom überzustreifen. Ich beobachte ihn fasziniert und sehe zum ersten Mal, wie groß sein Penis im Zustand der Erektion ist, wie lang und mächtig. Meine Kehle wird trocken. Ich weiß, er hat gesagt, nach meinem Orgasmus sollte es leichter gehen, aber trotzdem.

Ethans Penis kommt mir riesig vor. Nicht, dass ich viel Erfahrung hätte, aber ... na ja.

Ethan lässt mir aber nicht viel Zeit, ihn anzustarren und mir Sorgen zu machen. Er zieht mich erneut unter sich, sein Mund verschmilzt mit meinem, und seine Zunge beginnt erneut ihr köstliches Spiel. Ich stehe darauf, wie er mich küsst. Und ich liebe es, wie sein erhitzter Körper mich auf die Matratze hinunterdrückt. Wie er mit sanfter Beharrlichkeit die Hüften gegen meine stößt und mich dazu bringt, die Beine weit zu öffnen und ihm entgegenzukommen. Er hat die perfekte Position, um mich zu nehmen. Seine Ellbogen sind zu beiden Seiten meines Kopfes aufgestützt, sein Mund hält noch immer den meinen fest, und sein Steifer erkundet meinen Eingang.

Ich weigere mich, mich meinen Ängsten zu überlassen. Stattdessen konzentriere ich mich auf das Hier und Jetzt. Auf Ethans warmen, männlichen Geruch, sauber und frisch. Auf das Kitzeln seiner Stoppeln an meiner Wange, den Geschmack seiner Lippen und seine selbstgewisse Art, mich anzufassen.

Langsam und mit unendlicher Geduld dringt er in mich ein. Ich verkrampfe mich und bekomme schlecht Luft, doch er küsst mich, ohne innezuhalten, und bringt mich mit Lippen und Zunge dazu, mich zu entspannen, während er sich immer tiefer in mich hineinschiebt. Er haucht meinen Namen gegen meine Lippen und hebt das Becken hoch, drängt dann, die Hände auf mein Kopfkissen gestützt, die Hüften nach vorn und verschafft sich noch tieferen Zugang.

Ich schließe die Augen und versuche, das Atmen nicht zu vergessen. Sein Steifer dehnt mich und erzeugt tief in meinem Inneren einen leichten Schmerz. Ich zucke zusammen und atme einen Schwall Luft aus, als Ethan sich beinahe komplett zurückzieht und sich dann erneut in mich hineinschiebt.

Oh. Das war eigentlich gar nicht schlecht.

»Ich muss langsam und sachte machen, sonst komme ich«, sagt er, und als ich die Augen aufschlage, sehe ich an seinen zusammengepressten Lippen, wie sehr er sich zurückhält. »Du fühlst dich so verdammt gut an«, murmelt er.

Als ich mich unter ihm bewege, gleitet er irgendwie tiefer, und bei dieser Empfindung stöhnen wir beide auf. Ich stelle die Beine auf und umfange seine Hüften mit den Oberschenkeln, und er stößt erneut in mich hinein. Zieht sich wieder heraus und macht es erneut. Und wieder. Langsam, ganz langsam schafft mein Körper ihm Platz. Sein Mund liegt auf meinem, und seine Finger umfangen mit sanftem Druck meine Brüste, doch dann nimmt er sie weg.

»Heb die Hände hoch«, verlangt er, und ich gehorche ihm und lege die Hände oberhalb des Kopfs auf das Kissen. Er ergreift sie, verflicht seine Finger mit meinen und hält mich auf diese Weise fest. Hält uns auf diese Weise fest, einer an den anderen gefesselt. Irgendwie wird der Moment dadurch noch intimer.

»Beweg dich im Takt mit mir, Babe«, flüstert er, und ich komme seiner Bitte nach, schiebe ihm mein Becken entgegen und halte ihn zwischen meinen Schenkeln. Flüsternd von ihm ermutigt, schlinge ich dann die Beine um seine Taille, verankere mich an ihm und nehme ihn so tief in mich auf, wie es nur geht.

Es ist eine ... erstaunliche Empfindung. Eine solche Fülle. Ich bin vollständig mit Ethan verbunden, ganz in den Moment verloren und von dem Gefühl erfüllt, wie er sich über mir und in mir bewegt. Die Finger eng mit den meinen verflochten, beugt er sich zu mir herunter, küsst mich und gesteht mit rauer Stimme: »Ich komme gleich. Bist du so weit?«

Nein, aber das spielt keine Rolle. Ich drücke seine Hände, hebe den Kopf so weit wie möglich, um seine Lippen zu küssen, und er bewegt sich schneller. In der Stille des Hauses klatschen seine schweißnassen Hüften laut gegen meine, dann spannt er sich plötzlich an, und seine Finger umklammern die meinen so fest, dass es beinahe wehtut. Tief aus seiner Brust steigt ein rauer Schrei auf, dann stößt er noch einmal heftig mit den Hüften, nur ein einziges Mal, und während sein Körper von Zuckungen durchlaufen wird, ruft er meinen Namen.

Ich liege unter ihm, noch ganz erfasst von seiner Verzückung und fasziniert von der Tatsache, dass wir es tatsächlich getan haben. Dass wir gerade Sex hatten und er auf mir gelegen hat und in meinen Körper eingedrungen ist. Dass ich es ohne Weiteres zugelassen habe. Und dass er mich mit den Fingern zum Orgasmus gebracht hat und ich es wunderbar fand. Während des ganzen, fast perfekten Abends gab es nur ein einziges kleines Problem, und das habe ich irgendwie überwunden.

Er lässt sich auf mich fallen, die Hände noch immer mit den meinen verflochten. Sein Körper ist schwer, und sein Atem geht keuchend. Ich löse die eine Hand aus seiner, streiche ihm übers feuchte Haar und den Rücken und fühle, wie er unter meinen Fingerspitzen erschauert. Ich küsse seinen Hals, seine Kieferpartie, sein Kinn, alles, was ich mit den Lippen erreiche, und er rückt ein Stück von mir ab, um mich ansehen zu können, mit schweren Lidern und vollkommen befriedigter Miene.

»Übernachtest du bei mir?«, fragt er, und ich nicke und versuche, mein Lächeln zu unterdrücken.

»Hungrig?« Als ich erneut nicke, dreht er sich auf die Seite, zieht mich dabei in seine Arme und hält mich fest. »Ich muss erst das Kondom loswerden, und dann lass uns ein Nickerchen machen. Anschließend mache ich Abendessen. Oder ich lasse etwas kommen. Was dir lieber ist.« Er küsst mich auf die Stirn, steigt aus dem Bett und tapst mit einer Lässigkeit, die ich nur beneiden kann, ins angrenzende Badezimmer.

Vielleicht werde ich auch eines Tages das Selbstbewusstsein haben, nackt vor ihm herumzugehen. Vielleicht kann ich meine Schwierigkeiten irgendwann vollständig überwinden …

Ich bin bereits im Halbschlaf, als er ins Bett zurückkommt und mich in seine Arme zieht. Dort schlafe ich wie eine Tote, als hätte ich das schon seit Jahren nicht mehr richtig getan, was ja auch stimmt.

Und ausnahmsweise träume ich nichts.

Katherine

Gegenwart

In meinem kurzen Leben habe ich viel erlebt. Viele furchtbare Dinge sind mir zugestoßen. Ich habe Schmerz, Verlust und unaussprechliche Gewalt kennengelernt.

Jetzt aber habe ich Zärtlichkeit erfahren. Leidenschaft. Verlangen. Liebe. Ich weiß nun, wie es sich anfühlt, von jemandem im Arm gehalten und geküsst zu werden, der einem am Herzen liegt.

Außerdem weiß ich, wie es sich anfühlt, verraten und betrogen zu werden, denn das habe ich immer wieder erlebt.

Verraten hat mich meine beste Freundin Sarah, die nicht wusste, wie sie nach dem, was mir zugestoßen war, weiterhin mit mir befreundet sein sollte. Verraten haben mich die Medien oder zumindest jener kleine Teil von ihnen, der mich während des Prozesses als Schlampe verunglimpft hat, die es auf eine Entführung angelegt hatte.

Verraten hat mich auch mein Vater, und das hat am schlimmsten wehgetan. Dass er mit den Scham- und Schuldgefühlen wegen der Vergewaltigungen nicht fertigwurde. Die Art, wie er mich behandelte, hat dann meinerseits mich mit so vielen Scham- und Schuldgefühlen erfüllt, dass ich sie nicht mehr bewältigen konnte. Er hat mich schlimmer verletzt und beschädigt als sonst irgendjemand auf der Welt, vielleicht sogar schlimmer als Aaron William Monroe, und das wird mich für immer mit Trauer und Bedauern erfüllen.

Doch als ich an diesem Morgen in Ethans Bett erwache, nackt und noch ein wenig wund von seinen zärtlichen Übergriffen in der letzten Nacht, fühle ich mich, als läge mir die Welt zu Füßen.

Er steht unter der Dusche. Ich höre das Wasser laufen, reibe mir mit den Händen übers Gesicht und versuche, wach zu werden. Wir sind lange aufgeblieben, haben geredet und hatten Sex. Wir haben gegessen und gelacht, haben uns gestreichelt und geküsst und konnten die Hände schließlich überhaupt nicht mehr voneinander lassen. Zwischen den Beinen bin ich ein bisschen aufgescheuert, meine Muskeln tun weh, und Lippen und Wangen zeigen, was Bartstoppeln anrichten können.

Der Wasserstrahl geht aus, und ich höre, wie der Duschvorhang beiseitegezogen wird. Ich stelle mir Ethan nackt und nass vor, und mein ganzer Körper verzehrt sich vor Begehren nach ihm. Er hätte mich zu sich unter die Dusche einladen sollen.

Na ja, dann eben ein anderes Mal.

»Bist du gerade erst aufgestanden?«, rufe ich mit lauter Stimme. Er schiebt den Kopf hinter der angelehnten Badezimmertür hervor. »Hi.« Er lächelt fröhlich, und sein ansprechendes Gesicht und die breite Brust sind von Wassertropfen bedeckt. Ich würde gerne zu ihm gehen, bleibe aber im Bett liegen. Ich sehe, dass er sich ein Handtuch lose um die Hüften geschlungen hat, was meine gerade erst erblühte Fantasie noch weiter anregt.

»Wann bist du aufgewacht?«, frage ich.

»Vor zwanzig Minuten oder so.« Er zuckt mit den Schultern. »Du hast noch geschlafen, und ich wollte dich nicht stören.«

»Vielleicht hätte ich ja gern mit dir zusammen geduscht«, sage ich und schaue ein wenig schmollend. Ich staune über mich selbst. Ein Schmollmund? Ich? Na so was.

Sein Lächeln wird noch breiter. »Nächstes Mal. Versprochen.«

Ich mag es, wenn er mir etwas verspricht.

Er zieht sich wieder ganz ins Badezimmer zurück, und ich stelle mir vor, dass er sich jetzt abtrocknet. Ich höre, wie er eine Schublade aufzieht. Dann wird etwas auf die gekachelte Ablage gestellt, und Wasser läuft ins Waschbecken. Ich lege mich zurück, schließe die Augen, lausche auf Ethans Morgenritual und genieße einfach den Moment. Ich fühle mich so normal, fühle mich wie eine ganz gewöhnliche junge Frau. So befreit.

Ja, ich fühle mich befreit. Als hätte ich eine Wasserscheide überschritten und das, was davor war, überstanden. So kann das Leben mit Ethan sein. Wir beide zusammen. Und glücklich.

Heil und unversehrt.

Sein Handy, das auf dem Nachttisch liegt, vibriert und schreckt mich auf. Ich öffne die Lider und atme tief durch, damit mein Herz zu seinem normalen Rhythmus zurückfindet.

»He, kannst du mal schauen, was das ist?«, ruft Ethan mir aus dem Bad zu. »Ich warte auf die Antwort eines Kunden, und vielleicht meldet er sich gerade.«

»Triffst du dich heute mit ihm oder so?«, frage ich, setze mich auf und streiche mir das Haar aus dem Gesicht. Ich halte mir die Bettdecke vor die nackten Brüste, denn nun, da es hell wird, ist auch mein Schamgefühl wieder mit voller Macht zurückgekehrt. Der Wäschetrockner sollte inzwischen mit meinen Kleidern fertig sein, das hoffe ich jedenfalls inständig.

Aber andererseits fände ich es gar nicht schlecht, wenn wir uns noch ein Weilchen nicht anziehen müssten. Ich möchte, dass Ethan noch einmal zu mir ins Bett zurückkommt.

»Eigentlich war der Termin für nächste Woche vorgesehen, aber jetzt hat er spontan eine Reise geplant, und so müssen wir unser Treffen vielleicht vorverlegen. Vielleicht auf heute Vormittag.« Er hält inne. Der Wasserhahn wird aufgedreht und wieder geschlossen. Das kurze Plätschern verstummt. »Kannst du bitte mal auf meinem Handy nachsehen?«

Ein bisschen enttäuscht bin ich schon, aber es hilft ja nichts. Ethan muss schließlich arbeiten. Ich kann nicht erwarten, dass er immer nur Zeit für mich hat. Aber vielleicht können wir noch ein paar Minuten im Bett einschieben, bevor er anfangen muss.

»Bist du sicher, dass ich dein Handy checken soll? Hast du keine Geheimnisse? Nichts zu verbergen?«, necke ich ihn.

Er stockt. »Nur zu.«

Ich beuge mich über den Nachttisch, um das Handy zu ergreifen, und schrecke erneut zusammen, als es noch einmal vibriert. Die SMS leuchtet auf dem Display auf, versandt von einer Telefonnummer, die mir irgendwie bekannt vorkommt. Ein Name steht nicht dabei.

Eigenartig.

»Ist die Nachricht von ihm?«, fragt Ethan, doch ich antworte nicht. Zu sehr bin ich mit dem Text beschäftigt, von dem mir ganz langsam das Blut in den Adern gefriert.

Ich glaube, dass diese Telefonnummer einem gewissen ehemaligen William Aaron Monroe gehört. Falls ja, kontaktieren Sie mich bitte umgehend. Ich bin Lisa Swanson.

Ich starre stirnrunzelnd auf die Nachricht, und je länger ich schaue, desto mehr verschwimmen mir die Buchstaben vor den Augen. »Das muss ein Fehler sein«, flüstere ich beim erneuten Lesen, und der Name *William Aaron Monroe* zuckt immer wieder in meinem Kopf auf.

William Aaron Monroe.

William Monroe.

Will.

Nein. Das kann nicht sein.

Das Smartphone rutscht mir aus den Händen und landet mit einem dumpfen Krachen auf dem Boden. Ich kann nicht atmen. Wenn ich nicht aufpasse, fange ich gleich an zu hyperventilieren, und ich schlucke kräftig, schließe die Augen und kämpfe gegen das Schwindelgefühl an.

Ich muss hier weg.

Ich stehe auf, ohne Ethans Ruf aus dem Bad zu beachten, und hebe das Smartphone auf, weil ich nicht will, dass er von der Nachricht erfährt. Zumindest nicht jetzt sofort. Ich haste nackt und frierend in die Waschküche, ohne mich von der

Kälte abhalten zu lassen. In dem kleinen Raum angekommen, zerre ich sofort meine Kleider aus dem Trockner – zum Glück sind sie fertig –, gebe mich gar nicht erst mit Slip und BH ab und ziehe den Rest an.

Körper und Geist sind wie betäubt. Ich muss hier weg. Was hatte diese Nachricht zu bedeuten? Wie kann Ethans Handy einem *ehemaligen* William Aaron Monroe gehören? *Dem* William Monroe?

Meinem William Monroe.

»He.«

Ich drehe mich mit einem erschreckten Japsen um und sehe Ethan in der schmalen Tür der Waschküche stehen. Seine breite Gestalt füllt den Rahmen vollständig aus. Ich starre ihn an, ich mustere ihn wirklich gründlich, doch ich erkenne es nicht. Ich erkenne in diesem Mann nicht den verdrossenen, düsteren Emo-Punk, der Will damals war. Wills Haar war schwarz, sein Gesicht hager und eckig. Allerdings haben beide dieselben dunklen Augen, jetzt, da ich darauf achte. Aber Will hatte Piercings in Lippen und Augenbrauen und war schlaksig. Der Mann, der vor mir steht, hat keine Ähnlichkeit mit ihm, nicht auf diese Weise.

Er sieht einfach aus wie … mein Ethan.

»Du ziehst dich schon an?« Er lächelt unbefangen, und ich will es zwar nicht denken, doch er sieht unglaublich gut aus. So attraktiv, so selbstsicher, so im Reinen mit … allem. »Ich wollte dir Frühstück machen. Kam diese Nachricht von meinem Kunden oder was? Ich finde mein Handy nicht.«

»Sie kam nicht von deinem Kunden«, antworte ich mit ausdrucksloser Stimme. Er sieht mich stirnrunzelnd an, mit einem so durchdringenden, bohrenden Blick, dass ich froh bin, meine Kleider schon anzuhaben. Sie fühlen sich wie ein Schild an, als könnten sie mich schützen.

Aber nichts und niemand kann mich vor Bösem bewahren. Nicht mehr. Die Wahrheit dämmert mir, die Tatsachen schmelzen meinen Eispanzer aus Benommenheit auf, und ich begreife, dass ich belogen wurde.

Hereingelegt.

Verraten und betrogen.

Und zwar immer wieder.

»Alles in Ordnung mit dir?«, fragt er leise auf seine typische besorgte, einfühlsame Art, und ich würde ihm am liebsten eine runterhauen, ihn blutig schlagen. Damit er spürt, wie weh es tut, was er mir im Moment antut.

Ich erwidere nichts, sondern strecke ihm einfach nur das Handy hin. Er nimmt es entgegen, schaut aufs Display und erbleicht beim Anblick der Nachricht, die ich gerade gelesen habe.

Diese SMS hat meine Welt zerstört.

Er sieht zu mir auf, der Blick gequält, seine Miene eine Mischung aus Entschlossenheit und Schreck. »Katie …«

»Sag mir einfach warum«, schneide ich ihm das Wort ab, denn ich will keine Entschuldigungen hören. Ich kann kaum atmen. Ich bin verletzt und gedemütigt und bebe vor Zorn über das, was er getan hat. Wie konnte er mir das antun? Und wozu? »Wieso hast du mich angelogen?«

Er schüttelt verwirrt den Kopf. »Wovon redest du?«

»Lass das«, sage ich mit leiser Stimme, und plötzlich fühle ich ein Pochen im Schädel. »Willst du etwa behaupten, die

SMS sei nicht für dich bestimmt gewesen?« Lieber Gott, ich kann es nicht glauben. Das, was ich gerade entdeckt habe, will mir einfach nicht in den Kopf.

»Katie, bitte. Beruhige dich.«

»Sag mir die Wahrheit!« Er schrickt zusammen, weil ich die Worte kreische. Und ich schrecke auch selbst zusammen. Mein Herz fühlt sich an, als hätte jemand es in zwei Teile zerschnitten. Es tut weh. Was er mir angetan hat, tut unglaublich weh. »Bist du Will? Mein Will?«

Ethan schweigt für Sekunden. Minuten. Je länger er stumm bleibt, desto schuldiger wirkt er. »Schau mal«, sagt er schließlich, »ich kann es dir erklären ...«

»Fick dich ins Knie!« Das habe ich noch nie im Leben zu jemandem gesagt, und es fühlt sich ... gut an. Befriedigend. Machtvoll. »Ich scheiße auf dich und deine Erklärungen. Du hast mich belogen. Du machst dich an mich ran, tust so, als wärest du jemand anderes, als du bist, lockst mich ins Bett, hast Sex mit mir, als wäre das eine Art perverser Scherz ... und jetzt? Wolltest du Lisa Swanson alles über mich erzählen? Aus dem Nähkästchen plaudern, wie du mich reingelegt hast, damit ich glaubte, du wärest ein herzensguter Mann, der sich für mich interessiert? Und nicht jemand aus meiner Vergangenheit? Ein Mensch, den ich lieber vergessen würde?«

Der letzte Satz ist eine Lüge. Ich versuche einfach nur, ihm wehzutun, und nach seinem Gesichtsausdruck zu schließen, ist mir das gelungen.

»Katie, genug jetzt. Hör mir zu.« Er packt mich an den Oberarmen, und ich versuche, ihn abzuschütteln, aber vergebens. Er ist zu stark. »Ich bin ein herzensguter Mann, der sich für dich interessiert. Das schwöre ich dir. Du bist mir wichtig, Katie. Das warst du immer.«

Das warst du immer. Diese Worte berühren mich trotz meines Zorns.

»Und warum dann die Lügen?« Es kotzt mich an, dass ich auf die Berührung seiner Hände reagiere. Meine Haut kribbelt, und in meinem Körper steigt Wärme auf. Ich möchte ihn am liebsten mit beiden Beinen in den Bauch treten. Ihm die Fersen in die Eier rammen und zusehen, wie er vor Schmerz stöhnend auf dem Boden zusammenbricht. Damit er wenigstens einen Bruchteil der Qual empfindet, die mich nun im Griff hat. »Warum, Ethan? Oder sollte ich besser *Will* sagen?«

Er zuckt zusammen, als verabscheute er es, so genannt zu werden. Tausend Fragen gehen mir durch den Kopf, doch ich kann keine von ihnen stellen, denn sie würden bedeuten, dass mir etwas an ihm liegt. Dabei sollte ich keinen Pfifferling mehr auf ihn geben.

Ethan ist in Wirklichkeit mein Will. Mein Will. Ich kann es nicht fassen. Ich kann ganz ehrlich nicht glauben, dass das hier gerade geschieht. Warum die Lügen und die Trickserei? Was hat er sich davon versprochen? Ich verstehe es nicht.

»Wenn du dich einen Augenblick beruhigst, kann ich es dir erklären«, beginnt er, doch seine Worte machen mich nur noch rasender.

»Ich will deine beschissenen Erklärungen nicht hören.« Ich entreiße mich seinem Griff und marschiere an ihm vorbei, aber ich merke, dass er hinter mir herkommt, als würde er mich durch sein Haus verfolgen. Auf der Suche nach meiner Handtasche und meinen Schuhen gehe ich ins Wohnzimmer, finde beides, schlüpfe in die Schuhe und hänge mir die Handtasche über die Schulter.

»Katie, gottverdammt, warte«, verlangt er, als ich mich auf den Weg zur Haustür mache.

Ich bleibe stehen, die Hand auf dem Türgriff und mit gesenktem Kopf. Ich weine nicht, was mich selbst verwundert, doch ich bin außer mir vor Zorn und so vollkommen überrumpelt von meiner Entdeckung, dass ich garantiert unter Schock stehe.

»E-es tut mir leid«, sagt er. »Ich finde die Worte nicht, um zu erklären, was passiert ist und wie es zu dieser Situation gekommen ist, aber du musst wissen, dass ich dich niemals … verletzen wollte.«

Ich schließe die Augen und presse die Stirn gegen das kühle Holz der Haustür. Tausend Fragen rattern durch meinen Kopf. Hat er es mit Absicht gemacht? Ging es ihm einfach nur darum, mir wehzutun? Mich reinzulegen? Es fühlt sich so an. Es fühlt sich wie die schlimmste Gemeinheit der Welt an. Und nachdem ich nun herausgefunden habe, dass er genau wie sein Vater mit Lisa Swanson sprechen wird, fühle ich mich verraten und verkauft.

Ich bin am Boden zerstört.

Gott sei Dank bin ich ihm gestern mit meinem eigenen Wagen nachgefahren. Er hatte vorgeschlagen, ich sollte mein Auto stehen lassen und ihn in seinem Wagen begleiten, doch ich wollte für alle Fälle ein Fahrzeug vor der Tür haben. Für den Fall, dass ich der Situation entkommen müsste.

Und ich musste noch nie einer Situation so sehr entkommen wie in diesem Moment.

»Ich will dich nie wieder sehen«, sage ich zur Tür, unfähig ihn anzusehen. Ich glaube nicht, dass ich das ertragen könnte. »Ich weiß nicht, warum du das gemacht hast, warum du mich reinlegen wolltest, aber es ist dir gelungen. Du hast mich ausgetrickst. Herzlichen Glückwunsch.«

Ich öffne die Tür, stürze hinaus und renne über den Bürgersteig zu meinem Auto. Ich kann ihn hinter mir spüren, doch er jagt mir nicht nach, und obwohl alles in mir schreit, dass ich mich nicht nach ihm umschauen soll, dass ich mich nicht umdrehen soll …

… tue ich genau das.

Er steht in der Tür, das Gesicht von so viel Schmerz gezeichnet, dass es mir das Herz zerreißt. »Ich habe Scheiße gebaut«, sagt er. »Es tut mir leid. Wenn ich dir nicht erklären darf, warum ich es getan habe, schaffe ich es nicht, dass du es verstehst. Wenn du mir keine Gelegenheit gibst, dir alles zu erzählen.«

»Ich will es nicht hören«, schreie ich ihn praktisch an und unterdrücke die Neugier in mir. Ich schließe meine Autotür auf und will gerade einsteigen, als ich ihn noch etwas sagen höre.

»Ich wollte dir niemals wehtun, Katie. Das weißt du hoffentlich. Es wäre mir niemals in den Sinn gekommen. Seit Jahren denke ich jeden Tag an dich. Immer wieder habe ich mich gefragt, ob es dir gut geht, und gehofft, dass du alles verarbeitet hast. Und als ich dich dann im Fernsehen gesehen habe …«

Ich bin wie vor den Kopf geschlagen. Das Interview hat ihn also auf meine Spur gelockt. Ich hätte es niemals geben dürfen. »Es spielt keine Rolle mehr«, antworte ich erschöpft.

»Was geschehen ist, ist geschehen. Du hattest deinen Spaß. Ich hoffe, es war die Mühe wert.«

Ich steige ins Auto, schlage die Tür hinter mir zu, lasse den Motor an und setze rückwärts aus der Einfahrt. Er beobachtet mich die ganze Zeit, die Hände um den Türrahmen geklammert und das Gesicht von schrecklichem, nicht mehr zu steigerndem Schmerz gezeichnet.

Er sieht so aus, wie ich mich fühle.

Auf der ganzen einstündigen Heimfahrt lasse ich die Tränen fließen. Ich weiß nicht, ob ich mich jemals von dieser Katastrophe erholen werde.

Dagegen weiß ich, dass ich nie wieder dieselbe sein werde.

Ethan

Gegenwart

Der Zorn hat mich im Griff. Und bringt mich dazu, Dummheiten zu machen.

Ich richte in meinem Schlafzimmer ein Chaos an, insbesondere mit meinem Bett. Ich reiße Bettdecke und Laken herunter und werfe die Kopfkissen so heftig gegen die Wand, dass das dort aufgehängte Gemälde herunterfällt. Irgend so ein dämlicher abstrakter Scheiß, den ich einem Kunden abgekauft habe, um ihm zu schmeicheln.

Ich habe dieses idiotische Bild schon immer scheußlich gefunden.

Mein Handy liegt auf dem Boden, wo Katie es hingeworfen hat. Nach wie vor leuchtet dort Lisa Swansons Nachricht, und ich drücke auf Antworten, tippe eine SMS und schicke sie los.

Verpiss Dich, Du Schlampe!!!!!!!!

Dadurch fühle ich mich aber kein bisschen besser.

Ich fahre mir mit den Händen übers Gesicht und raufe mir die Haare. Das habe ich wirklich total verkackt. Ein einziges Mal ist in meinem Leben etwas wirklich Gutes geschehen. Ich aber habe dieses Mädchen, das – und das als einziges – mir das Gefühl gibt, etwas wert zu sein, fürchterlich verletzt. Ich habe unsere Beziehung so schnell kaputtgemacht, wie wir sie geknüpft hatten. Warum zum Teufel habe ich das getan? Warum habe ich ein so großes Geheimnis bewahrt? Was habe ich mir eigentlich von dieser Lüge versprochen?

Statt Vorsicht zu wahren und Abstand zu halten, habe ich mich mitten in eine Beziehung hineingestürzt. Ich habe den Kontakt gesucht, Zeit mit Katie verbracht, habe erneut begonnen, etwas für sie zu empfinden, mich ein wenig in sie verliebt ...

... und die Sache vergeigt.

Es zerreißt mir das Herz. Es ist ein peinigender Schmerz. Ich reibe mir die Brust und betrachte den Schaden, den ich bereits angerichtet habe. Gerade will ich wieder loslegen, da klingelt mein Handy. Ich schnappe es mir, sehe, dass der Anrufer seine Rufnummer unterdrückt hat, und glaube sonderbarerweise, es könnte Katie sein.

Die ist es allerdings nicht.

»Spreche ich mit William Monroe?«

Lisa Swansons Stimme ist unverkennbar.

»Was wollen Sie?«, frage ich mit zusammengebissenen Zähnen.

»Einfach nur mit Ihnen reden«, antwortet sie hastig. Als hätte sie Angst, ich könnte das Gespräch beenden. Und sie hat vollkommen recht. Genau das habe ich vor. »Ihr Vater ... er sagte, er stehe noch in Kontakt mit Ihnen.«

Ich schließe die Augen und überlasse mich dem Gefühl von Elend und Angst. Na toll. Mein Vater liefert mich ans Messer.

Was mich nicht überrascht. »Ich möchte nicht mit Ihnen reden.«

»Haben Sie das Interview mit Katherine Watts gesehen? Ich gebe Ihnen die Chance, Ihre Seite der Geschichte zu erzählen, genau wie sie es getan hat. Das Interview wird vollkommen unparteiisch geführt. Sie werden reden, sonst nichts«, erklärt Lisa.

»Sie haben Katie vorgeführt«, sage ich. »Sie haben sie mit ein paar Dingen konfrontiert, von denen sie nichts wusste – streiten Sie es nicht ab.«

Lisa seufzt. »Das musste ich. Bei Ihnen ist es anders.«

»Das nehme ich Ihnen nicht ab. Keine Sekunde.« Ich lege auf, bevor sie noch etwas erwidern kann. Schon jetzt habe ich zu viel gesagt, zu viel preisgegeben. Sie weiß nun, wer ich bin. Sie weiß, wie sie mich kontaktieren kann.

Mein Vater hatte diese Handynummer nicht, er kennt ja noch nicht einmal meinen neuen Namen. Dafür habe ich gesorgt. Wie hat er mich also aufgespürt? Oder war er es gar nicht? Hat Lisa es allein geschafft? Und falls ja, wird sie dann sofort zu ihm rennen und ihm meine neue Identität preisgeben?

Ich lege die Hände vors Gesicht, rubbele mir die Wangen und ziehe mich an den Haaren. Scheiße. Die Sache ist schlimm. Schlimmer als schlimm. Nicht nur habe ich mit Katie alles kaputtgemacht. Ich laufe auch Gefahr, von den Medien aufgespürt zu werden. Zum Teufel, die Medien haben mich bereits aufgespürt. Und könnte auch mein Vater mich finden?

Darauf kann ich fast schon Gift nehmen.

Katie

Damals

Als alle zu Bett gegangen waren, schlich ich mich ins Wohnzimmer und schaltete den Fernseher ein, aber ganz leise. Es war kurz vor halb zwölf. Gleich würde die Sendung beginnen. Vor Aufregung hatte ich schweißnasse Hände, und mein Herz pochte heftig.

Bald würde ich ihn sehen. Und seine Zeugenaussage vernehmen. Seine Stimme. Ich hatte sie so lange nicht mehr gehört und vermisste sie. Ich vermisste ihn.

Lächerlich, da ich ihn ja eigentlich gar nicht richtig kannte. Aber so war es.

Die Werbepause war zu Ende, und die Erkennungsmelodie der Sendung setzte sein. Sie war ausschließlich dem Prozess gewidmet, der Aaron William Monroe gemacht wurde, und berichtete jeden Abend von den neuesten Entwicklungen. Ausschnitte der Verhandlung, Analysen von Anwälten, die inzwischen zu TV-Prominenz mutiert waren, Zusammenfassungen von Zeugenaussagen, Kurzdokumentationen des Verbrechens selbst und Interviews mit verschiedenen Familienangehörigen der Opfer.

Ich hatte die Sendung nie sehen dürfen. Meine Eltern machten sich zu große Sorgen, ich könnte … Angst bekommen, nehme ich an. Sie erlaubten mir sowieso nie irgendwas. Ich hätte die Sendung so gern verfolgt. Trotz meiner Furcht vor Aaron Monroe und meines Hasses auf ihn hätte ich mir gern jede einzelne Folge angeschaut.

Heute Abend aber wollte ich wenigstens Will sehen.

Ich wartete ungeduldig auf den Teil mit der Zusammenfassung des Prozesses. Vorerst erzählten sie noch von Will und blendeten Fotos ein, die man von ihm geschossen hatte, als man uns vor der Polizeiwache entdeckte. Darauf sah er genauso aus, wie ich ihn in Erinnerung hatte, aber diese Zeit lag jetzt schon einige Jahre zurück. Gewiss hatte er sich verändert. So wie ich mich ja auch. Ich war ein paar Zentimeter gewachsen, trug die Haare länger, und mein Gesicht war weniger rundlich. Ich hatte Brüste bekommen, die ich unter sackähnlichen Shirts verbarg, genauso wie meine schmale Taille. Ich wollte nicht zur Frau heranreifen. Ich war beinahe fünfzehn.

Könnte ich nicht für immer ein Kind bleiben?

Der Nachrichtensprecher berichtete vom heutigen Verhandlungsverlauf und von Wills Zeugenaussage. Er hatte mehr als zwei Stunden als Zeuge der Anklage dem Staatsanwalt Rede und Antwort gestanden, und als die Verteidigung Gelegenheit bekam, ihm nun ihrerseits Fragen zu stellen, verzichtete sie darauf. Das schien alle zu bestürzen.

Mich allerdings nicht, denn ich wusste, dass Will die Wahrheit gesagt hatte.

Jetzt spielte der Sender eine Videoaufnahme aus dem Prozess ein, und da stand Will. In einem schwarzen Hemd, dessen Ärmel er aufgekrempelt hatte, saß er mit ernster Miene im Zeugenstand und lauschte den Worten des Staatsanwalts. Ich setzte mich auf den Boden und rutschte näher, um ihn mir gut anzusehen.

Genau, wie ich es erwartet hatte, hatte er sich seit damals verändert. Sein Haar war nicht mehr ganz so dunkel, dieses unnatürliche Schwarz war verschwunden, was meine anfängliche Vermutung bestätigte, dass er es gefärbt hatte. Auch die Piercings waren weg, Lippen und Augenbrauen waren davon befreit. Er sah älter aus. Seine Kieferpartie wirkte eindrucksvoll kantig und energisch. Mit einer irgendwie dumpfen, ausdruckslosen Stimme berichtete er von seinem Vater. Hin und wieder blinzelte er, und ich fragte mich, ob er vielleicht eine Brille gebrauchen könnte.

Während er sprach, achtete ich auch auf seine Stimme. Sie war tiefer, und er klang viel älter. Seine Schultern waren breit und seine Arme muskelbepackt. Dieser Junge war ein ganz anderer Mensch als der, den ich kennengelernt hatte.

Ich tastete an meinem Handgelenk nach dem Engelanhänger, den Will mir geschenkt hatte. Letzthin hatte ich ihn wieder angezogen. Meine Eltern hatten keine Ahnung, von wem ich ihn bekommen hatte. Ich bin mir ziemlich sicher, dass sie ihn gar nicht an meinem Arm bemerkten, und ich würde ihnen gewiss nicht davon erzählen.

Sonst würden sie mir das Armband nur wegnehmen. Und es war das Letzte, was mich mit Will verknüpfte.

Das letzte Bindeglied.

Das einzige.

»Waren Sie an der Entführung von Katherine Watts in irgendeiner Weise beteiligt, Mr. Monroe?«, fragte der Staatsanwalt Will.

Dessen Gesichtszüge wurden hart. »Nein«, erklärte er heftig. »Ich hatte nichts damit zu tun. Ich wusste ja nicht einmal, dass er sie verschleppt hatte.«

»Erst als Sie sie einen Tag nach der Entführung im Schuppen gefunden haben, wurde Ihnen klar, dass sie sich auf dem Grundstück befand.«

»Ja.« Will seufzte, und einen Augenblick lang trat etwas Verletzliches in seine Miene. Ich erkannte diesen Ausdruck wieder. Ich hatte ihn damals auf dem Weg zur Polizeiwache immer wieder bemerkt. Damals, als er mich gerettet hatte. »Als ich sie fand, bin ich zuerst … in Panik geraten. Ich wusste nicht, was ich tun sollte, wie sie da hingekommen war. Da bin ich weggelaufen.«

»Warum sind Sie weggelaufen?«

»Ich hatte Angst. Ich konnte einfach nicht glauben, dass in unserem Schuppen ein Mädchen angekettet war.« Er schluckte unübersehbar. »Ich hatte Angst, dass ich Ärger bekommen würde, wenn er herausfände, dass ich es wusste.«

Es brach mir das Herz, ihn so traurig zu sehen, so … vernichtet.

»Aber schließlich sind Sie zu ihr zurückgekehrt. Wie ging es weiter?«

»Ich habe ihr gesagt, dass ich ihr zur Flucht verhelfe.«

»Warum?«

»Weil ich sie nicht da im Schuppen zurücklassen konnte. Er hat … er hat ihr wehgetan. Das durfte ich nicht zulassen. Ich durfte ihr Leben nicht aufs Spiel setzen. Wenn ich sie dort gelassen hätte, hätte er sie umgebracht.«

Tränen liefen mir über die Wangen. Will hatte recht. Sein

Vater hätte mich getötet. Das wusste ich. Und Will wusste es ebenfalls.

»Sie haben sie gerettet«, sagte der Staatsanwalt.

»Ich musste es tun, es war das einzig Richtige.« Will hielt inne und räusperte sich. »Ich konnte gar nicht anders.«

Katherine

Gegenwart

Ich wache mit einem Ruck auf, erschreckt. Mein Herz hämmert wie wild, und mein Atem ist rau. Ich setze mich auf und streiche mir das Haar aus dem Gesicht. Ich weiß, dass der Traum, den ich gerade hatte, eigentlich gar kein Traum war, sondern eine Erinnerung.

Eine Erinnerung an die Nacht, in der ich mir Wills Zeugenaussage im Fernsehen angeschaut habe. Er hatte so verändert ausgesehen, so erwachsen.

Jetzt erst wird mir die Ähnlichkeit bewusst, die er damals schon mit Ethan hatte.

Ich schließe die Augen und verbeiße mir die Tränen. Was bin ich bloß für eine Idiotin. Wie konnte mir das nur entgehen? Gerade auch in den letzten Tagen, als er mich so sehr an Will erinnert hat. Wollte ich es nicht sehen, habe ich es vor mir selbst verleugnet? Man sollte doch meinen, dass ich Will finden wollte, um mich bei ihm für meine Rettung zu bedanken und ihm zu sagen, wie viel er mir nach all diesen Jahren noch immer bedeutet.

Ich lasse mich aufs Bett zurückfallen, schließe die Augen und lege den Arm vors Gesicht. Fünf Tage ist es jetzt her, dass ich sein Haus fluchtartig verlassen habe, und er hat nicht versucht, mir eine SMS zu schicken oder mich anzurufen. Entweder, er gesteht mir noch Zeit zu, oder er lässt mich ziehen.

Die letzte Überlegung tut mir weh. Mehr als ich zugeben möchte.

Mom hat mich angerufen. Brenna ebenso. Ich habe sie kurz abgefertigt und meine Verdrossenheit mit Arbeitsüberlastung beim Studium erklärt. Dabei habe ich meine Aufgaben links liegen lassen und meine letzte Prüfung nur knapp bestanden.

Ich kann nur noch an Ethan und an das denken, was er mir angetan hat. Wie er mich belogen hat. Und ich verstehe nicht warum. Welchen perversen Lustgewinn hat es ihm verschafft, mich hinters Licht zu führen? Ist er wirklich dermaßen gestört? Ich würde gern glauben, dass er mich mit guten Absichten gesucht hat, aber ich weiß es nicht.

Vermutlich werde ich es niemals erfahren.

Trotz allem vermisse ich ihn. Ich denke an unsere gemeinsame Nacht. Daran, wie ich mich vor ihm entblößt habe, und an unsere intimen Momente. Ich möchte mehr davon. Ich wünschte, ich könnte mehr bekommen, doch ich vertraue ihm nicht. Ihm nicht und niemandem. Nun habe ich nach all den Jahren, in denen ich keinen an mich habe herankommen lassen, ein einziges Mal einem Menschen Zugang zu mir gewährt, und es hat in einer absoluten Katastrophe geendet.

So etwas darf ich nicht noch einmal zulassen.

Niemals wieder.

Ein Blick auf mein Handy zeigt mir, dass es beinahe sechs Uhr morgens ist, und ich gebe die Hoffnung auf, noch einmal einzuschlafen. Also stehe ich auf. Dann gehe ich den üblichen morgendlichen Verrichtungen nach, dusche, wasche mir die

Haare, trockne mich ab, ziehe mich an, föhne mir das Haar, frühstücke und checke mein Handy. Ich muss ein paar Besorgungen erledigen und will gerade aufbrechen, als ich den Anruf einer unbekannten Nummer erhalte. Ich zögere, ihn anzunehmen. Ich sollte ihn einfach auf die Mailbox gehen lassen. Aber etwas nötigt mich, ihn dann doch entgegenzunehmen.

»Hallo?«

»Katherine? Hier ist Lisa Swanson. Wir müssen miteinander reden.«

Anmerkung der Autorin

Liebe Leserin, lieber Leser,
dieses Buch kreist um ein heikles Thema, doch derlei Dinge faszinieren mich schon lange. Von Jugend an habe ich gerne und oft Bücher über wahre Verbrechen gelesen (auf diesem Gebiet ist Ann Rule eine Legende, und sie wird uns fehlen), habe stundenlang *Medical Detectives – Geheimnisse der Gerichtsmedizin* geschaut und irgendwann schließlich geglaubt, der Sender Investigation Discovery sei speziell für mich ins Leben gerufen worden.

Morde und insbesondere die Taten von Serienmördern faszinieren mich. Was treibt die Täter an? Ist es eine Krankheit? Nimmt ihre Arroganz im Verlauf ihrer vielen schrecklichen Verbrechen so zu, dass sie sorglos werden? Was macht einen Menschen so verzweifelt oder so wahnsinnig, dass er andere zum Spaß umbringt? Oder dass er Kinder entführt, um einen abartigen inneren Trieb zu stillen?

Ich verstehe es nicht. Und vermutlich will ich es auch gar nicht verstehen. Aber ich bin fasziniert. Und als ich meiner Lektorin von meiner Idee einer »unkonventionellen Liebesgeschichte« erzählte, sagte sie nicht sofort: »Das ist doch pervers und krank, kommt nicht infrage.«

Vielmehr sagte sie: »Das klingt großartig«, was natürlich einfach nur bedeuten könnte, dass wir beide pervers und krank sind, was ich allerdings nicht hoffe. Mein Ziel war es, zwei Menschen zu schaffen, die durch ein sehr besonderes – und einzigartiges – Band vereint sind, das keiner außer ihnen versteht. Zu diesem Zweck musste ich sie beide unter demselben Ungeheuer in Menschengestalt leiden lassen.

Das Buch befasst sich auch mit der Vergewaltigung eines Kindes, das möchte ich gleich zu Beginn klar und deutlich sagen. Falls so etwas verstörend für Sie ist, sollten Sie es nicht lesen. Ich will diesem Thema keinerlei Zauber andichten und habe mich nach Kräften bemüht, es einfühlsam und behutsam zu behandeln. Die Geschichten von Elizabeth Smart, Jaycee Dugard und Michelle Knight haben mir einen Einblick verschafft, wie man sich als jemand fühlt, der eine Entführung überlebt hat. Es war ungeheuer mutig von diesen Frauen, ihre Geschichten aufzuschreiben – in meinen Augen sind sie wahre Heldinnen.

Außerdem möchte ich hier auf das National Center for Missing & Exploited Children zu sprechen kommen. Diese Organisation engagiert sich mit viel Einsatz bei der Suche nach vermissten Kindern und generell für die Sicherheit unserer Kinder. Nähere Informationen dazu finden Sie unter www.missingkids.org.

Ich hoffe, dass Ihnen Katherines und Ethans Geschichte gefällt und Sie den Kampf der beiden verstehen. Auch wenn ihre Liebe unkonventionell sein mag, ist sie doch wahrhaftig und echt und erfüllt sie in einer Lage mit Hoffnung, in der sie nicht mehr das Geringste für sich erwarteten. Beim Schreiben hat ihre Geschichte mir viele Male das Herz gebrochen. Diese beiden Menschen sind jeder für sich so tief verletzt worden, dass ihr Leben nur noch einen Sinn macht, wenn sie zusammen sind.

Für mich sind das die schönsten Liebesgeschichten.

Playlist

Im Schreibprozess spielt Musik für mich immer eine große Rolle, und dieses Buch war da keine Ausnahme. Hier sind einige der Songs, die ich beim Schreiben von *Never loved before* gehört habe:

»Never Tear Us Apart« von INXS (kein Zweifel, damals war ich ein Fan von INXS)
»Lost Stars« von Adam Levine (eindeutig Wills Song)
»Atlas« von Coldplay
»OctaHate« von Ryn Weaver
»Daughters« von John Mayer (für Katie)
»If it Hurts« von Gallant
»Water Fear« von Katie Herzig
»Small Things« von Ben Howard
»Till Sunrise« von Goldroom featuring Mammals
»Pendulum« von FKA twigs (ich LIEBE ihre Songs)
»Medusa« von GEMS
»Ripped Apart« von Anthony Green
»Waiting Game« von Banks
»Every Breath You Take« von The Police
»Carousel« von Melanie Martinez

»Elastic Heart« von Sia with The Weeknd & Diplo
»Round Here« von Counting Crows
»Teenage Dream« von Katy Perry (wenn Sie das Buch gelesen haben, wird Sie das nicht verwundern)